A LIBRARY OF
DOCTORAL
DISSERTATIONS
IN SOCIAL SCIENCES IN CHINA

中国
社会科学
博士论文
文库

现代中国诗歌的城市抒写

卢桢　著

导师　　罗振亚

中国社会科学出版社

图书在版编目(CIP)数据

现代中国诗歌的城市抒写／卢桢著. —北京：中国社会科学出版社，
2012. 11

ISBN 978 - 7 - 5161 - 1694 - 4

Ⅰ.①现… Ⅱ.①卢… Ⅲ.①诗歌研究—中国—现代 Ⅳ.①I207. 2

中国版本图书馆 CIP 数据核字(2012)第 263489 号

出 版 人	赵剑英	
责任编辑	周晓慧	
责任校对	林福国	
责任印制	李　建	

出　　版	中国社会科学出版社	
社　　址	北京鼓楼西大街甲 158 号（邮编100720）	
网　　址	http://www.csspw.cn	
	中文域名:中国社科网　　010 - 64070619	
发 行 部	010 - 84083685	
门 市 部	010 - 84029450	
经　　销	新华书店及其他书店	

印　　刷	北京君升印刷有限公司	
装　　订	廊坊市广阳区广增装订厂	
版　　次	2012 年 11 月第 1 版	
印　　次	2012 年 11 月第 1 次印刷	

开　　本	880 × 1230　1/32	
印　　张	10. 5	
插　　页	2	
字　　数	272 千字	
定　　价	35. 00 元	

凡购买中国社会科学出版社图书,如有质量问题请与本社联系调换
电话:010 - 64009791

作者简介

卢　桢　1980 年生，天津人。2004 年毕业于南开大学中文系汉语言文学专业，获文学学士学位；2006 年毕业于南开大学文学院中国现当代文学专业，获文学硕士学位；2009 年毕业于南开大学文学院中国现当代文学专业，获文学博士学位。2007 年 9 月至 2008 年 8 月，赴荷兰莱顿大学汉学院访学交流。现为南开大学文学院中文系讲师，主要研究方向为中国现当代文学研究、新诗研究等。先后在《文艺争鸣》、《当代作家评论》、《天津社会科学》、《南方文坛》、《诗探索》、《人文中国学报》等三十余种海内外刊物上发表学术论文五十余篇。主持教育部人文社会科学研究项目一项，主持或参与其他省部级科研项目多项。

内 容 提 要

本书的研究目标定位于城市文化与中国新诗审美建构的关系，特别是"诗歌文本"与"城市文化"的互喻联系，并将"城市抒写"这一行为概念作为研究的关键词，时间跨度从新诗初诞延续至今。

首先，本书试图在历史文本的淘洗与爬梳中，考察新诗的城市抒写在各个历史时段的基本品貌并归纳其美感特征。其次，围绕抒情主体观察城市的诗学视角，探讨其多维的审美表达方式。透视这些承受着启蒙、政治以及欲望话语的"抒情主体"在遭遇"震惊"经验之后，如何以"漫游者"和"梦幻者"的姿态游离于机械呆板的城市经验，展现都市人特殊的心理机制和审美情趣。再次，本书将诗学研究与文化研究方法相整合，从咖啡馆、酒吧、地铁、公路、广场等几组典型的城市意象符号入手，分析诗人如何借助对它们的记忆与缅想，构筑现代性的情感空间，并确立起带有消费时代特征的审美主题。最后，本书注重揭示都市文化对诗歌文本艺术形式产生的影响。城市抒写不仅应当具备专属性的意象群落和诗学主题，而且也应拥有与这些主题相对应的现代诗形和美感传达方式。

教育部人文社会科学研究青年基金项目
（10YJC751058）
天津市社科后期资助项目（ZWHQ - 2 - 01）
中央高校基本科研业务费专项资金资助项目
（NKZXB10128）

总　序

在胡绳同志倡导和主持下，中国社会科学院组成编委会，从全国每年毕业并通过答辩的社会科学博士论文中遴选优秀者纳入《中国社会科学博士论文文库》，由中国社会科学出版社正式出版，这项工作已持续了 12 年。这 12 年所出版的论文，代表了这一时期中国社会科学各学科博士学位论文水平，较好地实现了本文库编辑出版的初衷。

编辑出版博士文库，既是培养社会科学各学科学术带头人的有效举措，又是一种重要的文化积累，很有意义。在到中国社会科学院之前，我就曾饶有兴趣地看过文库中的部分论文，到社科院以后，也一直关注和支持文库的出版。新旧世纪之交，原编委会主任胡绳同志仙逝，社科院希望我主持文库编委会的工作，我同意了。社会科学博士都是青年社会科学研究人员，青年是国家的未来，青年社科学者是我们社会科学的未来，我们有责任支持他们更快地成长。

每一个时代总有属于它们自己的问题，"问题就是时代的声音"（马克思语）。坚持理论联系实际，注意研究带全局性的战略问题，是我们党的优良传统。我希望包括博士在内的青年社会科学工作者继承和发扬这一优良传统，密切关注、深入研究21世纪初中国面临的重大时代问题。离开了时代性，脱离了社会潮流，社会科学研究的价值就要受到影响。我是鼓励青年人成名成家的，这是党的需要，国家的需要，人民的需要。但问题在于，什么是名呢？名，就是他的价值得到了社会的承认。如果没有得到社会、人民的承认，他的价值又表现在哪里呢？所以说，价值就在于对社会重大问题的回答和解决。一旦回答了时代性的重大问题，就必然会对社会产生巨大而深刻的影响，你也因此而实现了你的价值。在这方面年轻的博士有很大的优势：精力旺盛，思想敏捷，勤于学习，勇于创新。但青年学者要多向老一辈学者学习，博士尤其要很好地向导师学习，在导师的指导下，发挥自己的优势，研究重大问题，就有可能出好的成果，实现自己的价值。过去12年入选文库的论文，也说明了这一点。

　　什么是当前时代的重大问题呢？纵观当今世界，无外乎两种社会制度，一种是资本主义制度，一种是社会主义制度。所有的世界观问题、政治问题、理论问题都离不开对这两大制度的基本看法。对于社会主义，马克思主义者和资本主义世界的学者都有很多的研究和论述；对于资本主义，马克思主义者和资本主义世界的学者也有过很多研究和论述。面对这些众说纷纭的思潮和学说，我们应该如何认识？从基本倾向看，资本主义国家的学者、政治家论证的是资本主义的合理性和长期存在的"必然性"；中国的马克思主义者，中国的社会科学工作者，当然要向世界、向社会讲清楚，中国坚持走自己的路一定能实现现代化，中华民族一定能通过社会主义来实现全面的振兴。中国的问题只能由中国人用自己的理论来解决，让外国人来解决中国的问题，是行不通的。也许有的同志会说，马克思主义也是外来的。但是，要知道，马克思主义只是在中国化了以后才解决中国的问题的。如果没有马克思主义的普遍原理与中国革命和建设的实际相结合而形成的毛泽东思想、邓小平理论，马克思主义同样不能解决中国的问题。教条主义是不行的，东教条不行，西教条也不行，什么教条都不行。把学问、理论当教条，本身就是反科学的。

在 21 世纪，人类所面对的最重大的问题仍然是两大制度问题：这两大制度的前途、命运如何？资本主义会如何变化？社会主义怎么发展？中国特色的社会主义怎么发展？中国学者无论是研究资本主义，还是研究社会主义，最终总是要落脚到解决中国的现实与未来问题。我看中国的未来就是如何保持长期的稳定和发展。只要能长期稳定，就能长期发展；只要能长期发展，中国的社会主义现代化就能实现。

什么是 21 世纪的重大理论问题？我看还是马克思主义的发展问题。我们的理论是为中国的发展服务的，绝不是相反。解决中国问题的关键，取决于我们能否更好地坚持和发展马克思主义，特别是发展马克思主义。不能发展马克思主义也就不能坚持马克思主义。一切不发展的、僵化的东西都是坚持不住的，也不可能坚持住。坚持马克思主义，就是要随着实践，随着社会、经济各方面的发展，不断地发展马克思主义。马克思主义没有穷尽真理，也没有包揽一切答案。它所提供给我们的，更多的是认识世界、改造世界的世界观、方法论、价值观，是立场，是方法。我们必须学会运用科学的世界观来认识社会的发展，在实践中不断地丰富和发展马克思主义，只有发展马克思主义才能真正坚持马克思主义。我们年轻的社会科学博士们要以坚持和发展马克思主义为己任，在这方面多出精品力作。我们将优先出版这种成果。

2001 年 8 月 8 日于北戴河

目　录

序

  学术成果的日积月累与博士研究生招收规模的不断扩大遇合，令许多从事中国现当代文学研究的学子们倍感"跑马占荒"的时代早已过去，真要寻找到一个合适的学位论文题目非常艰难，甚至有时觅得理想的题目本身，就意味着论文写作成功了一半。所以，当卢桢在入学第二学期想以"现代中国诗歌的城市抒写"为研究对象，征求导师的意见时，我在心里为他能够拥有独到的学术眼光而窃喜。

  正像有的学者所言，中国的传统诗歌基本上是面向乡土的，而新诗则和都市有着千丝万缕的联系。事实上，从郭沫若、李金发、施蛰存、徐迟、艾青、袁可嘉到罗门、林燿德、叶延滨、于坚、欧阳江河、杨克等人的创作，也的确输送出了一批高质量的"精神化石"。这些诗歌以特殊的方式凝聚着近百年的时代"心史"，将中国文学现代化的进程向前推进了许多，它们理应成为新诗研究界重要的话语资源。但是，不知是由于国内的都市文化理论缺少积蓄，还是因为发达的田园诗学传统的强力挤压，抑或是缘自现代都市诗歌本身的过于奇绝繁杂；总之，大陆关于都市诗歌的研讨起步较晚，至今算来不过是 30 年左右的事情，而且进展缓慢，很长一段时间内都生长在都市小说研究的理论框架、思想观念的荫蔽之下，多数研究者对文本仅仅单纯地做都市题材层面的阐释，远未抵达都市诗歌的深处和内在本质。其成绩休说难以和西方悠久、发达的城市文学探究抗衡，即便比照海峡彼岸狭小的台湾一隅也相形见绌。这样说，并非意味着大陆的都市诗歌研究没有可以圈点之处，相反，在这方面张林杰、鲍昌宝两位先生的博士论文，或以断代模式观照 20 世纪 30 年代都市环境中新诗的危机与变化，或从宏观着眼厘定现代诗歌与都市的关系，均有拓荒之功；只是学术界的大量论文因袭浮面，新意匮乏，方法粗糙。当然，这也为卢桢在新诗研究领域"拓容"、锻造新的学术生长点提供了充足的可待扩展的空间。

大约从第三学期开始，卢桢即进入了论文的准备、论证、写作状态。经过基础文本的搜罗、淘洗与细读，理论思维的扩充、深化和完善，思想、实例、言语三者间的磨合、对接同调试，数次与我就问题意识、材料整合、内在框架、行文节奏等的对话、交流和协商，乃至在文字表达上、答辩现场内、发表文章里、入选优秀博士文库中的一次次突出的表现，卢桢最终交出了一份令人满意的答卷。他的论文《现代中国诗歌的城市抒写》没在歧义丛生的"城市诗歌"概念上纠缠，而是以"城市抒写"这一文学行为作研究重心，沟通"文本中的城市"和"城市中的文本"，建构起了自己的"城市诗学"的阐释体系和话语空间。它至少体现出了以下几点优长：

一是问题意识十分鲜明。卢桢没有满足于把诗歌现象重新"历史化"，在现代都市诗歌的纵向发展描述上打圈圈，而是在第一章中以简捷、轻盈的笔触，对百年新诗"城市抒写"的不同时段表现形态做了概括性的论析后，集中探讨"城市抒写"抒情主体的观察视角、表达方式、客观文本的意象系统、审美主题及艺术特质，既回避了线性结构的呆板单薄，又利于观点揭示的深入丰富，使纵向的时序坐标转换成了空间上的问题研讨，立论平稳而又多有新意。二是视野阔达，整合性强。卢桢以大胆的学术气魄，将大陆、台湾与港澳三地互渗互证的诗歌拷合一处，进行系统、立体、动态的多方位言说，其中隐含的比较思维自不待言；尤其是他力求摆脱在文学范畴内探讨文学的窠臼，自觉将诗学研究与都市文化研究结合，通过文化视角透析诗歌文本，使丹尼尔·贝尔、瓦尔特·本雅明、韦勒克、沃伦、苏珊·朗格、迈克·费瑟斯通、袁可嘉、李欧梵、王岳川、包亚明、许纪霖等中外文学、历史学、哲学、美学、生态学等各种理论资源皆为我用，又克服了年轻学者满口新语词却少内在化合工夫、语体风格驳杂的局限。这种文化与文学浑然一体的解读视角，也充满着方法论意义上的启迪。三是在清晰而颇具深度地恢复都市与诗歌互动、互喻关系的大观和微景同时，不论是咖啡馆、酒吧、地铁、公路、广场等几组城市意象符号的具体阐释，漫游者、梦幻者等抒情主体多维视角的细读，还是对新诗中"城市诗学"审美个性和消费时代审美主题的宏观俯瞰，都融会着作者思想的创见和新解，正是凭借它们的支撑，论文才获得了题目本身应有的深度和高度。此外，论文语言的诗性色彩和分寸感也很突出，它们是一个青年学者个性确立和成熟开始的标志。若非要吹毛求疵，从更高的要求出发，我觉得卢桢要是在行文过程中与研究对象拉开必要、适当的距离，坚持一定的批判意识，文字上再通透一些，论文或许会更加精彩。

说到卢桢，我觉得我们之间有着非常深厚的缘分。时光过得真快，转眼我调入南开大学、结识卢桢已经六年有余了。2006年春天，由于只身初到津门，加上中年迁徙的"伤筋动骨"，尽管我极力克制和掩饰，还是不时流露出一种思念父母、妻儿的黯淡情绪，工作状态偶尔也受到牵累。那时，即将随我攻读博士学位的卢桢，以刚刚26岁的孩子一般的年龄，默默地替我分担了许多。他所做的一切，让我感受到了人性的温暖和力量。而后，从我和我爱人自东北返津遭逢大雪的40多个小时里他一遍遍焦灼的询问，到他为了抢在我赴日本之前见我一面而不惜财、力专程从荷兰飞回的疲惫，从他试探地冒着大雾开车送我爱人前往首都机场，到他看见我头部受伤那一瞬间关切、心疼的眼神，从毕业论文答辩圆满结束时他开心的微笑，到平素交往中他每次斟茶、关门的细微动作……他的真诚良善，他的质朴天真，他的聪慧勤奋，他的严谨踏实，他的儒雅谦和，让我觉得把什么事情交给他都很放心，他有能力，更值得信赖。我经常想，上帝待我太宽厚了，当初在东北教书时，就赐予我几位想起来就心热不已的学生，如今在南开的弟子依然个个优秀，尚品性，讲伦理，重情义。这是一个教师最大的欣慰和幸福。

我一直就相信天分在一个人身上的作用，创作需要天分，研究同样也离不开天分。卢桢的天分熟识者无不称道，他的悟性、直觉和思辨能力在同侪中是超群的，博士毕业才三年多，专业研究的突飞猛进和三尺讲台的翩翩风采，已令人刮目。

作为卢桢的导师和同事，我为他的博士论文能在权威出版社问世而高兴，并祝愿他的学问之道愈加开阔。

罗振亚

2012 年 9 月 29 日于天津阳光 100

绪　论

诗歌与城市的联系可以追溯至古代文学兴起之初，从早期的《诗经》至汉代乐府诗、京都赋，初唐京城诗以及宋代以降以柳永为代表的市坊风情词，其间都留下了城市文明的斑驳投影。在中国古代文学中，"城市"一词是"城"与"市"的结合。"城，以盛民也"，"市，买卖所之也"（《说文解字》）。迟至战国时期，"城"与"市"二词才联袂出现，如《韩非子·爱臣》："大臣之禄虽大，不得籍威城市。"至于另一与城市相关的概念"都"最早可见于《周礼》："四县为都，方四十里。"又见《释名》："都者，国君所居，人所都会也。"相对于正史纪传和方志条目，诗歌可以更多地涵载城市的社会、经济、民俗实态。伴随着古代城市的发展，它所表现出的城市情境也愈加充实，建筑风光、世态万象以及民俗风情皆可入诗。这些文人士子在殿宇飞檐间抒发盛世情怀，在断壁残垣中感喟繁华难恃，体悟人生的萧索无常；或者像柳永那样浸淫于市井坊巷，以纵情声色的享乐心态点染清平之乐。整体而观，古代诗歌的城市抒写是文学家观念化城市的心理再现，寄托着诗人的文学理想。不过，就古典诗歌体制而言，这一讲求"诗缘情"的文体"贵情思而轻事实"①，而城市抒写要以客观社会物象作为描写对象，因而难

---

① （明）李东阳：《怀麓堂诗话》，《李东阳集》第 2 卷，岳麓书社 1985 年版，第 535 页。原文为："此诗之所以贵情思，而轻事实也。"

以凸显文体自身含蓄空灵的神韵。这一对客观物象呈现的功能，在唐宋以后似乎更适宜由小说、戏曲来承担。况且，封建城市的发展始终无法摆脱农业经济的控制，古典诗制也与乡土经验脉络胶合难分，这便决定了中国古代文学只能是"农业文化型态的文学"。① 缘此，尽管古代诗歌的城市抒写颇具艺术魅力，但鲁迅先生作出的"我们有馆阁诗人，山林诗人，花月诗人……没有都会诗人"② 的论断却也不乏公允。在欧风美雨的强势涤荡中，僵化的传统在崭新的文明面前轰然倒塌，一个全新的国家意识形态和城市文化生态必然使诗歌发生同质的改变。在拯救人对城市的复杂体验中，诗歌会以全新的形式和语言使"语词间的城市"显露光芒，达到新的视界融合。

一　"文本城市"的探索之旅

王德威曾论述道："城市与文学的关系，是现代文学史家及论者最常触及的关目之一。"③ 19 世纪中后期以来，"城市"（city）成为西方人生活的共同体，进而渐次演变为现代意义上的大都会（metropolis），并顺理成章地成为现代主义文学的精魂。如布雷德伯里所说："现代主义把城市作为它的自然发源地——而这些城市又变成世界性的中心……在大多数现代主义艺术中，城市则是产生个人意识、闪现各种印象的环境，是波德莱尔的人群拥挤的城市，陀斯妥耶夫斯基的死屋遭遇，科比埃（和艾略特）的万物混生的环境。"④ 就西方城市文学而言，它起源于城邦制度之下的古

---

① 胡晓明：《传统诗歌与农业社会》，载《文学遗产》1987 年第 2 期。
② 《鲁迅全集·集外集拾遗》，人民文学出版社 1982 年版，第 299 页。
③ ［美］王德威：《如此繁华》，上海书店出版社 2006 年版，第 146 页。
④ ［英］马尔科姆·布雷德伯里：《现代主义》，中国社会科学院外国文学研究所译，上海外语教育出版社 1992 年版，第 75 页。

老城市文明，而现代意义上的城市文学则是在机器工业经济中诞生的。与西方相比，中国的城市文学似乎始终没有形成稳定的发展脉络和审美取向，直到西方列强的武力入侵和经济渗透，方才导致封建城市文化的逐步解体。一种由物质文化、制度文化引领的现代城市文明登陆中国，它冲击着古典诗歌的体制范例和精神田园，并使现代意义上的城市文学催生萌芽。

在古典诗歌中，作为抒情对象的城市无外乎是一个特殊的景观、一种缘情起兴的介质。"士"的济世传统与"怀古"的千年母题使得诗人即使进入 20 世纪，其所营造的城市风貌依然与"现代性"的感受无缘。杨云史笔下的柏林［一夜吹筚秋色高，柏林城里肃弓刀，宫嫔早识君王意，二十年前绣战袍。（《柏林怨》）］和巴黎［铜街金谷隔云端，闻到巴黎似广寒。草里铜仙铅泪冷，洛阳宫阙似长安。（《巴黎怨》）］其所写之景，既有长门之恨，又含长安之哀，惟独缺乏异邦光电缤纷之色。传统诗歌的语言、节奏及其意象符号系统已然无法处理纷繁的现代都会感觉，诗人的内在文化心理也与现代城市出现巨大的断层，一种"求新"的要求呼之欲出。在充满诗性变革与冲动的晚清时代，黄遵宪的古体诗歌多已触及西方制度名物，并有《香港感怀十首》这样植入新锐城市意象的诗篇。尽管依然受到古典诗歌平衡体制和诗意机制的影响，难以透彻展示现代器物的风神；不过，相较于传统意义上的诗歌美学，他所追求的"新派诗"明显地提升了诗歌"功能的现代性"。其诗作最重要的意义"就是把诗歌从山林和庙堂世界，带到了嘈杂喧闹的人间现实世界，强调了诗文'适用于今，通行于俗'的重要性"。①

新诗的先驱胡适将诗歌对现实的表达视为"物"之表达，与"物"的特殊经验关联，成为其诗歌实验的主旨。这就意味

---

① 　王光明：《现代汉诗的百年演变》，河北人民出版社 2003 年版，第 45 页。

着要在传统的诗美空间之外，寻找新的想象素材和诗意环境，如同他在《沁园春》一词中的誓言所说："更不伤春，更不悲秋，以此誓诗。"① 新诗之新，在他看来就是要从传统诗歌建立起的文化忧伤循环中超脱而出，扬弃以"自然"为中心的思维方式。傅斯年说得更为简明了当："人与山遇，不足成文章；佳好文章终须得自街市中生活中。"② 伴随着新诗人对"物"的投合姿态，诗歌自身也呼唤着更为开放的语言与形式，以融会传统诗意无法处理的城市新风神。抒情主体的情感需要与诗歌文体的内部诉求达成默契，从而拉近了诗歌文体与城市文化的距离。在当时的精神语境中，知识分子试图传达一种"直面当下"的群体价值观念，这成为后世诗人审美视阈的重要构成。由感情投射的角度观之，从空谷旷野幽思到大城小街之景的视角转换，表现出"由远及近"的镜头拉伸感。不过，对新诗最初的试验者而言，他们重点观照的是诗歌形式、语言等"外在"质素的实验，而对文本的思想趣味和现代精神的"内在"探索，似乎还欠缺深入与沉潜。新诗初创时期的胡适便未完全脱离文人诗歌"大传统"与民间谣曲"小传统"的框架，那些新锐的城市意象符号，并没有引起他的足够关注。比如写到城市中的"人力车夫"，其抒情语境却依然显得朦胧古典，缺乏现代都会的新奇感觉，胡适自己也评说他的早期诗作大都是"缠过脚后来放大了的妇人"。③客观而言，在新诗的初创期，这种"文化的不适感"确实难以规避，而大量的稚拙之作，也并没有影响未来诗歌逐渐进入开放的城市语境，并在其中不断产生革新之力的发展流程。

    "五四"白话新诗运动顺应了诗界革命以来文学自身转化的

---

① 胡适：《藏晖室札记》12 卷 46，亚东图书馆 1939 年版，第 891 页。
② 傅斯年：《中国文艺界之病根》，《新潮》第 1 卷第 2 号，1919 年 2 月。
③ 胡适：《四版自序》，《尝试集》（增订四版），上海亚东图书馆 1922 年版。

历史要求，它的意义在于彻底改变了传统的诗学观念，"表示了一个新的诗的观念"并"提示出一个新的作诗的方向"。① 王国维在《人间词话》中早已说过："盖文体通行既久，染指遂多，自成习套。"② 而新诗的萌生正应和了这种摆脱规束、主推新意的艺术诉求。作为与西方文化形态关涉紧密的现代都市文化，也对诗歌产生了由表及里的推动力。士绅阶层的消失和西方都市精神的侵入，使城市文化逐步衍生出独立性，并反过来在政治与经济上影响甚至控制了乡村文化。现代教育的兴盛、职员阶层的出现以及报刊传播业的繁荣，使城市得风气之先，实现了知识的聚集效应，并影响了文学艺术的运作方式。充裕的都市物质生活、发达的文化事业、便捷的沟通方式、租界地稳定的社会形态和宽松的舆论氛围，使都市成为吸引知识分子的理想生态环境。这一新兴文明的力度与厚度侵袭着现代诗人的头脑，使其澎湃心潮与都会脉搏发生强烈共振。西方都市诗的代表诗人波德莱尔、凡尔哈仑、桑德堡、艾略特等人的经典诗作得到同期译介，也对中国诗人的写作起到重要的影响。在现代诗人笔下，城市作为崭新的语言资源，不断涌入其文本的形态与精神之中。郭沫若便以对《女神》的咏叹，呈现出都市工业乌托邦的国族想象；在邵洵美的足音下，踏出的是颓废者的迷情与疲乏；在殷夫、艾青的血液里，流淌的是先觉者对都市下层民众的体恤；在李金发的微雨中，坠落的是孤独灵魂离群索居的现代意绪。现代派诗人金克木曾说："新的机械文明，新的都市，新的享乐，新的受苦，都摆在我们面前，而这些新东西的共同特点便在强烈刺激我们的感觉。于是感觉便趋于兴奋和麻痹两极端，而心理上便有了一种变

---

① 梁实秋：《新诗的格调及其他》，《诗刊》创刊号，1931 年 1 月。
② 王国维：《人间词话》，陈杏珍、刘烜重订，上海古籍出版社 1998 年版，第13 页。

态作用。这种情形在常人只能没入其中，在诗人便可以吟味而把它表现出来，而且使别的有同经历的人能从此唤起同样的感觉而得到忽一松弛。"① 可见，都市改变了诗人认识世界、感觉世界的基本模式，促使他们生成现代的精神体验和审美经验。伴随着白话诗歌语体实验和形式主义、象征主义诗学的思想种植，城市抒写成为现代诗人由"物"的层面进入诗歌的切入点，并在新诗诞生之初便形成"第一波"的强势爆发。

　　作为现代最大的文化符号，都市是一场同陈物质文明与精神文明的盛筵。随着一批现代意义上中心城市的出现，诗人可以借助舶来的诗思在现实语境中即时体会城市风物文化，实现城市理性与乡野感性的分离，郭沫若、李金发等新诗先驱便首先在西方城市中寻觅到物质文明与现代意绪的奇特感受。进入 20 世纪 30 年代，一些富有敏锐感觉的诗人开始在诗歌观念上主动适应都会的生活节奏，既展开诗歌内部情调、色彩与音律的实验，亦注重捕捉能够反映现代城市情绪的意象，建立现代诗歌的情思空间，这正是"现代派"诗人的群体选择，他们以自觉的艺思追求使城市抒写步入繁荣。这里既有施蛰存、徐霞村、徐迟对美国都市意象诗的翻译，也有金克木等学者的诗学理论阐述。对于金克木提出的"现代的情绪"，林庚曾有专门解读："在传统的诗中似无专杂追求一个情调 Mood，或一个感觉 Feeling 这类的事，它多是用已有的这些，来述说描写着许许多多的人事。如今，自由诗却是正倒过来，它是借着许多的人事来述说捕捉着一些新的情调与感觉……至于形式之必须极量的要求自由，在文字尚且如此时自更是当然的事了。"② 由此可以看出，现代的"情绪"与"诗

---

① 柯可（金克木）：《论中国新诗的新途径》，载 1937 年 1 月 10 日《新诗》第 4 期。

② 林庚：《诗与自由诗》，《现代》第 6 卷第 1 期，1934 年 11 月 1 日。

形"，成为这一抒情群落的运思重点。

　　身处现代中国，"喧哗嚣躁"的上海和"雄迈深沉"的北平既是诗人的两大聚集地，同时也自然成为城市抒写所依靠的母港。集中在上海的现代派诗人尤其偏爱对诗歌"内在形式"的研磨，他们依然怀有郭沫若式的对工业文明的拥抱情结，但情绪的调子已不再那么激烈，"实验性"成为他们所关注的焦点。在《都会的满月》中，徐迟将罗马数字与都市的典型符号意象杂陈并置，带给读者鲜明的视觉冲击；而施蛰存的《银鱼》则利用跳跃性的表意体系，使意象群组产生整体性的象征效果，在瞬间呈现出理智与感情的复杂经验。综合来看，他们无一不在应和着林庚提及的"用现代风物铺露的"感觉，其诗歌的内在形式亦达到了纯然的现代。和上海相较而言，失去政治光环的北平成为现代派诗人退回内心、表达荒原意识的温床。戴望舒曾以"年轻的老人"（《我的素描》）这一矛盾的复合体表达生命在都市时空中的消耗感，卞之琳《西长安街》、何其芳《古城》、废名《北平街头》等诗作也表达了类似的情绪。与同期的左翼文人相比，他们较少受到价值理性与集体理性的影响，其抒写基本远离宏大的启蒙主义命题，更重视表现都市人的心灵世界，这正是艾略特所言及的、现代意义上的离群索居。而且，诗人进入都市人心灵层面所获得的文化异己感，也已告别了单纯的对"名物"的摄取和对新奇意象的"尝鲜"，他们以回溯的姿态寻求心灵的文化支点，仿佛与文人隐逸的文化传统相关，却又点染着因城市人际关系冷漠而引发的心灵寂寥，可谓两种孤独文化的融合。整体而观，现代派诗人虽然存在地域上的"南北之分"，但并未像小说那样产生海派与京派的对峙，他们以其融会现代理念与传统精神的文本实践，第一次将都市文化引入诗歌"内与外"的运思之中，可谓意义重大。作为瞿秋白曾提到的与"薄海民"，即小资产阶级流浪知识分子同质的文人，现代派诗人同都市化和摩登化的距离更为切近。传统农耕文明在他们身上的投影渐发黯淡，一切来源于城市的欢欣与孤独、颓废和哀变，悄然置换了思想者的抒情主题。

如果说现代派诗人倡导的现代性主要是以现代城市为背景，重视个人内心世界的灵修与技巧的实验，那么40年代诗歌的现代性则超越了这种城市经验和知识分子的视野，诗人主张面对生活的整体性和艺术的综合性，这正是九叶诗派的群体抉择。与现代派诗人追求将都市情绪"内化"的抒情模式相似，九叶诗人亦重视运作将都市意绪"心灵化"的诗维，但这种"内在"乃是与"内在的现实主义"勾联而生的产物。面对流动的城市文化，他们不再单纯地陷入个体沉思，而是以开放的态度，主动与广阔的历史情境和公共生活建立联络，强调知识分子对外部世界的个体承担精神，从而使他们具备了群体代言人的英雄姿态，其诗歌亦呈现出现实的真切与庄严。袁可嘉的《南京》、《上海》，杜运燮的《追物价的人》，唐湜的《骚动的城》等文本便都以批判的基调，应和着城市下层民众的群体呼声。与殷夫、艾青那样将城市美丑并置的渊源归结于阶级，从而充当阶级代言人的做法不同，九叶诗人的脑海中永远存在着一个关涉人类大理想的终极价值依托。由此，他们笔下的城市病症便无法单纯通过政权更替抑或阶级手段来调和。其城市抒写既是一种经验层面的城市印象，捕捉到"一见钟情"与"最后一瞥之恋"（本雅明语）的纠结；同时，秉承由艾略特引发的"思想知觉化"和寻找"客观对应物"的西方现代主义诗思，他们的城市文本并没有直接停留在意象世界抑或普遍经验之中，无论利用何种意象符号兴发"主体"被压抑的思想片段，最后呈现的仍然是一个"现代人"的完整精神形象。其抒写既包含了自新诗与城市结缘之初便产生的欲望、孤独乃至落寞的心理主题，也因纳入了对终极价值的关怀而具备了乐观的姿态。如同波德莱尔敢于正视生活的缺陷一样，即使听到都市"邪恶的笑声"，诗人也为这黑暗时代留存希望的曙光，在"黑夜的边上/那就有黎明/有红艳艳的朝阳"（陈敬容《黄昏，我在你的边上》），诗人为自己点亮心灯，更是为全人类留存光明。可见，九叶诗人不像现代派诗人那样全然沉溺于心灵的忧郁与玄思，在内心世界中营造情绪的象牙塔，他们以无畏的个体承担意识，使这一抒情群落成为孤独城市的伟岸英雄。在杜运燮的《井》、穆旦的《城市的街心》、郑敏的《寂寞》以及《成熟的寂寞》等诗作中，总有一个拥有知性与理想力量的现代英雄，他穿越了初期城市抒写那种心灵隐匿的局限，向作为一个生命族群的人类群体价值投射出虔诚的信心。如同《荒原》中那个始终存在的、对超越死亡的复活不懈追求的英雄一样，宣泄着庄严的力量，释放着理想的光芒，从而将现代诗歌的城市抒写推向更为深邃的思想峰巅。

　　在九叶诗人将诗歌城市抒写引入人类群体的价值关怀之后，随着新政权在北京的建立，这一抒写本身的丰富性却逐渐被新的美学原则压制了。无论是新浪漫主义还是现实主义风格，都忽视了城市意绪微妙多变的细枝末节，更为阳光的浪漫姿态在唱响工业赞歌的同时，也将城市抒写的消费性、欲望化等主题局限在题材的范围。城市抒写所关怀的人之"欲望的现代性"（王德威语）淹没在"启蒙"的宏大线索之中，直到朦胧诗人的登场方才有所恢复。进入新时期，中国城市的发展速率逐渐与世界同步，强大的城市表征进一步影响了一批作家特别是当代诗人的文学想象。与现代文学相比，这一时期诗歌城市抒写最直观的特色便是出现了一批有组织的城市诗人社团和诗歌刊物。在1986年的"现代主义诗群大观"中，第一次有人以群体形式提出"城市诗人"的口号，以抒写"城市诗"的方式标榜其价值体系。他们将城市看作产生艺术的唯一空间，并颇具使命感地承担起抒写城市的任务。这个被评论家朱大可描述为"焦灼的一代和城市梦"的群体，由张小波、孙晓刚、李彬勇、宋琳四人组成。在诗艺上，他们承接了现代主义诗学对都市人日常生存哲学的关注，着力寻觅都市符号的新鲜质感，以反抒情的事态语言确立其主体的知觉空间。不过正如"焦灼的一代"这个群体命名，他们将物质重压之下的"孤独"作为城市诗的心理肇始，其艺术自释正揭示出他们自身所存在的一些弱点：敏感而脆弱；接近孤独也容易被痉挛感所吞噬；易于滑入自我的意识迷津；难以处理更为丰富的城市素材。在为城市诗歌群体建设奠基的同时，他们也为后代诗人留下了一系列需要解决的问题。

　　步入世纪之交的上海，我们可以看到新一批诗人建设城市诗学的努力。这里有"上海城市诗人社"①，以及从中裂变出来的"新城市诗社"等。众多写作者共同以诗歌在民间的诗性追求为起点，以城市人与物质都市的角力为主要审美主题，秉持现代主义等多种创作手法，借助艺术沙龙和网络论坛的方式，为城市抒写的群体建设展开新一轮的探索。2006年，由诗人铁舞选编的《忘却的飞行——上海现代城市诗选》出版，并被列入《画说上海文学——百年上海文学作品巡礼》。民刊《城市诗人》、《新城市》等，也成为城市诗歌的鲜活文本。此外，一系列专门以现代城市为描述对象的城市诗人也活跃起来。叶匡政便善于运用平淡的语言，在城市人的生活间歇展示生存的无奈与沧桑，书写心灵主义的《城市书》；杨克则以调侃、游玩的姿态步入城市迷宫，狡黠地化解了城市生存状态中灵与肉的互峙，并时刻保持着深入血肉的情感投入，他的文本正代表了新世代诗人解读城市时那种既投合又暧昧的复杂心态。"面对着城市新的形态，旧有的经验失灵了。一部分诗人变得贫乏了，他们甚至干脆放弃诗歌；

---

① 该诗社目前由上海市黄浦区文化馆主管，有定期编印的诗歌民刊《城市诗人》。

另一部分诗人则变得狡猾了，他们在千方百计挤进城市之后，进而躲在城市的角落里咬牙切齿地诅咒城市……还有一种诗人是城市里的迷路者，他们处于市民经验与农民经验的边缘上，脱离了自然，又不被城市接纳。"① 评论家张柠的这段论述所针对的既是当代诗人，又何尝不是现代诗人面对城市时的扭捏与踟蹰。如果说 20 世纪 90 年代的诗学是"断裂"维度的诗学，那么在与宏大话题分道扬镳之后，如何以一种更为洒脱的姿态进入城市语境，与消费时代的审美风尚并驾齐驱，已成为城市文化形态向所有诗人提出的问题。今天，城市的审美风尚已经完成了由启蒙模式向消费模式的转变，无论对城市接受与否，它都已经成为影响当代诗歌诗意形成的、无法规避的理论背景和思想策源地。

最后需要言明的是，如果从广义的"现代中国"概念考量新诗的都市呈现问题，那么台湾以及港澳文学同样不应被忽视。纪弦、覃子豪、余光中、痖弦、罗门等台湾现代诗人便始终将都市生活情态视为诗思源泉，他们对城市人"物质迷恋而精神逃亡的现象"的捕捉，是"都市文化寻找补偿的一种自我调节和自我安慰"。② 在资本主义城市文化发达的香港（包括澳门），城市经验也进入诗人的主体视阈，他们或是对城市化进程中"本土性"的迷失忧心忡忡，或是对现代城市造成的"人"之异化进行艰难求解。无论是站在历时还是共时的角度，台港澳诗歌和大陆诗歌都存在着融合"知性"与"感性"的潜承对话关系，其间亦贯穿着关涉批判意识、田园精神以及调侃风格等"互文"式的脉络暗合。以台湾诗歌的城市抒写为例，它从 20 世纪 50 年

① 张柠：《诗歌迷宫与城市生理学》，本文为杨克诗集《笨拙的手指》的序言，北岳文艺出版社 2000 年版。

② 《台湾文学史》编委会著，刘登翰执笔：《文化的"转型"和文学的多元构成——台湾文学的当代走向》，载《台湾文学选刊》1991 年第 5 期。

代起就秉承了现代主义的精神，可以看作中国现代主义文学的彼岸延续，这就有效弥补了大陆诗歌城市抒写在十七年以及"文化大革命"时期的匮乏与不足。在共时的平台，林燿德、陈克华、林渡、罗青等"新世代"城市诗人对罗门、余光中等"前行代"诗人的超越，既是诗学意义上的后现代转向，又与文化解严之后的消费主义文化风潮相关，从而与中国大陆后朦胧诗的一系列"超越"、"PASS"主题形成呼应。不过，也正因为不同地域"后发性"现代化所造成的文化差异，台港澳的都市发展与大陆存在着鲜明的时间断层，其单一的个体状貌也迥然相异：高压政治抑或资本主义殖民文化的侵入、主动的西化以及新古典主义的转向……其中任何一个细微差别对文学特别是诗歌的影响都可能是"谬以千里"的。城市文化的差异性会对诗歌造成难以抗拒的观念渗透，并直接影响到城市抒写的理论选择、审美特征以及情感空间构造等微观问题。因此，对台港澳诗歌中城市抒写进行横向观照，既要考虑到两岸诗学的共时相似性，亦要照顾到其自身发展的独特状貌。在具体操作中，本书不将台港澳诗歌中的城市抒写纳入整体研究范畴，但对其发展状貌及诗美特征仍予以梳理和描述（第一章第三、四节），以拓展"城市抒写"研究的理论视野。在对大陆诗歌文本或文学现象展开分析时，我们也会采用比较的方法，将其与台港澳文学的同类文本或现象进行横向勾联，以在宏观的诗学视野中突出"大陆诗歌城市抒写"自身的审美特质。

二 "城市诗学"的诗美运思

在论及城市文化与文学的关系时，李欧梵曾对现代小说作出这样的评价："城市从来没有为中国现代作家提供像陀思妥耶夫斯基在彼得堡或乔依斯在都柏林所找到的哲学体系，从来没有像支配西方现代派文学那样支配中国文学的想像力。"① 笔者认为：所谓"从来没有"这样的论断未免显得绝对化，都市文学虽然并未在其品格缔造过程中占据过文学的主流地位，但对与西方诗学关系密切的新诗而言，与城市文化订立盟约正应和了西方现代诗歌的演进趋势。城市文明也以"城市文本"和"文本城市"的双重姿态，影响和推动了新诗的变革与更新，并应运而生地牵涉出机械化审美、欲望化审美、人性化审美等一系列意义丰润且恒久不衰的审美主题。如布雷德伯里说过的那样："城市生来就是没有诗意的，然而城市生来又是一切素材中最富于诗意的，这就要看你怎样去观察它了。"② 城市文化对诗歌文体的渗透是由表及里、由外达内的，新诗人正是通过对城市物象的捕捉和对城市人文意绪的营造，为新诗美学探索出一系列稳定的审美特质，并参与到构建世界城市文学的进程之中。

（一）融合传统与异域经验的审美趋向

对习惯在稳定、凝固的静态自然文化模式中寻求诗意的诗人来说，西方城市文化所蕴涵的时间与空间意识首先带来了观物方式的巨变。郭沫若、李金发、徐志摩都有过在行驶的火车上观物的类似经历。在郭沫若看来，"在火车中观察自然是个近代人底脑筋"。③ 传统的乡野田园被列车的速度连带成流动的卷轴，在意象的变速呈现中，诗人们采取了现代性的观察视角，氤氲出惠特曼式的豪放与激情。借助全新的"物观"体验，抒情主体进入城市的内部结构并形成漫游者的"凝视"姿态。他们沉醉在

① ［美］李欧梵：《论中国现代小说》，载《中国现代文学研究丛刊》1985 年第 3 期。

② ［美］马尔科姆·布雷德伯里：《现代主义》，胡家峦等译，上海外语教育出版社 1992 年版，第 311 页。

③ 《郭沫若全集》（文学卷第 15 卷），人民文学出版社 1989 年版，第 124 页。

"人群"之中，确立起自我的形象与个性，又凭借对"震惊"经验的吸收与转化，建立非秩序的心灵幻象。这种自我意识的强化使诗人的城市经验来源于人群却又与之相异，他们在消费热潮中充当着冷静的旁观者，又仿佛是城市边缘的拾垃圾者，踟蹰彷徨在都市的暗夜里，拣拾诗的碎片。"只有那些城市的异质者，那些流动者，那些不被城市的法则同化和吞噬的人，才能接近城市的秘密。"① 这种观察城市的姿态穿越于诗人城市抒写漫长的实践之中，并始终保持着稳定的步伐，从而汇集成为诗人观察都市、认识自身的一个清晰焦点。很明显，诗人与艾略特笔下的伦敦情结、波德莱尔眼中的巴黎经验达成某种程度上的互文，部分诗人更是直接从异域诗思进行取材，并将其演绎成为融合本土经验的城市诗学。

面对异邦诗学诸多纷繁的语言形式、符号特征以及观物视角，新诗产生了与传统古典诗学的强烈隔膜。梁宗岱对此评价道："如果我们平心静气地回顾与反省，如果我们不为'新诗'两字表面意义所迷惑，我们将发现现在诗坛一般作品——以及这些作品所代表的理论（意识的或非意识的）所隐含的趋势——不独和初期作品底主张分道扬镳，简直刚刚背道而驰：我们底新诗，在这短短的期间，已经和传说中的流萤般认不出它腐草底前身了。"② 刘呐鸥曾以"战栗和肉的沉醉"这种城市体验方式概括城市人的精神世界，显然，这与古典诗歌的宁静淡泊是全然不同的精神向度。精致圆熟的古典诗歌模式已然无法容纳现代人的生活感受和内心状态，传统抒情主体所秉持的超然稳定之态，也难以对纷繁芜杂的城市经验作出迅捷反应。人文传统千百年来形

---

① 汪民安：《城市经验、妓女和自行车》，《身体、空间与后现代性》，江苏人民出版社2006年版，第131页。

② 梁宗岱：《新诗底纷歧路口》，《诗与真·诗与真二集》，外国文学出版社1984年版，第67页。

成的观察经验丧失了统一、持续的疆界，在城市语境中追寻意义流动的任务，更应由新的诗体来承担。因此，稍显僵滞的传统人文话语场，逐渐被一些崇尚现代城市文明的诗人所扬弃。

对中国现代新诗在产生过程中与现代西方诗的"互逆"景观，叶维廉曾有此论述："在中国知识分子向西走的时候，正是西方知识分子向东学习的同时，五四所摒弃的山水自然，正是美国诗的强烈的灵感。"① 的确，这种"互逆"本身正说明现代性在具体地域文化背景中的价值落差。山水和自然已经无法寄托知识分子的强国理想，而鲜明可辨的机械文明正能投其所思。当然，这种"摒弃"也并非绝对。结缘于西方文学的中国新诗仍然无法完全割舍与传统抒情方式和审美经验的联系，文化的杂糅与并置，成为中国文学"现代性"特有的存在模式。在更多情况下，有一个"内在"的文化之"我"，随时调整着诗人的心理平衡。如同现代派作家选择"古城"、"荒街"等意象作为"我"回归内心的依托，这个意象群落属于都市，却引领着我们通向古典深幽的凄寂之境。尽管艾略特的荒原意识树立起一个具有现代忧思感的"大我"形象，但中国诗人依然要将其进行诗意的本土转化：或者与名士隐逸的文人传统相关，或者在都市魔境中人为制造一个精神的田园，将希望归结在"灵"的超脱上。在郭沫若的城市赞歌中，他的抒情方式依稀还有传统牧歌的调子；而戴望舒的"雨巷"既可以理解为波德莱尔"给一位交臂而过的妇女"那样对都市经验迫不及待的渴求，同时其情境又点染着对乡土情怀的依依眷恋。即使是在当代诗人海子笔下，金黄的麦田依然是一首永恒的心灵之歌，这一符号代表了中国文人恒定的精神家园。正如同艾略特诗中的英格兰感伤情调一般，它既浸染着抒情者与现代大都市的离异情绪，又隐含着他们对文化

---

① 叶维廉：《中国诗学》，三联书店1992年版，第211页。

传统的思念情结，波德莱尔是这样，洛迦也是这样。中国诗人着意将都市古典化，以寻求残存着的一缕"古香"的行为特征，与他们都市人的现实处境是一致的。这是诗人完善现代都市人格的必经之途，同时更是打破本义语汇系统、建立城市隐喻系统的诗歌内在需要。他们汲取了西方城市经验中代表风物的理性思想与物态符号，而在精神体验上，他们往往具备城乡复合型的心理特质，可以站在东西文化的中间地带帷幄运筹。当现实的田园经验在久居城市的当代诗人那里丧失存在根基之后，艾略特似的"离异"情思方才有复现的可能。这时的田园与乡土，已经被诗化成为带有明显象征意味的喻体和都市人的视镜补充，它直接指向人性的纯粹、审美的和谐、心灵的纯净、生命的健硕。也只有在此时，"传统"才不再是逃离都市的借口，它成为被都市所整合了的内隐诗性角度，以及由都市文化建立起的一种审美期待。

诗人在城市抒写中所产生的一切审美理想和预设视角，都需要借助具体的文本操作才能得以实现。在文本层面，新诗更多地表现出与异域诗学的交融姿态，在引入全新语言经验的同时，诗人们亦将古典诗歌的意象符号和表意体系进行了现代加工，使其融会了城市新意。在《现代》第4卷第1期上，施蛰存发表了《又关于本刊的诗》一文，指出《现代》中的诗"纯然是现代的诗。它们是现代人在现代生活中所感受到的现代的情绪用现代的词藻排列成的现代的诗形"，而"所谓现代生活，这里包括着各式各样的独特的形态：汇集着大船舶的港湾，奏响着噪音的工场，深入地下的矿坑，奏着 jazz 乐的舞场，摩天楼的百货店，飞机的空中战……甚至连自然景物也和前代的不同了"。[1] 他的论述体现出现代派作家以城市抒写作为追求新诗艺术现代性的意识自觉。如果说白话文是新诗的骨骼，那么城市意象符号则充当了

---

① 施蛰存：《又关于本刊的诗》，《现代》第 4 卷第 1 期，1933 年 11 月 1 日。

它的血肉，大量西洋词汇以及城市符号涌入诗歌，为现代诗歌象征体系的完善贡献着力量。意象之间蒙太奇似的连动和语词的非常规组织，成为诗人将都市骚动进行"艺术结构化"的最佳呈现方式；语词跳宕、顿挫的连接和诗句的长短布局又将都市印象作了联觉化的处理，令人分明感到内在于形的、以"结构—语言"形式对都会情绪的精神拓影。这都说明，城市抒写在拓展诗歌外在表现力的同时，也在追求文本内在质量的提升，诗人们探索着城市文化对新诗美感生成所起到的作用，从而触及了新诗现代性的重要内核。在这种探询中，城市抒写的先驱们往往都拥有各自的西方诗学先导：未来主义之于郭沫若，凡尔哈仑之于艾青，勃洛克之于殷夫，桑德堡之于施蛰存，艾略特之于孙大雨、袁可嘉、穆旦……现代诗人与西方城市诗人似乎保持了天然的亲近，并有所侧重地形成了自己的审美特质。

　　在具体文本中，诗人融会中西诗学的智光无处不在。仅以陈敬容的《黄昏，我在你的边上》为例，诗歌便已结合奇喻、对仗、拟人、通感的修辞方式，联络思想知觉化的现代主义诗维技法，将城市人的内心荒凉以外化的方式变形变意。同时，"黄昏"这一古典意象的意义也由羁旅离愁游移到现代城市的喧嚣之痛。再看徐迟、穆旦、杭约赫等现代诗人，他们都擅长将古典意境与都市现实进行意义的互渗与融合。无论是再造而成的传统意象，还是舶来文明的新鲜符号，都与诗人所要表达的现代意绪实现恰如其分的平滑契合。对当代诗人而言，这种"文化"的意义拼图可以使其文本常葆活力。他们不再困扰于历时的传统文化扭力，也不再刻意标明自己与西方的经验距离。通过建立与现实生活同步的语感，诗人们回到诗歌作为日常生命形式的本真状态，以城市生活"凡俗与真实"的现场感表达消除了传统"隐喻"体系所指涉出的崇高意识。他们将无数个"传统"的经验片段与诗歌的现实进行对接，捕捉不可言说的虚妄与荒诞，从而铺展开一个崭新的话语空间，流露出他们游刃在多种文化经验之中的轻松心态。总之，这些由都市文化因子所"发现"的文本，逐渐在百年发展中显现出与之相应的诗形特征，其美感构成的原则也与都市文化的风尚趋向同构，并在日常城市的诗美结构中沉淀出可贵的本土精神价值。

（二）对现代性命题的深入探询

由于中西社会形态存在的巨大差异，在"现代性"这个家族相似的开放概念内部，也存在着多元因素的力量角逐。这既是"东西互汇"所造成的结果，亦如现代性命题本身一般，成为永远"在路上"的过程。对现代诗人而言，除了精神状态的"现代"之外，现代文学自身同样离不开物质状态的"现代"转换。新兴的都市哲学观念和街道、大厦等城市物态元素刺激着诗人的"现代性"想象，从而使他们获得与乡土经验截然不同的又一重要资源。如同竹内好思维中"现代性的真谛就是对于西方的反映"① 一般，对乡土文学模式的告别，进而向都市文学模式的转化既和 R. 威廉姆斯所谈及的西方现代文学脉络相似，同时也深蕴中华本土的独立特质。中国的现代城市大都因为西方人的进入而"被动"兴起，在百年发展中始终带有原初性的创伤经验。不过，东方"现代性"开始萌生之际，恰恰是"现代性"本身在西方分裂的开始，它自身已经逐步陷入创造性和生产力的匮乏危机，由此也引发了西方人对"物质现代性"以外的"美学概念现代性"新一轮探索。而主动内化西方文明的东方人，更看重其物质能量带给国家的富强未来，现代强国观念始终如同幽灵一般在知识分子的脑海里徘徊，并时刻影响着诗人对城市抒写技

① 张京媛主编：《后殖民理论与文化批评》，北京大学出版社 1999 年版，第405 页。

术性、机械性审美的侧重。在国家富强意识与现代个体意识的此消彼长中，百年诗歌的城市抒写建立起侧重点殊异的现代性命题：在 20 世纪 80 年代之前，城市抒写承担了过多来自民族解放和国家富强等意识形态方面的宏大命题，现代性观念所重视的主体思维和欲望享受则在一定程度上被放逐了；在新时期特别是 90 年代以来的城市抒写中，主体主义得到了恢复与强化，诗人们在日常生活中找到了超越主体性思维的生存逻辑，探索出反权威、反意识形态专制的狂欢化行为方式。

郭沫若在《日出》中曾写道："摩托车的明灯！你二十世纪底亚坡罗"。未来主义的文化内涵体现在诗人对"速度"的崇拜上，这正与他希冀国家富强成长的"大国民意识"两相契合。这种被朱自清誉为 20 世纪的"动的精神"，是"五四"新文化运动以来的一个普遍文化命题。城市的工业意象作为"被证明"的富强符号，从某种意义上成为现代进程中政治、经济、社会和文化诸层面矛盾和冲突的集中体现，是现代性最重要的物质标志之一。20 世纪 40 年代初期，朱自清曾提出了在"现代商工业的加速的大规模的发展"中建设"建国诗"的理想①，所谓"建国诗"就是城市诗歌。在他的概念里，城市化与国家同体，因此，现代性微缩成为一个单向的、与国家富强并进的单纯向度。在现代诗歌中，这一命题曾因"现代派"诗人内隐式的个体抒怀和九叶诗人开放式的价值承担而得到深化。他们认识到"物"既是现代国家成长的表征，同时也是郁结人心、使之异化的渊薮，进而由物质表象走入人类经验的深层，探询出一个个蕴藉独立意识的现代个体。不过，随着集体大抒情的现实美学政治登场，城市个体的经验之"我"被更富浪漫主义色彩的"我们"所取代。西方现代性所具

---

① 朱自清：《新诗杂话·诗与建国》，《朱自清全集》第 2 卷，江苏教育出版社 1998 年版，第 351—352 页。

备的时间特征消失了，它彻底地指向浪漫的未来和一个不知所终的目标，城市音符的隐喻性在洋溢浪漫主义旋律的工业赞歌面前日渐式微。即使进入新时期，个体解放的姿态在最初也依然需要借助群体的"我们"方可得以确立。在一个个抒情主体之间，存有共同的意义空间，洋溢着"国家/民族"的自豪感。艾青、邵燕祥等归来诗人以及匡满、聂鑫森等年轻一代便都采用路桥、汽车、地铁等有形、易辨的物质意象，记录着以共产主义为乌托邦的政治现代性向以经济发展为动力的经济现代性的历史过渡。当这些现代"视像"的文化意蕴被充分激活之后，一种建立在视网膜之上的城市审美标准便获得确立。如同现代文学先驱似的，新时期初期的诗人将技术化审美贯穿于民族国家的愿景之中，以机械物力的诱人风景还原知识分子自"五四"启蒙时期便已开启的对"时间/家国"的同构。与同期西方世界开始进行的后现代性转化相比，中国诗歌的城市抒写反而与新诗诞生之初的主题形成呼应。它在断代中建立起观念的传承，将审美现代性的冲动与启蒙现代性的追求相统一，甚至使审美现代性依附在启蒙现代性的价值理性品格之上，这正是中国现代性的特殊经验，也从侧面继续印证着一点：现代性既是一种时间意识，同时也是一个分裂性的概念。在任何时候，它都不会边界清晰，它永远是一个充满暧昧和混杂的有机体，处于未完成的复杂之中。

先锋诗歌以 20 世纪八九十年代之交为契机实现的历史转变，与当代中国城市社会的商业化转型关联密切。欧阳江河曾说："对我们这一代诗人的写作来说，1989 年并非从头开始，但似乎比从头开始还要困难。一个主要的结果是，我们已经写出的和正在写的作品之间产生了一种深刻的中断。"① 他的《傍晚穿过广

---

① 欧阳江河：《89 后国内诗歌写作：本土气质、中年特征和知识分子身份》，载《今天》1993 年第 3 期。

场》可以看作是对 80 年代的正式告别，同时也可以看作是知识
分子庙堂情结裂变的标志。作为政治活动载体的传统意义上的广
场，此时却成为商业符号的广告牌，它悄无声息地记录着八九十
年代中国发生的现代性变异。在杨克的《天河城广场》中，凝
聚一代人国家想象的、政治意义上的"广场"被物态实体的商
业建筑所取代，一个个欲望个体"被压抑的现代性"（王德威
语）得到合法释放。在诸多知识分子诗人笔下，历史语境"深
刻的中断"使他们产生短暂的虚无感，并陷入时间焦虑的阵痛。
随后，城市抒写同当代诗歌产生同步的视点变化，它开始从构筑
神性世界向以追求即时愉悦性的、以商业化为推动力的大众日常
生活审美进行转移。马泰·卡林内斯库曾在《现代性的五副面
孔》中明确区分了"资产阶级的现代性概念"和"导致先锋派
产生的现代性"，① 后者作为一种审美现代性，始终对前者保持
着否定的激情，并成为呈现"本我"的必然要求。自 80 年代出
现的一系列"PASS"、"超越"等口号理念，正是对崇高、理
想、价值等宏大命题的诗学拆解。而 90 年代诗学则注重捕捉感
性印象，在世俗精神中强化生活的偶然和无限的可能性，文化的
负载感已无足轻重。诗人开始以轻松的姿态与城市对话甚至调
侃，在对日常生活的"冥想"（张桃洲语）中直接进入文本，与
城市文化保持着共谋的姿态，弥散出都市人消解历史的轻松气
息。其中的荒诞与调侃意味，既具有话语之外的悬浮感，同时亦
是在都市"当下性"中寻找新美感经验的诗学探索。进入新世
纪，浓厚的意识形态色彩和进步理性主义的观念在城市文化
"流水的速度"面前光华不在，城市与城市人所负载的"圣词秩
序"坍塌了，这意味着中国人"个体—群体"的心理结构发生

---

① ［美］马泰·卡林内斯库：《现代性的五副面孔》，顾爱彬、李瑞华译，商务
印书馆 2002 年版，第 48 页。

形态变化。现代诗人在"启蒙"与"救亡"的国家主义话语中，不断探询自我心灵的成长可能，这或许与中国文人传统的"内修"品格相关，并直接呈现出汪晖所言的"政治经济的现代性"与"美学文化的现代性"的内在冲突。在当代的城市抒写中，以政治经济现代性的裂变为标志，成为"过渡人"的诗人对城市意象的捕捉方式和呈现模式进行着技术实验，并生发出超越城市经验之上的抒情方式。总之，他们将美学文化的现代性视为先导，以怡情悦性的心态点染出一个个蕴涵智性与感性的城市主题，并以"体悟"甚至"玩味"的文本姿态，进一步强化了城市抒写的文本性特征。

（三）　彰显现代精神主体的独立意识

对诗人而言，城市文明的物质风暴可以转化成为诗意情感的源泉，借助对"震惊"体验的消化，他们寻觅到返回自我心灵的现代意绪，并以此作为表达诗情的力量支撑。城市抒写中的一切物象，都需要借助诗人"心的转化"升华成为饱含情意的感性聚焦。它的诗情立足点在于通过描述由视觉产生的与城市的遭际经验，表达现代人心灵的震颤与历险，最终与个性鲜活的现代主体人格形成融合。1933 年，徐迟在《年轻人的咖啡座》中便已这样写道："年轻人的步伐，/年轻人的旅行，/年轻人的幻梦……"诗歌意象跃动在陌生的城市，而抒情主体心中洋溢的单纯快乐可见一斑，"缓慢的是年轻人骆驼似的步伐"正勾勒出这道精致的现代幻梦。一方面，现代消费意象所代表的异质文化与年轻诗人的平滑交融令人惊讶，这是他们主动向西方诗学寻找灵感的"行动"；另一方面，在城市意象中，"咖啡座"往往充当着一个自身封闭的内部观察空间，它通过排他空间的建立垄断着速度与时间感，从而便于诗人平顺记忆、在物质现实中建立语言的艺术结构，以进一步表达其精神意图。然而，透过徐迟笔下的"咖啡座"，我们却未曾发现这样一个沉思着的主体，如同《二十岁人》中那个年轻的现代主人公似的，都市新人的青春活力飞升着、骚动着，"他"对现代都市满怀着希望，甚至来不及作片刻沉思。在都会的物质洗礼面前，诗人感受到主体人格的年轻化，以及物质文化对新诗即将产生的某种催生力，这与新诗先驱郭沫若们对工业文明的激情拥抱态度如出一辙。年轻人的兴奋既是都市个体的兴奋，同时也充满抒情群落的集体欢欣。

　　同属"现代派"诗人，卞之琳、何其芳、林庚等人却在都会景际中感染了"怀乡病"。他们追求"华美而有法度"的古典风韵，由外物的浮华遁入内心的孤寂。与徐迟相比，他们的诗情转移到都市个体的另外一面：远离物质喧嚣，回归自身宁静。这既可抵御物质外力对人的同化，亦可作为在人格特征趋近的现代都市中保持主体独立性的有效办法。然而，古典主义的退隐情结显然与都市的速度逆向而行，这或多或少影响了新诗与现实的衔接力度。在书写《荒原》时，艾略特对传统英格兰的感伤情调在一个个"古城"、"荒街"中可以觅得，但他与传统亦保持了距离，因为作家应该"最敏锐地意识到自己在时间中的地位、自己和当代的关系"。① 相较而言，九叶诗人则主动削弱了现代派诗歌所崇尚的情绪隐喻性，面对都市现实，他们的情感锋芒更加锐利，并将刀刃直刺人类的贪婪个性。不过，这样主动深入现实的姿态依然无法使诗人摆脱物质社会的控制，穆旦对此便始终保持着难得的清醒，写于1976年的《"我"的形成》正吐露出坚持个人主体性的痛楚。"高楼"之类的物质符号化作反动的权威，对坚持独立思维的主体不断地进行恐吓，诗人清楚地点明它们的本质是"泥土"般的虚弱，即便如此，我们依然无法摆脱

----

　　① 〔英〕T. S. 艾略特：《传统与个人才能》，卞之琳译，见〔英〕戴维·洛奇编，葛林等译《二十世纪文学评论》（上），上海译文出版社1987年版，第130页。

"荒诞的梦"。抒情主体的"疯狂"属于英雄的举动，它将都市人逃离呆板生存经验的愿望变形呈现，并使之显得如此清晰。可惜，永远处在"睡眠中"的状态昭示我们：一切理念都只能停留在思想之中，却无法在现实化梦为真。在穆旦的诗歌里，"我"的形成包含着两个途径：一是现实社会对"我"的同化之力，二是由"我"自己导演的英雄情结。这样一种形而上意义的终极价值关怀，不仅可以抵御无方向、无主体的现代孤独感，而且可以成为产生意义流动的温床。

　　九叶诗人笔下往往带有先驱式的、英雄化的寂寞和孤独，而非现代派诗人以曲折方式进入黑暗与荒谬现实之后所引起的群体失落。实际上，在工业和商业聚集的城市物质符号面前，对物质欲望的投合或疏离正是现代人情绪的基本特征，其间蕴含的正向肯定与负面批判是两个最基本的情感态度。诗人需要进入超验的境界，在开放的物质文化观念中理解现代主体不可言说的时尚触觉，把握其中的快感、孤独与焦虑情绪，进而在物质世界中寻找灵魂的支撑点，在商品的拜物教中彰显现代主体意识，这是时代赋予城市诗人的使命。今天，当都市语境已然成为一个稳固的理论背景之后，诗人们意识到，诗歌精神不再需要通过塑造英雄传奇来实现，它更依托于普通人的日常生活。"诗人们自觉到个人生命存在的意义，内心历程的探险开始了。"[①] 于坚的话正是将日常生活的诗性视为生命与灵魂的象征，《"我"的形成》中那种对外力的无奈与落寞不复存在了，取而代之的是诗人对自我个体之渺小的清醒自知，以及在芸芸众生中凸显独立个性的坦然自信。在外部世界和群体经验愈发不可信任的时代，惟有自我的生命意识才具备超然之力，它可以使精神主体摆脱文化伦理与历史

---

　　① 于坚：《诗歌精神的重建——一份提纲》，载陈旭光主编《快餐馆里的冷风景》，北京大学出版社1994年版，第260页。

意识的困束，以及物质对人的感觉、记忆和下意识的侵占与控制，使其在内部世界中保持完整的自我形象。同时，失去国家主义意识支撑的当代之"物"，已然蔓延在个体的微观生活之中，以"物"为镜，诗人的现代主体意识在消费习俗中进一步得到标示与澄明。在挖掘精神主体独立意识的过程中，诗人以其意识先知，不断抗拒着被城市人群"同化"的命运。步入物质繁华的年代，理想主义的文化英雄已然难以寻觅，北岛早就宣称："在没有英雄的年代里/我只想做一个人"（《宣告》）。然而这"一个人"仍然是人道主义气息浓厚的英雄形象。今天，诗人们认识到人道主义在现实的虚妄，实用理性原则和现世主义观念使他们安心于"人"的平凡地位并极端珍视自身的日常体验，在浩瀚的生活之海中打捞属于自己的主体独立意识。在当代的城市中国，每个人都会瞬间为人群所忽略，每个人又都是自己的文化英雄。

　　综上所述，面对都市文化形态，现代中国诗人大都能以开放的心态，与之展开情思互动。他们的诗歌自然也与都市文化同源，凝聚着现代人的城市记忆和文化心理。这些抒情者们不仅将一个个不安的灵魂具象化了，而且以文本化的方式，通过诗歌文体的语言符号和节奏单元，建立起城市文本的文体美学特质。都市的动态世界与眩目文明所带来的精神惶惑感使抒情者们深刻意识到，在找出潜藏在他们心中的诗神与美神之前，首先亟待确立的是现代主体的独立精神形象。只有这样，他们才能超脱出庸众的审美惯性，进入城市的背面把握美之奥义，凸显缪司所赋予的诗灵。在文本操作上，诗人们普遍注重情感的表现力，扬弃了古典诗歌以及传统自由诗过于直叙的情感生成原则。他们依靠其知性智慧和文体意识的自觉，最大限度地调动着城市意象符号的象征魅力，采用超现实的手法营造丰富的暗示效果，使文体洋溢着"前卫"与"创新"之美。通过这种方式，呆滞僵化的逻辑世界在诗歌中解体了，城市抒写超越了意识形态和道德陈规的制约，走向个性显扬的独立精神空间。诗人对"城市诗学"的诗美运思，亦成为中国新诗现代化的首要表现和重要途径，正如谢冕先生所言："没有城市的进入，中国诗将找不到通往和到达现代性的目标。"①

　　同时，我们还应看到，"文学现代性"这一属于世界范畴的概念本身，也在与不同民族传统文化的知识谱系、精神原则发生着意义关联和有机转换。对中国诗歌的城市抒写而言，西方城市诗学固然是其精神先导，但母体文化对其所产生的影响也不容忽视，它使这一命题自身长久处于对"外在"和"内在"的经验比较与自我反省之中。现代中国诗人通常依靠其视觉能力追求城市"物"之现代性，虽然异域的物态美感和民族国家的富强愿景在逻辑上可以实现同谋，但问题在于，国家富强意识要求个人必须与历史意识紧密整合，指向持续而进化的时间观，而物质现实不过是实现这一理想的跳板。从诗学角度言之，诗人与城市风物的结缘，乃是依靠点染来源于瞬间的经验快感，他们无法放弃对现实物质体验的"沉醉"，其时间经验亦是破碎、无序的。因此，诸多诗人会在都市的物态感觉与启蒙的国家话语之间承受着现代性的无形扭力。甚至在某些时候，他们所沉醉的"物"会反过来控制其身心并使之异化，人性与物性的抵牾，造成他们又一沉重的矛盾纠结。于是，他们向具有永恒与稳定魅力的乡野田园寻求情感调节，并逐渐意识到，在消费主义的城市时空，乡野田园的生产性丧失了现实的存在基础，他们只有依靠消费时代的"物欲、身体、孤独"等熔炼切身体验的审美主题，才能在日常生活的"此岸"与诗歌当代性的"意义生产"之间建立经验联

---

　　① 谢冕：《序一：综合互补的丰富》，载《中国新诗萃》（台港澳卷），人民文学出版社 2001 年版。

系。这体现出抒情者观察视点的"下移"和对"底层"生存价值的平行认同，也使"语词城市"散发出更具活力的文本魅力。

三　研究范围、现状与方法

本书研究的着眼点在于"诗歌文本"与"城市文化"的互喻关系。首先，我们需要对"现代中国诗歌的城市抒写"这一论题作出范围限定，将研究的内涵与外延定格在学理化的架构之中。我们选用"城市抒写"而不是直接考量"城市诗人"或者"城市诗歌"，源于后两者的概念向来难以明确界定。在上海"城市诗"诗人群还未登场之前，从没有哪个诗人或者群体单纯地以"城市诗人"标榜自身。况且，这也容易产生某种错觉，是生长在城市的诗人，还是写城市题材的诗人？而"城市诗歌"的概念则更为复杂，它首先来源于一种题材上的定义，即对都市风貌、都市生活的文本反映。如孙玉石先生所言："城市诗意识，即注重在现代城市中崛起的科学发展与物质文明的现代意识。它首先以异质文本的方式诞生，并针对新兴现代文明做出最迅捷的反应。"① 不过，如果单纯以题材范畴作为城市诗歌的划分标准，便容易陷入简单的定性分解之中。"题材不是诗的概念。诗，只有语言的法则和抽象因素的物象……重要的并非是写城市，而是通过城市人们（主要是诗人）将创造他自己的新的世界图式，创造出一个时代的语言和诗学范畴。"② 孙晓刚所提及的"图式"，依然是一个模糊的概念，缺乏清晰而具体的理论界限。由于诗人或者评论家的思想脉络殊异，究竟哪些诗歌属于

---

① 孙玉石：《论郭沫若的城市意识和城市诗》，《荆州师范学院学报》（社会科学版）2002 年第 3 期。

② 孙晓刚：《城市诗我见》，载《复旦诗派理论文集1981—2005》，复旦大学出版社 2005 年版，第 67 页。

他们所理解的"城市诗"，始终分歧杂生。此外，单纯以"城市诗歌"作为研究对象，也很难说清郭沫若、艾青、戴望舒、穆旦这些受到过现代主义影响、深刻体察并表现城市文明的诗人就是所谓的"城市诗人"，他们的诗作就是"城市诗歌"。对其进行概念化的界定反而容易偏离学理上的严谨，甚至受到概念本身的局限。基于此，本书尝试以"城市抒写"这一行为概念取代"城市诗歌"、"都市诗"之类的文本概念，以便在"民族国家"的视野外围寻找更为具体、微观并且生动的分析单位。

笔者认为，"城市抒写"是具有社会象征意义的文学行为，是现代化历史进程的文本转喻，同时参与构成了新诗特别是现代主义诗歌的美学基础和伦理来源。这一"抒写"本身势必要在器物层与人性层两个向度上，将城市进行主题化或实体化（thematization or reification）的诗学处理，以呈现其风貌与人情。其器物层向度主要体现在诗人对城市物质符号的变形抒写和心灵加工上，而探询都市"人"的概念和精神则是它向纵深发展的标志，亦是现代中国诗歌城市抒写的核心内容。一方面，我们所涉及的文本大都以都市场景作为抒情主体情感发生的空间，以都市人的现代意绪和生活经验作为主要表现对象，并引申出物欲、身体、孤独等稳定的心灵主题；另一方面，诗人自身的主体性同样会因城市生活的影响而浮现于文本，如罗门所说："现代都市文明已构成住在都市中诗人心象活动重要的机能与动力，并不断展开多变性、多元性与新颖性的想象空间。这种形势是缘自任何诗与艺术的创作者难于逃离自己存在的处境与真实的感受去从事创作。"[1] 按照他的说法，诗人对都市经验的采撷，既贴近地表现出现代人在都市里生存的困境与生命的思维，更包含了诗人咀嚼

---

[1]　罗门：《都市诗的创作世界及其意涵之探索——在新诗学会诗学研讨会讲》，载《罗门论文集》，中国社会科学出版社1995年版，第71页。

生活的亲身感受与潜在经验。在物质与精神的向度上，抒情主体究竟如何与诸多象征符号达成一致，建立起内部的观察视角，进而形成文本城市的审美主题，正需要我们展开探询。此外，我们所要论述的"城市抒写"，既包含着对"文本中的城市"的勾勒与拟现，同时还应关注"城市中的文本"，亦即城市文化对诗歌内部运作的影响，以及它与诗歌缔结双向互喻关系的过程。城市抒写既是以诗歌深入城市建筑、制度乃至现代人的纷繁意绪，在诗行间充当历史见证者的诗学行为；同时，处于"现代"核心位置的"城市"作为诸多诗歌文本的策源地、传播地以及文人经验的发生地，本身也会对参与构建新诗语体特征的诸多内部要素如词汇、意象、节奏等产生潜移默化的影响。现代中国诗歌的城市抒写正是在拯救现代人对城市的复杂体验中，以全新的形式和语言构造"语词间的城市"的。

　　在西方的文学世界里，城市文学研究的传统由来已久，它与西方的哲学和文学观念一脉相承，远远超出社会历史批评的范围。马尔科姆·布雷德伯里在回顾西方现代文学时指出："十九世纪末兴起并发展到今天的实验性现代主义文学，从许多方面来看都是城市的艺术，尤其是多语种城市的艺术。"他在分析现代主义与城市的关系时强调："现代主义作品强烈地倾向于浓缩城市经验，使城市小说和城市诗歌成为其主要形式之一。"① 这段话印证了西方文学现代性的一个重要方面，即对占据其主体的都市经验之注重。在城市文本的解读过程中，本雅明开创了波德莱尔诗歌的研究范式，并第一次旗帜鲜明地将城市文化与诗歌文本结合起来。他的都市闲荡者（flaneur）形象和"震惊"、"人群"等理论符号，也成为各国学者研究本国城市文学的重要互文性参

---

① ［英］马尔科姆·布雷德伯里：《现代主义》，中国社会科学院外国文学研究所译，上海外语教育出版社1992年版，第76—83页。

考。此外，法国符号学大师罗兰·巴特偏好用慧黠的笔调重新检视潜伏在城市里，特别是大众文化中的各种语言、意象、物体、事件，理出隐藏于符号背后的那些错综复杂的经验所指。他写于1964年的"The Eiffel Tower"一文，已被奉为都市研究及建筑学科的必读作品，"城市如文本"正是他所归结的进入城市的密钥。如果说本雅明和巴特进行城市文学研究的着眼点在于空间，那么西美尔和鲍德里亚则从速度与消费的关系层面入手，突出了人类精神的"感官超载"（sensory overload）、"身份不明者"（anonymous）的"漂流"状态（wandering），以及消费关系中人类的存在价值。虽然两人的研究都侧重于都市消费文化，语词研究的意味不如本雅明那样凸显，不过，他们恰如卡尔维诺似的，能够将文化理论与文学创作、文学研究共冶一炉，从而为我们打开城市文本建立了方法论意义上的可通之径。实际上，将"城市"与"文学"这两个概念作为一个整体性的研究对象进行分析时，其研究方式基本可以归纳为两种形态：一是李欧梵"上海摩登"式的，采用城市符号学或社会学的角度，以文化研究的姿态穿越文本，从文学的外部研究深入其内部。另一种方式则是诸多中国大陆学者惯于采用的，如研究城市文本中关于都市的呈现方式、符号系统以及城市文学的代际关系（如从"海派"到"新海派"的上海文学研究等），这是将文学内部研究主动与外部话语现场相结合的文本实验。它们都在"文学—文化"的天平两端不断游移，只因侧重点的倾向不同而产生观照上的差异。就本书而言，我们的研究基点显然是带有"城市抒写"特征的现代中国诗歌文本，一切关于文学和文化的兴发感悟都不离其宗。另外，在中国的语境中，"城市/都市"更多的是作为区分"乡村文化/民间文化"的题材标尺，而纯粹城市学意义上的经济大都市尚未出现。因此，我们将"城市"与"都市"视作同一的文化范畴，不再刻意标明其概念差异。

　　虽然中国现代城市的发展已有百年历史，其间抒写城市风物以及城市人生命状态的作品也蔚为可观。不过，直到 20 世纪 80 年代初期，大陆研究者方对"城市文学"展开群体性的视野观照，其研究视角多集中在作为"题材"的城市文本上。1983 年，在北戴河召开了首届城市文学理论笔会，第一次为城市文学做了初步定义："凡以写城市人，城市生活为主，传出城市之风味，城市之意识的作品，都可以称做城市文学。"① 显然，这个定义是从题材角度界定的概念内涵，也是 80 年代前期研究界所持有的普遍标准。从 80 年代后期开始，超越于题材之上的城市意识、现代意识才被人们提升至异乎寻常的重要位置。学者们意识到现代意识、都市意识方才是都市文学的核心，这便与台湾城市文学的倡导者，继罗门之后最出色的都市诗人林燿德的观念不谋而合。在林燿德的文学视阈中，都市文学不是一种受限于题材的"次文类"，它的本质是资讯社会的现代生存经验，是不断流通的"正文"。从这种观点出发，都市文学既不是单纯表现城市客体的文学，也并非建立在与乡土文学的对立视野之上，它是一种价值体系，一种由现代意识构成的"正文"。显然，林燿德等学者意识到都市文学与时代意识和当代经验的紧密联系，但他无限扩大都市文学研究的外延，反而使这一概念的边界显得有些漫漶不清。依照这种文学价值体系，几乎所有的文本都可以纳入我们的研究范围。而新世纪以来的一些城市诗人则认为，城市抒写就是现代主义的诗歌。的确，现代主义是城市文学的重要表现手法，然而这种定义本身也会在另一个极端缩小我们所要探讨的问题。按照这个标准重新检视邵燕祥等诗人对城市风景的赞歌，这些基于城市题材角度的浪漫诗篇，自然是与城市抒写有关（城市风物）的文本，而创作手法则又非现代主义的。可见，如果

---

　　① 　幽渊：《城市文学理论笔会在北戴河举行》，《光明日报》1983 年 9 月 15 日。

坚持以现代主义作为划界标准，更容易产生疏漏。正如前文所说，本书使用了"城市抒写"而非"城市诗歌"，正可在标明自我特质的同时，有效回避诸多概念的纠缠。

王光明曾指出在强调诗歌回到"诗的本体"、"回到语言"的进程中，研究诗歌产生的历史语境和地理场域仍然是有意义的。在当前的新诗研究中，评论家多对新诗中的现代主义诗艺特征进行长久不衰的观照，这反倒造成其评论空间的日益狭窄，难有新质的理论突破。实际上，回归诗歌本体并不等于舍弃它所发生的文学场域和历史语境，尤其是文化中心城市作为新诗生存空间所起的作用，这也是新诗研究无法规避的话题。在对诗歌与城市的整体研究进程中，学者们除了关注其概念的命名问题，也对相应的城市诗歌社团、诗人及相关文本进行了系统观照，形成一系列学理丰润的成果。如孙玉石对郭沫若的城市意识及其城市诗写作的研究；朱大可对上海当代"城市诗人"社"焦灼的一代"的透析；鲍昌宝、谭桂林从宏观上对中国现代都市诗歌的文学品貌、诗学主题以及文本特征的精心梳理；陈旭光在研究《现代》杂志的诗歌时，专门辟出以徐迟、路易士为代表的、以现代都市生活为题材的都市写作。此外，还有吴思敬、陈超、常立霓、缪克构、张新等学者对城市化视野中的当代诗歌以及诗人予以的关注。他们强化了诗歌与都会文化语境的联系，敏锐地捕捉到由艺术形式创新所带来的审美观念变化，从而形成一系列颇具拓荒意义并富含理论深度的文章。

在研究著作方面，有张林杰以都会环境和都市文化形态作为重审20世纪30年代诗歌视角的《都市环境中的20世纪30年代诗歌》。在近年的研究中，对"文学中的城市"的探索多来自李欧梵、王德威等学者开创的"文化—文学"研究范式，注重摩登物质文化所触发的日常生活现代性，而左翼诗歌则游离于此类想象之外。张著则以历史主义的态度谨慎对待这种想象，以都市作为纽带，将蕴涵国家革命现代性的左翼诗歌重新置于话语场，从而丰富了中国新诗现代性的表现内涵，这正是该书最具光彩的创新之处，同时也成为目前大陆学术界研究诗歌与都市关系的首部专著。在台湾学者的研究中，以陈大为成果最为突出，他的硕士论文《存在的断层扫描——罗门都市诗论》（文史哲，1998）是台湾第一部以主题学和存在主义美学的研究方式系统探讨罗门创作的著作。在新著《亚洲中文现代诗的都市书写（1980—1999）》中，他大量运用流行的人文地理学、地志书写和空间理论，更涉及消费文化和社会学等知识，将有关都市空间及图景式书写的诗篇进行了整体性把握，并将论述扩大到大陆、台港澳以外的东南亚地区的华文诗界，从而获得了宏阔的大文本视野。虽然其所涉及问题多与台港澳文学相关，并非本书直接的论述对象，不过亦可纳入我们研究的学术参照系，丰富我们的理论视野。此外，一些海外学者如张英进、柯雷等，亦有从城市文化角度进入诗歌文本的精要分析。张英进认为现代诗歌文体的形成和情感空间的建立都体现着与"乡土"经验挥别的色彩，在与既往的告别中，城市通过"想象"进入文本，影响了戴望舒等"现代派"诗人的诗艺琢思。柯雷则将视线集中于当代，认为20世纪90年代"下半身"写作的出现带有浓郁的城市精神文化色彩。与大陆学者针对生殖器官的同义再现和色情描述所展开的批判不同，柯雷认为对它的评价不应止步于"性"。他更看重这一抒情群落对城市经验的反向挖掘以及和性欲、毒品消费、摇滚音乐等朋克文化之间的联系，以此证明"毛泽东主义的革命激情消失之后"中国诗歌视点的"下移"。① 与国内学界相比，这些海外学者多关注城市抒写所蕴涵的与前行代的"对立"特征和

---

① Van Crevel, Maghiel, 2008, *Chinese Poetry in Times of Mind, Mayhem and Money*（Leiden Brill），p. 320.

"断裂"传统，我们由此也可以管窥到他们对中国文学进行研究的一些基本思路。

鸟瞰都市文学研究的整体版图，我们可以发现，诸多学者已经意识到都市文化与文学之间无法分割的联系，并形成了数目颇丰的研究成果，但他们的笔锋均多眷顾于更为贴近大众审美趣味的小说。在对诗歌的城市抒写展开研究时，他们往往把都市看成对诗歌题材的拓展，而极少将其提升到影响现代诗歌发展的宏观高度上来，因此无法与小说研究拉开足够的诗学距离，体现文体的内部特征。面对纷繁多彩的城市文本，很多研究者习惯于单纯使用"欲望、孤独、惶惑、批判"等传统主题范式，或者只有在谈到现代主义问题时才强调都市的重要性，这便容易造成对城市文本丰富性的压抑。城市抒写不仅是对具有相似诗学主题的文本进行命名，而且还应涵盖由都市所孕育的、代表都市艺术形式的所有文本。只有远离当下话语场的阐释惯性，以历史的态度将文化研究的方法纳入诗学讨论，从而搭建起"城市—诗学"的理论框架，重视回到诗歌本体挖掘其诗美的文本肌理，以历史化的眼光还原诗歌在它产生的特定历史、社会、文化场中的艺术独立性，才能有效实现"反映城市的文本"与"文本中的城市"的统一，从而捕捉到现代诗成长与都市文化的难解之缘，在塑造与反省的纠葛中体察现代中国诗歌的面貌。

由此，本书力求实现的首要目标便是在历史文本的淘洗和爬梳中，考察新诗百年城市抒写在各个时段的基本品貌、典型诗人以及作品，并归纳其美感特征，厘清新诗在近百年流变中如何对城市这一话语资源进行吸收和再现，进而形成相应的特质。在论述中，由政治事件断代而成的"现代"与"当代"的文学分野，成为本书对城市抒写进行时段分期的标尺。这是因为城市抒写的问题实则是"中国的现代性"问题的显著方面，它与"民族国家"的概念和现代工业组织模式等一系列问题相伴而生。作为审美文化结构主体的诗人，他们的美学选择直接与"启蒙"的国家观念相关，无论投合抑或疏离，这一观念都成为决定城市抒写审美走向的重要力量。因此，其抒写的过程也必然会与这种"由观念运作而成的历史"保持相吻合的姿态。在状貌描述中，我们尤其注重还原文本空间中"现代人"的生存感受（这涵盖了文本之中的抒情主体，也包括诗人自身的都市经验对其诗艺运思的渗透和影响），并运用关系思维，在主体与社会、社会与文本的多重联系中不断穿越。同时，注意针对"现代"与"当代"城市抒写（适当运用台港澳的文学经验）的内在联络与殊异随时展开比较，以呈现一个开放共生的大文本资源。通过对历史描述的印象初建，本书拟展开主题式的论述，首先探询城市诗文本中抒情主体所采取的几种观察视角。透视这些承受着启蒙、政治以及欲望话语的"抒情主体"在遭遇"震惊"经验之后，如何从传统的乡野田园走向现代的都会语境，并以"漫游者"和"梦幻者"的姿态游离于机械呆板的城市经验，展现现代都市人特殊的心理机制和审美情趣。随后，我们试图借助文化研究的方法，透视咖啡馆、酒吧、地铁、公路、广场等几组典型的城市象征物，借助它们在中国城市文化中所分别代表的典型属性深入诗歌文本，探悉诗人如何透过对它们的记忆与缅想，建立起对城市观念化的历史认识，构筑现代性的情感空间。透过这层分析，我们力求证明，文本城市是抒情主体观照审美对象后生成的"意象化"空间，它是城市社会物理空间的心理呈现，也是文学或文化意义上的结构体。如理查德·勒汉所认为的："城市文本的变化是因城市变化而来，而文学赋予城市一种想象性的现实。"①城市以符号化的物质形态与抒情主体的精神世界发生触碰，并以

---

①　Lehan, Richard, *The City in Literature: An Intellectual and Cultural History* (Berkeley, Los Angeles, London: University of California Press, 1998).

复调的情感空间构成诗歌的文本张力。对居于其核心位置的抒情主体而言，他的审美形成会受到多方面因素的影响，尤以消费文化最为显著。笔者尝试通过物质对人的奴役与异化、身体自主权的失控以及现代寂寞意识的诞生等主题，透视消费文化如何对居于其中的人文心理进行侵蚀，以及文本中抒情主体的抵御策略。这既是城市文化的典型特征，也组成世界范畴内城市抒写的一系列共性主题，洋溢着浓厚的现代非理性色彩。

在全书整体的论述掘进中，笔者力求强调，任何文化研究的视点都不能偏离文本的主题，多重学理互汇的观照方式不应压抑对城市文本文学性主旨的呈现与揭示。在我们对城市抒写展开分析的过程中，诗歌文本殊异于其他文体的独特性应该成为论述的一个内焦点。美国学者博顿·派克曾在其著作《现代文学中的都市意象》中写道："作家不是直接从他的经历与我们说话，而是通过语言，通过文学形式的修辞惯例，作家必须通过这些惯例、词汇和意象才能表达自己并被读者理解。"[①] 现代中国诗人的城市抒写正是以其生存态度和审美经验在"语词城市"间建立隐喻的过程，统一城市功能化与诗歌形式化的是文本。作为一种具有文学意味的结构体，城市文化同样存在于文本自身的成长过程之中，并在某些层面上和现代中国诗歌内质的"美感"构成方式实现合鸣甚至互塑，进而参与诗歌语言节奏、形式技巧等蕴涵诗美特征的运作流程。城市抒写不仅应该具备专属性的意象群落和审美主题，而且也应拥有与之相对应的现代诗形和美感传达方式。"回到文本"——正是我们进行城市抒写研究的旨归，也是联结宏观与微观、实证与理论的经验之桥。

---

① Pike, Burton, *The Image of the City in Modern Literature* (Princeton, NJ: Princeton University Press, 1981).

第 一 章

城市抒写的历史寻踪

作为现代物质文明与精神文明的汇集地，都市以其特有的文化语境衍生出种种新奇的消费习俗与生活方式，这丰富了新诗拓荒者的话语资源，拓展了他们的诗学经验。郭沫若、艾青喟叹的工业之力，李金发、邵洵美踏出的异域之音，都将拥有锦绣气象的城市作为新的抒情对象。"诗与城"的经验联络在"现代派"诗人和"九叶派"诗人笔下得到集中的高潮呈现：现代派诗人以实验主义的精神，在语词中探索都市人的微观心灵世界；九叶派诗人则以对人类共性生存境遇的哲学反思，将现代诗歌的城市抒写推向成熟。然而，由于文学观念和政治风气的影响，城市抒写在十七年文学乃至浩劫岁月里渐失光华，直至新时期的到来，伴随着都市经济的复苏与发展，诗歌写作与都市文化形态的关系方才重新确立，进而再次迎来高潮。当代诗人以对都市工业文明的正向肯定延续其现代国家梦想，在体认城市地理空间以及自我心理空间的过程中，反思都市化所带来的个体隔绝感，流露出带有批判意识的现代意绪。同时，都市文化品格的熏染使诗人的视点逐步平视，在政治乌托邦向经济乌托邦转轨的 20 世纪末，意识形态的时代圣词坍塌了，城市抒写开始不断向文化、生存以及语言敞开。诗人们更为关注城市人当下的生存处境和思维空间，注重流徙体验的表达。由此，城市与诗歌之间表现出一种相互印证、相互复现的转喻关系。

认识现代城市的性质，从而回归人类自身，反思人与城市的关系，这是自20世纪二三十年代起中国现代诗人便已关注的城市母题。由于新中国成立后政治意识形态的影响，直到新时期之初，当代诗歌的城市抒写方才再次实现与现代文学的"合题"。实际上，如果立足于包含大陆、台港澳文学风貌的宏大话语系统，那么，因与意识形态纠缠而造成的抒写"中断"便消除了。在20世纪50年代以来的台湾和港澳诗歌中，城市抒写得到了继承与延续。诗人们秉承着现代主义诗思，并演绎出诸多新质：台湾诗歌的城市抒写始终处于与乡土文学的角力之中，相对于大陆诗界，它更为集中地探讨了"都市诗"这一主题，并率先进入由"现代"到"后现代"的诗学演变。进入新世纪，它确立起以享受城市为主体性格、以实验性的语词游戏为手段的美学风格，从而与我们"此岸"的诗学形成对话与共鸣。相较而言，香港和澳门的诗歌多以都市为触媒，探询深藏于殖民文化、本土文化之间的城市经验。其本土性的强化，丰富了城市抒写的表现形式，成为文学此岸的重要参照谱系和交流对象。虽然台湾与港澳未纳入本书的主要研究范畴，不过，我们正可以通过建立比较视野的努力，使自身的特质更为澄明。因此，本章亦会对它们的整体风貌作纵向的考量与梳理。

第一节　荒原上的诗意追求：中国现代诗歌的城市抒写

伴随着"五四"新文化观念的萌生，文学与都市的现代际会和交流互渗得以实现。朱德发曾指出："漠视五四文学的现代城市文学特质便是漠视中国新文学的现代性。"他认为："'以现代城市文学'来衡量五四文学，它并未达到完善化的程度，而且也不够典型更不成熟，只能说它是二十世纪中国城市文学现代化过程的良好开端。"① 其"开端"所具有的划时代意义，在于它对"动"之人生观的追求和现代都市意绪的初探，在与西方城市文化的不断对话中，一种新的文化形态渐成雏形。借助西方现代物质与精神文明的双重推动，20 年代初上海、北京等城市开始了向现代化转轨的进程，进而逐步呈现出异于农业文明景观的现代都市风貌。这为刚刚萌发的中国新诗打开了接触世界新诗潮的视野，并以其吸纳、聚合知识分子的包容力为诗人提供了文学想象的审美生态环境和诗情构筑空间。可以说，20 世纪的城市文化形态始终与新诗关系密切，甚至成为其重要的美学生长点。

一　"力之美"与"恶之花"：感触都市的双重向度

20 世纪初叶，西方机械文明的暴风骤雨在东方登陆，这一新兴的文化形态冲击着现代诗人的头脑，使其澎湃心潮与都会脉搏发生强烈共振。俯瞰日本现代工业化的都市，郭沫若为其欣欣向荣的景象所震惊，他欣赏"不断的毁坏，不断的创造，不断的努力哟"（《立在地球边上放号》）这样涅槃之后的新生气和天狗"如电气一样飞奔"似的速度感。其速度所超越的，乃是儒道传统文化精神之"静"。能与"静"对立的"动"，则遍布于都市之中。《女神》传达出的时代足音，正体现着这样一种"内在的科学精神"②：轮船烟囱里喷出的煤烟是"黑色的牡丹"，是"近代文明底严母"③（《笔立山头展望》）；"摩托车前的明灯"

---

① 朱德发：《城市意识觉醒与城市文学新生——五四文学研究另一视角》，载《东岳论丛》1994 年第 5 期。

② 闻一多：《〈女神〉之时代精神》，《创造周报》1923 年 6 月 3 日。

③ 孙玉石认为《笔立山头展望》"不愧为 20 世纪中国现代诗歌史中最早的一首现代大都会的赞美诗，是中国现代城市诗中一篇开山性的力作"（见孙玉石《论郭沫若的城市意识与城市诗》（上），《荆州师范学院学报》（社会科学版）2002 年第 3 期）。

成为"二十世纪底亚坡罗"（《日出》）；云日更迭的掩映"同探海灯转着一样……"在诗人眼中，机械化的"物观"与他追求近代文明的心境一致，并成为衍生"当代性"的内核，从而引发出一代诗人的歌唱："从烟囱林中升上来的大朵的桃色的云"（施蛰存《桃色的云》），"这儿才是新的世界，建筑的天堂"（陈梦家《都市的颂歌》），"我们的有力的铁的小母亲"（戴望舒《我们的小母亲》）。这样氤氲着惠特曼式的豪放与粗暴，对"力之美"的讴歌，正是"五四"狂飙一代集体欢欣的高潮生命情感。闻一多便认为郭沫若狂飙突进的精神"完全是时代的精神——二十世纪底时代的精神"。同时，他也清醒地看到："对机器的崇拜使人们将机器穿上勾勒美丽的衣裳，而一旦看到不断爬升的摩天大楼同时也投下了长长的阴影的时候，他们又陷入了深深的绝望与消极。"① 郭沫若眼中的城市正是美丑并置、善恶错杂的，《女神》及之后的诗文中便不乏诅咒之音。诗人所乘海舟上的烟囱，已不再是20世纪"名花"般的"黑色牡丹"，而变异成"黑泅泅的煤烟/恶魔一样"（《海舟中望日出》）；他眼中的大上海，也并非呼唤中的"和平之乡哟！我的父母之邦"（《黄浦江口》），而化作一片从梦中惊醒后"Disllusion的悲哀哟"（《上海印象》）。抒情者如此释放主观情绪，乃至后来从社会制度层面抨击城市，固然与他和马克思主义的遇合有关，也与他主动扬弃未来主义中的无政府主义思想与虚无情调相涉，但这大概并非全部原因。诗人歌颂都市的物质文明，因为它以"力的律吕"迸发着动的精神，是西方科技文化的象征。但诗人也意识到："毁坏"与"创造"是一个同时进行的过程，"毁坏"作为带有反抗性的力量，同样是创造力的另类呈现，其共同指向

---

① 闻一多：《〈女神〉之时代精神》，《创造周报》1923年6月3日。

正是"二十世纪的动的和反抗的精神"（朱自清语）。① 由此而观，即使有时诗质显得流泛，不过，以郭沫若的文本为代表的、"雏形"期城市抒写的价值正在于"不仅提供了新的感觉与现代性审美转变的信息，同时也为我们展示了新诗实现自身现代化的一个重要途径"。② 郭沫若看待都市的双重态度，也使人联想起艾青笔下的《巴黎》、《哀巴黎》等早期诗作。在艾青的情感构图中，巴黎是一个"患了歇斯底里的美丽的妓女"（《巴黎》），这样对巴黎"恶之美"的捕捉，显然是受到波德莱尔的影响。30 年代生活于欧洲都市的李金发在他的《忆上海》开篇，便一语道出现代上海的本质是"容纳着鬼魅与天使的都市呀"，复现着凡尔哈仑对现代都市"进步与罪恶并存"式的总体感觉。审视诸多诗人的文本实践，他们对城市物质文明既追逐又拒斥，情感游移难定，形成矛盾的纠结，这也正是现代诗人面对都市最普遍的认知模式和情感意识。

　　郭沫若和艾青的都市批判，产生背景与西方文化思潮中的工业理性批判不同。欧美国家在文学领域兴起的"都市反抗"主题与"颓废抒写"模式，源自写作者在工业文明转型之后的深刻反思；而同时期的中国正处于由农业文明向前工业社会文明过渡的阶段，诗人面临的首要问题是破天荒地在"文化错位感"中遭遇现代意义上的"城市"。他们着力表现城市"力之美"，肯定其中所蕴含的破旧立新之创造精神，至于对这个"新"中所涵载的负面因素如何呈现，在不同诗人那里情况并不一样。比

---

　　① 朱自清在《中国新文学大系·诗集·导言》中对郭沫若初期诗作的开创意义再次予以肯定："他的诗有两样新东西，都是我们传统里没有的——不但诗里没有——泛神论，与二十世纪的动的和反抗的精神。"（见朱自清《中国新文学大系·诗集·导言》，上海良友图书公司 1935 年版）。

　　② 孙玉石：《论郭沫若的城市意识与城市诗》（上），《荆州师范学院学报》（社会科学版）2002 年第 3 期。

如，郭沫若的都市批判还是远景式的，"虽然五四时期很多诗人已经生活在都市中，但是他们还没有自觉的表现这种生活的意识。"① 他所投射的都市情结，乃是其个人浪漫国家理想的化身，其审美现代性依附在启蒙理性之中。再看艾青，他在"大上海"这"罪恶的渊薮"中以"孕育出一个崭新的组织"（《大上海》）作为升华都市"力与运动的美"之途径，正应和了诸多左翼诗人的群体诉求。在他们笔下，都市之力既代表着丰沛的物质成果，还涵盖着革命现代性的伟力，而且后者逐步上升到本体的高度。殷夫曾呼喊"机械万岁"、"引擎万岁"，其机械情结的实质在《一个红的笑》里表露无遗。在这首诗中，他把由机械文明装配成的大都会拟喻为正在作"一个红的笑"，在笑声中唱起"机械和汽笛的狂歌"，而一个个手拿斧头的工人则从红笑和狂歌声中摇着"从未有"的旗帜，迎接"胜利的光"。诗中始终强调的是：机械文明并无善恶之分，关键在于它要由革命之力掌控。对于物质形态的都市，左翼诗人"礼赞你的功就"和"惩罚你的罪疣"（殷夫《上海礼赞》）这样的双重态度同时并存。其"功就"是劳工大众的创造力，而"罪疣"则根源于资产阶级之罪，也是他们眼中城市之"恶"的源头。在《春天的街头》中，殷夫便同陈富人在天堂中发泄着的享乐欲望与穷人在地狱中的痛楚生涯，城市风景成为混合天堂与地狱的经验集合："且让他们再欢乐一夜，/看谁人占有明朝"（《都市的黄昏》）。这些洋溢着豪放与乐观情绪的诗句表明，左翼诗人并未单纯扮演反抗机械文明的角色，其抒情大都指向揭示城市"罪恶"之渊源，从而以昂扬的革命动感之力掌握都市的机械之力，这蕴涵着他们对历史的主动承担。其塑造"不在场的正义都市"的话语实践，

可以看作是在公共空间内"对群体命运的象征性沉思"。① 在这样带有激奋情调的历史语境中，要求中国诗人写出惠特曼、桑德堡式的蕴涵私体独特情怀的城市诗篇，还为时尚早。

左翼诗人的都市想象多与其政治理想相关，与之相比，一部分现代诗人选择从个体角度出发，注重反映现代人在都市生活中的精神不适，他们的文本也流露出更多的隔绝与游离感。王独清的《我从 CAFÉ 中出来……》，穆木天的《猩红的灰黯里》，冯乃超的《酒歌》便都以颓唐的心境展开远离故园的"浪人的哀愁"（《我从 CAFÉ 中出来……》）。咖啡馆、酒吧等诸多城市消费意象进入诗歌文本，映衬出诗人自身与城市时尚文化的融合。通过消费的行为，他们获得令其"沉醉"的感官体验，抒写着精神流浪者"无家可归"的悲哀。这种由消费情调彰显出的脆弱之美证明，出于对现实语境及其话语压力的逃避，抒情者纷纷借助诗歌的渠道构筑欲望幻象，以释放精神压力，寄托个体情感，在虚无的经验中获得某种平衡。因此，明知经验的不可靠，却有相当一部分诗人开始主动迎合这种消费文化（这在新感觉派小说中更为明显）。对待城市，他们不再有囚居感，而是深入其中获取现代心绪，沉醉在狂欢状态甚至是颓废之中，这使得都市"欲望之力"成为具有象征意味的行动。汪铭竹便吸收并夸大了波德莱尔的"颓废"与"浮纨"（dandyism）等观念，他尤善于浓墨重彩地摹写女性的身体地图。作为城市的一个符码，女性与城市形成互喻的存在关系，并与欲望相勾连，对女性"身体"的态度便是对城市的态度。邵洵美同样舍弃了波德莱尔的超验情感与寓言笔法，他偏重于表达唯美的肉体经验，从而确立其以"肉欲的官能享受"为中心的快乐主义原则。看他的《花

---

① ［美］弗雷德里克·詹姆逊：《政治无意识》，王逢振、陈永国译，中国社会科学出版社 1999 年版，第 59 页。

一般的罪恶》，题目本身是对《恶之花》的直接套用，但波德莱尔透过巴黎看到的"恶魔"形象，在邵洵美笔下却被"世俗化、色情化、变成男性欲望的载体"①，即所谓"颓加荡的爱"。② 对即时享乐的沉溺，使他的诗情滑入消除深度模式之后的狭窄与孤立中。单单模拟波氏将世俗丑恶艺术化的形式，而"藉唯美之名将本来不乏人生苦闷的'颓废'庸俗化为'颓加荡'的低级趣味"（解志熙语）③，其所坚持的诗之间离效果与艺术自主姿态，在丧失亲密性的纵欲浮嚣中反而步入非人性化的泥潭。周作人曾说："波德莱尔尽管有醇酒妇人的颓放，但与东方式的泥醉不同，而是有着的意旨在内。"④ 如波氏所倡导的："我并不主张'欢悦'不能与'美'结合，但我的确认为'欢悦'是'美'的装饰品中最庸俗的一种，而'忧郁'却似乎是'美'的灿烂出色的伴侣；我几乎不能想象……任何一种美会没有'不幸'在其中。"⑤ 这样的"忧郁"，具有对整体人类生命反思的形而上之美，而邵洵美等诗人对都市眩惑欢悦之力的沉溺与偏嗜，除了能够丰润现代人的"都市感"（如都市生命的脆弱感）之外，并未获得更为精美的力量，而且尚缺乏由身体（性）潜在性所引发的严肃、高尚的生命感与反抗、拯救性的体验，也没有呈现出

---

① 姚玳玫：《想象女性——海派小说（1892—1949）的叙事》，中国社会科学出版社 2004 年版，第 172 页。

② 苏雪林曾说："所谓'颓加荡'是个译音字，原文是 Decadent，这个字的名词是 Decadence，有堕落衰颓之义。中国颓废派诗人不名之为颓废而音译之为'颓加荡'倒也有趣味。"（见苏雪林《中国二三十年代作家》，台北纯文学出版社 1983 年版，第 153 页）

③ 解志熙：《美的偏至——中国现代唯美——颓废主义文学思潮研究》，上海文艺出版社 1997 年版，第 230 页。

④ 仲密（周作人）：《三个文学家的纪念》，见北平《晨报副刊》1921 年 11 月 14 日。

⑤ ［法］波德莱尔：《美的定义》，伍蠡甫主编：《西方文论选》（下），上海译文出版社 1979 年版，第 225 页。

艾略特所说的那种由"恶的观念包含着善的观念"①，从而无法达到波氏超验性的"忧郁"存在。他们对都市病象的点化与欲望抒写，不如说是对自我精神主体的夸张拟现。由此而观，以西化的维度建立仿效体系，反而有可能使中国式的"现代主义"与西方经典的"现代主义"貌合神离。

波德莱尔曾叹道："喧嚣杂沓的城，／梦魇堆积的城；／这里光天化日之下，／幽灵竟在拉扯行人。"本雅明说"他为了在自己身上打下人群的鄙陋的印记而过着那样一种日子"。② 这一评价说明，波德莱尔把自己置于都市之恶，乃是出于自觉与有意识的预设，他对都市"恶之花"的文化透视视角，需要借助一种"穿透熟悉的表面向未经人到的底里去"的"敏锐的感觉"，以发现"未发现的诗"（朱自清语）。他穿梭在真实与不真实的城市之间，方能看到幽灵的存在，其回溯性的城市心态，乃是对城市既往之病的变形化复述。而中国现代文学初期的城市抒写指向的是未来经验，是对新的诗美与奇异感觉的文本呈现，而非对传统诗美的接纳与继承。现代城市日新月异的经验带给诗人私人的、即时的、不断变异的官能感受，由此激发其现代意绪的产生。同时，文化传统对诗人的形塑依旧不可忽视，在融合中西诗学的"现代派"和"九叶派"诗人笔下，他们的城市抒写演绎出新的特色。

二 在都市"荒原"中抒写"心灵诗学"

与左翼文人相比，现代主义作家较少受到价值理性与集体理性的影响，复杂多变的社会现实使得他们可以更为深刻地进入人

---

① 王恩衷编译：《艾略特诗学文集》，国际文化出版公司1989年版，第115页。
② ［德］本雅明：《发达资本主义时代的抒情诗人》，张旭东、魏文生译，三联书店1989年版，第8页。

类生活的非理性状态。他们远离政治，遵循文学的审美本质，重视人的内心世界，表达压抑状态下的都市感受和体验，从而获得以"过渡、短暂、偶然"（波德莱尔语）等非理性化的心灵状态审视自己与都市关系的变异视角。在现代派诗人笔下，这种"变异"表现为从外在的都市之梦退守到自我心灵，内敛意识强烈；在九叶派诗人特别是穆旦那里，"荒原"思维使诗人注重对个体生命变异感的捕捉与呈现，都市感升华为哲理性的反思。

如果说波德莱尔的《恶之花》为世人呈现的是巴黎街头现实的丑恶图景，那么艾略特的《荒原》则勾勒出现代人精神世界的荒芜残像。他第一次以"现代人"的姿态伫立于都市之中，用象征的手法将大战后面临末日景象的世界喻为荒原。那里丧失了正义与理性、人道与和谐，人被异化为受欲望支配的动物，全诗也弥漫着因传统文化价值观念被彻底瓦解、精神信仰普遍塌陷而带来的厚重孤独和深刻绝望，它对中国现代主义诗歌的发展影响颇深。徐志摩的《西窗》便以副标题"仿 T. S. 艾略特"进行反讽式的游思，后期新月诗人孙大雨在 1931 年写下长诗《自己的写照》，也全然模仿艾略特。文本以喧嚣庞大的现代都市纽约为背景，同样是"丛山似的大都会"，稠密得胜过"旧约里吓死圣人的大蝗灾"，以及那些"和蚂蚁一般繁的打字女工"，"除了打字/和交媾之外，她们无非/是许多天字一等的木偶"。很明显，这些意象脱胎于《荒原》中的伦敦与维也纳，还有第三章"火诫"中同样堕落的那位女打字员。不过，这种简单直接的诗艺模仿在引进新的辞藻与意象的同时，尚缺乏本土都市经验的有效支撑，很容易陷入精神短暂战栗之后的"无根"状态。归根结底，这与张宗植在《初到都市》和路易士《初到舞场》中那种"嚣骚里的生疏的寂寞"感并无二异。直到现代派诗人登场，抒情者对城市的诗维运思方才在深度上有所拓展。

孙玉石先生曾对 20 世纪 30 年代中国现代派诗人的"荒原"

意识作出过如下的界定："所谓'荒原'意识，就是在 T. S. 艾略特《荒原》的影响下，一部分现代派诗人头脑中产生的对整体人类悲剧命运的现代性观照，和对于充满极荒谬与黑暗的现实社会的批判意识。"① 现代派诗人能够认识到精神"存在"的位置感，这一"存在"既不是"五四"式的昂扬"大我"，也非凄然哀感的"小我"，而是一种将外在经验内化之后，注重个体生命感的自我形象，这在北平诸多现代派诗人当中尤为多见。曾有学者指出："在北平的现代主义诗作中，'古城'、'古都'、'荒城'等意象的出现频率相当高。这类意象既与'荒原'精神相通，又保持了鲜明的民族特色和独特的文化性格。"② 北京改名北平，本身就具有帝都神话迷雾褪去之后的萧索感，它的恬淡落寞与舒缓悠然成为文化原型，与被外来文化分割的、突兀奇俏的上海形成鲜明的节奏互峙。卞之琳《西长安街》中的"荒街"，《路过居》中寂寥的小茶馆，《傍晚》中的夕阳和要倒的城墙等，无不是一样的凄凉落寞。他在《春城》中所写的"垃圾堆上放风筝"的北京城，以及何其芳在《古城》中"吹湖水成冰，树木摇落"的景色，都与《荒原》首句"四月是最残忍的一个月，荒地上/长着丁香"的氛围极为相似。"我读着 T. S. 爱里略式，这古城也便是一片'荒地'。"③ 在荒原精神的烛照下，现代派诗人对本土现实展开深刻反思并进行着东方式的回应，城市成为"一只古老的香炉/一炉千年的陈灰"（卞之琳《风沙夜》），"还是一半天黄沙埋了这座巴比伦"（何其芳《风沙日》），这里所描绘的城市与《荒原》中古希腊"白银与金黄"的荣华不再形成共鸣。对于风沙席卷城市，两位诗人做了相似的

---

　　① 孙玉石：《中国现代主义诗潮史论》，北京大学出版社 1999 年版，第 200 页。

　　② 张洁宇：《荒原上的丁香——20 世纪 30 年代北平"前线诗人"诗歌研究》，中国人民大学出版社 2003 年版，第 107 页。

　　③ 何其芳：《论梦中道路》，《大公报·文艺》第 182 期，1936 年 7 月 19 日。

处理，即以"香炉/巴比伦"隐喻城市恢弘的历史（笔者将香炉的沉灰理解为对历史感这一"永失的母爱"（弗洛伊德语）象征性地回溯，而巴比伦则是艾略特式的对繁华与享乐的隐喻）。与风沙扫过之后留下的现实萧索相比，城市地位的落寞与诗人心境的寂寥相得益彰。郁达夫认为北京属于作家情感易于接纳的"具城市之外形，而又富有乡村的景象之田园都市"[1]，作为典型的中国的都市——"它能够天然地激发中国作家的属于共同文化经验、共同文化情感层面的'传统感'。"[2] 透过北平这个城市实体，荒原意识与现代派诗人的传统文人情趣结合，同时与东方厚重的历史意识联姻。他们站在文化融合的交点上，在中国的城市中对荒原意识进行着创造性悟读，通过诗意的智性转化，建立起非个人化的戏剧性情境，从而在吸纳现代主义技法与城市诗学经验的基础上，凸显出本土文化的自在与延续性。

现代派诗人在选取城市符号入诗、进行诗歌的智性转化时，他们的意象选择已不单单是城市抒写初期对机械文明抑或制度进行直接的情感投射（力的赞美与恶的揭示），而是选择大量日常生活中的平凡意象入诗，在拉近诗歌与现实生活的同时，实践着艾略特所说的对"客观对应物"（objective correlative）由"物"及"心"的诗学。在《几个人》中，卞之琳描写了"一个年轻人在荒街上沉思"（这行诗在全诗十四行中出现了三次）。抒情者看到的是"叫花子，卖冰葫芦的，卖萝卜的，提鸟笼的"，一连串平凡人物所表现出的特定情感，共同指向了深幽的空虚与落寞，抒情主体看到的越多，他离自己的心灵就越远。如孙玉石先生的评价："'荒原'意识经过作者创造性的转化，已经熔铸成

---

① 郁达夫：《住所的话》，载 1935 年 7 月 1 日《文学》第 5 卷第 1 号。

② 李俊国：《中国现代都市小说研究》，中国社会科学出版社 2004 年版，第135 页。

了具有符合自己民族审美习惯和具有浓郁的地方色彩的图构。"①
这是"荒原"背后那个孤独的观察者，也是波德莱尔笔下的漫
游者，同时还带有晚唐文化的沉郁悲凄。废名的《理发店》、
《北平街上》、《街头》等，都将生活中的琐事与街头喧嚣杂糅同
陈。再看林庚的诗集《北平情歌》，随处可见"古槐"、"小
巷"、"叫卖声"等种种微观意象。诗人从对城市生活的诸多现
实不适退守心灵，但仍未丧失细致的观察力。在对日常生活的描
摹勾画中，城市由于隐喻了人的心态变迁与文化转移，从而具有
了文本的意义。废名曾写下"行到街头乃有汽车驰过，/乃有邮
筒寂寞。/邮筒 PO/乃记不起汽车号码 X/乃有阿拉伯数字寂寞/
汽车寂寞，/大街寂寞，/人类寂寞"（《街头》）。在谈到这首诗
的创作时，诗人认为他真实所见的邮筒上的"PO"两个字母
"仿佛是两只眼睛，在大街上望着我，令我很有一种寂寞"②，从
而觉得汽车、数字寂寞，进而感受到身在人群之中的孤寂。实际
上，貌似被客观物象撩动情感的诗人，正是以"智化"的诗情
主动与物象发生情感联系，以表意之象拟现心灵所感。这些避免
感情直接暴露而充分凝聚智性的诗歌，当属金克木定义的"新
智慧诗"。

谭桂林认为："现代中国都市诗的历史轨迹大致可以分为三
个阶段，20 年代是其萌芽时期，30 年代处于繁荣状态，到了 40
年代后期，与时代主流文学疏离日远的都市诗走向衰落，但是，
以九叶诗人为代表的后期都市诗的创作，虽然数量较少，却以其
深厚的哲理内涵为都市诗的暂时告别写下了精彩的一笔。"③ 抗
日战争这一历史突变事件使国内文艺形势骤变，现代派诗人群逐

---

① 孙玉石：《中国现代主义诗潮史论》，北京大学出版社 1999 年版，第 206 页。
② 废名：《谈新诗》，人民文学出版社 1984 年版，第 224 页。
③ 谭桂林：《论现代中国文学的都市诗》，载《文学评论》1998 年第 5 期。

步解体，但西方现代主义诗歌的思想意识和艺术手法的影响并未减退，诗人对城市的思索也从未停滞。经过戴望舒、卞之琳等诗人的创造性接受，它已融入新诗的血脉，并在 40 年代"九叶"诗派那里掀起又一个高潮。诗人的笔触直达都市现实，进而将其上升为哲理性的反思，既洋溢着形而上的精神诉求，又具备了现代诗艺缔造出的丰满肌理，现代诗歌的城市抒写由此步入成熟。由于与"内在的现实主义"相契合，九叶诗人的诗艺塑造和时代特征联系密切。虽然与源自西方文化的"荒原"语境差异明显，抒情者也无力触及更为深远的历史感和宗教意识，但诗人依旧保持了与《荒原》同向的批判锐度。袁可嘉的《南京》、《上海》便直刺政府统治的腐败与黑暗；杜运燮《追物价的人》和唐湜《骚动的城》则指向国统区的种种不平，特别是拜金主义的糜烂和平民的悲惨处境。在陈敬容笔下，批判性的力量与知识分子的内心世界遇合，产生怪诞的逻辑错乱："我们是现代都市里/渺小的沙丁鱼"（《逻辑病者的春天》），"桥下是污黑的河水/桥两头是栉比的房屋/……/当夜晚到来/多少窗上要亮起灯火/多少盛筵要在/机械的笑容下展开……"（《冬日黄昏桥上》）这种建立在经验层面（笔者理解为一种现代忧患意识）之上的对现实"内面"的城市抒写，带有强烈的主观色彩，同时捕捉到"一见钟情"与"最后一瞥之恋"（本雅明语）之间的郁结。在波德莱尔般的都市"夜行"中，"城市在迸发它罪恶的花"。即便如此，陈敬容仍然保持着难能可贵的信心："我们的心徒然为你流血/我们有我们的广阔/而你有你的狭隘"（《夜行》）。如同波氏敢于正视生活的缺陷一样，陈敬容即使听到都市"邪恶的笑声"，她也依然为这笑声所掩埋的黑暗留下一丝希望，在"黑夜的边上/那就有黎明/有红艳艳的朝阳"（《黄昏，我在你的边上》）。在《出发》中，她写道："时间的陷害拦不住我们，/荒凉的远代不是早已经/有过那光明的第一盏灯？"在《铸炼》中

"黑夜开一个窗子，/让那儿流进来星辉、月光"。对于人性和科学的真实，诗人始终保持着理想主义的呼唤姿态。在"方生未死间上覆一线青天"（《寂寞所自来》）似的都市压抑下，辛笛写出："呼喊在虚空的沙漠里/你象是打了自己一记空拳。"他无法找寻出路，却具有敢于"出拳"的勇气，这昭示出九叶诗人并未全然沉溺于玄思、在内心世界中营造精神的象牙塔，他们还在积极找寻修复人类精神之塔的途径（叶芝认为残破的塔顶象征着现代精神文明的毁灭），如同《荒原》中始终存在的、对超越死亡的复活之追求，它凸现着庄严的力量，闪烁着理想的星芒。杭约赫的长诗《复活的土地》（题名正好与艾略特的《荒原》形成对照）便作出预言："快倒了，快到了。"这预示着旧世界的崩溃和"复活的新的伊甸园"即将诞生。在《时间与旗》[①] 中，唐祈找到了明确的方向，从而成功逃离了价值沙漠："斗争将改变一切意义，/未来发展于这个巨大的过程里，残酷的/却又是仁慈的时间，完成于一面/人民底旗——。"这便扬弃了部分现代派诗人过度沉溺心灵而忽视时代气息的偏执，演奏出心灵玄思与现实风云相混融的交响乐。

对于现实都市，穆旦和现代派诗人一样体悟着威压感："我们终于离开了渔网似的城市，/那以窒息的、干燥的、空虚的格子/不断地捞我们到绝望去的城市呵。"（《原野上走路——三千里步行之二》）这种不适应固然与战争的破坏有关，但对 40 年代的都市知识分子来说，他们面临的外在世界更为动荡和分裂，并化为拉奥孔式的内在痛苦。"他们必须依靠自己的心灵直接感受这个世界，一切略带明确的东西都是在困惑、迷惘、痛苦、焦躁之中建立起来的。"不难看出，"这就是西方现代主义文学赖以产生的主要文化背景，也是中国现代主义文学赖以产生的文化

---

① 　普遍认为这首诗明显受了艾略特《燃烧了的诺顿》的影响。

背景"。① 1940 年初，穆旦写下《蛇的诱惑——小资产阶级的手势之一——》，直接表达了王富仁所说的这种大文化背景之下的焦躁与迷惘。诗人化用了艾略特的诗句，用以抒写"我"对当时中国社会现实的观感："这时候天上亮着晚霞，/黯淡，紫红，是垂死人脸上/最后的希望。"这与《普鲁弗洛克的情歌》的开篇名句——"当暮色蔓延在天际/象一个病人上了乙醚，躺在手术台上"异曲同工。和艾略特一样，诗人感受的世界（抒情主体坐在开往百货公司的汽车里展开观察，其都市经验由此开始衍发）充满病恹与灰暗，他的焦躁与不安集中体现在末句："呵，我觉得自己在两条鞭子的夹击中，/我将承受哪个？阴暗的生的命题……"这第一条鞭子是"阿谀，倾轧，慈善事业"的抽打，它是虚假的人道主义，是伪造的笑声；另一条鞭子则是"诉说不出的疲倦，灵魂的哭泣"这一现代人无根存在的尴尬。海德格尔曾在《荷尔德林与诗的本质》中说："这是一个旧的神祇纷纷离去，而新的上帝尚未露面的时代。这是一个需求的时代，因为它陷入双重的空乏，双重的困境；即神祇离去不再来，将来临的上帝还没有出现。"② 这也正是穆旦的时代，是"害虫"般寄生在"'动'的帝国"里受"钢筋铁骨的神"（《城市的舞》）注视的时代，生存的魔性合法化地滋长，这使得诗人无法保持静默。对于都市的荒原，诗人以批判的眼光，力求拾到可以救赎并使之恢复丰饶与力量的意义支点，从而"有理性地鼓舞着人们去争取那个光明的一种东西"③。即使洞悉"这不可测知的希望

---

① 王富仁：《中国现代主义文学论》，宋剑华主编：《现代性与中国文学》，山东教育出版社 1999 年版，第 278 页。

② 刘小枫：《拯救与逍遥》，上海人民出版社 1988 年版，第 250—251 页。原文见《荷尔德林诗的解释》1944 年德文版。

③ 穆旦：《〈慰劳信集〉——从〈鱼目集〉说起》，载《大公报·综合》（香港版）1940 年 4 月 28 日。

是多么固执而悠久，/中国的道路又是多么自由而辽远呵……"（《原野上走路——三千里步行之二》），诗人也会以"脑神经的运用"与"血液的激荡"寻求观念的突进，像冬日的种子一样追求新生。穆旦诗歌中的抒情主人公，正是这样一个在矛盾的张力场中不断彰显残缺体验的自我，他从来没有过稳定的生命状态，却始终以智慧和勇气触痛生命的实质，在诸多变形的意象间打磨那个不屈的内在主体。

三　对现代诗形的雕琢

　　新诗诗艺技巧的成熟是几代诗人不断实践的结果，在其诞生之初，与传统诗歌相异的特质便已显露端倪。大量诗人将蕴涵现代工业力之美的机械意象引入文本，抒发都市人面对新生环境时的青春朝气。如同郭沫若所说的"我的歌要变换情调"，"我要保持着我的花瓣永远新鲜"（《述怀》）一样，他既可以用摩托车的前灯比喻初升的太阳，以浪漫的激情将都会意象与自然景物相勾连，又能将"火葬场"这样城市"丑"性的意象呈现诗行，从而显露出以城市物态符号为素材进行文学猎奇的实验心态。而李金发则把大量异国都市意象引入初期的现代诗歌，其色调的惊异和"朽水腐城"式的颓废效果，均超越了传统诗歌的意象质素和情思空间，丰富了新诗的美感构成。至于诸多诗人承袭波德莱尔对都市物质之"丑"的揭示，王泽龙认为这"正是中国诗歌从古典乡村情结与山水情结转向现代生活与现代情绪的一个重要特征……这样一种艺术的陌生化的蜕变，是中国诗歌走向现代化的一个必经的艺术途径"。① 我们在前文引述过施蛰存对《现代》中"现代诗形"与"现代生活"的论析，从中可以看出，

---

　　① 王泽龙：《中国现代主义诗潮论》，华中师范大学出版社1998年版，第328页。

无论是艺术的"陌生化",还是"独特的形态",其所指都聚焦于"现代情绪",意象铺陈与心理状态联系密切,正如意象派诗人庞德所说:"一个意象是在瞬息间呈现出的一个理性和感情的复合体。"① 这些由都市意象汇聚而成的符号系统,为诗人表达现代情感提供了多向的选择。在穆旦的诗歌中,勃朗宁、毛瑟枪、HENRY 王、咖啡店、通货膨胀、电话等日常生活用语大量涌入,在丰富现代诗歌语汇系统的同时,诗人自身未必会认同他们所构想的、由物象堆积而成的现实,却依然通过这一意象谱系获得了表达城市人心态的视角。或者说,抒情者已经能够借助诗歌来追溯城市的节奏,与之共鸣抑或反拨,由此表达个体的城市心绪。由此,都市不仅作为一种被观察物,它同时也与诗人的心理契合,独立地成为与传统文化(以乡村文化为本位)对立并峙的审美对象,这无疑具有审美经验层面上的"拓荒"和"革命"意义。确如金克木所概括的:"这种诗的来源:便是新的东西。(它们)废弃旧有的词面,代替上从来未见过的新奇字眼,用急促的节拍来表示都市的狂乱不安,用纤微难以捉摸的联系,(外形上便是奇特用法的形容词和动词和组句式样)来表示都市中神经衰弱者的敏锐的感觉,而常人讳言或不觉的事情也无情的揭露出来……"② 这"新的东西"势必会使诗人对其运动、空间和变化进行反映,从而建立和传统形式错位的艺术结构,逐步塑成现代的诗形。

　　诗歌对城市的再现是通过意象还原和意绪营造完成的,而城市文化对诗歌本体的影响则体现在诗形变化上。现代诗形并不讲求整饬的句式和优美的音节,它更强调由自由诗形式所构成的内

---

　　① 〔美〕庞德:《回顾》,郑敏译:《二十世纪文学评论》(上),上海译文出版社 1987 年版。

　　② 柯可(金克木):《论中国新诗的新途径》,《新诗》1937 年 1 月 10 日第 4 期。

部肌理。面对快速多变、光怪陆离的城市生活，传统诗体很难承
载如此多元的节奏，只有自由体的诗形才能为诗人找到理想的表
达方式。一向讲求整饬之美的朱湘写过一首《雨》，诗中采用了
扩大空白和不规则分行的形式，对应的正是零乱纷杂而秩序混乱
的都市感觉流动，诗文中的语体形式（非现实世界的构造方式）
与抒情者身居的现实语境实现了对话。徐迟的《一天的彩绘》
运用了蒙太奇的手法，将草原、动物园、咖啡馆、音乐会、公共
汽车等颇具镜头感的视觉意象叠加为视觉和弦，以都市速度感应
"她"兴奋而疲倦、激动又紧张的心态律动，以"意象携带的心
理动感"传达着"媚就是动态中的美"① 的真义，从而在"非
连续性"的时间中获得连续的节奏。这种意象连缀，既演绎着
都市被视觉官能特征化的外在节奏，也隐含了诗人在知性空间中
涌动的内在节奏，其观念联络体现出抒情者与城市对话而生的知
性哲思。在《都会的满月》中，徐迟以带有超现实神秘感的
"满月"为背景，将十二星座这一宇宙的夜钟、塔楼上机械的
钟，还有钟一样生存的人类三组意象整合到同一空间，共同指向
都市文明异化人性的心理体验，从而达到生活经验与诗歌经验的
智性转化。姜涛也曾引用绿原的《给天真的乐观主义者们》一
诗说明这样一种节奏的契合，短短的两节诗闪现的物象竟然有五
十种之多，似乎各不相干的现象通过镜头的结合运动带来"不
连贯的、动荡的、缺失焦点的离散性空间"。② 镜头感的构思，
如同波德莱尔创造出的那种解脱和表达的方式，他将意象按原样
呈现出来，却又使它代表了远较它本身更多的内容。通过累积

---

① 罗振亚：《都市放歌——评徐迟 20 世纪 30 年代的诗》，载《北方论丛》
2001 年第 1 期。

② 姜涛：《四十年代诗歌写作中的"摄影主义"手法研究》，载《中国现代文
学研究丛刊》1999 年第 3 期。

"不加解释的意象"① 达到暗示的效果，从而揭示隐藏在客观事物后面的理想形式的象征。

　　新诗纳人的新意象以及表现出的新节奏，与西方城市文化的影响不无关联。特别是在诗艺的承接与转化上，现代诗人在大量运用都市意象的同时，更注重化合西方现代主义的手法。波德莱尔之于李金发，凡尔哈伦之于艾青，法国后期象征派之于中国现代派诗人，以及里尔克之于郑敏，艾略特之于穆旦……现代诗人无不面临着在本土语境融合异域诗学的文学选择。单独抽取陈敬容的《黄昏，我在你的边上》，文本便融合了跳跃式的语言、拟人化的处理（"一排排发呆的屋脊"）、思想的知觉化（"这些故事早已在我的记忆中发黄"）以及通感手法（"街上灯光已开始闪熠/都市在准备一个五彩的清醒"）等多种现代技巧。其中，现代诗人对"通感"手法［也称联觉（synaesthesia）］的运用，形成一个较为集中的艺术取向。机器的轰鸣与人流的挤轧，使诗人的感觉产生错位，以"静"为核心的、融合规范化与和谐美的农业文明被都市"不平衡"的美学形态所取代，借助通感手法，现代人器官感觉的混乱便得到复刻式的拟现。"苍白的钟声"（穆木天《苍白的钟声》）混合了视觉和听觉，"颤栗的旋律"（子铨《都市的夜》）混合了触觉与听觉，再如"肉味的檀色"、"苍老的号啕"等，都强化了都市感觉的错杂性。波德莱尔在评论雨果的文章中这样表述他的信条："一切，形式、运动、数、色彩、香味，在精神上如同在自然界中一样，都是有意味的、相互的、交流的、契合的。"② 通感正是他所说的"水平对应面"的契合，即在相同平面上从一种物质感觉到另一种物

---

　　① ［英］查德维克：《象征主义》，肖聿译，北岳文艺出版社 1989 年版，第 18 页。

　　② ［法］波德莱尔：《1846 年的沙龙——波德莱尔美学论文选》，郭宏安译，广西师范大学出版社 2002 年版，第 85 页。

质感觉的运动。波氏尤其强调的是有形世界与无形世界中介的超验的契合，也就是人的精神世界与外在世界的交互感应，即垂直对应面的契合，这种宇宙万物之间的"契合"关系在陈敬容的《群像》、《律动》中均可寻见。不过，就整体情况而言，绝大多数的现代诗人尚未达到各种感觉之间互相呼应与契合的普遍艺术境界，更未上升到精神世界与超验世界的契合，即"超验本体论"的核心。由这一角度观之，在城市诗学运思上，现代诗人开风气的意义远胜于其艺术贡献。总之，"五四"新文学建立起的现代新诗范式是从"传统"走向"现代"的审美流变过程，也是城市文化对其"形塑"并不断施加"力"的过程。对于城市文化浸染下的现代诗美特征，我们会在全书的最后一章进行独立分析。

　　李欧梵在《现代性的追求》中说："五四以降中国现代文学的基调是乡村，乡村的世界体现了作家内心的感时忧国的精神，而城市文学却不能算作主流。"① 这一论断与阿尔贝·蒂博代评论波德莱尔之前城市诗歌的状况颇为相似："一直到 19 世纪，诗人及其读者都生活在城市里，但是某种建立在一种深刻的规律上的默契却将城市生活排斥在诗之外。"② 两种论述都触及传统审美习俗对城市文学的影响，在这些文化因素之间，必然存在着一个复杂的交流过程。由近代史所揭开的是一个空前矛盾的文化时代，时间性的（现代与传统）与空间性的（西方文化与中国本土文化）诸多矛盾相汇集、多种文化形态的并存，形成过渡时期特有的景观。在现代文学 30 年中，新诗中的城市抒写无论从其创作观念抑或文本数量来看，都只是一个开创的阶段。不

————————

　　① ［美］李欧梵：《现代性的追求》，三联书店 2000 年版，第 111 页。
　　② 郭宏安：《论〈恶之花〉》（代译序），［法］波德莱尔著，郭宏安译评：《恶之花》，漓江出版社 1992 年版。

过，包括诗歌在内的城市文学兴起，其诞生之初便已表现出新生命的朝气与青春的力度。现代派诗人徐迟在诗集《二十岁人》中题献给的"玛格丽"，与其说是一位姑娘，不如说是献给都市中的抒情者自己。现代诗人心目中的月亮已不再是李白思乡的明月，而是都会的满月，这里饱含着都市人的透明心境与新奇思维。总之，融合西方现代经验的城市抒写与"现代人"的意绪营造，与传统古典的静谧美建立起互补式的对话关系，从而形成20世纪新诗现代性中一个重要的审美取向。

第二节　城与诗的转喻互现：中国当代诗歌的城市抒写

在中国现代诗歌发展的 30 年间，"一支支烟囱开着的黑色牡丹"作为现代工业"力"之美的象征竞相在诗句中绽放，郭沫若、艾青等新诗先驱以及后期新月诗派、现代诗派和九叶派诗人纷纷在现代城市文明的驿站驻足，为之展开憧憬抑或反思。随着 1949 年新政权在北京的成立，政治高层为诗歌定下了"以民歌和中国古典诗歌"[①] 为基调的艺术取向，文学的政治工具化，使其渐渐放逐了"城市"这一重要的理论资源。在农村价值感明显和民族（大众）色彩强烈的文艺理论指导下，城市文化的多元性表现被洋溢着浪漫主义旋律的工业赞歌所遮蔽。李欧梵对此曾评价道："共产党革命的成功，剔除了中国现代文学的城市因素。而随着城市'精神状态'的消失，中国现代文学也丧失了它的活力、独特的洞察力、创造性的焦虑和批判精神，尽管它

---

①　在 1958 年 3 月的成都中央会议上，毛泽东指出："中国诗的出路，第一条，民歌，第二条，古典，在这个基础上产生出新诗来，形式是民歌的，内容应该是现实主义和浪漫主义对立的统一。"（摘自陈晋《毛泽东与文艺传统》，中央文献出版社 1992 年版，第 322 页。）

以农村题材为主流而获取了更广泛的活动场地和更大的'积极性'。"① 诚然，这种措辞显得有些偏激，用"消失"这个包含绝对意味的动词来描述城市的"精神状态"，并不那么客观和准确。从某种程度上说，这一时段文本城市的"精神状态"反而在民族富强的浪漫愿景以及国家意志的强力规约中产生某些共性的"凝聚"，并与新中国成立后中国文学的主流价值取向实现契合。

现代文学诞生之初，刘半农便援引一位"痛爱北平"的老友的诗表达对北京的喜爱："三年不见伊，／便自信能把伊忘了。／今天蓦地相逢，／这久冷的心又发狂了。"② 这"总是叫人牵记"的"伊"正是 20 世纪 20 年代末的北平。有趣的是，同时期的蒋光慈写有一首极端"痛恨北京"的诗："从前我未到北京，／听说北京是如何的繁华有趣；／今年我到了北京，／我感觉北京是灰黑的地狱。"（《北京》）虽然写作时间相近，但他们对北京投出的情感态度却大相径庭。前者的北平属于私人之"我"的城市，正是李欧梵所说的将"个性色彩打在外部现实上面"③，具有"五四"作家消化"现代主义"的典型特征；而后者的北京则是"我们"的城市，带有集体抒情的现实主义政治色彩。诗人对"北京"的抒写，融合了制度批判与底层关怀，这是左翼诗人观察城市的典型视角，也是新中国成立初期诗歌中城市审美的主要维度。

---

① 杨匡汉、孟繁华：《共和国文学 50 年》，中国社会科学出版社 1999 年版，第208 页。

② 刘半农：《北旧》（1929 年 12 月），《半农杂文二集》，良友图书公司 1935年版，第 154—155 页。

③ 李欧梵认为："五四文学中的'现代主义'最突出的特点是，中国现代作家不是转向自身和转向艺术领域，而是淋漓尽致地展示他的个性，并且把这种个性色彩打在外部现实上面。"（［美］李欧梵：《文学潮流（一）：追求现代性（1895—1927）》，［美］费正清主编：《剑桥中华民国史（1912—1949）》第 1 部，上海人民出版社 1991 年版，第 541 页。）

　　1959 年，新中国成立十周年前夕，郭沫若以气象非凡的辞藻写出《颂北京》一诗，开篇便极具气势："坦坦荡荡，大大方方；巍巍峨峨，正正堂堂；/雄雄赳赳，磅磅磅磅；轰轰烈烈，炜炜煌煌。"诗人所临摹的，正是经历了大扩建之后的天安门广场。宽阔、壮丽与雄伟作为广场的写实形态，与指称大气象的连绵词汇、受阅方队般整齐划一的诗行交相呈现，洋溢着新兴国家的昂扬朝气。翻开公刘、李瑛、孙静轩等诗人涉及工业题材的文本，我们同样可以体悟到这样蓬勃的青春气息与欢乐的崇高感。王蒙写于 1957 年 4 月的《春风》将这种"快乐的集体情感"作了个体化的呈现："快乐地走在北京的街头，/新盖的楼房向我招手，/春风从四面八方吹来，/寒冷哪儿也不再存留。"在这些诗篇中，"钢筋铁骨的神"与"冰冷的金属世界"这两座"现代文学上对都市的最基本的喻象"① 只剩下前者，其"神力"象征着国家的伟力，城市精神由此凝聚为民族国家的富强理念，诗人的个体性便也凝华成群体的人民性。在抒情者眼中，"北京"不再是恋人，它跃升为崇高的母亲角色。其气度也不再是老北京的体面、从容和悠闲，而是"首都"的红色节拍，和着理想主义的调子。犁青的《别北京》、温承训的《母亲的城》以及郭路生（食指）的《我的最后的北京》，都将北京城视作母亲，这样的母性想象昭示出政治学对诗学强有力的渗透。较之现代诗人对城市进行的抒写实践，当代诗人扬弃了那种对生命自然状态和个性主义特征的追求，他们的文本表现出更多客观叙事式的政治抒情，以"大我"替代"小我"。"文化大革命"中"千笺万笺"、"车载船装"式的工业赞歌，更使集体理想对文学题材的征服欲达到最盛。这些对国家、城市新风貌的"物观"体验，顺应了

---

　　① ［美］马·布雷德伯里、詹·麦克法兰编：《现代主义》，胡家峦等译，上海外语教育出版社 1992 年版，第 311 页。

民族振兴的世俗现代性要求；不过，在它为新社会存在的合理性作出明证的同时，其审美现代性却显得苍白与单调，它"将重个人情思体验的现代主义和浪漫主义驱赶到了艺术的边缘，它同闭关自守的拒外时代氛围遇合，理所当然地造成了'十七年诗歌'艺术型范的单调划一"。① 这些凝聚着社会制度进步图景的诗歌，即便以城市作为描述对象，也终因缺乏对生活现实的实际观照以及对城市人深层的心灵关怀，使其"都市感"② 依旧潜伏在隐匿的状态：既难以表达工业化带给人类的生存压力，也无法揭示城市生活的多重本相。由于缺乏变形变意的艺术加工，城市意象很难实现"瞬间的理智与感情的复杂经验"与"不同观念的联合"（庞德语）。直至 20 世纪 70 年代末，诗歌中的城市抒写方才重新启动意味与艺术并重的"合题"实践，并为新诗质的出现作了可能性的铺叙。

一　物态城市的摹拟与复现

北岛在《回答》中曾对未来作出预言："新的转机和闪闪的星斗，/正在缀满没有遮拦的天空，/那是五千年的象形文字，/那是未来人们凝视的眼睛。"它如谶语一般扣响一代知识分子的心灵，为中国命运的历史性转变订立预言，也为城市精神的复苏敲响晨钟。随着新时期的到来，城市的经济功能得到进一步的确认，其商业性的恢复，使长期封闭所造成的物质压抑得以解冻，见之有形、闻之有声、触之有觉的都市物质经验重新融入人们的

---

① 罗振亚：《是与非：对立二元的共在——"十七年诗歌"反思》，载《江汉论坛》2002 年第 3 期。

② 按照蒋述卓对"都市感"的定义，它是指"都市在人们心灵上所引起的强烈的独特的心理与审美感受。它既是一种属于都市的感性直觉，更是一种深层的生命体验和审美经验"（蒋述卓：《论都市文学的都市感》，《羊城晚报》2000 年 7 月 17 日 B3 版）。

生活。在新时期诗歌创作初期，城市的诗性存在主要是以"城市梦"的姿态回归文本。当北京第一条地下铁道开通时，众多诗人纷纷为这一现代化交通工具咏唱赞美诗：地铁"承载地面上无法承载的/拥挤的生活"，它使"道路的走向/有了更多的层次"（聂鑫森《地铁》）。匡满也感叹这是首都"光荣的开端，地下的殿堂"，这一"民族的奇迹"因为"历史跳下马车"去"骑坐蜗牛"而让位于耻辱和等待，"哦，我的地下铁道！/多少人等你等白了头"（《哦，我的地下铁道》）。"地铁"作为现代化的符号，体现着一种速度感。地铁的隧洞，正是从以共产主义为乌托邦的政治现代性向以经济发展为动力的经济现代性过渡的空间。在空间挪移中，地铁这样有形的、易辨的意象便成为诗人感知城市最有效的材质。看柯原的《珠江三角洲》和叶延滨的《环行公路的圆和古城的直线》，我们均能感受到诗人将诸多技术性符号与他们的现代国家想象糅合在一起，在城市空间的表层对物态文化释放温情。这样的痴迷，既是写作者的经济想象与新的政治想象的统一，又预示着国人对自身生存环境的关注和对便捷生活的憧憬，暗合着重新发现"人"的启蒙主题，也体现着诗人对城市"功能美"的重视。"不论是技术美还是艺术美，城市美的根源在于功能。"① 随着国民物质生活水平的改善，诗人们注意到城市功能给自身命运带来的变化，王辽生在《新居》中便写道："九平方米，我很满意，/这是我的新居/……/哦新居，/搬进我的人，我的神，/也搬进我遗失许久的/效命中华的契机。"匡满在《我歌唱在十二层楼》中感到"尽管此刻/我的高度/仅只有埃菲尔铁塔的/十分之一//可我感觉/自己竟象乘上飞毯的/王子"在遨游。随着都市意识的日趋多元，紧张和压抑

① 蒋述卓、王斌、张康庄、黄鸾：《城市的想象与呈现》，中国社会科学出版社 2003 年版，第 11 页。

感交织的鸟笼式住宅会使人感到空间的异化，进而产生出抵牾情绪。但对刚刚从尘封状态复苏的国人来说，新居的意义在于它带来一个可以独立的、自我的生存空间，从而帮助人们摆脱政治体制化的"群体"生存状态，获得家庭伦理空间的稳定感。我们看到，无论是诗人对"五十层高楼，轮船的货舱，新筑起的人行道"（严阵《深圳的曙光》）那一席视觉盛宴的兴奋，还是对"城市穿上崭新的滑冰鞋/进入轻快的旋律"（曲有源《立体交叉桥》）这一曲谱的应唱，其中心内涵都是把对都市建设速度感的渴望和体验与他们捕捉到的视觉经验（即城市物态文化）情感化，为延续其个体"效命"国家的梦想而抒情，这正与十七年时期诗人的现代国家意识形成呼应。由此可见，新时期初期的诗学对十七年以来"过激"倾向的反拨，"并不意味着是对十七年诗学的简单否定，而是同时也'吸收了'它的现代化追求的实质，与之'和解'"。① 从一定意义上说，这些文本的社会学、城市学价值或许要大于它们的诗学价值。

在朦胧诗人那里，北岛的《地铁车站》、舒婷的《阿敏在咖啡馆》也引入了城市语境中的意象形态，他们在"我的城市的黄昏"（舒婷）讲述着"我的城市我的故事"（北岛）。城市语境在朦胧诗歌中的再现，正预示着其文化模态与未来文学之间那种紧密的联系。就朦胧诗整体美学状貌而言，城市还未曾成为诗人的知觉核心，抒情者们只是从它的领空飘然而过，在字里行间留下一些关于它的印象碎片。不过，与那些夹带着"新民歌"余温的城建赞歌相异的是，一些朦胧诗人已经注意到"城中人"追求心灵自由与工业文明无限扩张所触发的矛盾。16 岁时的顾城便已在《地基》中为城市订立预言，都市给他的印象除了"星星的样子有点可怕/死亡在一边发怔"（《都市留影》）外，

---

① 於可训：《当代诗学》，湖南人民出版社 2000 年版，第 22 页。

便是"城市正在掘土","它需要""一队队像恐龙一样愚钝的建筑",在"钢铁肥厚的手掌下",只剩下"最后的花"（《延伸》）。都市文明与大自然的对立，给少年的心灵烙上无法磨平的印痕。顾城的世界"就在那个小村里"，他不习惯城市，他"Believe 在他的诗中，城市将消失，最后出现的是一片牧场"。①这种田园心让我们不禁想起艾青"钢丝床上有痛苦/稻草堆上有欢晤"（《城市·梦及其它》）中对田园生活的向往，想起舒婷"土地情诗"中那颗黄昏星的自然情调，以致海子对麦田的忠诚守望。中国诗人大都受传统诗学磁场影响，怀有一种对田园情调的追念或者理想图景。不过，都市化不会仅仅局限在有限的都市空间内，它的出现已经使人类在整体上被"都市化"了。在当代，一个人可能并不直接生活在大都市中，也可以对城市生活方式持激烈的批判与否定态度，但无论其在现实中的衣食住行，还是更高层的文化消费与精神享受，都不可能与大都市绝缘。都市文明所具有的外延性，使它仿若宗教一般蔓延至中国的每一寸土地，艾青曾憧憬过的那"梦"一般的"天鹅湖"，仅会停留在幻想的天堂里。正如艾菲尔铁塔矗立在巴黎的宗教文明之中一样，都市文明同样渗透进中国的政治宗教之中，并且成为一种全新的、无法逃避的现实。

二　空间感的体认与迷失

对城市中的诗人来说，都市文明的知觉核应该是现代都市和它的子民（朱大可语）："我是在城市某处诞生不久的一个前额凸突的男婴/我两岁/我转动眼珠好奇地查看四周"（张小波），我天真而多情地发现"身旁毕竟是/中国的大街在流动啊/流动着阳光和牛奶/流动着一大早就印发的新闻连载/关于广场塑像的

---

①　1984 年顾城接受香港诗人苏舜（王伟明）访谈时的谈话。

奠基仪式/定向爆破和崛起的阳台"（宋琳）。城市物化形态与人类存在意识相生共存，互相投射着来自对方的现实性。现代都市构筑的知觉空间对城市诗人的特殊意义是不言自明的，乡村的砖瓦和植被在各种鳞次栉比的现代建筑间，逐渐成为副词。身陷高大的水泥楼宇和狭窄的马路迷宫，都市人的空间意识陡然加强。早在改革开放初期的 1983 年，廖公弦就在《上海诗绪》中白描了"上海！上海！上海！//空间被高楼挤破，/蓝天是大块小块"的都会景象，形象地表达出人群被高楼森林所压迫的隔绝体验。北岛在《空间》一诗中也已捕捉到城市带给人的这种疏离感："纪念碑/在一座城市的广场/黑雨/街道空荡荡/下水道通向另一座/城市//我们围坐在/熄灭的火炉旁/不知道上面是什么。"作为群体的"我们"在都市文明的大版图下反而不知所措："人没有了自己存在，人是一个已经非中心化的主体，无法感知自己和现实的切实联系，无法将此刻和历史乃至未来相依存，无法使自己统一起来，这是一个没有中心的自我，一个没有任何身份的自我。"[①] 城市逐渐陌生起来，成为"立体的复制品"（谷禾《城市》），"一条河上的五座铁桥一模一样/站在哪里能望见故乡"（张小波《在蚂蚁和蜥蜴上空》）。在我们正在居住的城市里，诗人竟然迷失在自己的精神世界里。他们时刻要怀疑、考问自我的存在，把都市的"迷宫"读作现代人心灵的幻象，从而揭示出城市大规模复制自身而导致的现代化悖论。

　　20 世纪 90 年代与 80 年代在精神指向上的沟壑远大于其时间跨度，恰如福柯所描述的"非连续性的历史关系"，80 年代那些隐喻现代化的符号如推土机（破旧立新）、地铁（四通八达），在 90 年代的话语中逐渐褪下"功能美"的光环，其所指意义发

---

　　① 王岳川、尚水编：《后现代主义文化与美学》，北京大学出版社 1993 年版，第 28 页。

生了悖论式的转型。在朱文的《黄昏，居民区，废弃的推土机们》和孙文波的《城市·城市》里，推土机已经变成与人性对立的、盲目推进工业"现代性"进程的猛兽，它"扎入"了都市人的心脏，暴力地破坏着人类的生存空间。而地铁这种便利的交通符号，也同样成为诗人与地表城市保持一定距离的思想暗房。在臧棣的《北京地铁》中，诗人写道："在地铁中加速，新换的衣裤/帮助我们深入角色，学会/紧挨着陌生的人，保持/恰当的镇定。"人们享受加速度的便利，要以追逐陌生的人群，在陌生人中保持一种同质性，以丧失自由表达的权利为代价，这样一维的生存路线正反映着现代人的精神孤独和心理空间的压抑。"我到了这一站，我剩下的那些站是/短暂的片段，驶向迷茫的地点。"（石龙《北京地铁》）都市人的生存被压抑在两点之间，而整座城市却被压抑在地下铁的坐标与坐标之间。如何才能摆脱这样的压抑呢？想"从我们的城市迅速消失"（肖开愚《在徐家汇》），但还要寻找"地铁入口"和"火车"这些城市文明的标志性符号作为逃离的方舟，这显然带有悖论式的幽默与深深的无奈，其精神实质是反喻的。人类满怀激情创造了城市，城市却以冰冷的体积和喧嚣的重力向人类宣战。正如皮科·艾义尔在《全球心》里所说："现代性的一个反讽之处就是，为人民服务的机械到头来都变成了困缚人的监牢。"[①]

　　以爱德华·索加为代表的洛杉矶学派认为：人类从根本上来说是空间性的存在者，总是在进行空间与场所、疆域与区域、环境和居所的生产。在这一"生产空间"和"制造地理"的过程中，人类主体总是要与环境产生复杂的脉络联系，其自身就是一种独特的空间性单元。作为影像文化的观察者，都市人无法保持

---

　　① 陈旧：《城市虚脱邦》，金羊网 2006 年 7 月 25 日，http://www.ycwb.com/gb/content/2006—07/25/content_1171422.htm。

一种君临天下似的全知视角，因为城市的诸种特性与功能已经与我们自身的属性融为一体。正如于坚已经习惯在"有毒的大街"上"含着铅"写着"关于落叶和树的诗歌"（《便条集》之292）一样，诗人本身就是构成城市空间的一分子，他对纯美自然歌颂式的自嘲，正代表着一种反事境却无法摆脱事境的、无奈的现代都市意绪。在80年代早期，立交桥，高速路等符号都被指称为现代化某种可计量的"物质/物欲"指标，而马克思·韦伯所说的理性化的资本主义精神在给中国带来商业理性、法治和秩序的同时，也带来了金钱至上的价值观，中国的城市承受着韦伯所说的那种"紧张"，诗人同样如是。因此，在都市的知觉空间内，"城"的变化才把无法摆脱的焦虑、孤独和意志的考验填充入人类的心理空间。在"挂满了气球的欲望高涨着"（杨晓民《大上海》）的都市中，物欲强盛的城市如"巨大的狩猎场"和"老虎的胃"（孙文波《在傍晚落日的红色光辉中》），吞噬着人类心中仅有的一方净土。欲望都市带给现代人的焦灼意识，成为一种城市病症，甚至使爱情与婚姻都成为"流水线的爱情作业"（谷禾《城市》）。连情感都遭到商业的侵蚀，难道真如阿曲强巴在80年代的预言一样："在寒冷的城市/在人们石化的心里/不再有生长的土地？"（《琥珀》）伴随着20世纪中国社会的"现代性"转型，从"乡土中国"到"都市化"的社会，正在或已经成为中国的既定经验事实和物态风景。反观诗歌中的空间意识，对于都市地表以上的物态空间，诗人们渐失温情；对于地表以下的都市心理空间，诗人们在隔绝中体验着欲望消逝之后的孤独，这确实让人感到一丝萧索的冷风景，以及城市理想从"乌托邦"到"虚脱邦"的疲惫。

三　视点的俯视与平视

随着世纪末情绪的蔓延，海子们的"大诗"乐章成为城市的尾音渐而黯淡，伊沙在《饿死诗人》里以戏谑的口吻写道："城市中最伟大的懒汉/做了诗歌中光荣的农夫/麦子　以阳光和雨水的名义/我呼吁　饿死他们/狗日的诗人。"这首"恰好"写于 1990 年的诗歌宣告了"复述农业"的田园神话正式消亡。神性的诗歌写作在经济主导的城市话语面前，已经消减了青春期般的豪放。文化中国的想象、英雄精神的复述以及田园童话的梦构，在政治社会向经济社会的"换喻"过程中渐失光华，诗人的视点发生从"仰视"到"俯视"乃至"平视"的位移。欧阳江河的《傍晚穿过广场》"可以看作是对八十年代的一次最为爱恨交加的告别。同时这首诗也隐秘而形象地记录了从一种精神激奋和社会压抑的乌托邦到一种被粗俗设计和异化发展的天堂之间的过渡"。①"广场"隐含了公共生活和世界图景的各种面相，并无声记录着 20 世纪八九十年代中国发生的现代性变异："从来没有一种力量/能把两个不同的世界长久地黏在一起。/一个反复张贴的脑袋最终将被撕去。/反复粉刷的墙壁/被露出大腿的混血女郎占据了一半。/另一半是安装假肢、头发再生之类的诱人广告。""反复张贴的脑袋"被无数商业化的广告所替代，脑袋与大腿、假肢等身体意象的同陈，代表着诗人对时代断裂感的敏锐体认。作为政治活动载体的、传统意义上的广场，此时却成为商业符号的广告牌，在商品化的时代面前，"庞大混凝土制度"浇铸的政治话语伴随着一代人的国家想象从"汽车的后视镜中消失了"。"汽车"意象象征着抒情者的速度经验和与时代决裂的瞬间感怀，它"赋予寂静以喇叭的形状"，在带走国人曾经"仰视"观望的政治想象的同时，也隐喻了高调的"国家/民族"想象彻底哑火，因为以"发声"为主业的喇叭已然变异了。广场

---

　　①　杨小滨：《作为幽灵的后现代：90 年代诗歌中的城市空间》，臧棣、肖开愚、孙文波编：《激情与责任——中国诗歌评论》，人民文学出版社 2002 年版。

的"寂静"暗示了人们与政治的疏离，宣告了一种以追求即时愉悦性的、以商业化为推动力的城市品格即将驾临，诗人的视点也开始逐步由构筑神性精神世界向日常生活审美转移。

生活在城市中的一些知识分子诗人在此在的现实与彼岸的理想国之间总是游移不定，仿佛活跃在 80 年代的知识分子永远在头顶拜谒政治英雄的"替身"，以"整整一生"的时光"等待枪杀"（欧阳江河《肖斯塔科维奇：等待枪杀》）。在诺曼·米勒言及的"政治的想象力"与中国"民众共同的想象力"之间，敏感的诗人无法像正常人一样实现想象力的平滑转换。就如诗人穿过的广场一样，他经过广场，却无法企及新的速度，难以觅得理想化的灵魂状态。这种思维方式带有显著的城市文化特征：注重捕捉感性印象，强化生活的偶然性和无限的可能性，而文化负载则无足轻重。城市与城市人所负载的"圣词秩序"坍塌了，取而代之的是诗人对文本的直接进入。他们生活在文本之间，也在自我主体中见证着城与人的联系，体悟着都市人的情愫。

在于坚、韩东笔下，城市审美集中由平民生活审美所呈现，他们将语言作了凡俗化的处理，以摆脱宏大观念对思想的钳制，并表现出殊异多元的、对日常生活的艺术敏感。于坚的《下午一位在阴影中走过的同事》、《尚义街六号》便以俯瞰生活现场的方式，不断堆积大量的"物性词语"，以表达对现实生活，特别是市井生活的贴近，这切合了其"拒绝隐喻"的诗学主张。在口语般的絮叨中，诗人与城市（昆明）拥有同样的观察视野，他不会比城市看到的更多。抒情者处于一个纯粹由冷叙述积聚而成的内焦点，以絮叨的口语印证着：城市生活本就是对日常经验的复制。同样是站在平民的视角，伊沙的视点更为平视。在《下午的主场》中，他消解着自己对"坐在球迷中间"的妓女所产生的某种诗意联想，并赋予"她"和自己同样的身份——球迷。都市文化的繁复性使现代人的角色与身份的边界不断漂移，角色转换与身份倒置使诗人无法把自己从与城市有关的诸多欲望交织的网中疏离，他们只能以"肉身"的知觉方式去感受城市。在球场中，抒情者与妓女的身份并无不同，诗人以"牛粪"式的自嘲，传达出"直面当下"的一代人对"底层"生存价值的平行式认同。

吴思敬认为："九十年代中国人最大的问题是生存问题，诗人喜欢从身边的平凡事物上取材，从而折射我们这个时代普通人的生存处境，以及面临生存危机的疑惧与焦虑。"[①] 从 80 年代的"城市人"诗群开始，诗人在城市文化与生命殊相的融合中，便已把"平民化"的审美意识引入创作实践。翻开《中国打工诗选》，我们看到，具有打工者身份的诗人如谢湘南、郑小琼等，其文本所表现出的"平民性"大都是自发而真实的，从而成为印证他们生存的精神胎记。同时，在《诗选》中我们也看到，持这种关怀的其他"大多数作家（非打工者身份，作者加）都是在一个隐含的角度展开的，即自己是站在一个城市的人，一个与打工者相比有着'合法居住权'的人的角度来反躬自问的。这也应该是他们的'知识分子性'的另一体现"。[②] 在铁舞的《教堂边上的掘路工》中，诗人写道："那些人　就站在/被抛弃的黑暗里/闪着自己的弧光/他们拿起钎和镐/灵活，随意，力的花/绽开于白色水泥路上。"再看尹丽川的《经过民工》："他们正在吃饭，蹲着，端着大碗/马路一边一排，我就要从中间经过了。""我们"与"他们"的城/乡区分、"首都/外省"的地理区别使得知识分子与他们所要关怀的对象之间，似乎又形成了某种"俯视"的姿态，他们在选取隐含观察角度进行社会关怀的

① 李复威主编，吴思敬编选：《九十年代文学潮流大系：主潮诗歌》，北京师范大学出版社 1999 年版。引文出自吴思敬为该书所写的序言。
② 张清华：《"底层生存写作"与我们时代的诗歌伦理》，载《文艺争鸣》2005 年第 3 期。

同时，事实上也在借助被观察对象完成自身生存话语的建构。因此，在都市语境中，公共的代言人实则是缺席的，每个人都有一个独立但未必自足的世界，每个人都是他人精神的投射者。

四 从地理到心理的"流徙"

流徙曾经是西方现代主义作家的重要经验，作为受自然生态伦理熏染的诗歌写作者，打工诗人所流露出的城乡对话意识，正是其生态伦理与物质技术伦理发生抵牾的表现，其间深蕴和谐性与分裂感的交织杂糅。走进城市游荡者眼中的常规性世界（由传统的农耕文化所衍生出的自然美感方式、道德理性精神、伦理功用色彩所统摄），我们可以发现，它的内部已经失去了足以应对现代都市的审美和心理功能，亦即说，它缺乏一种超越性的力量。在新的被对象化的物质现实面前，持这样一种"常规性世界"观念的流徙者便产生了不安或者生疏感，使认识主体脱离了现实参照。当然，在都市化无可逃逸的今天，地理流徙者最终大都会变为精神的流徙者。蒋楠在《黑铁时代的碎屑》中写道："工业烟囱的锋刃/割断杏花村的炊烟/犁耙上的残阳/悲怆地阻塞稻田的泪腺。"挽歌般的语调，赋予文本深沉的重量，既往经验与现实体验的纠缠，增加了诗句的思想厚度。诗人以尖利的口吻，决绝而又无奈地与田地挥手作别。而余怒则保持着"注视"的眼光，在拉近自我与城市距离的同时，诗人在心理上却无法完全被挤压进物化的社会。作为城市的精神流徙者，他时刻表达出一种被围困的理念——"城中手/城外身子"（《喃喃·城中一只手》）。个体生存中的"身体"（地理存在）被"意义"（心理存在）所捆绑，刑具般的现代性规则与诗人的精神世界产生了裂隙。这样一种"震惊"体验的表达，充分释放了诗人因经验错位而产生的心理郁结，其诗歌文本也如城市涂鸦一般，成为指涉切近的政治抵抗形式。

　　流徙体验源生于瞬间的视觉刺激所带来的心理盲点，不过，从历时的角度观之，城市与城市精神流变的经验，并不是单一时刻可以完全捕获的。对"田园"之梦的怀念和幻梦惊醒后的清醒，依然无法改变流徙者的历史境遇。对此，马永波有着清醒的认识，读他的《电影院》一诗，城市的异质性力量不断摧毁着抒情主体隐秘的私人记忆："那些夜色中的事物/烤架，挂空档的自行车，灯火通明的酒店/艰难地恢复着你的现实感，催促你的脚步/你像被催眠了一般，并奇怪的感到自卑。"庞大的"现实感"将人类生存细节的悲伤一并抹去，使人无法全然沉浸在自我心性的幻觉中。作为诗人，他必须在精神的流徙中建立"主动疏离周围环境的本能"（波德莱尔语），为都市漫游者确立贵族化的精神追求和对生命灵性的渴望，这是诗人走向个人化写作的有效途径。同时，我们也要注意到，城市为诗人提供的是一个开放性的文本环境，如果抒情者过于沉溺在自我纠结的喃喃叙事之中，就会在一定程度上局囿于日渐逼仄的"当下"话语，甚至丧失对城市丰富的想象力。于是，部分诗人如梁平和赵丽宏采用了更为宽容的、历史化的视角，他们分别写下《重庆书》和《沧桑之城》，力求从个人经验出发，在历时的城市精神回溯中寻找城市，梳理个人与城市的关系。赵丽宏便这样寻找他的上海——"我在寻找/一个浪漫的城市/一个有风骨的城市/我在寻找/她的精神内涵/她的文化品格"。这是一个由"八方集合的人气"和"班驳的方言"组成的移民云集的上海；是"黄浦江呜咽/苏州河哭泣"中硝烟四起的上海；是"吴昌硕、任伯年、巴金"这些城市标点驻足过的文化上海。诗人试图从时空交错的百年浮沉中，从城市和个人的经历里，读出一个都市的文化细节，这便丰富了对诗人与城市关系的诠释。今天，现代城市品格多以宽容精神为主导，提倡多元的文化追求，从而形成声部混融的交响乐章，城市抒写也应超越人与城市相"对抗"的传统主题，寻觅更为开放、自由的意义表达。

　　总之，文本中的城市与城市中的文本一样，是在影响与塑造中实现互相转喻，从而完成双向构建的。以城市抒写观照当代特别是新时期诗歌，其间的都市文化形态与诗歌文本正呈现出一种互为转喻的关系：一方面，诗歌以文本的方式对都市文化形态进行着语言摄影和价值剪辑；另一方面，都市文化形态通过城市话语、城市精神影响、塑造着诗人的语言观念，催生其文本现代价值内核的形成。诗歌并不是以文字简单地留下城市的班驳投影，它可以离开那些直接描述或意译的、唤起具体历史背景的题材，而走向彻底个人化的写作，包括实验性的个人语法、主题、修辞，广义的视觉和听觉形式，特别是都市人细微的情感体验。当然，尽管城市与文学的渊源久远，我们也应客观地看到，有些诗人可能极少像上海先锋诗人那样关注他所安居的城市，其创作题旨也很少涉及城市。不过，正如詹姆逊所说："今天的世界体制趋向于一种庞大的城市体制——倾向于更全面的现代化趋势"，"城市改变了整个社会"，甚至乡村也"商品化"，农业也"资本化"而纳入工业体系之中。① 都市文化形态对诗歌乃至当代文学的影响是整体性的，立足于这一点，我们会深入一个更为宽广的诗学空间。

第三节　现代诗艺的彼岸传承：当代
台湾诗歌的城市抒写

　　在论及台湾新诗时，张我军的《乱都之恋》作为台湾新文学史的处女诗集，无疑具有奠基石般的地位，其中蕴涵的反抗封建礼教、争取婚姻自主的时代精神，也成为"五四"新文学运

---

　　① ［美］弗雷德里克·詹姆逊：《文化转向》，胡亚敏译，中国社会科学出版社2000年版，第67—68页。

动在台湾传薪接续的明证。不过，在诸多论述中，我们很少能够感受到论者对"乱都"（军阀混战中的北平）这一城市背景的重视。实际上，现代婚恋意识与现代城市背景，在张著中是互现的，从某种程度上讲，它正预示出台湾文学与城市文化交融的可能性。20 世纪 50 年代，当纪弦以现代诗人的名义在《诗的复活》中宣告"李白死了，月亮也死了，所以我们来了"之时，被文化传统经典化的诗仙与意象，仿佛与生存在现代的"我们"走向对立。面对高效率、工业化、摇滚乐和咖啡威士忌组成的现代社会，诗人高擎探险的风旗："要是李白生在今日，/他也一定同意于我所主张的/'让煤烟把月亮熏黑/这才是美'。"（《我来自那边》）"煤烟"是都市工业的表征，而月亮则代表沉静、稳定，是建立在自然基础上的传统意象符号。显然，纪弦信奉的"这边"乃是指都市文化，它是诗歌新美学的策源地。在台湾大规模的城市化进程之中，诗人的心理运动也被同步加速乃至都市化了。以诗歌抒写都市结构，阐发诗人与都市结下的繁复奇诡的读写关系，正成为台湾当代文学的一道奇观异景，并与我们"此岸"的诗学形成呼应与互动。

一　从逃离到拥抱：都市诗人的世代交替

　　作为"现代派"的主将，纪弦在 20 世纪 50 年代中后期创作了《存在主义》、《阿富罗底之死》等一批剖析现代工业都市的作品。"把希腊女神 Aphrodite 塞进一具杀牛的/机器里去/切成/块状"（《阿富罗底之死》）。抒情者将整体性的"美"拆解为"一块块"工业化的标本，以此供民众进行文化消费，这正拟出机械化大生产的复制模式，隐喻着诗人对民众"浅层化"审美的担忧。痖弦在《如歌的行板》中一连写出 17 个现代人生活"之必要"，包含日常起居、生活饮食乃至散步遛狗，诗歌的美学便蕴含在都市人司空见惯的平淡生活之中。综观 20 世纪

50—70 年代的都市题材诗作，诗人普遍关注中下层民众的生活艰辛与内心情境。《创世纪》诗人辛郁在《顺兴茶馆所见》中便设置了具体的时空，抒写台北人的沉寂与失落之感。管管在《月色》中关怀着从乡下到大城市卖身养家的妓女阿秀，"弟弟不知道床上可以收割麦子"的句子令人心酸。还有洛夫、痖弦以其现代幽思，将笔锋探进都市生活的内里，对都市社会进行形而上的理性批判。这一时期都市诗歌的创作，首推蓝星诗社的诗人罗门。依罗门的说法，都市诗的兴起正由于"都市诗势必进行'齿轮'与'心轮'永不休止的交谈"。① 在罗门的创作中，城市是极为重要的一个诗学主题，古继堂在《台湾新诗发展史》中曾称他为"城市诗国的发言人"②，并指出："罗门写的大量优秀的城市诗，奠定了他的台湾城市诗人的基础，为他赢来了都市诗人的桂冠，也使台湾有了专门描写都市的'都市诗'这一品种的出现。"③ 林燿德则评价他是"中国现代人中经营都市意象迄今历时最久、成就最丰硕的一位……"④ 自 1957 年创作《都市的人》、1961 年写出《都市之死》到 1985 年的《麦当劳午餐时间》直至 90 年代，罗门进行了大量的城市诗歌及诗论创作，他以对城市的智性烛照和悟性穿透，开辟出当代台湾都市诗歌的基本主题和典型意象，成为 80 年代后起诗人的航标。

生活在 20 世纪 80 年代的诸多诗人都擅长以城市题材入诗，林彧的《回纹针》写出现代人面对商业都市文明的姿态："弓背弯腰，曲折回绕，/这样一只轻巧的回纹针，/小心翼翼地夹着/我的考绩表，情人的旧照。"读者似乎可以透过回纹针的弯腰弓背，感受到诗中劳作者的艰辛，"回纹针"正是现代人一座生动

---

① 罗门：《诗眼看世界（续稿）》，《蓝星》诗刊 1986 年第 7 号。
② 古继堂：《台湾新诗发展史》，人民文学出版社 1989 年版，第 192 页。
③ 同上书，第 193 页。
④ 林燿德：《罗门论》，师大书苑出版社 1991 年版，第 64 页。

而写实的精神浮雕。林彧惯用的对都市上班族的集中素描，获得了同代诗人林燿德的高度肯定，并称他是继罗门之后少数以都市精神入诗、获得较大成就的第二代都市诗人。此外，陈克华对都市零散感与虚无感手术刀式的解构，向阳将方言与现代人精神面貌结合的实绩，柯顺隆、林宏田（赫胥氏）、侯吉谅、欧团圆等致力于诠释都市环境的创作，均从多角度展现出 80 年代都市诗的基本风貌。特别是 1985 年 5 月，明确标举"都市诗"创作的"四度空间"诗社成立，堪称台湾都市诗歌发展的一件盛事。诗社由林婷、林美玲、柯顺隆等 12 人组成，主要同仁还有林燿德、陈克华、也驼、林宏田等，其中尤以兼具创作与理论实绩的林燿德成果最为突出。相较于罗门等前行代诗人的都市诗创作，林燿德明确提出"后都市诗"的概念，认为 80 年代新兴都市诗与50—70 年代的都市诗不同，这类新作者"对都市除了批评之外有拥抱，除了总体的观照外有局部的体验。所谓'后都市诗'，并非以都市相关题材之有无为归类原则，而是以'都市精神'的存在与否作划分的标准"。① 按照林燿德的标准，由现代都市科技催生的罗青的"录影诗"、"视觉诗"，陈克华的科幻诗，黄智溶的电脑诗，杜十三的"有声诗"及"三明治体"，以及环保诗、生态诗等，都当属都市诗的范畴。

以林燿德的标准为参照，我们来解读向明的《槛内之狮》，虽然诗中没有任何都市的意象，但诗人借助"狮子"的独白道出自我经验，其精神指涉依旧是都市人困守槛内的尴尬处境，是里尔克《豹》中的那般孤独情绪，这也当纳入都市诗歌的审美范畴。同时，这一标准在拓展了都市诗歌外延的同时，也有某些限定性的成分：倘若一个诗人仍以农业社会的田园心态进行创作，那么即使"都

---

① 林燿德：《不安海域——台湾地区 80 年代前叶现代诗风潮试论》，《文讯》1986 年第 25 期。

市"是其题材焦点，其文本也不应纳入都市诗的范畴。罗青在草根诗社推出的"都市诗专辑"中说："直迄1980年代初期，我们可以进一步发觉现代诗的草根性与都市精神在'都市诗'中有交会的可能性存在。罗门一再预言的都市王朝已经来临：世界岛不再仅仅存在于噩梦里，现代台湾也已在网状组织和资讯系统的联络和掌握中成为一座超级都会。"① 也正是在此专辑中，"都市诗"这一名称正式得以确立。罗青告诉我们，台湾这座"都市岛"成为诗人必须要面对的现实，都市诗歌已经不再是与乡村对立的题材划分，而是林燿德强调的那种在越过城乡对立的题材域限之后，"主要表现人类在'广义的都市'下的生活情态，表现现代人文明化、都市化后的思考方式、行为模式，它的多元性、多变性、复杂性"。② 都市精神化为现代精神的隐喻，并带有后现代社会的诸多特征，林燿德、罗青、夏宇、简政珍、鸿鸿、许悔之等诗人在80年代末及至新世纪所展开的后现代诗学实验，都延伸了都市诗歌的艺术疆域，拓展了其思维空间。

　　与罗门喜欢以自己的眼睛"中介了都市与自然的冲突"③，在"沉沦"底下寻求某种永恒或突破的力量不同，"新世代诗人"④ 普遍消解了人与都市之间仿若对峙的历史鸿沟。他们不再经营永恒的灵性空间，也拒绝在田园里找寻诗情。对他们而言，

---

① 罗青：《现代诗的草根性与都市精神》，《草根》复刊1986年第9期。

② 痖弦：《在城市里成长》，林燿德：《一座城市的身世》，时报出版公司1987年版。

③ 张汉良：《都市诗言谈》，《当代》1988年第33期。

④ 关于"新世代"的认定说法众多，罗青在《草根宣言第二号》中定义中国第三代诗人出生于1941—1956年，其后又在《日出金色——四度空间五人集》的序文里将上述第三、四代更改为第四、五、六代。游唤则提出另一套定义基础，他认为80年代所谓"新世代"应有两项条件：(1) 1960年以后出生；(2) 首次出现在80年代，也成长在80年代。林燿德则认为台湾文坛的"新生代"（也称"新世代"）指的是1950年（以1945年为弹性界限）以后出生，大约于70年代中期起陆续在文坛崭露头角的一代年轻作家。而台湾作家阿盛用"战后新生代"来特指这一代作家，似乎更加准确。

城市也是一种风景（侯吉琼语）。这便与乡土诗人吴晟将城市通往乡村的路看成"城市派出来的刺探/……/——引向吾乡的公墓"（《路》）那种城乡对立模式不同，也与林彧在80年代初所写的《味道》① 一诗中那种"都市怀乡"模式相异。新世代都市诗人"对都市的价值判断和情感态度有了微妙的变化"②，在林燿德的脑海中，"都市本身即正文——一种非书写符号构成的正文"。③ 我们阅读着这样的文本，并在书写的过程中将它再次呈现于正文之中。在遗作《钢铁蝴蝶》中林燿德这样补充道："我将'都市'视为一个主题而不是一个背景；换句话说，我在观念和创作双方面所呈现的'都市'是一种精神产物而不是一个物理地点……'都市'即'当代'。"④ 诗人把都市性与当代性视为换喻关系，这便淡化了前行代作家热衷的把都市"人性"与"物性"相对立的批判态度，并形成以表达网络资讯化时代的生存经验为核心的价值体系。作为相濡以沫的生存家园，新世代诗人对都市普遍没有预设的排斥立场，而和谐的田园世界由于缺乏实在的现实基础，也已成为明日黄花，取而代之的是"速度、伟力、变化、刺激"这些新的美感形式。这正与后现代的全球化现象形成同构，其"'世界'视角是资讯时代世界一体化的产物，渐成诗坛主流"。⑤

---

　　① 在《味道》一诗中，抒情主人公厌恶城市的味道，他想念"那森林，那山涧/那幽幽邈邈而早已流逝的梦"。

　　② 刘登翰、朱双一：《彼岸的缪司——台湾诗歌论》，百花洲文艺出版社1996年版，第110页。

　　③ 林燿德：《八〇年代台湾都市文学》，收录于《重组的星空》，台北业强出版社1991年版，第207页。

　　④ 林燿德：《钢铁蝴蝶》，台北联合文学出版社1997年版，第290—291页。

　　⑤ 朱双一：《80年代以来台湾诗坛的三大流脉及其艺术视角》，载《厦门大学学报》（哲学社会科学版）1997年第2期。

二　罗门：都市诗国的发言人

罗门本名韩仁存，1928 年出生于海南省，1954 年结识女诗人蓉子，在其影响下激发了创作潜能，有《加力布路斯》、《海镇之恋》等浸染浪漫情调的诗作。而蓉子的《城市生活》、《忧郁的都市组曲》等批判工业都会的诗歌，明显也受到了罗门都市诗心的熏陶，并以《我们的城不再飞花》式的浪漫风格表达出来。在罗门的文学之路上，诗集《第九日的底流》的出版是他彻底转向超现实世界的里程碑。"欲望是未纳税的私货，良心是严正的官员"（《都市的人》）这样对现代人唯利的讥讽，《三座城》、《夜城的丧曲》那般饱含激愤的鞭笞，都已"冷凝与转化成为稳定与较深沉的蓝色火焰。从此也开始走进抽象与象征乃至含有某些超现实感觉等表现的路途上来了"。①《都市之死》堪称诗人从都市旁观者走向批判者的身份转换标志："都市　白昼缠在你头上　黑夜披在你肩上/你是不生容貌的粗陋的肠胃/一头吞食生命不露伤口的无面兽/啃着神的筋骨。"（《都市之死》）步入诗人的精神视阈，充满"恶"的都市"一身都是病"（《都市的落幕式》），被神性抛弃的世人遗失了尊严感，内心如同荒漠，这"承继的是艾略特的'荒原'主题，揭示社会现象的荒谬纷乱状态和人的精神深处的'荒原'意识"。②他在延续中国现代诗人荒原主题的同时，也与同代诗人罗英笔下的《荒原》形成互文性的文本支撑。在罗英的文本中，荒原联系着失去生命力的都市，而在其直接题为《都市》的两首诗中，"都市"又成为死亡的同义词，坠入海德格尔所言的"非本真结构"之中。

---

① 罗门：《罗门诗选：1954～1983》，洪范出版社 1984 年版，第 11 页。
② 洪子诚、刘登翰：《中国当代新诗史》，北京大学出版社 2005 年版，第 329页。

　　按照时间线索细数罗门的都市诗作，我们竟可以发现诗人的笔触囊括了都市所有的病症。都市在罗门心中成为一种突如其来的、邪恶的力量，他在荒诞诡秘的诗意营造中拆解着神性文明。如陈大为所说："都市在罗门的诗中是'恶'的化身，所以诗里展示的是都市文明的阴暗面，我们读到的全是都市人的非本真结构，这里几乎没有心灵自由或健全的人。"① 在诗人眼中，都市是"方形的存在"、"天空溺死在方形的市井里/山水枯死在方形的铝窗外"（《城市·方形的存在》），而人眼则困死在都市一个个单调的方形物象空间中。人类只剩下生存的姿态，心灵却被"天空"软禁着。"开过市中心/看不见文化中心/绕过圆环/看不见博物馆的圆顶/穿过博爱路/看不见爱神"（《都市　你要到哪里去》），结果只能随着都市摩登女郎的"扭动"迷失在官能欲望的泛滥中，滑入桑德堡所说的"淫邪"里。那么，在动乱的都市里，如何摆脱变幻与动荡所造成的神经失调，逃离萧索的荒原处境呢？诗人开创了"第三自然"观作为寻觅心灵解脱的路径。

　　在创造"内心的活动之路"的过程中创造"存在的第三自然"，这是罗门都市诗论中居于核心的观念。在罗门的自然观中，"第一自然"即人类本源的大自然客体，"第二自然"则是人为的以物质文明为主导的都市生活环境，这两个自然构成人类生存无法逃离的"现实性"空间，是生命存在的起点。而"第三自然"强调的是一种完美的艺术结构与形式："当诗人王维写出'江流天地外，山色有无中'，艾略特写出'荒原'，我们便清楚地看到人类活动于第一与第二自然存在世界中，得不到满足的心灵是如何地追随着诗与艺术的力量，跃进内心那无限地展现

---

① 　陈大为：《存在的断层扫描——罗门都市诗论》，台北文史哲出版社1998年版，第32页。

的‘第三自然’而拥抱更为庞大与丰富完美的生命。"① 这实则是强调诗人由现实存在向"美"的主体进行超越的心灵历程，诗歌所创造的"第三自然"世界是诗人的最高目标，蕴涵着"自由"、"真理"、"完美"、"永恒"与"大同"的真义。他最基本的创作观，便是将"第三自然"与"现代感"两相融合②，在人类敏锐的心灵对下一秒钟焦灼的守望与期待中，寻求某种永恒或突破性的力量。作为追求现代感的重要一环，心灵的灵妙与美好是诗人倾心专注的信仰："遥望里/你被望成千翼之鸟/弃天空而去　你已不在翅膀上/聆听里/你被听成千孔之笛/音道深如望向往昔的凝目。"（《窗》）从"窗"这个精神压抑的逃逸口飞向自然，使肉体飘入永恒的精神世界之中，如"千翼之鸟"弃体而飞，如"千孔之笛"深邃动人，这样宽广透明的境界，便是诗人的联想力与潜在经验世界交融转化所形成的心灵现实。

需要强调的是，罗门所追求的心灵永恒，并不等同于遁入自我心灵，将诗意从人类的真实世界中放逐。他深知："离开‘人’的一切，若不是尚未诞生，便是已经死亡。"③ 他注重将精神世界的心灵感应与现实世界的物质批判结合起来，特别是关注城市"小人物"的命运。在《都市的五角亭》中，诗人对送早报者、擦鞋匠、餐馆侍者、歌女、拾荒者的生活一一拓片，依存于都市却又被都市所消费，正是底层人群普遍经历着的生存悲剧。看《麦当劳午餐时间》，同一时空出现老、中、青三代都市人，老年人无奈日暮途穷，中年人乡愁萦绕，青年人则血气方刚。"麦当劳"所代表的物质文明竟将人类在同一时刻切成三处

---

① 罗门：《打开我创作世界的五扇门》，见《罗门论文集》，中国社会科学出版社 1995 年版，第 6 页。

② 古远清认为罗门的诗学观最基本的有两点：一是"第三自然"，二便是"现代感"。见古远清《台湾当代文学理论批评史》，武汉出版社 1994 年版，第 755 页。

③ 罗门：《罗门诗选：1954～1983》代序，台北洪范出版社 1984 年版。

断层，诗人以其感觉的锐利和想象的超拔，将小场景中人类的心灵瞬间进行了带有历史纵深感的宏观剖视，真无愧"心灵大学校长"的美誉。

另外值得注意的是罗门对都市诗形的开创性贡献，他认为："都市诗又怎么能不成为各种诗型中，表现现代人生命、思想精神活动形态，较具前卫性与剧变的特殊舞台。甚至我们可以说：都市诗中的创作园区，是凸现现代诗形体的最佳展示场。"① 他的都市诗富含着节奏感与律动性，如《都市的旋律》一诗是为了配合现代敲打乐而作，"快快快、爬爬爬、荡荡荡、追追追"这样连续排比式的字符（更像是音符）动感排列，正映衬出都市律动的速度与跳跃感。在《都市之死》中他运用了大量的类叠句型："那半露的胸脯　裸如月光散步的方场/耸立着埃尔佛的铁塔/守着巴黎的夜色　守着雾　守着用腰祈祷的天国。""夜色"充满情色的诱惑，"雾"则如模糊的物质迷宫，"腰"以下是肉欲的策源地。三个"守着"环扣一体，音节顿挫，为读者营造出连绵的诵读音场。

总之，波德莱尔式的"审丑"意识铺排和艾略特式的"荒原"主题营造，构成罗门现代主义诗艺的主要特质，并助其建立起悖论的诗学体系。此外，从诗歌内质角度言之，罗门始终坚持将超现实、象征手法与电影、绘画甚至雕刻等多种艺术门类相融合，表现出艺术的多向性。他的都市诗创作对 20 世纪 80 年代台湾都市诗潮的崛起，无疑具有擎旗式的引领作用。

三　林燿德：营建后现代的都市迷宫

20 世纪 80 年代初，台湾社会发生飓风式的历史转型，经过

---

① 罗门：《都市诗的创作诗界及其意涵之探索》，载《罗门文集》，中国社会科学出版社 1995 年版，第 96 页。

现代诗论战、反共抗俄文学与 70 年代的乡土文学论战后，被压抑的文学因政治解严以及报禁解除等事件的影响，再度蓬勃发展起来。在经济上，快速的都市化使得城乡界限近乎消弭，信息社会初露端倪，并走入了所谓的"后工业社会"。1986 年，诗人罗青在《诗与后工业社会："后现代状况"出现了》一文中正式宣称台湾已经迈入后现代之中，这与詹姆逊的分期化概念相似，并在《诗与信息时代：后现代式的演出》中进一步提出："所谓'后现代'（Postmodern），对社会而言，是所谓的'后工业时代'；在知识传承的方式上，是所谓的'计算机信息'；反映在文学艺术上，则是'后现代主义'。"① 这一论断虽不严谨，但论者显然已经触摸到新文学观念的脉搏。80 年代的文坛正是在后工业社会语境与后现代主义观念的双重激荡下，出现了一批"新世代"作家。和罗门等"前行代"相比，他们既没有两岸迁移的人文地理背景，亦缺乏对田园生活的实际感受。他们以接纳都市的胸怀，自然地将现代都市视为"我们生活面对的现实"（林燿德语）。都市的发展不仅改变着物质景观，同时也使作家的审美趣味和美感标准发生变化，它的文化形态改变了作家的时间、速度、距离感，使他们将全新的都市精神体验融入诗学实验，其中揭橥大旗并成就显赫的当属林燿德。

　　林燿德祖籍福建，生于台北，1996 年去世时仅 34 岁。在短暂的创作生涯中，都市始终是他最为集中的审美焦点。创作诗集《都市之甍》时，他着意于寻觅和描绘散布在都市各个角落的路牌、铜像、公园、广场、建筑、道路等符码，注重以身边之物入诗。诗人尤其擅长从物质符号的外表深入其内里，透过意象符号表达都市人精神世界中的焦虑意识。如《终端机》所写："加班之后我漫步在午夜的街头/那些程序仍然狠狠地焊插在下意识里/

---

①　罗青：《诗人之灯》，东大出版社 1992 年版，第 254 页。

拔也拔不去/开始怀疑自己体内装盛的不是血肉/而是一排排的集体电路/下班的我/带着丧失电源的记忆体/成为一部断线的终端机……"作者把人的感情、意念与终端机这样的工业化符号融合到一起，都市人每日与机器为伍，已然也被机械化了。诗人正是以夸张的方式，既揭示出工业社会与人类生存无法分割的联系，又对人类被工业文明所异化的现实吐露隐忧，从而展现出新世代诗人对待都市的常态：拥抱而又排拒，其着眼点乃是现代人的微观生存。他形容都市白领的皮靴在"毛绒绒的地毯上/踩不响回音"，在"冰冷的骑楼中/敲不醒自己"，在"灰蒙蒙的阴天下/踏不出太阳"，冷静地讥讽着高级雇员沦为公司蓄养的机器那种谨小慎微的作态；他写"上班族"的"天空"随着办公室格局与用具的形状而变幻成"矩形"、"圆形"等，却丧失了对大自然苍穹的感受力（《上班族的天空》）。这不由让我们联想起罗门笔下对都市天空"方形的存在"的视觉描绘，还有罗任玲笔下的"方块"世界。都市化使人的生存被局限在有限的空间内："我们像移动的砝码般/上下电梯/在都市杂错的线条和光束中/成为一颗移动的点"，在司机的后视镜中，犹如"一堆无面目嘴脸底纸票与硬币"（《文明几何》）。诗人以强烈的知性观念探究"人"的几何意义，在都市的迷宫中，人与人的生活空间貌似各自独立，实际上每一个体都必须依照属于自己的几何路线进行点对点的移动，成为单一、刻板而机械的城市代码。既然人类的主体性已然丧失，那么，生命便成为充满荒诞意味的存在。

在台湾社会由工业文明向后工业文明过渡的阶段，林燿德这个具备时代前瞻性的文学精灵，可以熟练地将都市人的生存进行反讽式的知性呈现，以构成其都市诗歌的现代主义内涵。同时，他的诗歌还表现出后现代的情思，都市诗与后现代诗勾连，正是80年代中期至今台湾文坛一个重要的现象。他与罗青等诗人意识到信息工业与计算机出现的时代意义，强调以立体化的思考方式将新兴传播方式纳入诗学构思体系。林燿德曾对 80 年代新诗类型的"录影诗"、"视觉诗"、"后都市诗"等新体式极为推崇，强调："'都市诗'经过罗门多年来的坚持而奠下基业；罗青以'新现代诗起点'的英气开拓了'科幻诗'、'录影诗'等具有都市精神的作品。"[①] 而他本人也对都市进行了破坏性的重构，和罗青在《吃西瓜的六种方法》中所采用的解构思维一致，林燿德质疑人类居于世界中心位置的可信性，并对此进行消解。看《停电》一诗，抒情者对台湾的城市命运作出预言：

　　　　停电时
　　　　电脑显示器中
　　　　台，湾
　　　　，崩溃
　　　　　　　崩溃为
　　　　　　零散
　　　　　　　的
　　　　　　　光的
　　　　　　　　　残
　　　　　。像

这首诗凸显着图像诗的实验趣味，在意象经营上，诗人围绕着一个中心（即台湾）进行思维的推衍辐射，并以"停电"隐喻了信息工业社会的突然停滞，其后果竟会造成城市整体的分崩离析，这正是诗人对现代化潜在危机的担忧。此外，他以电脑死机时乱码的随意排列设计诗行，字符与标点错乱杂置，从而使读者

---

　　① 林燿德：《不安海域——台湾地区八〇年代前叶现代诗风潮试论》，《文讯》1986 年第 25 期。

感触到城市符码不断流动的"非确定性"特征。既然城市的整体感与稳定性被诗人瓦解成碎片,那么,其符号之间的关联性便无足轻重了,拼贴的思考模式随之而起,"无范本,破章法,解文类,立新意"正是林燿德安身立命的准则。① 在《公园》一诗中,作者加大对章法的破解力度,甚至在"公园"的情节中间穿插一大段"某女中垃圾分类资源回收实施办法"的全部公文(有两大页),在分述七个大纲之后才回到公园的语境,且未对大段的拼贴做任何阐释说明。单就其形式的零散和意义的悬浮不定,我们便已强烈感受到诗人对"移心"、"离心"这些解构技巧的驾轻就熟,工业意象交会在公园之中,形成迷宫式的晕眩与混乱。在新世代诗人笔下,罗青的《录影诗学》首先踏出台湾后现代诗的足音,陈克华、赫胥黎的"科幻",夏宇的"魔幻"、"游戏",黄智溶的"博议"丰富了后现代技巧的表现,形成了电脑诗、网络诗、广告诗等多门类的鲜活形式,后现代诗潮也由此初成气候。这样的语体实验,大都源自充满可能性与刺激性的都市文化新质,涵括了都市主体介入与创造的行为实践,由此证明了人与都市的互为正文。其实验的精义在于"透过语言本身的反思和悖论藉以松动既存的文化体制,暴露出另一种与生活现实若即若离的文学现实"。② 台湾的"都市文学"亦在这样的狂欢化实践中,逐步完成了与后现代精神的契合统一。

尽管台湾诗歌在后现代语境影响下发生了诗艺转向,不过,这种思维模式却并非新的创造。事实上,早在痖弦的《深渊》中,便已蕴涵着后现代的情思:"哈里路亚!我们活着。走路,咳嗽,辩论。/厚着脸皮占地球的一部分。/没有什么现在正在死

---

① 陈仲义:《台湾诗歌艺术六十种——从投射到拼贴》,漓江出版社1997年版,第354页。

② 林燿德:《文学新人类与新人类文学》,收录于《重组的星空》,台北业强出版社1991年版,第184页。

去，/今天的云抄袭昨天的云。"在这里，陷入深渊的是时间观念与历史的纵深感，一切深度模式都被解构了。孟樊也发现：罗门早在 1971 年即倡导过"以电影镜头写诗"的观念，这比罗青《录影诗学》（1988 年）的出版早了 17 年。因此，"后现代"之于新世代诗人而言，并不在于思想模式的更替与换代，他们更多的是在利用新语境所提供的工具载体，大胆地对文本进行实验，如陈仲义所说："这样生命意识与语言意识的结合就不那么紧密了，冷静的技术处理倒成了热门货。"① 在我们谈论甚多的林燿德的诗作中，他那后现代的观照视角和技法在解构都市、铺设诸多意识形态的同时，其所营造的都市迷宫，并没有排斥现实和历史，甚至暗含着某种超越性的终极关怀。如《交通问题》一诗运用了后现代的拼贴技法，不同色彩的交通信号灯，带有政治色彩的路名、道路指示被散置于同一个文本空间，看似非逻辑的简洁排列，实则隐含着深刻的时代内涵。比如"民族西路/晨六时以后夜九时以前禁止左转/绿灯"，隐含着台湾西化的走向，但还要防备社会主义的思潮；再如"罗斯福路五段/让/绿灯……北平路/单行道"，这不正是台湾当局对美国与大陆的两种姿态么！它破坏了现代主义者强调的主从关系句法（hypotaxis）②，同时使诗歌的政治寓意脱离了平面化，凸显出立体感。可见，消解语符不是作者的终极目标，他依然可以站在后现代的技巧层面，对现代主义的精神乡愁投射关怀的目光，如郑明娳对他的评价，他是一位具有"一个现代主义/后现代主义过渡者的复杂性格"的诗人。③

---

① 陈仲义：《海峡两岸：后现代诗考察与比较》，载《文艺评论》2004 年第 3 期。

② Ihab Hassan, 1987, *The Postmodern Turn: Essays in Postmodern Theory and Culture* (Columbus: Ohio State UP), p. 91.

③ 郑明娳：《林燿德论》，收录于简政珍、林燿德主编《台湾新世代诗人大系》（下），台北书林出版社 1990 年版，第 703 页。

四 台湾都市诗歌：世纪之交的走向

20 世纪 90 年代，即使是都市文学的代表黄凡封笔、林燿德离世，台湾诗歌的都市走向仍随着全岛的都市化成为既定事实。诗人们很少向乡镇寻求诗意，而林燿德那样站在后现代回望现代的"乡愁"，也在部分诗人笔下演绎成新的诗维：站在世纪之交，抒情者在热衷语体实验的同时，所持的是一种更为"轻松"的都市人心态。任何"城/乡"，"后现代/现代"，"九十年代/八十年代"的二元关系都被作了平面化的处理，生长于斯的诗人不再抱有对都市的抗拒情绪。他们（比如 90 年代登场的"新人类作家"，"后新世代作家"或者"新新人类作家"等）更重视自我价值与话语体系的建构，以此确立全新的文化感知结构。在都市与人类共生的时代，这样一种轻松的姿态在鸿鸿笔下得到集中呈现。在他的《城市动物园》中，"大象"这样的庞然大物穿过城市，我们却"没有察知"，只有在"它走后/才看到墙上留下的/印子"。"大象"的自生自灭，象征着都市人反应力的迟钝。在第二首诗《馋猪》中，从养畜场逃跑的猪在城市的"十字路口"、"小学宿舍"、"博物馆"频繁出现，令"我们略感惊讶"，但是当它被抓住并制成罐头时，"我们吃着餐桌上的肉酱/生活中的一点惊讶/自此也随之消失"。作者为诗文加入了一点嘲讽的成分，工业消费时代已经使我们丧失了最起码的想象力，平时见到的"猪"只是流水线制成的罐头，而真实的猪竟然使人产生惊讶，足见都市人视阈的狭窄。同类主题在陈克华的《在晚餐后的电视上》也可以寻迹。不过，即便是在反对商业体制对人类造成的异化，诗人的心态却也出奇的轻松。鸿鸿所选用的动物形象便充满了新奇与趣味，诗句也氤氲着幽默、自由的气息。可见，在卸下历史包袱之后，诸多诗人都把城市生活作为调侃的对象，将生活百味视为人生小品，通过抒写"当下性的经验"，探索城市与人之间无限的丰富性与悖论性，这显然与前代作家不同。对诗人而言，都市不再是与自己对立的客体认识物，而是和自身共生的主体感受物。反躬都市，便是在内省自身，都市已完全融入诗人自体，甚至与自体发生交媾以至同化。

　　林燿德、罗青等诗人对都市诗形进行的媒介试验，在90年代至今的台湾诗坛更为风华万端。他们大谈"摇头丸、网路情色、援助交际"（侯吉琼《网路情人》）、"呼叫器、行动电话"（渡也《号码》）、"试管婴儿、遗传工程"（白灵《试管婴儿》），将流动在都市各个角落的新奇意象纳入诗文。不论在意象选择还是技法考量上，他们与前行代甚至部分早期新世代作家都已拉开距离。从诗形角度观之，性爱诗、网络诗纷纷登场。须文蔚在《联合报副刊》文学咖啡屋网站上发表的《一首诗坠河而死》等八首"多向诗"、"互动诗"，便利用了网络的多媒体特性，结合文学、图像、动画整合出一篇超现实的作品。在年轻一代的网络或纸媒体文本中，呈现更多的是对都市窃据人体思维、操控人类生活的荒谬与无奈感或是对人自身便是"一座座孤立而荒芜的都市本体"的调侃。严肃与崇高已经成为过去式，诗歌所承载的形而上的意义被语言的即兴游戏所取代，语言也成为狎弄人心的游戏形式，一个模糊了起点与终点的场域。再看侯吉谅的《网络情人》，抒情者装扮成异性角色进行网聊，对其所产生的虚拟快感大为推崇："掩藏在化名之后的放纵思维与隐秘身分/……用文字挑逗对方陌生的身体。"都市人在Kylesmile（丁威仁）所标榜的"新颓废时代"里只注重对短暂快感的把玩，至于在情欲空间扮演的身份与角色，他们已不再关心，因为道德与非道德已然界限模糊。"反正我们就是反正而已/在高潮绝望死去也没有什么/反正世纪末的狂乱/即将来临"（Kylesmile《新颓废时代》）。不放过每一次"世纪末狂欢"般的瞬间感受，正是所谓新新人类的真实心态。不过，狂欢不等同于永恒，浮动在表面的精彩，往往难以化为持久的经验。诗人在消解"深度"之后，也非常容易陷入意义的"平面模式"。因此，对后起一代诗人的艺术探索，我们应当作出理性的价值估衡。

　　总而言之，步入新世纪的台湾，都市的现实场域已和所有人的生存经验交融与共，如罗青指出80年代现代诗的草根性"必然要散播在都市那华美与罪恶交缠的泥沼中"① 一样。至新世纪初，"都市诗"已成为台岛诗人共同拥有的心灵诗形。而且，新世纪中国台湾的都市诗歌与大陆诗歌的城市抒写在审美角度与情思内涵上，开始出现某种不证自明的一致性：工业文明深处的隐患、空心危机、单面人困境……都已成为两岸诗人必须要面对的问题。在新的世纪，面对城市即是面对自身，城市是一种生活方式和思想状态，而诗歌则不断延伸着人类对城市的复杂体验。

第四节　都市化与本土性：港澳诗歌的一种经验

　　王光明曾指出："从'望乡'到'望城'，从抒写'乡愁'到表现'城愁'，香港的城市诗歌走过了一段从浪漫诗歌到现实诗歌再到诗歌现实的探索道路。"② 笔者认为，从"乡愁"到"城愁"的转换，除了折射出诗人精神向度的变迁之外，还应牵涉到现实主义与现代主义诗艺、中华性与本土性（或言香港性）、抒情者与城市主客体关系等更为深入的问题。以王文为契机，对这些"非侧面"的问题特别是"本土性"的考量，便成为本节研究的目标。刘登翰说过："所谓'本土性'其本义是相

① 　罗青：《现代诗的草根性与都市精神》，《草根》复刊1986年第9期。
② 　王光明：《从"望乡"到"望城"——香港城市诗歌的一个侧面》，载《福建论坛》（人文社会科学版）2001年第5期。

对于'外来性'而言。但'本土'也可以作为一种'地域'的自谓，是以局部相对于整体的特殊性。"① 谈及这一地域诗歌的城市抒写，"本土性"正可作为一种理论预设和经验呈现。同时，作为西方文化最早侵入中国的据点之一，澳门与香港有着同质的口岸化、殖民化乃至城市化、工业化背景，两地的文本生产也均与都市视景关联密切。在华语文学的整体时空中，澳门诗人不断进行着建构"本土性"与想象"身份"的话语实验，因此，这一抒情流脉也应纳入我们的观照视野。

一　挥别国族神话：本土性的确立

在"借来的时间"和"借来的空间"（王光明语）里，像力匡这样的 50 年代"南来诗人"大多以审视殖民地的目光看待香港，抒发"外乡人"的异己漂泊之感，而那些由都市文化环境激发出的本土想象，其所指涉的仍是与香港现实完全迥异的文化中国。即使有马朗、昆南、舒巷城等南来抑或本土诗人的持续探索，我们依然看到：诗人的都市想象始终徘徊在香港现代文学早已形成的抒情传统之中，难有超越性的力量，直至梁秉钧（也斯）这一代诗人登场，新的接续才露端倪。早在 20 世纪 30 年代，香港本土诗人鸥外鸥便已对都市进行了情欲探勘和游魂想象。《军港星加坡的墙》中"桅杆"、"烟突"、"铁锚"、"汽笛"的意象点亮了香港的现代港口特色，但诗人并不迷恋于城市的"实用现代性"（practical modernity），他游弋在都市现实与族群历史之间，抒写国族的寓言。在诗人眼中，"萨克逊文化的灯塔"等同于"一朵鸦片烟灯"，现代的城市符号却由历史的血泪记忆堆砌而成，这凸显出诗人对"中华性"的血缘认同（而非

---

①　刘登翰：《香港文学的文化身份——关于香港文学的"本土性"及其相关话题》，载《福建论坛》（文史哲版）2000 年第 3 期。

文化认同）。鸥外鸥还有一首《礼拜日》，将教堂的宁静与电车的喧嚣同陈。电车的终点站是泳池和赛马场，城市人在追逐新兴都市生活方式时，却放逐了精神的灵修，诗人不动声色地反讽了"欲望压倒精神"的都市病症。有趣的是，诗人选择教堂、十字架等基督教文化符号作为精神之灯，如果再次审视他将"灯塔"视为"鸦片烟灯"的那些文本，我们便不难读出诗人文化意识中的复杂性：一方面要处理创伤记忆与现实语境交合而生的文化断裂感，另一方面又要不断消化与吸纳（无论被动与否）和西方都市经验杂糅的本土都市经验，这正是香港诗人始终无法回避的复杂命题。

　　本雅明在《机械复制时代的艺术作品》中认为艺术作品通过复制加强了可展示性，而香港历代诗人对都市不适应感的倾吐，也形成了这样一种持久的展示。力匡一首《我不喜欢这个地方》与其说是找不到真正的"人"，不如说是找不到诗人故土那位"短发圆脸"的姑娘。"南来想象"使诗人大都感染了文化的"怀乡症"，随着香港经济形势与国际地位的抬升，早期南来诗人的这种不适感才逐渐弱化。诸多诗人开始以现实主义手法引导诗维，对城市进行物质批判，其笔调早在 30 年代李育中的《都市的五月》和陈残云的《都市流行症》中便已出现。前者注重以"人民性"关怀为生存而苦熬的底层劳工，后者则以"哭泣，欢笑，饥饿与彷徨/呵呵！都会的流行症/长期的都会流行症"融入对畸形殖民地都市的体验与判断。众所周知，香港都市化的过程始终伴随着殖民文化的影响，反映于诗歌之中，也就出现了以反殖民思潮为理论武器，对民族、国家、前途有所反省，抨击现实生活及社会制度的作品。在本土诗人舒巷城笔下，批判现实主义成为一种道德力量，《都市诗钞》（七十年代月刊社，1973）便对都市文明作出具有批判色彩的价值判断。他如此抒写商业经济对人的倾轧："繁华是一把金剪刀/它不会错过/

即使你伤口上的一根羊毛"（《繁华》）；写港人热衷的赛马业：
"在这里，赛马日是赌马日。/赛马是合法的赌钱"　（《名与
实》）。写服毒自杀的明星："于是她和她的自由/躺在不自由的
铜棺里。"（《某明星之死》）由此可见，他的都市抒写是其"诗
歌创作中本土性的体现；他对香港都市社会所作的概括和表现，
是香港诗歌都市观照较早呈现的一个重要侧面，也是舒巷城诗歌
最有开创性的部分"。①

　　本土性的确立，首先当始于对本土经验，特别是都市经验的
主动观照。但是，类似舒巷城这样以道德眼光打量城市，以审
"恶"视角介入光怪陆离的都市世界的审美方式，一来或许会限
制其诗歌的文字感染力，二来也使他无法从城市的道德表象深入
到更为复杂的人性世界。诗人与城市之间存有难以打破的隔膜，
这使他的本土经验虽浅俗平实，却又不免流入刻板与单薄，无法
尽然揭示文学与现实波诡云谲般的复杂互动关系。再看温健骝的
"讽世诗"，以及王一桃、王心果、孙重贵等标榜现实主义的都
市诗作，都将"示人以真"②作为面对城市的态度。这样造成的
问题是：香港的故事其实悬浮不定的，对现实的情感直抒反而限
制了诗人的"知性"思考，也削弱了他们身份表达的完整性。
都市毕竟以科技化的生活方式带给人新奇的体验，在新一代香港
诗人心中，这种体验未必都是需要批判的。例如陈浩泉既写过
《看走势图》这样抨击股市的作品，又心仪"夜航机闪烁灯号/
从月球与地球/从银镜与璀璨的灯火/从洪荒年代与廿世纪的文
明/之间/穿过"的辉煌，面对都市物质文明，诗人的态度兼容

---

①　洪子诚、刘登翰：《中国当代新诗史》，北京大学出版社 2005 年版，第 377
页。

②　这是极力标榜现实主义创作手法的诗人王一桃的自我评价，见王一桃《火
凤凰与真善美——〈香港火凤凰〉跋》，载《湖南师范大学社会科学学报》1997 年
第 2 期。

正负两极。从这个意义上说，建立一种客观的评说视角，注重城市经验的多重表达，似乎才是诗人当处的理性姿态。马尔科姆·布雷德伯里认为现代主义要用"不真实的"城市取代由物质支配的（对现实主义来说，城市是物质的）"真实"的城市，现代主义不能拘泥于物质的真实性，而要将世界纳入个人意识之中放纵幻想。这样一来，每个诗人都会拥有铭刻自我姓名的都市空间，而其本土意识的呈现，也就愈加丰满了。如梁秉钧等新一代诗人便善于运用感觉化的玄思，用自己的语言讲述香港自己的故事。

二　多元文化的开放陈述

在论述香港诗歌与本土文化时，梁秉钧曾多次列举昆南创作于 20 世纪 60 年代的《旗向》一诗，以混杂的语言拟现香港文化的多元性：

TO WHOM IT MAY CONCERN

This is to certify that

阁下诚咭片者 股票者

毕生掷毫于忘寝之文字

与气候寒暄（公历年月日星期）

"诘旦 Luckie 参与赛事"

电话器之近安与咖啡或茶

成阁下之材料——飞黄腾达之材料

这首诗和张弓创作的《都会特写》（刊于 1934 年《红豆》杂志）异曲同工，文本中英文夹杂、文言词汇与现代符号交融、意义的碎片随处可见。作者运用拼贴和陌生化手法所营造出的，正是香港中西驳杂的文化地形。昆南的诗也表明了抒情者在城市中的普遍姿态：单纯的观察者，在故国神话与西方"他者"之间游移不定，尚无明确的价值判断。在《布尔乔亚之歌》、《卖梦的人》这些作品里，即使抒情者拥有对"物欲"明确的批判视角，其价值支点依然是属于"荒原"式的、对工业社会进行批判的西方现代主义论调。相较而言，一些澳门诗人则与戴望舒、卞之琳等现代先哲的思绪一致，在"与心徘徊"的内在中国性里不断寻求支点。陶里有一首《亚美打利卑卢大马路向晚》，江思扬也有一首《向晚的感觉》，以李商隐《乐游原》的四阕分作四个小标题。在他们的视阈中，繁华的都市侧影迷乱纷繁、缺乏诗意，而"向晚"的诗题，弦外大概含有"夕阳无限好，只是近黄昏"之音。抒情者心中的"古原"，既是中华文化在诗人头脑中镌刻的不灭印记，同时也反映出这些诗人依然怀有浓厚的"原乡"情结。他们尚未在生活地域中觅得精神的立足点，其身份也显得妾身不明，难以对本土文化进行有效的价值估衡。由此，我们读到梁秉钧的诗歌，才愈发体会到新的含义。诗人以"发现的诗学"消解着对本土性内涵中本质主义的那部分偏执，而城市则转化成为绵延的经验得以多元呈现。

在诗集《雷声与蝉鸣》中，鸥外鸥收集的"香港的照像册"被梁秉钧以城市"摄影诗"的方式隔代复现。与马郎、舒巷城等前辈相比，他更重视香港城市异质文化的多元性，强调"城市由许多事物构成，受众多因素影响。它不仅是一个符号、一个影像。它是复杂喧闹横生枝节的文本"。[1] 因而"对于都市种种错杂繁复的现象，他首先不是排拒，而是理解，然后进入其中，去发现生活本身的韵味"。[2] 从《傍晚时，路经都爹利街》到

----

① 梁秉钧：《附录：形象香港》，《梁秉钧诗选》，香港作家出版社 1995 年版，第 304 页。

② 洪子诚、刘登翰：《中国当代新诗史》，北京大学出版社 2005 年版，第 391 页。

《寒夜·电车厂》再到《北角汽车渡海码头》，诗人以都市闲逛者的姿态"游走"于大街小巷，以香港人的视角拆解都市的文化版图。在对丰盈物象的不断沉潜挖掘中，拉康所言及的因"误识"而丧失的"真实"世界得以还原①，而罗兰·巴特的"城市文本"亦得以建立。如周蕾的论述："他是那样彻底地融会在他社会的生活现实里，致使他在写作的同时，亦呈现了这个社会如何运作，并且带了我们走过那些构成'香港'的通道。"②梁秉钧这种"发现的诗学"，确立起"人与城"之间全新的对话关系，它为诗人尽情展示当下经验搭建了平台。基于对香港的地域认同，这样的对话才有展开的可能性。其间，诗人时刻反思着"本土性"本身的问题，并将香港视为开放性的文本，不断讲述关于它的故事。在《香港历史明信片》一诗中，梁秉钧写道：

我在影像的旁边写字

潦草的字迹有时写入坚尼地城的小路

摩利臣山的第一所中国人学校

大使团访华途中在此驻马饮水的水塘

想问历史是怎么建构出来的？

许多人曾经在画面上着色，许多人

把街道改上他们自己的名字，雕像

竖起了又拆下，许多人笔墨纵横的滥调中

我给你写几个字，越过画定的

分寸

---

　　① 拉康（Jacpues Lacan）认为人类以"误识"（meconnaissance）为基础建立了人类的"象征"（symbolic）文明，但也从此丧失了"真实"的（real）世界，参见 Juliet Flower Mac Camell, *Figuring Lacan: Criticism and the Cultural Uncons cious*（Lincoln: U of Nebraska P., 1986），pp. 121－154.
　　② 周蕾：《写在家国以外》，香港牛津大学出版社 1995 年版，第 132 页。

我们如何在往昔俗艳的彩图上

写出此刻的话？如何在它们中间描绘我们？

诗人设置了给朋友挑选明信片的场景，实则是在"淘洗"族群的历史。对于明信片上"马场的大火"、"沉没的战舰"、"留着长辫吸鸦片烟的/赌徒、歌女、拳师或是人力车夫"这些"未曾经历过的风景"，诗人的选择是："我厌恶地翻过去，我无法否定/它们的存在，但我当然亦无意用来/代表我们。"这首诗写于1994年，正是香港回归祖国的前夕，作者向我们提出了一个深刻的问题：究竟什么才能代表"我们"（即香港的本土性）。关乎殖民地空间的旧有想象不是诗人的选择，而"中国人学校"、"驻马饮水的水塘"这些混杂"他者"镜像的本土影像就能够代表么？"如何描绘我们自己"并在杂糅的文化处境中确立身份认同，寻求"文化原质"？对于这些问题，诗人选择了悬置，因为他认识到"在增添与删减之间/我们也不断移换立场/我们在寻找一个不同的角度/永远在边缘永远在过渡"（《形象香港》）。城市文本在西方现代与东方古典"两种幻象"（梁秉钧语）之间的混血境遇，不会贸然中断，而且依然将会处于浮动多变的状态。诗人只有主动保持开放的姿态，才能在边缘自省与立场转移中，建构出一个适合自身的想象空间，这正蕴涵了后现代文化的特质。

三　对"家园"意识的自觉归属与认同

　　洛枫（陈少红）将梁秉钧摆在现代与后现代的过渡地带，认为他的诗暗合了现代主义向后现代主义过渡的脉络，[①] 这当体

---

　　① 洛枫：《香港诗人的城市观照》，陈炳良编：《香港文学探赏》，三联书店1991年版。

现在现代主义诗人与后现代主义诗人对城市不同的认知态度上。后现代诗人对都市的态度"首先是认同，而后才进入思考，既承认它的破碎、零散、混杂，又认同它是可供调整、塑造和组合的"。①物质不是罪恶的聚焦点，而成为意义的集合点。以80年代登场的香港诗人为例，他们对都市的意义挖掘明显附着了更为深邃的情感，"中国"对他们来说只是一个抽象的形象，而本土熟悉的生活环境带来的种种亲切"具象"才是生活实态，这令他们减少了对都市不适应感的宣泄和对"负印象"的诅咒，"反而多了一分真实的生活情感和纪录都市变迁的人文关怀，以及一种微观但更能反映都市人生活情态的洞悉力"。②在舒明的《香江拾缀》中："走进喧闹的街市/融入一种鱼与江湖的相忘/逶迤的路，绕着/迷人的摊档/两元一碗满满的碗仔翅/水饺鱼肉还有沉甸甸的新疆蜜瓜/卖童装的一隅连声喳喳/……/修路机的轧轧是另一种呼吸。"相比于同时期以负印象批判为旨归的大陆都市诗，它算是一种罕见的逆向操作。诗人把充沛的主体情感投向街道意象构图，以情感联络着城市公共空间与个人空间。"鱼与江湖的相忘"消解了商品经济的负价值，而修路机的噪音竟然也成为街市的呼吸。在"相忘于街市"的愉悦中，舒巷城们笔下那些"神经衰弱的"城市街道不见了，诗人对城市抒写的正向情感态度跃然纸上。这种态度，与港式大众文化和消费主义的滥觞不无关联，诗人不但要通过城市建立与本土传统文化资源对话的机会，还要在民族想象与殖民历史的夹缝中，营造出"我城"式的认同感。香港跨海隧道竣工后，当时的青年诗人王良和写有一首《过海底隧道》，语词间不全是对工业文明的认同，而是

---

①　刘登翰主编：《香港文学史》，人民文学出版社1999年版，第534页。
②　陈大为：《街道微观——香港街道的地志书写》，载《海南师范学院学报》（人文社会科学版）2001年第4期。

"我更怀念昨天/怀念一艘远去的渡船/趁着波光与暮色/像一张珍贵的旧照片/站在船头我便怀抱着/两岸开阔的风景/无碍的空间怂恿鸥飞/不必依单调的轨迹来去"这样一种对老香港温馨的回忆。在批判现代"都市死症"的调子中，抒情主体展开精神追寻和现实融入的母体，都是作为"故乡"的香港。借助对"他者"香港的人文观照，诗人实现了"文化乡愁"（指向传统中国）向"现实乡愁"（指向香港）抒写的转化，这既洋溢着带有独立品格的归属意识（a sense of belonging），也形成了一种自觉的本土认同（local identity）。

在澳门诗人陶里和江思扬两首以"向晚"为题的诗歌中，澳门本地的街市牌坊、人情百态在有意无意间也通向了"家园"这一处所。江思扬诗中的"郁郁松山/蜿蜒长桥/高耸商厦/残缺牌坊/还有繁荣与稳定/坠入向晚的氤氲"，与陶里诗歌中"所诉说的'模糊'与'暧昧'，有某种心理同构，于日常性的生活中，传达着关于澳门文化的感受"①，从而在抒写漂泊与体悟生命中，流露出丰富的本土经验，这与香港诗人注重表达日常生活经验的选择殊途同归。1984年，由澳门移居香港的诗人韩牧提出建立"澳门文学"形象的主张，自此之后，其文学意识始终贯穿在建立澳门文学自身属性的"本土"特质上。不过，任何重建都无法超越诸多历史因子在诗人心中交错而无法祛除的内在焦虑感。苇鸣在《澳门1994·6·1的黄昏》里这样写道："对面刚好有一座雕像/五月时有的人说是春雨中的圣母/船上的说到了六月她便是天后/可这些其实都没什么就算是条虎鲨吧/反正到了晚上不外乎是一团吐出来的光/远看近看都是雌性的。"诗人所说的雕像有无其实，我们无从考证，这个雕像或

---

① 陈少华：《记忆、概念与生活世界——关于澳门汉语诗歌的"本土"经验》，载《文学评论》2007年第1期。

许正隐喻着澳门人的文化处境。天主教的圣母和妈祖文化的天后对澳门而言，构成了两种文化视阈。对于她的身份，诗人没有深究，而是以一条"虎鲨"似的无奈想象将雕像的意义尽皆拂去，以类似大陆当代诗歌《大雁塔》、《车过黄河》的方式消解了历史。再看懿灵《我们遗失了所有的脸》，诗人同样以悖论式的语言倾诉"我们遗失了所有的脸却又争回了所有的眼耳口鼻"。按照笔者的理解，它也许拟现了澳门回归前的文化处境，"眼耳口鼻"可以属于圣母，也可以是天后，还可以是观音等，但它们聚合一起，却无法形成"脸"的概念——也就是真正代表澳门本土身份的概念。由此，"在一夜之间/世界认不出我们的真相"。对于前途，诗人依然坚信"为了重新挽救一张脸的尊严/我们毁了一张旧脸可以再塑一张新脸/必定可以/必定可以"。至于"新脸"具体含义，在诗人的《一九九八年的冬天》中得到破解："点点火光如幻觉中红旗上的五颗星映入/迷惘的眼神中/零零落落的泪流下流下/很长很长的一行泪像个悬垂的破折号/咽下的一种苦涩比烟味还浓/……到底咱们还是中国人。"诗人对"必定可以"的执着在此时得到证明，澳门回归母体的历史现实，也使一代诗人完成了对国族身份的根性认同。

实际上，港澳地区作家复杂的"流动地理学"会造成无论在任何时刻，集中于内部文学场中的声音都会漫漶不清、难有主旋。梁秉钧等诗人建立起的对香港地域的认同感，在移居香港任教多年的马华诗人林幸谦笔下却面目全非，在"他者的母语"中穿梭的诗人"浮游在江湖林木之间/我们无法拥有地点/却占有核心的位置"（《心事塑立各种人为的中年》）。可见，在同时空的不同诗人心中，城市给他们留下的印象是非常复杂的。作为一个充满张力和歧义的结构性、历史性概念，纯然的"本土性"也是难以寻觅。皮特斯曾主张"把全球化看作一个杂交混合的过程，这个过程导致了全球化混合的出现"①，而本土化同样也是这样一个混合的过程，它容许声音的多元存在。其形成的过程实际上是对东西幻象、本地历史以及个体经验的选择性保留，是不同文化主体在视域融合中不断进行对话的复调式呈现过程。总之，本土性的文化身份需要经由文化塑造力的加工，方能逐步显露形神，而香港和澳门这类雅俗并兼、商政交缠的都市文化空间，往往成为不可多得的包容诸多"本土性"问题的对话场域。港澳诗人正是在对半殖民地的创伤记忆与流动的国族想象中，以城市具象再造与现代意绪抒发的方式，捕捉都市即景与本土认同之间的错综关联，从而在动态的视阈中描摹出属于他们的"文化想象的共同体"。

---

①　梁展：《全球话话语》，上海三联书店 2002 年版，第 103 页。

第 二 章

抒情主体的多维视角

　　清末民初的文化错位和国势激变，使中国文学的大观念发生了明显的转变。伴随着现代都市文化在中国的发展，诗人开始在"愿望时间"（wish-time）与"愿望空间"（wish-space）之中（W. H. Auden 语）体验着价值层面（城市化、现代化、西方化）与经验层面（对乡土中国的深厚情感）抵牾而生的错位感。其美学（文化）现代性对资产阶级现代性的拒斥，集中体现在他们对城市和乡村复杂的褒贬态度上。在错位似的经验融合中，现代都市逐步取代了乡土自然，它成为诸多现代文人的感觉对应物，并充当起新诗重要的话语资源。由这一文化模态所引领的速度感和空间模式、技术崇拜、商业气息，在一定程度上应和了新诗自身变革的内在要求，而传统的"乡土/田园"抒写则演绎成为城市宏观视野中的潜在诗性结构，成为城市抒写的一种表达方式。通过"城乡边缘人"的视角，诗人可以在城市文化的大语境下，实现在"城市"与"乡土/田园"文化语境中的自由穿梭，以"城市中的乡土"抵达精神新的"原乡"。

　　为了与本雅明言及的"震惊"因素遭遇，抒情者们或者重视"行走"的经验，强调"发现"的诗学；或者隐身在咖啡馆里，拟造客观的视角和超越的立场，如同 R. 威廉姆斯所说的："对现代城市新特征的感觉从一开始就与一个男人漫步独行于街头的形象相关。"①"漫游者"既是抒情主体的自我身份界定，亦是他们观察城市人群、捕捉城市经验的重要诗学视角和有效方式。抒情者不仅在创造城市的文学，而且在更新关于城市的知识。他们通过改变与"人群"主流经验的速度，便可以窥测到与人群经验相关，却在心灵上又高于这种经验的城市秘密。作为对"漫游者"视角的延伸解读，"梦幻者"视角同样试图从纷乱的都市景观中建立起主体的思维时空。所不同的是，梦幻者不需要通过"行走"做任何"变速"的努力，它可以通过对城市"梦境"（dream）或者"幻景"（vision）的拟现，以梦幻的智性思维和诗性结构主动进入反理性的世界，描绘诡异变形的都市镜像，从而获得比写实观察更有效的、对精神"此在"的关注。透过抒情主体这些多维的观察视角，我们可以逐步丰富对"城市"这一大文本的信息捕捉，并在川流不息的"人群"中寻觅到"自我"的精神面影。

第一节　温暖人性的"原乡"：都会与田园的经验遇合

费正清在其主编的《剑桥中华民国史》中指出："城乡的划分一直是中国现代文学史的显著特点。"② 无论是从哲学还是文学想象等多层面上，它都对诗人的创作产生过不可忽视的影响。吴思敬在论述新诗百年发展时也说过："新诗从诞生以来，一直以城市为吟咏的对象之一。共和国成立以后，五六十年代的城市诗，是以礼赞城市建设新貌为主线的。进入新时期后，城市进入

---

① Raymond Williams, *The Country and the City* (New York: Oxford University Press, 1973), p. 233.

② ［美］费正清主编：《剑桥中华民国史》，上海人民出版社 1992 年版，第 537 页。

更多诗人的抒情视野，城市诗成为当代诗坛的重要景观。"① 他将城市文化取代乡土风情视为新诗现代性流变的典型呈现，而带有地域环境和社会形态区别效应的城市和乡村，同样存在着文化形态和经验方式的差别，论者进一步指出："城市化的进程，不仅催生了大量描写城市生活的作品，而且还对写农村的诗歌产生了深刻的影响。城市化的视野所观照的不仅是城市，同时也包括农村。"② 文学概念中的中国城乡，从来都是异质性经验碰撞的话语场：抒情者那些惶惑与惊羡并存的现代感体验，与都市赋予他们的感觉环环相扣；而与自然和永恒观念渊源颇深的文化传承感，又和"乡村/田园"丝丝相连。20 世纪的中国新诗人正是在与都市文化的结缘过程中，找到利于自我呈现的观物方式，从而获得"现代性"的审美趣味，确立现代人的主体价值。同时，在都市视镜中，乡野田园之梦依然是诗人无法割舍的理论背景，作为一种审美的经验结构，它促使诗人全面地认识城市，为其排遣现代感觉，并为城市抒写的完善建立起重要的参照体系。在经验抒写上，城市与乡村并未形成思维模式上的对立，诗人的写作立场多与中国社会形态发展的实际结合密切，从而表现出"城乡复合"的心理特质。

一　与都市结缘：新诗自身发展的必要途径

　　R. 威廉姆斯在《乡村与城市》中探讨了英国文学的重心是怎样从田园式的"过去所熟悉的社会"转移到"充满黑暗和光明的城市"，他认为现代派文学正是利用城市视角抵达新的认知体系，并获得新的感觉和文学想象的资源。从某种程度上说，现

---

① 《漂泊的都市——黄怒波〈都市流浪集〉研讨会侧记》，《诗歌月刊》2005年第 6 期。

② 吴思敬：《城市化视野中的当代诗歌》，《河南社会科学》2004 年第 3 期。

代中国文学的萌发与生长，同样伴随着城乡关系的变衍，也在某些方面与西方实现着近似的转换模态。中国后发式现代性的特点，使时人从一开始就无法抵御西方文化的渗透。在简明可视的物质现代化符号面前，部分国人自然会建立起一种参照体系，并在对制度名物的艳羡与学习中，时刻表露出试图超越的进取心态，而这种制度名物又与西方现代的城市精神（现代器物文化引领的速度感、进取心、民主意识等）密不可分。

在"新奇"的城市精神召唤下，一方面，抒情者往往乐于将视觉经验转化为文学经验，对其作出肯定性的描述；另一方面，向西方求取器物制度的行动本身便意味着：渴望国家富强的"大传统"依然存在，尽管作家们大都会产生对现代都市环境的某方面厌弃，但从整体而观，对于现代器物所带来的国力提升之梦，他们基本都保持了正向的积极态度。也正是在这个基础上，城市经济文化的扩张之力、动感之力与新诗自身"破除一切桎梏人性底陈套"的"诗底精神"[1] 方能两相契合。郭沫若的《女神》正是融含这样精神的诗篇，闻一多说它是"二十世纪底时代的精神"[2] 恰如其分。它统摄了现代的、世界性的宏大题材，其大时代的动感气息以及大量工业文明意象的采用，已非中国古典审美标准所能统摄。诗人放眼都市，看到的都是锦绣气象，并无后来现代人的文化创痛与生命孤寂感。即便是工厂排放的"袅袅"黑烟，也被他讴歌成妩媚的"黑牡丹"。抒情者将现代主体之"我"的形象和竞异争奇的时代精神提升至首要位置，将人和宇宙的关系进行了重新梳理，强调世界的"变动"之美，这就与古人注重淡泊明净、精神相对守恒的静态之美拉开了距离。城市的动感精神为诗人主体人格的飞跃注入活力，同时也将

---

① 康白情：《新诗底我见》，《少年中国》1920 年第 1 卷第 9 期。

② 闻一多：《〈女神〉之时代精神》，《创造周报》1923 年 6 月 3 日第 4 号。

全新的"物观"的视角传递给抒情者。可以说，现代城市的速度感之"新"，赋予诗歌主体以认识世界的新方法，现代诗歌的意境和美感传达方式也由此发生了变化。

1921 年 4 月间，郭沫若在从杭州返回上海的列车上写成一组"西湖纪游"诗，其中一首《沪杭车中》有这样的句子："巨朗的长庚/照在我故乡的天野/啊！我所渴仰着的西方哟！/紫色的煤烟/散成了一朵朵的浮云/向空中消去。/哦！这清冷的晚风！/火狱中的上海哟！/我又弃你而去了。"归国之后，目睹疮痍实景的诗人已没有在日本乘火车时那般"同火车全体，大自然全体，完全合而为一了"① 的豪情，也无意继续发出"二十世纪的名花！/近代文明的严母呀"（《笔立山头展望》）之类的礼赞。"西方天空紫色的煤烟"并不能为民族国家前途带来实效性的变化，他扬弃了早期诗学中将自我与机械、与自然同体的"泛神"以致"泛我"思想，而注重营造抒情主体与所观察之"物"的心理距离感。徐志摩也写下过同题诗作，李金发亦有《里昂车中》一诗，其中的抒情主体都在对窗外的移动景观进行着观察与记录。张桃洲曾以这几首诗为中心作出阐述：

> 这种"观察诗"由于处处隐现着某一外在于事物的旁观者，因而其对外物的书写，已明显有别于古典诗歌"以物观物"、"物我同一"的表达方式，同时也超越了新诗草创期那种简单、粗糙的"咏物诗"（如胡适的《鸽子》、《一颗星儿》）——从根本上说，那种"咏物诗"也还没有逸出古典诗词的意境和托物言志或借景抒情的路数。……作为观察者的外在之"我"在诗歌中的确立，恰恰是中国现

---

① 郭沫若：《郭沫若全集》（文学卷第 15 卷），人民文学出版社 1989 年版，第 121 页。

代新诗"现代性"特征显现的标志之一。①

都市文化和都市生活的感官化、图像化以及速度变化所带来的新时间感，不仅深刻改变了诗人对外在世界的感知方式，从本体论的意义层面言之，它还触及新诗对传统的"主客体"等概念的重新认知。古典诗歌讲求"以物观物"，即不强加心灵于物，而是将自我化入事物之中，使物象得到自然呈现，物象与主体精神相互映衬又独立存在。而现代诗人对"移动之风景"的观察与捕捉，从形式上看是以行动上的"动观"打破了古典诗歌的"静观"模式以及"物我相融"的自然审美状态。这种借由机械之力展开的意义旅行，便于诗人构建与自然物象世界拉开距离之后的现代主体形象。透过交通工具意象，他们捕捉到由城市意象所赋予的"主观干预"的观察视角，不再刻意将精神主体融入物象世界，因而使其文本凸显出"现代人"的主体性存在，这也在一定程度上应和了西方现代诗歌的某些观念。而且，以列车为基点观察车外的自然，景物的捕捉无法像山水田园诗那样进行提前的预设，一切复杂的、毫无联系的景物纷至沓来，难以预期。古典诗歌意象自我循环的传统和情感对应的法则失去了效力，诗人无法刻意拣选那些能够切中即时心情的自然景物，他只能以过客的姿态面对匆匆景色，在连续的画面中捕捉瞬间的意识流动。由此，现代机械"动"的力量为新诗提供了无数种观察可能：轮船、飞机、汽车、火车……况且，世界已经呈现出整体性的"动"的大趋势，即便诗人自身保持静观的姿态，他也难以找到与之相对静止的可观之物了。诸多动态意象大量涌入诗歌，拓展了新诗的意象容量和情感空间。

现代派诗人戴望舒写有《雨巷》一诗，尽管诸多学者认为

---

①　张桃洲：《沪杭道上》，《读书》2003 年第 2 期。

这首诗依然是诗人"低迷的自我"的典型写照，是其文化乡愁的悄然流露；不过，如果从现代"观物"角度来考量它，那么这首诗便容纳了诸多类似电影似的推拉镜头、分镜头、漫步者的视点……这正是一种现代化的观物实验。在表现对象上，古典诗歌注重对乡愁、别情、爱意、醉态、失意以及自然闲适等主题的表现，将社会生活内容凝缩至个人情感的空间，趋向于内，而现代诗则更多地变现出"内外兼顾"的特点。如《雨巷》所摹拟的，便不只是"丁香空结雨中愁"的古老意境，与女子的"失之交臂"实在又是波德莱尔诗歌《给一位交臂而过妇人》中的现代意境，且对古老诗情作着主动告别。的确，"都市影像"自身的动感特征与"乡村/田园"的宁静人文生态殊异颇多，凝滞的乡野景致显然已经无法与作家心中奔腾的血液相融，一些诗人从对传统田园文化封闭性与内在性的认知出发，在其创作中追求"公共性"与"外在化"的新锐表达。在卞之琳笔下，"与太阳同起同睡"（《第一盏灯》）的宁静或许是"有福"了，不过，灯的发明如同火的发现一般，都将文明提升到新的层级。在《修筑公路和铁路的工人》中，诗人写道："过去就把它快一点送走，/未来好把它快一点迎来，/劳你们加速了新陈代谢，/要不然死亡：山是僵，水是呆。""山水"这一奏响田园牧歌的传统文化场域如果不经过城市器物的洗礼，便只能是僵化呆板、生机凋零。九叶诗人唐湜在回顾自己写作时也说，在"20世纪40年代这个有着繁复错综的社会、政治斗争的现代世界"就必须运用"现代化的表现手法"，具体而言，"我这些长长短短的浮光掠影式的断片里就有些方面的感情错综，一些动乱的交错现象"①。这段表述正道出现代诗人的一条诗歌观念：在同一文本内部，多元异质的、复合的现代经验之间的"对话"，是形成文

---

　　① 唐湜：《我的诗艺探索历程》，《新文学史料》1994年第2期。

本张力的重要源泉，而城市语境正为这种对话带来机遇与可能。

综上，可以归结出新诗在接纳城市的过程中其审美取向的某些共性：一方面，在现代国家意识的督导下，大部分诗人将城市工业文明的功利性前景与乡野文明在器物层面上的落后进行比对，他们注意筛选日常遭遇的现代经验，进而发散诗意；另一方面，与西方诗歌由田园传统进入城市经验的历史转变不同，在接纳城市的过程中，新诗作者较多强调的是城市文化能够为国家富强所带来的现实功利性辅助，而在认识论上，西方城市诗学所蕴含的理性精神和实证精神并未得以集中显扬。特别是新诗人绝大多数都来自乡村，"童年情结"极大地影响着他们进入城市并体验其文化的方式，特别是影响了他们对城市生活的价值判断，这使得诸多现代诗人曾经背离过的"乡野传统"不会彻底成为"城市文明"的对立面而消亡，在某些语境中，这一传统常常被激活而进入新诗抒写的范畴。

二 "乡土/田园"经验：潜在的诗性结构

有一种说法认为，从现代城市文化开始舒展其扩张力的那一刻起，真正意义上的"乡土/田园"诗便不存在了。如同乔治·普廷汉姆说的"田园诗（pastoral poetry）是后来都市化（urbanization）的产物"一样，乡村的都市化威胁着"古诗"的传统，使传统诗意失去了土壤。与此同时，一种题材和主题都与都市文明相关的新"乡土/田园"抒写诞生了。作为与城市现实对照而生的产物，这一抒写体现着诗人寻找独立精神家园的愿望。按照普遍的观念理解，新诗的诞生与现代中国城市及城市文化的萌发基本处于同一时段，在这样的时间段落，很难说会有纯粹生活在"现代"意义上城市的诗人，几乎所有的抒情者都经历着由乡村到达城市这个精神流徙的命运历程。因此，与都市结缘固然会激发诗人的灵感机能，帮助他们丰富自我的意象体系和言说空间，但都市也毕竟是一种面向未来的文化模态，对刚刚经历"震惊"的诗人而言，他们大都欠缺与这种新速度感的内在心理联系，为了弥合经验上的错位与断层，"文学中的乡土"之意义便凸显而出。

从表象上看，"乡土/田园"以自然模态作为其显性表现，这种诗性文化在现代城市的物质文化面前似乎受到了压制，正如艾青的诗句所表达的："自从我看见了都市的风景画片，/我就不再爱那鄙陋的村庄了。"（《村庄》）尽管如此，诗人依然没有完全接纳城市，在未来的写作中，他对乡村多有眷顾，乡村甚至"象母亲存在儿子心里"（《献给乡村的诗》）。一个普遍的现象是，自新诗诞生开始，"乡土/田园"依旧是诗人们关注的对象（在部分诗人那里甚至成为其主要话语来源），如同艾青所抒写的，乡村扮演了母性的角色，给抒情者以心灵的慰藉。然而，"乡村"在诗歌中存在的方式，以及它所指向的意义也因城市文明在现实语境中的不断扩张而发生了变化。看艾青的《浮桥》，浮桥"搭在乡村和城市之间"，一面是骄横而傲慢的城市，"以水门汀和钢骨/建筑成的连云的堡垒/强烈地排列着/守卫着：贪欲，淫逸，荒唐"；一面是颓废灰白的乡村"站立在被风雨飘淋的原野上"，城市"而且它在继续/使乡村感到畏缩地/扩展着力量啊"。在地理上，浮桥连接着城与乡，而它又在文化上成为两者的界碑，隔绝着文化冲突。对于城市力量的掘进，诗人既无郭沫若那样拥有对机械伟力的乐观自信，也无艾略特那样将桥比作地狱通道的阴郁心结，他的文字正代表了诸多诗人面对两种文化视野时所产生的普遍态度：城乡差别不仅指向生活方式的差异，而且还与道德层面相关联——城市既代表国家的现代推进力，又是罪恶的渊薮；而乡村虽然凋敝保守，却依然是宁静安和的家园。在强国梦想与精神家园之间寻找调和点，也就是在城乡之间谋求平衡之力，代表了诸多现代诗人的审美诉求。

1934年，骆方写下《两世界底中间》，正表达出诗人对城乡文化平衡的希望："我不能忍受/蒸汽引擎底飞轮咆哮着/要突破铁的窗槛/威胁颤动在煤烟里的稻禾、青菜。""我不能忍受……煤油火旁两个老农/指手划脚地谈讲千年前的故事。"诗人既忧心城市对乡村的破坏，又为乡村的保守和愚昧而痛心不已。那么，理想的平衡又在何方呢？诗人咏叹道："哦，听！/纺织娘在矮林里/低咏着恋歌/循着工厂里的乏气/指挥着机械的豪壮的旋律。/草叶底香，流水底香，/机械油底香，电气底香——//我吸着，心里充满感激：/朋友！来啊！/来瞧瞧这些线条底美丽的图案！/来听取这和谐的、优美的交响乐！/来到两世界底中间！""机械油"与"花草"共同演奏出浪漫主义的和谐乐章，不过，在芬芳气息的背后，诗人依然将城乡看作二极相斥的对立性语境，试图"调和"的行为本身便已透露出诗人的价值判断。从现代功利特征角度而言，城市之"动"（创新与开拓）优于乡村之"静"（保守与落后）；而以追求精神自由的视角观之，乡村之"和"（安逸与宁静）又优于城市之"躁"（喧嚣与欲流）。因此，以都市为正向态度，乡村便代表了原始落后、蛮荒孤寂；而站在乡村的视点，都市则放荡淫秽、虚伪喧嚣，两者在生活方式、文化内容、价值观念、道德信仰上似乎都存在差异的鸿沟。城市的科技工业之力似乎并没有给人类带来更多的自由和幸福，反而因其刻板规则的限制，使人的精神生命遭到肢解。在诗人的内在意识中，摆脱这种负面感受的最简便方式便是回归那个已然变异了的传统，于是他们转向乡村，憧憬一种由前历史、前意识支配的自然社会原型，或以此作为理想国，反抗都市的世界。

在现代文人中，像沈从文、李广田那样标榜自己是"乡下人"、"地之子"的毕竟不多，大部分诗人试图接纳都市化的现实，并在其中寻找乡村文化精神，以开放性的认知姿态确立自己在都市中的文化位置。卞之琳的《古城的心》、《古镇的梦》等一系列类似题材，都将都市幻化为乡村，将都市的速度降格为乡村的速度，在混凝土营造的森林中寻觅青砖翠瓦似的古意、清新之美，正如其自问："为什么霓虹灯的万花间，/还飘着一缕凄凉的古香"（《尺八》）。再看林庚《都市的楼》："都市的楼中我看见对楼／女主人出现在凉台上／又不知从哪一座楼中／传出温柔的琴来／街上渐有巡阅的马蹄声／送了红日下去／花繁如黄昏里的胭脂／极少的落在窗外／晚风拂过一座座／都市的楼／街上是春的留恋。"如果将"都市"二字改换成"古镇"、"晚唐"等传统地理、时间概念，这首诗的意境仍能得以维持。显然，抒情者把古典意境平移至都市现场，试图以诗歌的方式再造一个现实。其温婉回环、细腻含蓄的情感表达，也颇具古典美学之风范。事实上，在郭沫若的城市赞歌中，他的抒情方式依稀还有传统牧歌的调子，而戴望舒的"雨巷"也依然抹不去"紫丁香的馥郁之味"。现代诗人将中国古典诗学中优美、恬淡、拙朴、深远的美学风格赋予新诗，从而使他们的都市经验表达与传统风俗联络不断。不过，着意将都市古典化，以寻求残存着的一缕"古香"，固然可以为现实找到一个合理的言说路径，但也彰显出诗人面对物质现实时那种精神上的水土不服。

面对现代女性在物欲面前的浮华虚荣，戴望舒写下了《村姑》与之对立，还原女子淳朴的德操；而《我的记忆》则如寓言一般，将诗人拖离都市对人生的侵害，在向回的时间流溯中寻觅宁和。即便有些诗人热衷于歌颂都市文明，他们也大都在诗歌中继续营造一个处于"他者"的乡村形象，将乡村与都市并置对比，以抵御或消解都市的压力。常白的《冬寒夜》以"肃穆的牛羊之群"与城市的"无实感"对比；陈江帆的《麦酒》嫌厌于城市"香粉与时装的氛围"，呼吁"让窗子将田舍的风景放进来"；徐迟《春烂了时》把自己在都市的生存称作蚂蚁，在乡间的生存比作小野花；而冯至则把"灿烂的银花，金黄的阳光，汪洋的大海，浓绿的森林”定义为新故乡的形貌（《新的故乡》）。这种主题复调现象成为现代诗歌反复出现的母题。在没有宗教救赎传统的国度，乡村扮演了彼岸天国的角色，从而与城市形象一道成为现代汉语诗歌的重要形象载体。当然，某些现代诗人也清楚地知晓自己的命运，逃离都市、在田园地理间建立新的感觉经验，只能存在于现代人的幻想中。九叶诗人陈敬容冷静地直陈实情：“我们是现代都市里／渺小的沙丁鱼……一切被‘挤’放逐，／成了空白。”（《逻辑病者的春天》）而我们又能被放逐到哪里去呢？当身居城市的既定事实无法改变的时候，如何调节精神生存和物质生存的关系，正引发诗人展开新的思考。

　　罗振亚在论述现代乡土诗的书写策略时，将其意象模态分为“现实模态”与“理想图式”两种走向。[1] 其现实模态融合着诗人对农村大众的现实关怀和改变其落后面貌的使命感；而理想图式的建立则与中国文人血脉中的传统审美情趣和乡土生活滋养密切相关，因此又可将这一策略概括为“现实的”与“记忆的”。大多数由乡村进入城市的作家都会或多或少地体验到被城市所“排斥”的感觉，此时，与乡村的故土经验建立抒情联系便成为他们的一种选择。如王家新所说：

　　　　中国古典诗人往往用乡村和自然的意象创造了一个诗意的居所，出现在这些诗中的诗人也往往是超然的、优雅的。在现代社会重温这些古老的山水诗和田园诗，它已成为我们的怀乡病。它指向了一个永远失去的家园。[2]

　　① 罗振亚：《扯不断的血脉》，载《中国现代名家诗歌分类品汇·乡土卷》，中国青年出版社 1996 年版。

　　② 王家新：《为凤凰寻找栖所》，北京大学出版社 2008 年版，第 175 页。

所谓的诗意家园，正开启了一个不断推移且永不能抵达的精神所指。从时间指向上看，这样的田园与乡土已经被诗化成为带有明显象征意味的精神喻体，它指向人性的纯粹、审美的和谐、心灵的洁净与生命的健硕。如果说城市文化在形态上是理性的、知识的、技术的、流通的和时尚的，那么乡村文化就是自然的、经验的、习惯的、礼俗的、稳定的。由此可以清晰地看出，这些文化乡愁所——对应的，实际是现代"城愁"。一些诗人怀念被城市化、工业化和现代化所破坏的那些宁静稳固的乡村传统，他们深知无法再次返回乡土生活，因此只能选择将乡村化为与都市经验相对照的理想境界，视之为都市人视镜的有益补充。他们以从城市文化中获得的现代感来统摄乡村，乡村也成为溢发现代性的现实空间。作为以城市的反向姿态出现的世界，"乡野观照"的基点依然来源于城市，那既非真实的城市，亦非真实的乡村。此时，作为文学传统和审美题材的"乡土／田园"退场了，而它的诗性结构却潜隐在现代诗人的诗性意识之中，成为他们"反城市化"的话语资源。如果说乡村的一般形象属于过去，而城市的形象代表未来（R. 威廉姆斯语），那么建构在城市之中的"田园"便是在代表"未来"的场域中追寻"过去"的诗学行为，它的时间指向仅仅存在于诗人创作瞬时的思想时空，因此具有显著的当下性特征。

　　直到 20 世纪末叶，我们在顾城笔下还可以寻找到似曾相识的都市牧场："万物，生命，人，都有自己的梦。每一个梦，都是一个世界。沙漠梦想着云的背影，花朵梦想着蝴蝶的轻吻，露滴在梦想着海洋……我也有我的梦，遥远而又清晰，它不仅仅是一个世界，它是高于世界的天国。"① 维柯在《新科学》中为精密科技打破初民与自然的联系而担忧，而诗人却借助泛神论的视

---

① 顾城：《学诗笔记》，《青年诗人谈诗》，北京大学五四文学社，1985 年。

角抒写田园童话。对自由之境的摹写应和着抒情者对城市的判断："城里的一切都是规定好的"（《生命幻想曲》），其抒写策略正与现代诗人"借助文化乡土铸造开放的逃遁之所"这一思维模式一脉相承。套用 R. 韦勒克和 A. 沃伦论述英国田园诗的理论，他们认为田园诗形式具有"外部"与"内部"两种，前者已经消亡，而后者仍以一种"潜在的诗性结构"（poetic structure）存在着并播散在其"本文的互相指涉性"（intertextuality）之中。① 席勒也有对"素朴的诗"与"感伤的诗"的论述②，他指出工业文明所导致的异化破坏了诗人与自然的和谐状态，使他们只能怀着感伤经验寻找自己失去的素朴本性。笔者认为，其"本性"的表达同样需要借助这样一种"潜在的诗性结构"来实现，它驱使抒情者走向对终极价值的探询。海子的诗歌正是这类文本的代表，由"麦子"意象延伸而出的村庄、人民、镰刀、马匹、瓷碗、树木、河流、汗水等意象群组，将中华民族本质的历史流程和传统心理情感表露得真实而鲜活。在他所抒写的乡村里，我们可以感知到一个"城市"的存在，《麦地》写道："月亮下/一共有两个人/穷人和富人/纽约和耶路撒冷/还有我/我们三个人/一同梦到了城市外面的麦地/白杨树围住的/健康的麦地/健康的麦子/养我性命的麦子。""麦地"隐喻了诗人的身世符码，传达着丰收与生殖的神秘信息。"城市外面"的人可以看作是主体逃离城市、进入生命母体（土地）的英雄行为，但这种逃离并非全然建立在否定城市文明的基础上。诗人或许试图将这两种文明作一个非功利的自然融合，既然有不真实的城市，便也有不真实的乡土，乡土和城市一样，在他笔下化身为诗性的结

---

① ［美］韦勒克、沃伦：《文学理论》，刘象愚等译，三联书店1984年版，第256—271页。

② ［德］弗里德利希·席勒：《论素朴的诗与感伤的诗》，张玉能译，《秀美与尊严——席勒艺术和美学文集》，第310页。

构。因此，在《祖国〈或以梦为马〉》中，他可以"做物质的短暂情人和远方忠诚的情人"。"远方"的含义指向诗人的精神故乡，如艾略特说的：一个人的归宿是在他自己的村庄。而"短暂的情人"虽然浸染着接受现实的点点无奈，但也昭示着诗人的生存态度——原始的生命个体无法脱离现实的地理母体。虽然海子无时不在表达着自己的现代孤独感，表露着回归精神原乡的强烈愿望，但他建立起的乡村不再是虚无的意义悬置，而是与人类的终极关怀息息相关，蕴涵着深沉的文化观照力。他以人的自然性为主体反观人的现实性，体现着新诗逐步走入"心灵化"的历史进程，进而在本体论意义上使其诗歌从启蒙话语中逐步分离，达到新的自我呈现与自我重塑。

三　城乡边缘人：走出"他者"的视野

海子笔下的乡土，是将现实乡土背景化、意象化之后的精神乡土，"乡土"作为城市现实语境的对立物而演化成为诗歌意象。他在麦田间吹响的芦笛之音，既能传播到遥远的精神"原乡"，又没有脱离纷繁的物质现实，从而与沈从文那样强烈排斥、拒纳城市文明的姿态有了不同。新诗诞生之初以启蒙主义观照乡村的审美取向不再适用，经济现代化的趋势也使传统乡村所具备的人文结构和文化特质逐步模糊起来，甚至已然消弭在城市掀起的滚滚尘土中。自20世纪90年代开始，大规模的商业竞争使文人田园牧歌式的精神理想逐渐疏离对现实的指涉能力，乡村也仅仅成为由经济分工而形成的地理范畴，它不再具备与城市分庭抗礼的异质人文精神。艾青曾在《村庄》一诗中说过："假如他不是一只松鼠/绝不会回到那可怜的村庄"，"乡村"在这个誓言中成为绝对的"他者"。而"70后"诗人朱剑在《我所认识的乡村》中写道："我所认识的乡村/和诗人讴歌的乡村不同/我所认识的乡村/不愿再做贞洁坊/养活一群精神阳痿的人/我所认识的乡村／是正在丰满的身体／渴望城市的抚摸／哪怕那双手／有点肮脏。"两相比较可以看出，部分当代诗人不再严格地为城乡文明形态作出价值区分，因为在经济一体化的历史语境中，城乡的文化界限漫漶不清，它们的价值属性更多地取决于经济分工的不同，而非文化意义上的对立。即使还有一部分诗人在身体地理上经历了"由村入城"的过程，但他们观察事物的眼光、文学教养与趣味、对事物的判断尺度都与城市的浸染分离不开。当代诗人伊甸便将城市看作"父亲"与"命运"的象征（《城市，我们别无选择》），它既是我们这一代人的生命来源，还与新一代人的未来成长休戚相关。可见，在消费时代的语境中，"城市"与"乡村"不应该再成为也很难再成为彼此的"他者"。

可以说，当代诗人基本具备了城乡复合型的心理特质。杨克有一本诗集叫作《陌生的十字路口》，其中便有"与都市调侃"和"最初的声音"这样的章节设置。《歌坛金曲》、《咖啡馆：夜的情绪》、《电子游戏》对应的是《我愿》、《心歌》、《云》，单从题目便容易看出，城市文化与自然田园在诗人那里不是对立的题材，而成为两种互补的理论资源，这是诗人为了记录当下存在本相所选取的不同角度，也折射出抒情者当时所持有的写作观，这种观念在于坚笔下得到更为清晰地呈现。"城市"和"乡村"两大意象构成其诗歌的两大话语体系，亦构成诗人创作的空间背景和心理背景，《作品89号》正是把城市和乡村叠合在一起："世界日新月异／在秋天／在这个被遗忘的后院／在垃圾／废品／烟囱和大工厂的缝隙之间／我像一个唠唠叨叨的告密者／既无法叫人相信秋天已被肢解／也无法向别人描述／我曾见过这世界／有过一个多么光辉的季节。"于是，在城市中无法捕捉到情感讯息的诗人将目光投向乡村："我承认在我的内心深处／永远有一隅／属于那些金色池塘／落日中的乡村。"对诗人而言，乡村的存在是神性的，是他描写城市时的心理梦境与情感依托，也是对抗诗意萎缩的捷径，从而饱含着诗歌的生态寓意。对待城市，诗人说过：

> 说起城市，我得先想想它和什么样的美相像，这毫不费
> 力，我可以立即就想到一句，城市的海洋。但它决不是海
> 洋，海洋是自然的造化、是透明的、流动的、没有交通规则
> 的……而城市却是人为的、阻隔的；海洋的大令我想到自
> 由，而城市的大却和"囚"这个字有关。海洋常常令目击
> 者产生一种整体感，但城市却是人无法把握的，我住在一个
> 庞大的由人造起来的世界中，但我仅仅是这个"大"中的
> 一个什么也不知道的碎片……①

这样的体会，对应的是城市人主体性丧失之后的空虚与迷惘感，
人的肉身被城市规则所束缚，心灵被世界所肢解，而"乡村"
则成为逃离这双重桎梏的精神栖所。可见，被都市所整合了的
"乡村"是抒情者从内隐的诗性角度和精神层面在城市中建立起
来的一种审美期待，这个"乡村"绝非物质的，它的存在方式
和审美特性完全依赖于诗人对城市超速发展的各种不适，或者说
就是一个治疗"城市病"的"处方"集合。亦即说，有哪种城
市病，就会有与之相匹配的乡村精神疗治。任何"反城市化"
乃至反"现代化"依然是"城市化"的特殊支脉，如艾凯所说：
"这也是一种'空前'的现代化现象。"② 由此，乡村田园成为
"可以把握"的一种资源（当然是针对城市的不可把握）。通过
新一轮的寻找，诗人谋求贯通于城市与乡村之间的内在生态和
谐，梦想着通过传统乡村的自然神性和现代人对人生诗意的追

---

① 于坚：《城市记》，《火车记》，鹭江出版社2006年版，第88页。

② ［美］艾凯（Guy S. Alitto）：《世界范围内的反现代化思潮——论文化守成主义》，贵州人民出版社1991年版，第14页。

寻，平衡城市芜杂的精神生态。用伽达默尔的话讲："传统并不只是门继承得来的一宗现成之物，而是我们自己把它生产出来的，因为我们理解着传统的进展并且参与在传统的进展之中，从而也就靠我们自己进一步地规定了传统。"[①] 它无法持存，也不是一劳永逸的先验结构。在《城市性别》中，上海的当代城市诗人玄鱼甚至毫不留情地对古典诗意进行了戏讽。一方面，诗歌的当下处境是："时间在踱着方步/诗性正背对商品化的烘烤"，而古典诗意则"属于城市的地层"，"地下诗界没有杀戮没有欺诈/但也没有美满和大团圆/要不然就少了生离死别/爱与恨的故事会顿然逊色/徒有茅草凉亭纯粹月色仕女情影/即便是绿色也失去真言/如此作假的诗界谁稀罕？"乡村与田园失去了净化都市的潜在功能，它们如同城市一样不再可靠。而田园诗人的文字仿佛也成为贡品一般，再无现实的重量。那么真正的诗意又从哪里派生呢？诗人写道："活力就是柔滑无痕的起伏/来自于城市的边沿者/那无法融入白热化场景的心声。"在边缘中呐喊，似乎成为诸多文学参与者共同选取的文化姿态，也成为城市抒写中抒情主体观察城市的复合视角。

　　不仅仅是对于坚，对很多当代诗人而言，"城市中的乡土"既复活了诗人的创作生命，也是他们完善现代都市人格的必经之途，同时更是打破本义语汇系统、建立城市隐喻系统的诗歌内在需要。再者，对那些出生就成长于都市系统的年轻诗人而言，他们已经丧失了乡村生活的地理基础，也缺乏实际的生活感受。对他们而言，"乡村"成为绝对意义上的、属于城市文化系统的一种文化精神和幻想资源，它是城市物象的想象性偏离，是城市风俗背景之外的冥思空间。面对都市，这些抒情者既缺乏第一眼的

---

①　A. Gadamer, Hans-Georg, *Truth and Method* (New York： Seaburg Press, 1975)，p. 261.

"震惊"印象，又缺乏传统的"原乡"、"乡愁"情结，于是他们在心理上与都市的生活节奏和情调形成了同构，"温柔的死在本城"（陆忆敏语）便成为他们的精神新"原乡"。何房子在《一个人和他的城市》中清楚地认识到故乡的位置："故乡总会不停地变换/有时是档案上的籍贯/更多的时候则是你一生都无法抵达的地点。"诗人所面临的唯一命运就是无论愿意与否都要接受城市，并且很难再滋生出所谓"他者"的文化视角。以诗人的身份面对真实的城市生活，返回存在的本质层次，成为这些精神流浪者的必然归宿，张建华的《迪斯科与茶馆》最为典型地写出这种真实。"迪斯科"与"茶馆"两个意象分别象征着"城市文化"与"乡村文化"，"迪斯科在露天舞场里现代/茶馆在小街上古典/古典又现代是小城的今晚"，迪斯科如旋风却"总也旋不走小城深深的鱼尾纹/和块块的老年斑/旋不去古朴与淳厚/旋不去无聊与懒散"。器物层面的和谐共存，引发诗人在不同的文化经验间从容穿梭。无论哪种器物，都蕴涵着中国文化特有的"现代感"，它既非西方城市精神的简单拟现，也不再是传统田园观念的现代延续，文化形态的杂糅与传统意识的衍变，仿若透露出抒情者与"后现代"精神的诗意联络。

后现代文化具有的典型特征之一，便是历史意识的丧失。其"丧失"的表现方式并不是对历史话语的全然丢弃，相反地，"历史感"有时会以一种与现时文化的杂糅姿态、幽灵般地得到唤醒，这也正符合中国文化前现代与现代、现代与后现代元素杂陈的特殊景观。那些呐喊着的"城乡边缘人"，一部分站在将城市文化视作主体的宏观视角，将"乡土"归结为"另类"的城市体验；还有一部分抒情者始终也无法摒弃现代诗人那种"由乡入城"的启蒙经验，对待城市文化，他们依然投射出"他者"的眼光，流露着难言的艳羡与自卑，这在"打工诗歌"写作群体中最为明显，"走在城市和乡村的线上"（谢湘南的诗作名）

正是他们的文化处境。显然，"打工诗歌"属于城市抒写的范畴，针对它的命名也一直存在争议，有些学者认为用"底层写作"更能概括这一抒情群落的整体特征，这种观点也获得学界的普遍认同。因为"底层"具有一种身份特质和诗学视角，而"打工"则容易产生歧义。按照市场经济的发展，未来每个人都会成为"打工者"，而"打工诗歌"的命名便容易因为其范畴的日渐宏大而丧失区别意义。相对宽泛的观点认为，这一抒情群落的共性特征指向青年人从乡村进入城市寻找工作，表达在"乡村—城市"文化的碰撞中丧失身份感与归属感的现代情绪。在抒写中，抒情者存在着真实的地理迁徙经历，其抒情主体多不具备"城乡复合型"的心理特质。相反地，他们多将"城市"视为"他者"，在渴望被城市"同化"的过程中又不断寻求"归乡"，这显示出其观念的矛盾与复杂，也深刻印证了"现代"与"后现代"绝非时间轴向的更替关系那样简单。

我们看到，城市"底层写作"操作者们的审美取向大都围绕两方面展开：一是对城市的不适应，并由此衍发的对城市之"恶"的传统型批判，从而回归对地理故乡的怀恋，这依然是将"乡村与城市的美丑进行分立"的二元思维模式，以农业文明反衬被城市所异化的命运。二是对自身底层位置与身份的描述，表达一种对自我价值的判断与思考，以及维护自我尊严、追求平等公正和价值认同的主体意识。诗人叶塞宁说的"走出了乡村，走不进城市"的身份认同问题在这些诗人笔下非常密集地得以呈现，城市作为外在的诱惑，是他人的故乡，也是一个难以被编码的符号，抒情者由此产生"回家"的愿望："我真的打算回到乡下去/我想去守护我父母的风烛残年/去耕作他们宽阔额头上的沟壑/去将他们眼角的忧郁般的阳光中去"（谢湘南《放弃》）。何真宗在《没有城市户口的青蛙》中写道："遥远的乡村挂满了/它们的梦/这些没有城市户口的青蛙/谁能负载它们的苦痛。"

"青蛙"正是打工者对自我生命卑微性的喻指。刘洪希也以"青蛙"自况:"一只青蛙/身上流的是乡村的血/灵魂却在城市里/戴着镣铐跳舞/……九月的黄昏/我在城市的某一角落/看见一只青蛙/无家可归。"(《一只青蛙在城市里跳跃》)在这里,"青蛙"成为"由乡入城"打工人群的身份自况。对他们来说,纷乱的都市景观压制了抒情者的存在感,令他们不断走向精神的孤独,只有面对村庄,他们才有可能找到归家的感觉。陈忠村这位"穿行在上海的外乡人"在《有很多高楼的地方叫城市》中写道:"明年一定爬上金茂大厦/不知道站在上面可能看到故乡/——我孙庄?"高度与速度往往是外来者体验城市最直接的感觉,而这个"不愿意归宿城市的灵魂"竟然将城市作为回溯故乡的瞭望台,这使得他的诗歌始终贯穿着对如何在城乡之间获得精神平衡的探问。从整体的审美态度考量,这些写作者集中塑造生命个体在时代困境中所坚守的精神姿态,其意义在于引发人们对社会底层生命价值的关注。

在诗歌运思上,这些具有打工者身份的诗人多善于制造典型意象,比如城市工业意象特别是"钢铁"、"流水线"等,以及大量生态田园意象。而诸多动物意象,如前文所举的"青蛙"等,也成为这一抒情群体借以自况的独特符号。不过,从都市与乡村的二元对立出发,止步于欲望讽喻和道德批评,对丰富当代诗歌的美学策略作用并不明显。有些写作者甚至偏执地死守在城市的边缘,对探勘现代都市与生命即景之间的错综纠葛兴趣不大。在城市生活带给他们"非人格性"的典型精神特征之后,他们没有借此把握住更为理智和自由的城市个性,却与之保持了主动的疏离,这或许是一种逃避。张柠的评说可谓一针见血:"我们今天读到的'打工文学'作品中主人公总是一发现城市的毛病,就想念家乡的小河、草地、垂柳等等。这反映出这一代打工者不能在没有价值依托的新环境中勇敢地行动。"① 因此，"打工诗歌"这一抒情群落所具备的文化意义远远超过其文学意义。在社会历史转型期，康德所言及的那种"道德律令"不再具有恒久性，这将是诸多文化因子不断碰撞并长期整合的漫长过程，而身处其中的个体往往要为此付出沉重的生理与心理的双重代价。打工者的文学如同时代的晴雨表，记录着中国城市化、工业化的必然进程，他们以文学痛感的方式触及中国社会底层的一系列问题。不过，与现代作家的"进城"不同的是，这只是由一种经济运作方式（小农经济）进入另一种经济运作方式（市场经济）的迁移过程，而现代诗歌中那些涵盖家族观念、宗教仪式的文化迁徙已然式微。打工族群整体上处于城市的话语系统之中，面临的是"农民性"被"城市性"冲击的问题，他们由边缘向中心移动，进而在城市"内部"发出声音，这一行为过程并非城乡两种审美形态的直接对话。从诗学角度观之，"打工诗歌"是城市话语的特殊表达方式之一，并从一个独特的角度确证了城市大语境的真实。在"亚细亚的历史是城市与乡村无差别的统一"② 的历史特殊性面前，它的生命独立性势必会走向衰微。毕竟，以"乡村"意味着"传统"，以"都市"意味着"现代"，都已因乡村从整体纳入城市广义的审美标准，从而显得过时了。

综上所述，正是在城市经验对传统乡野经验的冲击与置换中，现代中国诗歌的抒情主体获得了独立的观物方式。在诗歌对城市的抒写中，"乡土/田园"始终是一个不可或缺的文化资源，对大多拥有"由乡入城"身体迁徙体验的现代诗人而言，它成为诗人寻找自我身份、逃离城市喧嚣的世外桃源。今天，在城市

---

① 谭运长、张柠：《打工文学二人谈》，见杨宏海主编《打工文学备忘录》，社会科学文献出版社2007年版，第78页。

② 《马克思恩格斯全集》第46卷上，人民出版社1979年版，第480页。

文化占据主流的时代，"乡土/田园"大多不再蕴涵具体的地理信息，它虚化成为充当城市反向经验的情感空间，并演绎出城市的诗性结构。由此，"城乡边缘人"也具备了统摄两种文化视野的诗学高度，如同弗罗斯特似的，这位偏爱乡村生活的诗人始终把城乡看作一个在对比中产生的完整资源，从而自由穿梭在两种文化语境之间。由文化发展脉络而观，城乡文化既非连续体（旧有的被新的取代），也不是单纯澄明的并列关系，乔伊斯·卡罗尔·奥兹（Joyce Carol Oates）在《想像性的城市》里追问："如果城市是一个文本，我们如何阅读它？"[1] 从一定意义上说，"文学中的乡村"构建了一种从"城市之外"阅读城市的审美模式，它从一个特殊的层面对城市作出摹写与判断。这种审美模式可以帮助诗人建立起相对开阔的文化视野，避免他们走向文化上的二元对立。正像韩东在诗歌中所说，乡村生活"形成了我性格中温柔的部分"（《温柔的部分》），它成为诗人都市生活的诗意补充，为新诗的话语平衡做出了贡献。同时，当人性的田园已然丧失存在的地理基础之后，适当地调整心态，面对当下的现时时空，似乎才是真正的解决策略。毕竟，只有言说才能帮助失语者找到自己的家园。

第二节　城市背后的"眼睛"：捕捉流动 经验的"漫游者"视角

"文化"这一词汇在中国语境中始终偏向"人文教化"之义，而聚合着静态的传统人文精神并承载"动之精神"的都市文化，本身便显示出中西联姻的融合姿态。城市所带来的现代体

---

① Joyce Carol Oates, *Imaginary City: America. Literature and the Urban Experience* (Rutgers University Press, 1981), p. 11.

验，特别是"视觉/观看"体验不仅丰富了诗人的器物层知识，还改变了其思维的速度感与时空观，使其将中国传统的静态诗学观念与更具生命力的现代语词化合，在自觉实践中获得与本雅明所指涉的"漫游者"视角类似并熔铸本土心灵经验的"漫游/观察"视角。漫游式的观察，事实上也是一个进入城市内部结构，窥探和发现城市秘密的过程。"只有那些城市的异质者，那些流动者，那些不被城市的法则同化和吞噬的人，才能接近城市的秘密。"① 而诗人首当其冲地担当着旗手。在新诗的演进以及诗人的实践中，"漫游者"视角始终保持着相对稳定的姿态，从而汇集成为诗人观察都市、认识自身的一个清晰焦点。

一　在行走中遭遇"震惊"

在透过意象符号打通城市与心灵体验的过程中，诗人需要一种便于穿透既往与未来体验、传统精神与现代空间的形象，或者说以这样一种形象作为投射主体精神的立足点与观察视角，进而捕捉到"一见钟情"与"最后一瞥之恋"（本雅明语）之间的郁结。由于本雅明对城市"漫游者"②（flaneur）出神入化的描写，"步行"与"城市"之间建立了一种神秘而亲昵的联系。法语"漫游者"一词描述的是流连于城市的"漫游—探索者"，如波德莱尔所言，他们是"居于世界中心，却又躲着这个世界"的人。以波德莱尔的漫游者形象观之，他们与城市的关系既是投入亦是游离的：他们不能没有城市，但同时也为它所边缘化。为了反抗被城市寓言放逐的命运，"漫游"便成为一种姿态，在现代诗人笔下初露端倪。

---

①　汪民安：《城市经验、妓女和自行车》，载《身体、空间与后现代性》，江苏人民出版社 2006 年版，第 131 页。

②　也有学者将"flaneur"一词翻译成都市浪荡子、城市游民、闲逛者或游荡者。

　　西方现代科技的振兴将地球村的脉络联结到中国，这为更多的知识分子提供了进入现代西方大城市的机遇和经验。艾青、王独清等现代诗人便第一次体验到与世界文学观念接轨的同步感，并借助西方城市的"客体"真切而完整地实践着"漫游"姿态。艾青的《画者的行吟》自称是都市的"Bohemian"（波希米亚人）；王独清的《我漂泊在巴黎街上》也拥有闲逛的漫游者眼光，抒写流浪诗人在现代文明环抱中所捕捉到的感伤与失望，并通过《我从 CAFÉ 中出来》将踉跄的醉汉心中之"痛疮"与"哀愁"尽情倾吐。戴望舒以"我是一个寂寞的夜行人"（《单恋者》）建立起现代诗歌的一个典型形象，即在街头游走的孤独者形象。废名的《街头》、《理发店》、《北平街头》，林庚的《沪之雨夜》以及冯至的《北游》等诗篇中都存有这种形象，诗人借此表达人生的迷惘与无常，以及敏感的知识者在大城市中徘徊的苦楚、疲劳与颓唐。大城市对他们而言既是诱惑，又是拒绝，这使得部分诗人流露出孙玉石所归结的"倦行人"心态。"我是个疲倦的人儿，我等着安息"（戴望舒《忧郁》），这样一种孤独属于现代人，但它又非存在主义意义上的人格寂寞。诸多抒情者专注于营造自我的思想空间，以"冥想"的方式修缮心灵孤岛。这样一来，其主体"行走"的姿态便不具备更多政治性意义，它并非波德莱尔式的凌厉与尖刻，却多少沾染着中国禅道般的深幽之气。因此，在现代文学初期，采取步行或者漫游姿态的诗歌主体，大多数都游离于那种波德莱尔式的、根植于个人体验之上的"行动的诗学"，而与马拉美所说的"隐遁之士"①一样做着逃避都市之梦。戴望舒说："让魏尔伦或凡尔哈伦去歌颂机械和近代生活吧，我们呢，我们宁可让自己沉

----

　　① ［法］马拉美：《谈文学运动》，《象征主义·意象派》，中国人民大学出版社 1989 年版，第 39 页。

浸在往昔的梦里。"① 看他的《寻梦者》和《夜行者》，抒情主体都保持着对现实的"游离"，这便难以升华出那种无处可遁般的现代个体都市经验。在很多现代诗人心中，还存有一个田园诗似的精神山林可供退守，其精神基调也依然是田园诗式的。而漫游者视角是一种主动弃身于都市的现代英雄行为，它作为一个精神个体对城市的主动观察（而非远离城市返回田园），既要具有漫游的姿态，同时还必须抵达漫游者的思想高度。这样说来，戴望舒"夜行人"的"寂寞"、卞之琳的"荒街上沉思"等都市异质经验由于缺乏足够的现实观照和经验深度，因而尚不具备典型意义上的漫游者姿态。

"街上灯光已开始闪熠/都市在准备一个五彩的清醒/别尽在电杆下伫立/喂，流浪人，你听/音乐、音乐，假若那也算音乐/那尖嗓子带着一百度颤抖/拥抱着窒息的都市/在邪恶地笑/躲到一条又长又僻静的街上。"（陈敬容《黄昏，我在你的边上》）诗人以一种普鲁夫洛克似的孤寂表现出都市漫游者与商品社会的疏离感。诗歌中的漫游者在与流浪者对话的同时，其自身的视角是高高在上的，看似简单的"喂"正暗示着全知全能与视野的通透。作为 flaneur，他在城市中的活动区域是无限的，他可以始终在城市中任意漫游，而不需在互看中形成互动。当代诗人杨黎早期的作品《冷风景》（1985）更为清晰地诠释了这一点，诗人如流水账般琐屑罗列着他看到的灰色街景视界：远离市中心的街道、凋落的梧桐树叶、紧紧关着的窗子和院门……"这时候/有一个人/从街口走来"反复在诗中出现。城市生活显然是物质性的，但它不是一个外在于身体的事实，而是存在于城市人的身心周围甚至身体内部。诗人所观察到的一切事物，都放逐着它们之

---

① 戴望舒：《西班牙的铁路》，见《戴望舒全集·散文卷》，中国青年出版社1999年版，第22页。

间互相勾联的意义，如同撒哈拉沙漠那三张纸牌一样，城市的"冷风景"既是意义的悬置（或者说对主动追求意义的放弃），又的确呈现出一个冷静的观察者视角。即使主体降格为"物"进入模糊的事件之中，并演绎出不确定性的时空变幻时，我们也依然能够感觉到有这样一个安静的主体，他停留在街道之上，在"移动的凝视"中，无声地记录着一系列转瞬即逝的、无深度的观看对象。能指与所指具有裂隙，这是充当都市游魂的诗人所记录的图像之特质，这种"裂隙"保证了都市经验完美的"现时性"呈现，正是本雅明描绘的"震惊"①体验。在对人群（穿白色连衣裙的少女、送牛奶的人、推自行车的人等）带给主体的"震惊"体验的消化与克服中，诗人仅仅通过与现代生活的视觉联系便感受到自我与现实的距离感，从而描绘出主体孤独存在的轮廓。当然，这样的孤独体验并不是意象的普遍所指所赋予的，与本雅明的记忆一样，诗人在回忆城市所留下的痕迹时，时序很可能是断裂的。曾经发生却无法理解的事件，要通过"震惊"式的转化，方可在现实中沉淀出意义。

"震惊"来源于街道行走经验，诗人在这种"行走"中可以体验到自己是怎样被人流簇拥（惊颤），同时又是怎样快速觅得自我空间的（对惊颤的消化）。我们注意到，有一些作品虽然也以街道等城市空间作为文本背景资源，其抒情主体也通过"行走"的姿态表现出与"漫游者"形象的亲和，但这些文本却未必包含"震惊"的因子。王小妮写于 20 世纪 80 年代初的《在北京的街上》便时时"随着一种节奏/在北京的街上/轻轻地走过"，这样"中国、中国、中国"的节奏并没有将抒情主体从

---

① "震惊"是本雅明用以概括现代社会中个体感受的术语，源于精神分析学的启发，简要说来，就是指"外部世界过度能量突破刺激保护层对人造成的威胁"。在波德莱尔的作品中，这种现代社会的震惊体验得到了相应的表达，那就是"词与物之间的裂隙"。

"人民"群体中深刻地疏离出来，其城市异质经验的生成因而受到阻碍。作为一名漫游者，他不仅不能与城市保持同等的速度，还要具备不断变速的能力，由此才能抓住大众无法捕捉的记忆痕迹（这便是下文论述的诗学意义上的"都市感觉结构"）。马骅的《为瓦尔特·本雅明而作》颇为明了地将这种在城市拾荒中主动遭遇震惊的态度跃然吐露，城市的景象是"百货大楼吞吐人群/如电脑吃进汉字"。人无法在同质经验中疏离出自我的存在感，所以，"这悠长的世界橱窗需要一名伟大的游荡者"，诗人愿与本雅明一样：

> 在充满顿号的希望之灯下
> 词句像一个醉态中的波希米亚人
> 摇晃着身躯
> 在无人的深夜　在被人
> 鄙夷的垃圾场
> 挖掘真理残简

这样"无人的深夜"其实仅仅由诗人的心理维系着（并不是现实存在，也并非清晰的视觉印象），深夜气氛的营造可以为抒情主体主动遭遇"震惊"的英雄行为，即"挖掘真理残简"提供某种合理性。对城市烦嚣的白天之放逐也"并不妨碍/一个人在大街上徘徊，他没有地图/没有向导和旅伴，在城市的梦中越走越深"（王建旗《街灯》）。没有方向感和同路人的孤单个体，无法独解城市空间的意义。城市成为透明的文本，诗人的思想也"随着城市文本的厚薄而起落，他们同时也书写这个文本"[1]，使

---

① 原文参见［法］德塞都《走在城市里》，罗刚、刘象愚主编：《文化研究读本》，中国社会科学出版社2000年版，第316—325页。

文本的意义可能走向纷繁多姿。

二　在凝视中窥察"人群"

行走的姿态，使人在拥挤与交错中成倍地放大个体的孤独感，在人类被技术牵引支配的年代，"行走"甚至可以成为诗人获得意识独立存在的重要途径。"他以享有这种乐趣的人的态度使得人群的景象在他身上发挥作用，这种景象最深刻的魅力在于，他在其中陶醉的同时并没有对可怕的社会现象视而不见。他们保持清醒，尽管这种清醒是那种醉眼朦胧的，还'仍然'保持对现实的意识。"[①] 对现实的清醒，源自诗人能够以漫游的姿态，在群体感受中捕捉到属于自己的喉音，这个"群体"便是过往的行人。杨键的《在同一条街道上……》这样呈现：所有声音"全都在统一的黄昏的气氛中，/在统一的命运中，/……/这么多人在拥来，这么多人在下班，/在同一条街道上，在同一条街道上，/没有人不像街道尽头浑浊的江水，/讲不清自己的痛苦，不知道自己在干什么！"诗人意识到：身处人群之中的个体很难从群体控制中摆脱而出，建立个性化的自我体验，人与人之间也因经验雷同而无法进行有效的信息交流，从而陷入"失语"的痛苦。肖开愚的《北站》同样摹拟着这种"表达不畅"的压抑，他选择火车站这样一个"人群"聚合的最佳场所，不断重复着"我感到我是一群人"的主题，颇有意味地阐明着个体力图摆脱"人群"的努力，文本最后一段写道：

我感到我是一群人。
但是他们聚成了一堆恐惧。我上公交车，

----

① ［德］本雅明：《发达资本主义时代的抒情诗人》，张旭东等译，三联书店1989年版，第77页。

车就摇晃。进一个酒吧，里面停电。我只好步行
去虹口，外滩，广场，绕道回家。
我感到我的脚里有另外一双脚。

主人公在车站内不断移步换景，最终却被人群所吞噬，"公交
车"、"酒吧"对主体的拒绝将"我"赶出摩登时代，只能从仅
限步行的场所绕道回家。"我"始终无法从身体里那"一群人"
中找到属于自己的"脚"，而每当想叫喊之时，嗓子便是"火辣
辣"的。我们可以将主人公的视角与底层伦理相勾联，这便透
射出城乡异质文化对人的种种限制，但从更加宽阔的视野出发，
诗人无疑又为我们营造出都市人集体失语的现代寓言。赵思运在
《一个疯子从大街上走过》中用另一种方式将这种无从表达的
"失语"感呈现出来：

在肉体不被衣服理解的年代里
谁有勇气
像一个疯子
赤身裸体走过大街
炫耀触目惊心的伤痕

当一个疯子
赤身裸体走过大街
身上的伤口花朵一样绽放
我们无形的双手本能地捂紧了自己

"疯子"如同幽灵一样，具有话语之外的悬浮感，他可以不受任
何既定规则的压制而使肉身获得绝对的自由。"我们"也拥有疯
子身上的都市经验，却要用"无形"的手"本能"地去遮掩自

己，因为超越常规性、摆脱人群本身就是一个艰难的抉择，而震惊经验的激发，必须要透过"疯子"这样一个他者来实现。

"在拥挤的人群中，每个人都不期而遇"（何房子《一个人和他的城市》），如同鲍曼引述塞纳特对城市的经典界定：在都市消费空间里，陌生人的相遇是偶然的，但这种偶然的相遇是"既没有过去也没有未来"的事件，是一个"无法持续下去"的巧合。[1] 要突破这样的情感零流动，"疯子"一样的悬浮姿态便非常有效。当然，在日常主义诗学中，经验往往发生在我们不经意的庸俗现场。"疯子"般的行走，固然是对主动寻求经验的动态化、极端化呈现，不过，抒情者亦可选择"凝视"的观察视角。这种姿态既可发生在街道空间，同样也集中于咖啡馆等现代公共空间。1984 年，在城市"颂歌"的轰鸣声外，舒婷的《阿敏在咖啡馆》便已弥散出慢速的蓝调节拍。"咖啡馆"这一意象无疑是属于都市的，选择咖啡馆休闲与茶馆品茗、剧场看戏亦有所不同，对刚刚体会开放的国人而言，这一场所的特点仅仅是高雅、安静，尚未负载欧洲"充满政治和文化意味的公共空间"[2]那样崇高的意义，它不是组织、陈列、交锋思想的领域，而仅是个人化的领地。作为一种现代的生活方式，它为诗人提供了主动逃遁的"漫游者"的视角。舒婷诗中所写的"落地窗"，便是一道分隔现实人群与孤独个体的界线。"痛苦和孤独"在当下时空中浓缩于喝咖啡者即时营造的内在心理世界（而非外部秩序的行为），通过本雅明所说的那种"凝视"（Gaze），诗人完成了自我意识的强化。而咖啡馆，则是赋予诗人安全感、回归自我的隐遁场所。漫游者的懒散背后，是一个观察者的警觉，以及诗人的

---

① Bauman, *Liquid Modernity* (Cambridge：Polity Press)，p. 95.

② ［美］李欧梵：《上海摩登——一种新都市文化在中国 1930—1945》，北京大学出版社 2005 年版，第 23 页。

自尊满足。

看樱子写于 1988 年的《现代的忧患意识》，抒情主体占据了特殊的观察位置："隔着茶色玻璃/奔放的夏季忸怩起来。"透过玻璃，能够看到的是"千篇一律的荧幕、新潮的牛仔衫、不忍吐出的香口胶"，"买床席梦思想着不再失眠/两伊的枪弹却打在被子上噗噗作响"。"战争"标示出文本的时间与历史感，"子弹"表面上穿透的是都市人的好梦，实则击中了单调、空虚的生活方式，从而又浸含强烈的、与生活现场的对接感。诗人以揶揄的口吻表达出精神上的某种无奈，如同齐美尔在分析城市漫游时曾提出的"内外部溶解"一般，在大都市的空间强力压迫下，所有的外观皆逐一丧失其物质性，不再存有外部与内部的界限，人的内心世界遂成了外部景观。所以，观察大都市这一系统空间，就等于原封不动地观察现代人的精神。诗人在咖啡馆中建立起的、潜伏般的精神观察视角，正可使之在窥视都市的过程中，将"自我"从"人群"中疏离而出。能够通过"注视"成为"人群中的人"（I'homme des foules），这正是都市"漫游者"专属的天赋，也是区分他们与人群的标志。在本雅明笔下，人群（Les Foules）是一个含混而暧昧的意象，它消灭个人痕迹于拥挤和雷同之中，又使个人的孤独感成倍地放大，从而成为漫游者窥视的对象。李欧梵引用罗斯·金的话说："这些漫游者、花花公子、城市闲人，超然地、疏离地注释着他们身边的世界。"① 咖啡馆作为都市人心灵的容身之所，正为这种"注释"提供了空间场域。玻璃既可隔绝又可映照，都市游荡人的心灵世界在它上面凸显形貌。

在臧棣的《城市之光》中，存在着一双潜在的眼睛，它在

① ［美］李欧梵：《上海摩登——一种新都市文化在中国1930—1945》，北京大学出版社 2005 年版，第 45 页。

北京农展馆、和平门、虎坊桥、双榆树这几个地点游弋徘徊，散点透视着在不同地点"下车"的匆忙的人。这些建立在"偶然的观察"之上的"最深刻的印象"，包含着公共汽车的乘客下车、警察下车逮捕罪犯、年轻人下车搬东西、情侣下出租车串门四组平淡的事态。眼睛的主人仿佛在以调停人的身份组合着貌似脱节的一幕幕剧情，这些剧情作为原生态的普通日常事态，似乎永无结束。笔者认为，闲逛式的对事态的随意扫描和经验拓影，打击了理性指导的超验预设和先在的价值判断，它是快乐的个体城市经验，如同符马活在《街景》一诗中所阐发的态度："这样一种街景/我随便看看。"个体正是通过貌似"随便"的观察方式，证明眼睛"捕捉"功能的完善，在打破现代城市速度感的同时，保持着与"惊鸿一瞥"遇合的可能性。在不断克服"惊颤"的体验中，他们也感知到自己于其中作出快速反应的生存能力。透过波德莱尔《拾垃圾者的酒》，本雅明认为："一个拾垃圾的不会是波希米亚人的一部分。但每个属于波希米亚的人，从文学家到职业密谋家，都可以在拾垃圾的身上看到自己的影子。他们都或多或少地处在一种反抗社会的低贱地位上，并或多或少地过着一种朝不保夕的生活。在适当的时候，拾垃圾的会同情那些动摇着这个社会的根基的人们。"① 诗人进入"拾垃圾者"这个夸张的隐喻，并始终在城市边缘搜寻着被大城市抛弃的物质。他们建立在"人群"之上的凝视经验，并非是将自我主体与"人群"这个虚拟的客体并置敌对，因为在人群之中，他们寻觅的是自己。诗人将自我灵魂附在行人之上，不断对因震惊而产生的幻觉进行着反思。这样一来，"人群"便如同城市经验一般，既能使抒情者充分触碰到精神的疏离感，又能在某些特殊的

---

① ［德］本雅明：《发达资本主义时代的抒情诗人》，张旭东等译，三联书店1989年版，第38页。

时刻激发他们的诗情，杨键的短诗《致无名小女孩的一双眼睛》
这样写道：

> 至今我还记得在城市车灯的照耀下，
> 那个小女孩无畏、天真的眼睛。
> 我慌乱的心需要停留在那里，
> 我整个的生活都需要那双眼睛的抚慰、引导。

可以说，"无名"是诗人对"人群"这一模糊印象的整体定位。
在密密麻麻的人群中，个体通过瞬间、无序的视觉联络便觅得短
暂的"温暖"。南人的《地铁里的少女》描述了极其相似的事
态，主人公在地铁中看到一位让他"眼前一亮"的漂亮少女，
在"地铁飞速行驶"的过程中，"我时不时地朝她看"直到出
站，随后"我"后悔应该一直这样坐下去，因为"只有你走出
地铁站的时候你才会真正明白/一个地铁少女/早已经将你改
变"。抒情者与"无名小女孩"和"漂亮少女"的眼睛相视，正
类似于庞德在《在地铁车站》中所捕捉到的瞬间感受，现代生
活的微妙经验在诗人心中神秘化地完成；也如同波德莱尔的十四
行诗歌《给一位交臂而过的妇女》中的妇人一样，被人群神秘
无声地领入诗人的视阈。这些诗人凭借其艺术直觉力，捕捉凡俗
日常生活中的瞬间之美，从而游离于机械式呆板的城市经验，获
得具有稳定性的审美视角，并完成对人类整体现代境遇的拟现。
现代都市生活的"最后一瞥"之恋既是一种过去式的经验，也
是挥之不去的、在都市人心中已有的心理机制，只有以精神闲逛
者的姿态对现代城市生活保持警觉，才能在某个时刻唤醒它。

三　新都市感觉结构的形成

R. 威廉姆斯在《漫长的革命》（*The Long Revolution*）一书

中提出"感觉结构"的概念，用以描述社会文化及历史脉络对个人经验的冲击。罗岗将这种"感觉结构"简洁地归纳为"经由特定的历史时空，透过个人内在经验而建立起来的感知与生活方式。譬如对生活在城市的人们来说，某种建筑模式、某样交通工具和某些消费方式……正是这些生活细节提供了感觉结构的原始经验成分"。[①]那么，由诗歌文本搭建起的城市经验空间，正潜移默化地标示出诗人整体的生命活动、感知图式、感知结构以及生存观念的精神谱系。诗人在对这样的"原始经验成分"进行"漫游者"式的扫描后，进而寻找到个体在城市中的生存韵律。进入新的历史纪元，城市化进程的加速使公共空间与私人空间的速度感逐步趋同，资讯社会的生存技术迫使人的感觉器官接受了复杂的训练，几乎所有人都被卷入工具理性的世界，难以表达出个体的语言。即使主动建立自我边缘化的意境，也容易被相似的欲望、焦虑、隔绝体验所影响，使其滑入共性经验而新鲜不再。再者，现代性所引发的视觉革命使人类观看事物的方式发生了改变，大量的影像在移动中快速出现然后消失，对经验进行价值摄影便愈加棘手。在街头发现社会渣滓并与之一见钟情成为幻想，城市对诗人的考验难度越来越大。诗人所要做的，便是与都市的速度感进行斗争，建立起专属的节奏，从而不至于迷失在具体的事象之中。

在即将迈入新世纪的时刻，杨克写下《缓慢的感觉》，他将城市的速度感比喻成一条"忙"的疯狗，"一再追咬我的脚跟/这个年头/有谁不整日像只野兔？""其实我想让内心的钟摆慢下来/慢下来……我真想握住什么//'我喜欢缓慢的感觉'/骤然停下的片刻，在向日葵酒吧"。从"步行城市"到"轨道城市"，城市的历史就是提速的历史，如同野兔一样狂奔的人群，在

---

① 罗岗：《想象城市的方式》，江苏人民出版社 2006 年版，第 94 页。

"移动"中印证着新权力控制的存在。孙文波在《骑车穿越市区》中说："冲，再冲，/到达目的地是单纯的愿望。"人群穿行在现代性的速度魔咒之中，却已然丧失了捕捉路边风景的兴致，漫游演化成为暴走甚至狂奔。在《缓慢的感觉》一诗的结尾，杨克写道：

> 我奔跑，只因为所有人在奔跑
>
> 骤然停下的片刻
>
> 不外乎红满天的太阳，砰然坠落
>
> 掉进酒沫四溢的夜生活
>
> "我喜欢缓慢的感觉"
>
> ——退缩后最松弛的时分
>
> 我听见有个声音在说
>
> 我多么欢愉
>
> 像一只被丢弃在路边的跑鞋

"所有人在奔跑"引领的是城市的速度，诗人并没有沉溺于这样不知所终的旅行，他选择改变城市速度强加于身体的暴力，以退缩、缓慢、骤然停下的方式，找回了缓慢的感觉。作为一个迷恋城市的诗人，杨克对繁杂的都市迷宫保持了尤利西斯一样足够的耐心与热情。"丢弃在路边的跑鞋"属于城市中"脚的风暴"的落伍者，这象征了诗人主动选择自我的速度，以一种暧昧的姿态保持着寻找城市诗意的可能，从而抵御了孙文波诗中那种粗暴的、直线式的"现代"生活的支配，也消解了由于奔跑所弃置的、对生活细节的遗漏，这也正是建立漫游者姿态的必要前提。王家新有一首《田园诗》，写抒情主体在京郊公路上开车时，将车开到了卡车的后面，车速的骤然下降使他意外遭遇到正常速度难以觅得的风景——久违了的"羊群"，一首即兴而成的《田园诗》由此诞生。理查德·利罕认为，自然主义笔下的城市呈向心状态：生活被一个都市力量中心所控制；而现代主义笔下的城市呈离心状态：中心引导我们向外，面向空间和时间中的象征对应物。① 主人公意外见到的"羊群"，便是利罕言及的这种象征物，它指向游离于都市经验之外的全部个性体验。在降速的瞬间，诗人改变了都市人"时间—心理"的现代性普遍感觉结构（诸如趋同的速度感和时间观念），其个体从群体经验中离心而出，而城市的本质也在偶然的事件中得到揭示。因此，"降速"正是具有"离心"功能的观物视角，在诗人选择或遭遇"缓慢"的同时，崭新的都市感觉结构，或者说属于诗歌的都市感觉结构逐步确立了，这有利于文本异质经验的表达。

　　"在城市的器官里/这些已经被汽车的尖叫/改造成配件的耳朵/保存在倾听的样子"（于坚《便条集·104》）。城市社会对都市人的形塑，使人类理解城市的方式和经验脉络逐步趋同，耳朵的主体性功能逐步丧失。不过，这"并不意味着社会脉络完全'决定'了个人的经验（罗岗语）"。② 诗学意义上的感觉结构，要求作家以更为灵活和复杂的理论眼光重构"城市和人"之间的关系，通过都市意象完成对自身体验的内化，从而揭示那些都市主流速度体验之外的、无法被知识化和客观化的细枝末节。于坚戏谑了耳朵功能的"异化"，而有些诗人则通过另一种方式重新恢复了其功能。"我调低电视的音量/为了听清隔壁的耳语/但我意外地听到了玉米/拔节的声音，多么令人惊喜。"（秦巴子《青春片》）"调低电视的音量"貌似普通的日常举动，却蕴涵着现代英雄特质：一方面要抵御视听文化的被动塑造，消

---

① ［美］理查德·利罕：《文学中的城市：知识与文化的历史》，吴子枫译，上海人民出版社 2009 年版，第 88 页。

② 罗岗：《想象城市的方式》，江苏人民出版社 2006 年版，第 94 页。

解着城市精神文化的速度感；另一方面在重建属于自己的"听觉"过程中，保留着接受新的震惊体验的可能性，"玉米拔节的声音"便是从听觉经验抵达心灵体验的一次奇异旅行。小海在《启示录》中写道："晚上，我听见一架飞机/低空飞越城市……由于一架偏离航线的客机/我的耳朵听见天上飞过的物体/我的眼睛搜索到夜空移动的目标/它们互相信任，构成可能/一桩平凡生活的细节/可以无限扩大到整个夜晚（世界）/然后消失。""偏离航线的客机"可以看作由抒情主体虚构的突发事件，它的出现打破了耳朵的听觉惯性，使人捕捉到新鲜的"听觉/视觉"经验。诗人敏感地注意到："细节"才是与时代映像保持距离、建立当下独特体验的方舟。因为"生逢不断加速的年代/越是想保留一个美好动词的完整/我们越是看到生活中无处不在的碎片"（何房子《一个人和他的城市》）。也如郑敏所说："时代砸碎了一面巨大的镜子/从那堆形状怪异的碎片中/每个人寻找自己的映像/没有了完整、比例和谐调。"（《一幅后现代画前的祈祷》）消费社会使个体丧失了过去意识与未来感，留给他的只有琐碎而珍贵的现时"碎片"。为了找寻"自我的映像"，就必定要打断城市意符固定的表意锁链。在下一节中，我们将以"梦幻者"的观察方式重新透析这种表意联络，以深化对"漫游者"视角的探讨。

　　总之，诗人独特的感觉结构不只是重新确立速度的结果，而且是新的图式和诗学范例的开始。在这样的感觉结构重组中，波德莱尔为都市漫游者所确立的"贵族化的精神追求和对生命的灵性的渴望"依然是存在的，但"沉浸在自我心性的幻觉中无视现实"以及"主动疏离周围环境的本能"① 却发生着变异。因

---

　　① ［法］波德莱尔：《现代生活的画家》，郭宏安译，《波德莱尔美学论文选》，人民文学出版社1987年版，第501页。

为疏离现实的行为仅仅属于古典主义的英雄举动，在新的消费社会，这样的举动无法构筑新的诗意。如于坚所说："诗人们意识到，诗歌精神已经不在那些英雄式的传奇片段、史诗般的人生阅历、流血争斗之中。诗歌已经到达那片隐藏在普通人平淡无奇的日常生活底下的个人心灵的大海。"① 张英进亦从另一角度表达了这一观念，他认为作家可以在漫游中"寻找新的感觉（惊讶、过度刺激）、新的空间（经验方面与文本方面的）、新的风格（写作上与生活上的）"，乃至一种"急需的道德宽容的策略"——"日常生活的美学化"。借助漫游者视角，诗人可以有效地"反思昔日的英雄姿态或探索今日的日常生活"。② 漫游姿态正如同新的都市感觉结构一样，要在"现实/现时"中通过改变都市的速度感（行为的与思维的），与隐秘而奇异的经验建立机缘，在调和英雄主义情结和日常生活经验的过程中，抵达人类浩瀚的心灵海洋。最后需要言明的是，任何中国城市也无法与波德莱尔笔下的巴黎达成映像（无论想象抑或现实）一致，大部分诗人都难以完全契合本雅明提出的漫游者姿态。他们在文本中编织出的每一则寓言，都只是都市万花筒中的一块碎片，诗人也仅能抓住漫游者精神的某一方面，将语词的幽灵散播在芸芸众生间，将个体的灵性体验在语言中瞬间展开。孙文波曾写出"是城市加速了我们流亡的性质"（《搬家》），对诗人而言，他们自当无限受益于流亡的行为。只有化身为城市游民，才能保留遭遇"他者"并与之游戏或者玩耍的可能。如罗兰·巴特所说："阅读城市也是阅读在一定结构内城市符号间的

---

　　① 于坚：《诗歌精神的重建——一份提纲》，载陈旭光主编《快餐馆里的冷风景》，北京大学出版社1994年版，第260页。
　　② ［美］张英进：《批评的漫游性：上海现代派的空间实践与视觉追寻》，陈子善、罗岗主编：《丽娃河畔论文学》，华东师范大学出版社2006年版，第219—220页。

'游戏'"①，而漫游者的"眼睛"则是参悟这些符号身份的密钥。"漫游"既是现代诗人无法抗拒的宿命，也是点燃其语言生命的火种。

第三节　穿越时空的"冥想"："梦幻者"的城市镜像

在前两节的论述中，我们分析了抒情主体观察城市、进入城市的两种视角。其中，"城乡边缘人"的视角集中呈现出抒情者在挥别乡土故园之后精神上所产生的种种不适，以及主体在当代消费主义文化视野中试图对两种文化形态进行统筹的努力；而"漫游者"视角则有效抵御了都市人在变动不居的环境中被城市主流速度所同化、进而丧失自我的险情。作为流动在街道之间"闲逛"或是"凝视"的观察主体，"漫游者"与"人群"的经验形成悖论，他们希望通过"减速"的物观方式，开辟出新奇的观察视阈，从而脱离城市法则的系统规约。而本节所要论述的"梦幻者"视角，正是对"漫游者"视角的延伸解读。它和"漫游者"一样都试图与城市建立亲密似的精神联络，使不安分的灵魂得到放纵，以把握任何可以产生精神漫游的机会。不过，与"漫游者"相比，"梦幻者"不必通过改变抒情主体的内在速度而获得对现实的观察角度，它注重在诗文本中渲染梦境（dream）或者幻景（vision），营造经过变形化处理的城市思想空间，正如同"梦"对日常生活的变形再现一样。"梦幻者"这一抒情主体形象，既是新诗城市抒写的重要精神内容，同时也因沾染着诗人的"白日梦"而渐次揭示出抒情者的现代主体人格。正如本雅明所认为的："一个陌生化的城市对初来乍到者有着强

---

① Roland Bathes, "Semiology and the Ubran", M. Gottdiener and A. P. Lagopoulos, eds., *The City and the Sign* (New York: Columbia University Press, 1986), pp. 87 – 98.

烈的吸引力，是因为它能够以新鲜经验的诱惑力，使观光客陷入一种不能自拔的沉溺状态。在白日梦中，现实的物质外观脱落了，代之以'一刹那的想象'（flash imagination）。虚幻的想象建立了它自己的'现实'，于是，城市的图景变成了'异域的与生动的'。"①

一　都市梦幻者的精神向度

梦幻的视角本身意味着抒情主体与"梦"之间千丝万缕的联系，现代中国诗歌中的"梦"具有双向模态，一方面，它将与作家正向价值追求相一致的"理想型"信念作了视觉化、意象化的处理；另一方面，发生转化的视觉符号及其意象编码的方式又常常是"扭曲型"的，这正与梦自身的属性相似：对现实曲折地甚至变形变意地呈现。在研究"现代派"诗人群落时，孙玉石曾使用"寻梦者"的形象，将在都市幻梦中追寻精神温暖的青年形象经典定格。戴望舒的《雨巷》、《古神祠前》、《对于天的怀乡病》等诗，都"在低回感伤的律动中，徘徊着一个寻梦者的倔强的灵魂，真实地反映了一个寻梦者追求与幻灭的矛盾心态"。② 而《寻梦者》的精神雕像也鲜明地体现出诗人的某种无奈，文本主人公独自咀嚼着价值观念泯灭所产生的心灵苦涩，于淡淡的哀愁中抒发精神无依的感受。为了化解现实语境所带来的迷惘与烦忧，他只能借助"梦幻"的力量，在虚拟语境中接续现实未完成的理想。何其芳在《失眠夜》中亦将尘世之夜的冷清与荒凉和心灵梦的破灭并置，强化了抒情者的心灵之梦与其所处时代的冲突。他在《柏林》中写道："从此始感到成人

---

　　① Peter Szondi，"Walt benjamin's City Portraits," in Gary Smith，ed.，*On Walt Benjamin: Critical Essays and Recollections*（Cambridge: The MIT Press, 1995），pp. 19 - 23.

　　② 孙玉石：《中国现代主义诗潮史论》，北京大学出版社 1999 年版，第 189 页。

的寂寞/更喜欢梦中道路的荒凉。"无法排遣的寂寞与荒凉的感觉相融合，诗人仿若在极端的矛盾状态中找寻平衡，将青春期的心灵躁动沉淀为理性的人生内省。"梦中的道路"既通向与国族迷惘现实相对立的群体理想蓝图，又蕴涵了现代孤独个体企求治愈灵魂创伤、获得生活勇气的心理期待。这种精神模态始终贯穿于新诗之中。所有关乎国家富强意识的"城市梦"、"民族梦"，其"梦"之主体都在幻想的深处释放着理想主义的激情，以正向的人文理想，将国族神话与心灵历史同置。由此，"寻梦"便成为释放和缓解"个人与国家"双重话语压力的良方。

在现代诗人冯至的《北游》中，梦境出人意料地与现实达成了一致，甚至，它的话语压力已经让位于真实。在两者的换位中，诗人的精神姿态逐渐清晰起来。"夜夜的梦境像是无底的深渊，/深沉着许许多多的罪恶；/朝朝又要从那深渊里醒来，/窗外的启明星摇摇欲落！"殖民文化在哈尔滨的种种变式引领诗人展开思考，他从个体的孤独走向对人类悲剧本原的探问。梦境中的"深渊"恰恰是现实都市的反向呈现，"启明星"的坠落揭示出命运的无迹可循，这使诗人时刻感受到但丁式的"地狱"与陀思妥耶夫斯基"死屋"般的阴沉与压抑。城市的梦境与真实界限混淆，人进入这秘密的环，就无法解开。在都市的沉梦里，诗人进入"自己的"梦境，以"梦中之梦"的探索怀念着意大利古城"Pompeji"（庞贝）的故墟，在同名的酒馆中思索人类的命运之轮。既然失去尊严的上帝无法拯救散尽荣华的都市，那么，诗人期待一场大火将城市"快快地毁灭，象是当年的 Pompeji"，而"最该毁灭的，是这里的这些游魂"。在诗人眼中，流动的生命或许是一个个孤魂野鬼，城的生疏与人的冷漠，促使诗人承担起中古勇士和现代英雄的救世使命，正如他在《我们的时代》中所表露的，抒情主体宁可在洪水里沉沦，也不愿意在方舟上延续人类虚伪的文明。于是，梦境成为诗人从文学角度设计"显梦"与"隐义"的舞台，他不断使用着"大火"、"洪水"、"坟墓"等冷峻的意象，通过视觉化的方式表达着抽象的精神理念。诗人期望彻底打破梦境，使人类重拾精神的独立，这便隐秘地流露出他的存在主义原则，倡扬着西绪弗斯式的古典精神。同时，"毁灭"一切的愿望本身，悖论式地表现出现实与梦境的互喻关系。诗人通过意象将抽象概念具体化之后，便实现了相似性之上的同一，从而促成稳定的象征效果。就像《桥》中所蕴涵的"生命的本真就要潜伏于生命"一样，"毁灭"恰恰是冯至对现实"不可毁灭"，梦境"不会醒来"的清醒自陈。由此，他才会联络古今，获得杜甫"此身饮罢无归处，独立苍茫自咏诗"似的抒情心境，在梦中吐露着英雄者的隐衷。翻开穆旦的《漫漫长夜》，同样可以读出这样的心境："什么时候／我可以搬开那块沉沉的碑石，／孤立在墓草边上的／死的诅咒和生的朦胧？／在那底下隐藏着许多老人的青春。"这里明明有一个秉持古典之剑的现代英雄，他从延续千年的厚重传统中走来，永不放弃。

从宏观视野审视，诗人营造"梦境"的诗学行为本身，也存在着一个由追寻宏大主题向刻画微观个体的过渡趋势。梦幻者的精神姿态由普世的承担意识向个体的独我意识发生位移，正与新诗不断"向内转化"的整体进程合辙相生。行至当代，冯至、穆旦式的救世观念渐渐被崇尚单一个体生活原则的个人主义诗学所湮没。当个体愈发鲜明地受到重视之后，每一个梦境便都成为个人传记般的独特符号。当代诗人凌越有一首《虚妄的传记》，开篇写道："在油腻的春天，我睡着了。／我趁机把手伸出了狭窄的小铁窗。"在现代人的梦境之中，与金属有关的"铁窗"曲折隐喻着都市的物质化，"狭窄"指向了人类为彼此心灵保留的距离，人与人之间愈发显得冷淡和疏远，而"伸手"的行为便可以理解成对现实的逃避意识。随后，诗人便以意识流似的影像排列，展开一个个精神分裂般的梦幻涂鸦，将过去的影像以及不规则的城市生活进行片段式的呈现，从而达到与梦境相仿的回忆式结构。抒情主体感受到城市如同一个"加速运转并毁坏的机器"，它"似乎摧毁了内心的另一个秘密集会"，这个"秘密集会"只有借助虚妄才能进行，而"虚妄"正是"梦"的实质。在徐江的《有一次，去新街口》中，诗人徜徉至梦的根基，直接抓住它的本质："我能看到我的梦/但我坐的车　将我驶向另一个平行的梦/诗一首一首写/人生越来越立体/熟悉的城一点点教导我学会遗忘它往昔的/乐音。"这首诗并没有设计"梦境"的场景，"梦"仅仅是诗人的一个意象，并经由放松心态之后的心灵流出。"我的梦"大概是每个都市人心灵最深处的一点点守望，它或许指向过去某些美好、单纯的时刻，或许依然深深隐藏而不曾吐露；而车辆无疑是粗暴的、不可抗拒和逆转的，车辆行进的方向正是人类主体性渐渐迷失的方向。当"往昔的乐音"被彻底遗忘的时候，"我的梦"便不再成为独特的记忆符码，它会在丧失个性之后被卷入大众文化的旋涡。于是，简单的文字背后，隐藏着一个随时存在的巨大危险。

　　梦幻者都是失眠者，他比任何人都敏感和孤独，表现着自我分裂的神经特征。弗洛伊德说："一个幸福的人绝不会幻想，只有一个愿望未满足的人才会，幻想的动力是未得到满足的愿望，每一次幻想就是一个愿望的履行，它与使人不能满足的现实有关联。"① 当抒情主体在夜晚醒来的时候，"他/她"便获得了难得的、与白天都市经验保持距离的良机。"他/她"从睡眠的梦境里"醒来"，进而以清醒的姿态进入自我心灵的"梦境"，打破主流经验对个体的压制，这正是诗人的独特能力。"我醒来时/

---

① ［奥］弗洛伊德：《创作家与白日梦》，见伍蠡甫、林骧华主编《现代西方文论选》，上海译文出版社1983年版，第141—142页。

天空已经凌乱/我的声音传不出更远/我的心房堆积着焦虑/我四目张望/小心翼翼走过城市的隧道//我醒来时/人们已经寻得了可口的食物/大群的人涌过街口/红灯下聚集金钱的梦想/与天空中无鸟飞行的秩序/交相辉映。"（谢湘南《我醒来时……》）"我"能够清醒地听到众生在城市迷梦中的沉重鼾声，看到的恰恰是幻化之后的、理想化的反向现实。清醒与酣睡的倒置，正是冯至似的游离于群体经验之外，从而获得个体知识的手段。鲁西西在《失眠症》中曾描述过，只有与失眠"保持悲哀的和谐共处"，才能增加自己"身体特质的一部分"，与集体主义的法则保持一分"众人皆醉我独醒"式的敏感。在黄志萍的《站在十九层看中山路》中，抒情者在凌晨两点突然失眠了，然后发现白天车水马龙的中山路竟然"什么都不见了"，"站在窗边，我突然听见/有人在中山路上喊我的名字。/在黑暗的掩护下，他一声紧似一声，/越来越清晰"。悖论的主题符合独醒者刚刚告别睡梦之后的精神姿态，如同本雅明在《论梦》中所认为的那样，惝醒者恰切有一半精神还生活在梦里。"我"能听到别人喊自己的名字，其声音来源正是从"梦"中分裂而出的另一个"我"。在尽可能与白天经验相异的凌晨，抒情主体洞察到来自心灵内部的现实，这是灵魂活动最为频繁的时刻，它奇诡地将抒情者从人群之中剥离出来，将他呈现给黑夜的真相，并使之最终获得关乎自我的存在意识。

二　梦幻者眼中的城市碎片

在梦幻者视野的茫然深处，城市碎裂成为无法完整拼接的镜像，然而其中每一块碎片又独立而曲折地复制了城市的某种秩序。只不过，它需要借助梦幻所产生出的扭力使自我变形，进而在不真实的"怪诞"之中，呈现出城市那些隐秘的信息。于是，每一块碎片都是一个变形的城市符号，它们无法拼复成整体，却分别代表了城市内部的某种真实。对梦幻者来说，他们既是梦境之中的流浪者和未亡人；同时，在现实场景中，他们依然可以利用自己的身份特质，通过与现实的视觉联系，将其幻化为超现实的意境。对诗人而言，建立这种抒情模式，就需要他们直写"梦境"或是"幻觉/幻想"，对"不可能的可能"进行大胆地虚拟。正是依靠做梦者愿望不受约束的特点，诗人笔下的城市意象开始自由夸张地组合着、变异着。青年时代的艾青刚刚登陆马赛的时候，便感到强烈的不适，由视觉印象升腾出的"城市的街道/摆荡着，/货车也像醉汉一样颠仆，/不平的路/使车辆如村妇般/连咒带骂地滚过……""被资本所奸淫"的城市印象在幻境中抽象化，世界迷醉在金钱的梦境里，暴露着猖狂的本性。这种城市触感在袁可嘉的《进城》中也有所流露："踏上街如踏上轻气球，/电线柱也带花花公子的轻浮；街上车，车上人，人上花，/不真实恰似'春季廉价'的广告画。"诗人"走进城"，却感觉像是"走进了沙漠"，其感受与艾青的城市幻觉相似：实体的城市受到金钱逻辑的严密控制，幻化变形为"虚体"的姿态，成为梦幻者观念之中的城市。于是，城市在诗人眼中跳起回旋的舞蹈，进入疯狂甚至变态的世界："纱窗，涨成大贾的腹，/夜叉的腮边/黑夜的长蛇吮着明眸的祸水//年红，浓烈的抓人，/波动着爬过街头，/勾成七月的疯狂。"（吴汶《七月的疯狂》）文本缺乏任何指涉现实的实态意象，所有的物象都被扭曲呈现，亢奋而疯狂，氤氲着病态的气息。作为"刻意的幻化"行为，梦幻的效果既牵涉着诗人对物欲时代的愤懑之情，同时也指向一个更为深幽的国族神话。看牛汉的《夜》和冯至的《北游》，都体现着前文所论及的、与国族富强意识相联系的梦幻者姿态。《夜》中"匪徒"的暴戾和《北游》中"怪兽般的汽车"所造成的窒息效果，均指向外族对中华文化的侵略，文本中大量跳跃般闪现的意象碎片，正暗合了这种文化侵略的无处不在。由此，梦幻者的精神指向变得清晰起来，而时代的秘密也在幻海中露出冰山一角。

无论是花花公子、醉汉还是歌女，这些对城市人群的幻景想象，最终指向的无非都是人性的压抑与衰微。在郭沫若的《上海印象》中，"从梦中惊醒"的"我"满目充斥着"游闲的尸，/淫嚣的肉，/长的男袍，/短的女袖，/满目都是骷髅，/满街都是灵柩"。城市"人群"在"变形"中幻化为丧失主体的空壳，因而陷入"Disillusion的悲哀"。再次踏入穆旦的《漫漫长夜》，化身老者的抒情主体已经无法分辨"清醒"与"梦境"的差异，无论身处何种状态，他都面临着"同一的，黑暗的浪潮"。亦真亦幻的梦境时空中，"那些淫荡的梦游人，庄严的/幽灵，拖着僵尸在街上走的，/伏在女人耳边诉说着热情的/怀疑分子，冷血的悲观论者，/和臭虫似的，在饭店，商行，/剧院，汽车间爬行的吸血动物，/这些我都看见了不能忍受"。似乎只有与梦联系密切的黑夜，才会产生如此之多的狡猾鬼魂。按照诗人的幻觉，"夜晚是狂欢的季节"，充斥着"痛楚的微笑"和"微笑里的阴谋"（《蛇的诱惑——小资产阶级的手势之一》）。其间，梦幻者力求将自我扩大成一个具有相当涵盖力和包容性的概念，使经验居于诗的中心，于是，先觉者的痛苦便时刻袭来。抒情主体在不断的交错、撕裂中幻化为"你"、"他"、"我们"，却始终无法寻得身份的归属，因为身为反叛者的"我"永远无法忍受这一切。也许，只有《我》中那种自我放逐、回归荒原的英雄幻想，才是实现主动救赎的唯一途径。

在当代诗歌中，现代诗人笔下的僵尸、幽灵以及诸多鬼魂亡灵依然活跃着，或许它们始终就未曾消失。在"喝了一杯雀巢咖啡之后"，"我成为浪迹黑夜的孤者　所有的梦幻/都化为空气　那些层出不穷的恶魔爬进舞厅……"（雨田《一杯雀巢咖啡》）。借助咖啡的力量，梦幻者透过语言表象的帷幔，遁入物质世界的黑暗本质，并发现那里依然聚集着吞噬人性、将人类物化的恶魔。在某些时候，"恶魔"竟然穿透了昼与夜的分野，充斥在完整的日常生活中："我的生物钟也出现故障，/在旋转中分不清白天和黑夜。/也就是说：当我目睹着自己生活/的城市，信仰的图谱上却出现了/一大群乌鸦的飞翔和它们的叫声。"这是孙文波的《夏天的热浪》，现实中到处都是疯狂和混乱的人群，而"逃避和拯救已经不可能"，因为"……我们已经看到魔鬼/以变形的手法到处横行"，"我们"已然无法装作视而不见。自从"时代砸碎了一面巨大的镜子"之后（郑敏《一幅后现代画前的祈祷》），所有的"完整、比例和谐调"便一去不返。于是，本应属于梦境的幻觉与变形艺术，恰恰成为我们切肤可感的真实，正如孙文波在《梦中吟》中直接把梦境转化为银行、晚报等生活现场，与之互诘的反而是真实梦境的艰难。在《梦·铁路新村》中，他写道：

> 而梦境：一个褐石雕刻的华表。梦境：
> 幽暗的圣殿。梦境：通往另一个世界的道路。使我不能以虚构来述说
> 真实的存在，
> 我
> 无法说出我以不谙世事的目光窥视着生活，
> 并懂得了它的意义。我只能说：那是
> 风暴的时代，仇恨像尘土一样。
> 我听到过枪声和诅咒声，它们使人夜半醒来。

诗人对梦境进行着结结巴巴的诉说，这恰切地揭示出梦境（理想）在今天的不可能，如敬文东的评说："梦境（英雄）的不可能并不是二十世纪九十年代的诗人的独有发现，而是新的命名法

则的现实结果，诗人只是承担了、陈述了这个结果。其实任何一个诗人都应该是一个追梦人；在本时代做诗人却恰好相反，他没有能力为梦境唱颂歌，能唱出的仅仅是挽歌罢了。"① 穆旦式的那种寻求自我救赎的英雄，却无望在当代得到有效的命名和承认，摇摇欲坠的上帝隐退光华之后，任何寻梦或者建立梦幻的方法，都难以抵御孤独的侵袭。

既然城市的碎片无法接合成统一的日常逻辑链条，那么，日常生活本身便形成一个个不完整的、仿梦式的情节断裂，现实和梦境互为镜像，甚至前者更为可怕。在《下午》中，庞培写道："下午是多么可怕。阳台上落下白色的床单/汽车在公路上奔驰。/这座城市像一场巨大的车祸。救护/人员，/从看不见的车轮下抬起死者。"如果说由文学家建立的梦境能够刻意营造疯狂的效果，那么这个"下午"则因过于拟真的疯狂而陷入恐怖。生活的非理性潜伏在床单的"白色"之后，生存在现代都市的"我们"都是被无形车轮所碾压的"死者"。我们已经无力分析这情景究竟是不是幻象，因为生存语言的规则已经同梦的无规则达成契合，语言的清晰恰可仿造梦的迷离。也许，诗人还存有最后一分希望："我睁开眼睛/一首安魂曲，向上或向下/我只抓住最后一粒音符/最后一次拯救。"（谷禾《城市》）其实，安魂曲往往来源于我们的心灵内部，就像孙文波所写："这层嶂叠峦的建筑是/伟大的迷宫；不怜悯，不宽恕。/假如我们还存在幻象，那是假的。/当打夯机用它的巨锤使大地震动，/它扎入的不是别的地方，只能是我们的心脏。"（《城市·城市》）诗人告诉我们，梦境和幻象可以被解构，一切痛楚与矛盾、荒谬与焦灼都来源于一个天堂与地狱，那就是我们的心灵现实。

---

① 敬文东：《指引与注视》，中国文史出版社 2001 年版，第 185 页。

三　梦幻的思维方式与城市抒写

具备顿悟、超验、所指不确定性的"梦幻"思维本身，恰好切近了诗歌的文体特征，它与注重感性、形象以及直觉的诗学表达体系一拍即合。"梦"是对无意识领域的挖掘与闪现，"诗"则是对语言讯息的快捷思考与捕捉。与梦的特征相似，诗歌成为联系现实与超现实世界的中介，由文本所建立的梦境尽管属于文学行为，却生动地还原了梦的特征：视觉化、碎片化、难觅线性的时空关系。并且，这种思维也与城市文化流动性、快速性、非理性等诸多特质达成契合。从本质上说，城市艺术需要从表层的物质形态进入它的精神内部，而"虚幻"正可达成这一效果。它切入坚硬的现实，在不真实的城市意识流动中，将抒情主体不为人知的潜意识揭示出来。诗人选择梦幻者的视角，既包含着用直白的语言营造出诡异的梦境，或者如同幻境的生活场景，同时还是一种对思维结构的选择。梦幻是为表达而存在的，诗歌中的梦幻毕竟不是真实之梦的记录，它的意义生成会受到整体文化语境的制约。对"梦幻"所能实现的表达效果，诗人有着清醒而理性的心理预期，他们可以利用业已形成的隐喻模式，或者投合那些流行的解读方法，毫不费力地理清"梦幻"的思维线索。因此，"梦境/幻景"的营造就成为利用符号表达意义的过程。"语言早就以它无比的智慧对梦的实质问题作了定论，它给幻想的虚无缥缈的创造起了名字，叫'白日梦'。"[①] 在白日梦一般的幻想活动中，清醒的诗人有意使意识进入轻度的模糊，使所思之景虚幻朦胧。周作人早就说过："文学不是实录乃是一个梦"，"梦并不是醒生活的复写，然而离开了醒生活梦也就没有了材

---

① ［奥］弗洛伊德：《创作家与白日梦》，见伍蠡甫、林骧华主编《现代西方文论选》，上海译文出版社1983年版，第143页。

料，无论所做的是反应的或是满意的梦"。① 现代诗人废名精辟地将其概括成"梦"的文学观，并形成"文学是梦"的观点，这使得他的诗文善于捕捉意象之上吉光片羽式的思想闪光，并呈现出一个表象动荡同时内蕴丰富的深层主体世界。在城市抒写中，梦幻者可以引领读者进入城市的精神内部，以潜藏在抒情者心灵深处的另一面情意，将"看不见的城市"形象化、心灵化，这正与台湾诗人罗门所倡导的"第三自然"观念相通。他所试图超越的"现象境界"，正需要通过梦幻般歧义的手法，在"第三自然"中变形化地拟现城市经验。诗歌会将诗人"点亮成／一盏灯"（《另一个睡不着的世界》），而诗人则要保持"睡不着"的姿态，以随时迎接经验的潮汐。

对诗人而言，梦幻者的诗学视角使得经验的大门随时为他们敞开，他们亦可以永远保持着追求的姿态，如顾城所说："我不再做梦，是指我放弃了改变世界或改变我的妄想。这种梦是一种执着的追求。我继续做着梦，是指终有一些我未知的事物来到我的生命中。"② 诗人意识到救世神话的隐退，却不放弃任何一个来自生活可能的暗示。在《鬼进城》中，他主动化身为魂灵，尝试在自己的深层意识中抓住语言的样态，使不稳定的个体情绪得到瞬时的定格。海德格尔曾以所谓的"世界的图画时代"描摹我们这个充斥着复制艺术的精神荒漠，要解脱它的束缚，诗性的机智与反逻辑的梦幻手法必不可少。在当代诗人的艺术领空，文学操作者往往乐于重新组织现实经验，甚至将一个个真实的生活现场进行"无理性"的编排，以凸显梦幻的结构。擅长以荒诞主义色彩写诗的祁国有一首长诗《晚上》，其所写虽然不是描

---

① 周作人：《知堂序跋》，岳麓出版社 1986 年版。

② 张穗子：《无目的的我（代序）——顾城访谈录》，《顾城诗全编》，三联书店 1995 年版。

述真实的梦境，却也浸润了真实梦境的特征。"飞机飞成了蚊子"，"字在纸上／上厕所"，"椅子和椅子变成了一把椅子"，"我拉出天线来听／这厕所里的声音／像火车／掉进了远方"，"霓虹灯喘着粗气／不停地输着 ABCDEFGHIJKLMNOPQR／STU-VWXYZ 各种颜色的血"，"城市像一幅铅笔画／被擦得东一块西一块／一块块尿布和彩旗／垂下了头……"在扭曲的时空中，意象突兀地跳跃着，点染出神秘与怪诞的色彩。其超现实的体验仿若一个克隆而成的梦境结构，诗人从生活碎片中拣拾出一个个语词，并通过"变形术"渲染出无厘头式的特效。然而，与真实之梦不同的是，诗人对梦幻的结局具有强大的控制力，他不会允许意识流的随性蔓延。诗歌意象貌似无序的杂乱编排，似乎印证着"梦"的非理性特征，更为重要的是，这种"非理性"的预设，恰恰隐喻了抒情者对理性的向往。在祁国的这首诗中，言行与思想、过程和结果相错位的时代乖谬被一个个"荒诞"所揭穿，这"荒诞"不仅是诗人虚设的印象，更是我们周遭实存的真实。梦幻与真实模糊了边界，如同博尔赫斯曾认为的那样，对梦我们可以有两种想象：一种认为梦是醒时的一部分；另一种是诗人的想象，即认为所有的醒时都是梦，两者并没有什么区别。梦幻思维方式的目标，正在于搜寻隐藏在"非理性"迷雾中的，浸润生命意识的理性星芒。

还是在《晚上》一诗中，祁国继续写道："大楼正在细微倾斜／夜晚正在轻轻移动／里面的人没有动静。"物质力与自然力缓慢地游移，而人却麻木得毫无知觉。出于对现实的怀疑，诗人无法用自传的形式抒发心结，于是他选择了人群经验作为自己的反向姿态："我模仿着我们／一频道模仿着二频道／住宅模仿着监狱／互联网模仿着世界。"图像时代的诗人以"模仿"这个动词，曲折而隐晦地完成了自我意义上的精神书写。"模仿"本身便意味着诗人的世界和普通人的世界泾渭分明，在诗人看来是梦幻的，恰恰是我们的现实："我裹着跳舞毯/唱着卡拉 ok/看着青春肥皂剧/翻着漫画/思考着脑筋急转弯/喂养着电子鸡/安心地养伤。""我"所模仿的正是现代人日常生活的真实点滴，看似幻觉的梦魇早已成为我们懵然不觉的生活面影。在肖开愚的《自昨天》中，幻觉的力量在时空里放纵着，而无数个"真实"则在交叉移动中产生琐屑的奇异感："孔子搬到了易北河边，/和波士顿；电话公司一再降价，/e-mail 免费；好些人迷上滑翔机。"近乎荒诞的时空错位，反衬出时间与主体的不确定性，如同欧阳江河在《星期天的钥匙》中那个突然同时丧失既往与未来经验的茫然个体一样。为了洞悉"人群"所无法破解的秘密，这些梦幻者们聚集在一起，随时尝试着对视觉片段进行错序排列，仿佛总有一种合理的排列方式能够指向明确的意义一般。当诗人意识到自己能够驾驭梦幻的时候，他们便因这种难能可贵的清醒，陷入永远的、对尚未清醒之世界的"忍受"之中。有时，清醒也是一种痛苦，英雄式的承担必然要付出心灵孤独的代价。

　　最后，我们返回梦幻者与漫游者的联系上来。从表象看，作为城市抒情主体惯于采取的观察城市与人群的视角，两者都需要借助视觉描述、通过意象艺术深入都市人的心灵深处，铭刻倏忽即逝的"震惊"印象。在诗歌的内部现场，漫游者往往要通过与被观察"人群"建立起逆向的速度联系，获得常人难以觅得的城市经验，进入他们无法触碰的另一个"现实"。而梦幻者虽然也处于对城市冷静的观察态势，却亦可目无所见，而心有所思。"熙熙攘攘的城市，充满梦影的城市"（波德莱尔《七个老头子》），现实与梦幻的错综交融，一方面揭示出人类隐藏在时代理性外表之下的情感欲望，另一方面也使这种情感欲望丧失了统一的、持续的疆界，使之变成散落在城市街头的孤单碎片，仿若欧阳江河在《星期天的钥匙》中"看见"的那样："世界如此拥挤，屋里却空无一人"，这显然是抒情者偶然升发的精神幻景。然而，梦幻没有终止于心灵碎屑式的破裂，而是对人类存在作出智性的解读：作为封闭式的空间意象，"屋"尘封了与人性光辉相连的诸多乌托邦符号，无论是庄周梦蝶似的对它展开追求，以希冀心理的满足，还是通过梦幻思维构筑梦境似的变形结构，进而暗示它的虚无本质，作为虚景的"屋"都毫不迟疑地指向抒情主体的精神空间，勾勒出一个追求独立的现代人格。在新世纪的今天，当一切梦想与愿景遭遇到物质风暴的冲击之时，这种梦幻似的精神追求依然不会止步，它隐含着诗人对终极价值的不懈探索。除非我们的境遇真正是超然幸福的，我们才无须排遣自己对它的思想，以求自己的幸福与畅快了。

第 三 章

城市意象与情感空间

20 世纪的现代诗人面临着与前人完全迥异的文化境遇，炊烟袅袅小桥流水的人文背景迁移了，古典诗歌的表意链条被现代都市的新兴语码所取代。作为一种物质力量的汇集，都市空间的各个元素都凝聚着属于它们的空间概念、地域属性以及文化意涵。在呈现空间感的过程中，这些元素形成带有文化意味的结构体，进入艺术产生与消费的流程，为诗人拓展出多条言说都市的路径。写作者将好奇心投射在都市意象符号之上，通过意象的组合与意义的运作，逐步建立起具有城市文化特征的诗歌艺术结构，以及带有现代人生活气息的都市情感空间。如果对咖啡馆、街道、居室等空间意象以及汽车、火车等物质符号进行分析，我们可以发现，凝聚商业性与消费性的都市文化不仅以现代化的建筑外观和新奇的感官体验塑造着都会物质形象，同时它也与中国传统文化所涵盖的诸多感觉结构实现了对话，促进了诗人视角的转换，并通过文本折现出现实生活与理想世界交融之后的"语词城市"，这为诗人艺术审美现代性的生成提供了机遇。都市声光电影的视觉文化机制，也使诗人透过"眼睛"捕捉到的空间讯息与其原有的视觉期待和感觉预判大相径庭，从而影响到文化的视觉性经验基础。如齐美尔（Georg Simmel）所认为的：在现代城市文化中，"眼睛"，即视觉官能获得了特别重要的位置，他甚至认为城市是被视觉官能特征化的产物。① 诗人通过视觉能力捕获的诸多空间意象不仅浓缩着城市的特征，而且，它们的物质存在以及意义变迁也反映着现代都市人思维和观念结构的变化。本章正试图以几组典型的城市象征物作为研究对象，探询诗人如何透过对它们的记忆与缅想，建立起对城市观念化的历史认识并构筑其情感空间的。其中，咖啡馆、酒吧这些消费空间意象以物质刺激蛊惑着诗人的文学神经，便于他们驰骋绮丽的梦；而汽车、火车等交通意象则以速度与时间的"震惊"效果，涤荡了现代诗人的感觉系统；为了逃避充满"群体意志"的街道对"个人化"的拆解，抒情者回归居室私密空间，在那里重新组合情感、展现个体灵思。从共性角度言之，这些意象符号涵盖了城市文化的主要特质。它们所具备的时间与空间信息，也便于诗人在化解"震惊"之后，进入意义系统内部选择、拼贴并组合个体的奇思妙想，以便从多个层面建立与世界的经验联络，实现诗歌对人类关怀的终极使命。

第一节　欲望穿行的"迷官"：文人聚合的消费景观

在中国的城市格局中，凝聚着庞大官场和诸多学术机构的都会城市成为知识分子精英文化的渊薮，"大城市成为文化中心的关键，是它吸收、聚合知识分子的能力。这有赖于相应的文化生长机制和文化生态环境。"② 现代出版制度与印刷技术的革新，知识商业化运作的新流程，这些都对知识分子阶层产生了重要的影响。如果说，传统知识阶层的入世情结和出世情思分别与都市和乡村的文化地理遥相呼应，那么，生活在现代都市里的诗人认

---

① Mike Savage and Alan Warde, *Urban Sociology. Capitalism and Modernity* (The Macmillan Press LTD, 1993), p. 115.

② 杨东平：《现代中国的双城记》，《城市季风·引言》，新星出版社 2006 年版。

识到，他们已然无法回归那些带有古典意味的隐逸空间。而咖啡馆、酒吧这些文明社会的重要标识，便成为其在公众空间中寻求孑然独立、排遣诗情的港湾。"现代人际交往具有广泛、频密而疏浅的特点，它的另一个特点，是人际交往日益从家庭转移到公共场所，茶馆、酒吧、咖啡馆、公园等等，构筑着城市社会重要的生活空间和文化空间。"① 对于这些陌生却充满诱惑的魔地，诗人往往乐于沉浸其中，他们尝试主动进入这些充满感官诱惑的消费空间，借助消费行为挖掘诗意。需要指明的是，本书论述的消费空间包括咖啡馆、酒吧、舞厅等，在中国城市的消费语境中，这些场所似乎并不各司其职，它们大多生长在同一空间，兼具两者甚至全部的功能。借用包亚明的话说："这些消费场所往往融酒吧、咖啡厅、餐厅于一体，因此'酒吧'或'上海酒吧'只是对此类消费空间的一种概括性的指称。"② 由此，本书并不刻意强调不同的意象符号在结构与功能上的差异，而更看重它们对文人所产生的聚合效应。这些消费空间充当着诗人的生活佐证，同时也涵容了他们的想象与错觉，成为其欲望的磁力场和思想的聚合地。

一　"文化交融"的两重姿态

　　咖啡馆、酒吧等消费空间与资本主义城市和市场经济的发展关系密切，它逐渐演变成为西方娱乐民主化的象征物。哈贝马斯将咖啡馆的出现上溯为 17 世纪中叶一个地中海国家商人的车夫之杰作，它与文人的渊源颇深。王尔德与"花神"，萨特、波伏娃与"双偶"，波德莱尔与"伏尔泰"，都书写出诗人与咖啡馆

---

① 杨东平、葛剑雄：《未来生存空间》，三联书店 1998 年版，第 66—67 页。

② 包亚明：《衡山路酒吧：空间的生产与文化想象》，未刊稿，曾于 2000 年 6 月在上海举行的首届"上海—香港城市文化比较研讨会"上宣读。

的难舍因缘。咖啡馆文化引入中国的时间要追溯到 20 世纪初叶，经常光顾咖啡馆的是外国人、艺术家和文学青年等。它最初的出现带有西方器物、生活方式、制度文化的三重属性。作为西化的价值体系和行为方式，它从进入中国之初便与本土的日常生活保持着审慎的距离。老舍《茶馆》里那般浓缩世态炎凉的、多层次的"热闹"场景，在现代咖啡馆中却难以觅得，因为这类空间要求参与者遵循相对单一的消费秩序：宁静伴随的优雅，或者是哈贝马斯言及的"举止得体"的交往准则。惯于饮茶的上海市民形象地将久坐在咖啡馆里喝咖啡称作"孵"，刘呐鸥、穆时英、戴望舒等人就是常去咖啡馆的"孵"客。徐迟的《年轻人的咖啡座》便以"缓慢的是年轻人骆驼似的步伐"勾勒出这道精致的现代幻梦，咖啡馆以其消费空间的聚集效应迅速吸附了大批文人与青年。"他们到这里来，既可以认识他们所崇拜的作家，又可以饱餐女招待的秀色，还可以喝香味浓郁的咖啡！"[①]如同巴黎的文化场一样，遍布在中国大城市里的咖啡馆既是新鲜的诗歌意象，同时也因其文化的聚合力，成为现代艺术的策源地之一。

鲁迅先生曾描绘过创造社和太阳社等作家在"革命咖啡店"的景象："遥想洋楼高耸，前临阔街，门口是晶光闪烁的玻璃招牌，楼上是'我们今日文艺界上的名人'，或则高谈，或则沉思，面前是一大杯热气蒸腾的无产阶级咖啡，远处是许许多多'龌龊的农工大众'，他们喝着，想着，谈着，指导着，获得着，那是，倒也实在是'理想的乐园'。"[②]虽然是讥讽之言，但我们

---

　　① 史朏：《文艺咖啡》，见陈子善《夜上海》，经济日报出版社 2003 年版，第 221 页。

　　② 鲁迅：《三闲集·革命咖啡店》，《鲁迅全集》第 4 卷，第 116 页。鲁迅还曾在信中提到"创造社开了咖啡店"，见《鲁迅日记·"280815 致章庭谦"》，《鲁迅全集》第 11 卷，第 633 页。

仍看到了这样的事实：在左翼文人的头脑中，咖啡馆既起到了遮蔽身份的屏障作用，同时也成为触发进而点燃其思想的交流空间。对于更多现代诗人而言，他们本身就与这种"西化"的消费方式颇为投缘："出现在咖啡座中，／我为你述酒的颂；酒是五光的溪流，／酒是十色的梦寐。／／而你却鲸吞咖啡，／摸索你黑西服的十四个口袋，／每一口袋似是藏了一首诗的，／并且你又搜索我的遍体。"（徐迟《赠诗人路易士》）在怀念的情调里，路易士的"鲸吞"可以理解为主动向西方诗学寻找灵感的行动，也可简单视作中国之"器"与西方之"物"的融合。唐湜也在《上海的"美人鱼"》中写道："那忽儿我打西湖畔来访问，／跟你，敬容，娟秀的女诗人，／与你，唐祈，蒲昌海的智慧，／常一起作潇洒的文酒之会；／／这就是我们的'美人鱼'。""美人鱼"是16世纪伦敦的一家酒店，莎士比亚与友伴流连忘返之所，诗人读到济慈的《美人鱼酒家》，缅怀旧时在上海常与诗友在一家咖啡店谈诗论文的场景，因作此章。在诗文中，酒吧与咖啡馆的消费结构趋向同一，通过在此触发的感觉经验，诗人开始重新组织空间内部的意象，正可谓精神先从外在的感性事物中去找寻它的对象，然后又提升回返到精神本身："这儿的好咖啡却能比得上／'美人鱼'酒家里芳烈的美胹，／它能引我们远离开尘踪。"借助感觉的猎奇之力，抒情者获得了全新的诗歌经验，这是现代消费文化对新诗的潜在贡献。咖啡馆等消费空间的强大隐喻力在于：一方面，它为诗人提供了现实的聚会场所（直到今天，诸多咖啡馆依然在与艺术沙龙联姻）；另一方面，这些消费空间具有与外界相迥异的速度和时间感，其封闭的空间结构可以暂时割断消费者与室外时空的经验联系。这就便于文本意义的集中生成，并使身处其中的诗人伴随着酒精的刺激、咖啡的顺滑和音乐的节奏，不断拓展着想象的意识空间，时刻强化着精神的动感表现，进而在物质现实中建立起语言的艺术结构。

　　整体而观，中国的咖啡馆（或者酒吧）都很难直接变成公民社会的基础，不过也正如哈贝马斯在《公共领域的结构转型》中所表达的，尽管宴会、沙龙以及咖啡馆在其公众的组成、交往的方式、批判的氛围以及主题的趋向上有着悬殊的差别，但它们总是组织人们进行一定的讨论，主动"进入"其间本身就是中西文化的碰撞与融合的过程。在此种进程中，会出现路易士们"鲸吞"般的平滑交融，也必然会存在诸多异质文化之间的"不溶"感受，这自然在诗歌中有所体现。当代诗人张直在《茶与咖啡》中便如此写道：

> 龙井与雀巢
> 在瓷与玻璃的容器里
> 各自氤氲
> 瓷和玻璃　虎视眈眈
> 茶　含蓄着瓷的沉静
> 奶色而圆熟的面孔　昭示
> 雍容大度
> 咖啡，透过玻璃
> 赤裸地坦白　急不可待
> 无色的锐利的牙齿
> 渴望撕裂

茶与咖啡，显然隐喻着中西两种文化形态，它们之间如"虎视眈眈"般对立难融。茶叶与瓷器的性格被标示为"沉静、大度"，正是东方民族典型的文化心理特征；而象征西方文化的"咖啡"则拥有贪婪狂暴的野力，它"渴望撕裂"古国的文化根基。诗人随后追忆起圆明园的大火，诉说着 20 世纪初叶的种种旧事："那些时候，另外的沙龙/幻想家们啜着咖啡/谈论茶的话题/人格、国格被咖啡沤软/茶的味道，由于咖啡/不再醇浓。"诗人看到："龙井与雀巢/永远也不会勾兑"，因为承载咖啡的玻璃文化是浅薄的，只有盛放茶叶的瓷器才拥有沉稳的厚重感。这些许偏激的断语，体现着诗人对本土文化和国民性格的自珍与热爱，而茶与咖啡的区别也超出了"不同的苦涩"本身，它们直接成为区分东西文化的符号代码。

在苏历铭的《黄陂南路往南》中，诗人化作"新天地酒吧里的食客"，由黄陂南路往南（上海遍布中西酒吧的消费区域）"在细品慢饮中体会风雅的文化"，并将这种文化自珍提升到行动层面。虽然可以与众人共享消费时代的咖啡滋味，但抒情者仍然感到："一个时辰细饮一杯咖啡/让我想念清淡的绿茶。"咖啡文化被诗人视作本土文化的入侵者，而与所谓"时代精英"们的共饮，更使诗人感到身处"一群寄居在这种文化里的螃蟹"中间。"寄居"隐含着诗人对自身文化处境的清醒判断，他幻想成为一名行动意义上的杀手，从而"把矫揉造作的装饰一个个地清掉"。实际上，作为"装饰品"的并不是"咖啡"这一对象，而是鲍德里亚曾论述过的"消费关系"本身，这不仅是人与物之间的消费关系，同时也是人与文化体系之间的选择关系。"一杯咖啡从大洋彼岸漂了过来，随后/是一只手。人握住什么，就得相信什么。"（欧阳江河《咖啡馆》）商品轴心社会的潮汐涌入城市的领土，在咖啡馆这个已然杂溶了东西文化的消费场所，人们所"握"住并"相信"的是什么，直接关涉到他对文化认同感的选择。在前文中，张直所说的咖啡与茶两种饮料的"分裂"，正是现代性文化自身的分裂。亦如李欧梵援引卡林内斯库（M. Calinescu）所指出的"两种现代性"的分裂①一般，"咖啡馆"

① 其一是启蒙主义经过工业革命后所造成的"布尔乔亚的现代性"，它相信技术进步，并带有中产阶级的庸俗和市侩气；另一种现代性则是经后期浪漫主义而逐渐演变出来的艺术上的现代性，它崇尚精神世界的内在真谛，反对庸俗的中产阶级生活方式（见［美］李欧梵《漫谈中国现代文学中的"颓废"》，王晓明主编：《20世纪中国文学史论》第1卷，东方出版中心1997年版，第65—66页）。

引领着现代的休闲方式与交往习惯，同时也成为诗人追求艺术现代性的精神空间，各种悖论式的思想涵容其中，形成思维的碰撞与思想的张力。香港诗人梁秉钧写过一首《鸳鸯》，这是一种由香港民间奶茶与西洋咖啡勾兑之后的日常饮品，诗人关心这两种饮料的混搭是否会"抹煞了对方？/还是保留另外一种味道……"显然，作为一个悬置的、未及言明的意义，"另外一种味道"指向了文化的开放性。香港奶茶本身就是英化产品与本土炮制习惯"杂交"而成的文化衍生物，它与咖啡的结合更将这一"交融"的潜力发挥到极致。抒情者试图证明：在文化大交流的开放年代，任何稳定持久的"主流文化"都难以觅得。对他们而言，由多种文化形态杂糅而生的艺术精神以及抒情主体深入其间所获得的新奇意绪，或许可以减轻其沉重的历史负重感，使他们实现心灵世界的舒缓与畅达。

二　直面当下的欲望迷宫

在论述新诗时，金克木曾指出现代都市之"新"的共同特点"便在强烈的刺激我们的感觉。于是感觉便趋于兴奋与麻痹两极端，而心理上便有了一种变态作用"。① 混含声光色味多种感官刺激的酒吧和舞厅（两者一般同时兼具对方的功能）所具有的空间结构，正是制造欲望的视觉平台：中心地带被调酒师和小舞池所占据，宾客之间的仪态与动作成为互动的视线焦点。穆时英的小说《上海的狐步舞》便围绕舞台的场景展开，而现代诗歌也把舞场视为最具都市意味的意象。它像一面叛乱的旗帜，高扬在古老中国的上空，为作家们发现欲望、宣泄欲望、咀嚼欲望拨响心弦。郁琪的《夜的舞会》便细腻描绘了如"万花镜"般错杂变幻、如"大飞船"般飘动晕眩的奇异感觉。子铨《都市的夜》同样描写了舞会风貌："年红，拨奏着颤栗的旋律：/

---

① 　金克木：《论中国新诗的新途径》，《新诗》1937 年第 4 期。

作大爵士的合舞。//肉味的檀色，淫荡的音符不断地跳动着；/……/Jazz，酿着浓烈的辛味，/一条光滑的弧形。"诗人沉浸在快速的节奏与幻变的色彩中，传达出都市之夜的嘈杂悬浮与肉欲气息。"'咖啡馆情调！'这是多么诱惑人的一个名词哟！我听说那儿有交响曲般的混成酒，有混成酒般的交响曲，有年青侍女的红唇，那红唇上有眼不可见的吸盘在等待着你，用另一种醇酒来使你陶醉。那儿是色香声闻味触的混成世界。在那儿能够使你的耳视目听，使你的唇舌挂在眉尖，使你的五蕴皆充，也使你的五蕴皆空。"① 对于混杂五感的现代体验，郭沫若目之为仙境一般，现代消费迷宫所导演的一切暧昧、幽秘、飘忽、诡谲之感如同敞开的舞台，使人们尽情释放着压抑许久的欲望和激情。作为普通消费成员的诗人，同样无法抗拒这种诱惑，他们怀恋着融会休闲与娱乐趣味的都市文学精神，借助诗歌抒写的方式，复刻出这一通往精神极致的狂欢现场。

　　有的学者指出："文学作品中关于同性恋、颓废者、吸毒者等的活动场所，往往是酒吧……进入酒吧的支配情感是孤独，但诱惑他进入酒吧的动机，却是对欲望的追求，而欲望本身则是最没有想象力的，那些划一的概念性的欲望对象本身体现了现代社会的集体意志。"② 由此可见，酒吧的空间意义不只停留在物质消费的层面，作为凝聚文化消费的场所，它的独特构造正易于诗人表达隐秘的情思欲想。在音乐与酒精的熏染下，现代都市人与欲望之间那种暧昧不明的纠结关系成为诗人的现场主题。是将"整个夜晚泡进咖啡杯里"，在令人心醉神迷的曙色中咀嚼着："这是金发旋转的夜/咖啡踩着一双银质高脚/兴奋的，惆怅的，

---

① 郭沫若：《创造十年》，《郭沫若全集》（文学编）第12卷，人民文学出版社1992年版，第114页。

② 包亚明、王宏图、朱生坚：《上海酒吧》，江苏人民出版社2001年版，第61页。

放荡的，迷路的靴子/刚从高速公路和塞纳河边找回来/留给自己
的梦太少/整盘整盘的夜色转动咖啡"（傅天琳《咖啡之歌》）；
还是在狂乱的夜晚中听"一个歌手落寞地唱着，天知道/她在唱
些什么。时间停止了，/在泛着泡沫的啤酒杯中"（张曙光《酒
吧的夜晚》）。无论诗人作何抉择，他对"酒吧"的意象营造都
已成为一种相对稳定的抒情策略，并最终作为一个经典场景指向
欲望化的叙事。在消费空间内，始终困扰都市人的孤独、虚无等
压抑感得到暂时性的释放。这里没有时间的规束，也没有道德的
镜像，它传达出一种虚妄的自我指涉以及主体的隔绝体验。如同
德里达所说："超验所指的缺席，使指意领域无限扩展并且使之
成为无法终结的游戏。"① 如果说《咖啡之歌》中的主人公在加
速度的旋转中，陷入充满快感却又脱离时代的自我镜像，那么
《酒吧的夜晚》则充溢着主人公对终结这种虚无快感的思索：
"人们来了又去，像日子，/或可疑而又暧昧的恋情"，他们的
"灵魂渴望着/从绷紧的肉体中跳出"。消费场所凭借其相对封闭
的内部环境实现了对时间的重塑，并为精神个体的激情释放提供
了合法的保证。然而，抒情者在排遣快感的同时，仍然无法避免
欲望蒸腾之后的那分寂寥。于是，一些诗人尝试同"孤独"对
话，将在咖啡馆、酒吧中建立的情思与流浪者般的寂寞牵于一
线，在都市这片冰冷的金属疆域找寻精神的私人领地。

　　翟永明曾将她的组诗《周末与几位忙人共饮》戏谑为"酒
精后遗症之作"，它以六组小诗实现了一次发生在"诱惑力"、
"兰桂坊"和"红番部落"等几家成都著名酒吧之中的欲望旅
程。诗人开篇便以"周末求醉"为题，将酒吧比作"夏夜的蚊
虫　叮满/这个城市的面孔"，而"瘦削的街道伸展喉咙/整夜倒

---

① 　J. Derrida, "Sing and Play in the Discourse of the Human Science", In P. Rice &
P. Waugh, eds., *Modern Literature Theory: A Reader* (London: Arnlod, 1996), p. 178.

进去/川流不息的夜生活"。显然，"世界"向知觉的显现是变形的，这正是酒精的功效。"周末求醉"的标题也暗示着诗人所处的双重姿态，从消费行为上看，她按照酒吧的消费习惯享受"酒的醇厚香气"；但在感官刺激之外，诗人努力维护着思想的清醒，"求醉"的过程实则暗含着主动寻求意义的积极姿态。"在这类特殊的空间中，人们原有的镜像世界便开始动摇碎裂，各式零散的元素在酒吧这类恍惚迷离的氛围里漂浮，在这一特殊环境的刺激与暗示下，它们纷纷开始重新组合，耦合成了新型的自我与世界的镜像。"① 抒情主体仿佛能够区分酒滴砰然落入自己的胃与他人之胃的声响，并从酒吧世界的种种元素之中组合出属于"本我"的意义范畴。她"听乐队聒噪　听歌手/号啕　看彩灯打击/他们平面的脸　实际很痛/我们内心已被揉成一团碎屑/——被训练有素的艺术/被置身其中的环境、文脉/被晚餐以及蜡烛/被忙碌的大脑和聊天"。混杂的文化凝成一个困惑的"存在"，并"旋出一个时代的难题"。如何在机械复制的时代，寻觅到人类心灵的回归之路，这正是消费社会抛给诗人的命题。于是，为了求得答案，诗人尝试以"酒吧"中的日常情思体验触发超越性的经验，在生理欲望获得暂时性满足的同时，重新捡拾起价值感和道德感，以称量心灵的重量。在《小酒馆的现场主题》和《咖啡馆之歌》中，翟永明不厌其烦地记录着一个个事件或场景，以"感觉化"的细节营造出丰富而具体的诗歌情境。其中，在历史经验与未来境遇无从考察的当下，单纯以个人体验充当衡量一切经验的价值标尺，正是现代都市人的精神逻辑。欲望成为途径，却远非目的本身，这便使欲望叙事具备了某种形而上的意义可能。诗人对当下时间与空间中所发生的欲望片

---

　　① 王宏图：《作为欲望迷宫的酒吧》，《深谷中的霓虹》，花山文艺出版社 2002年版。

段的关注，更多的是为强调"事件或场景"以及"感觉化的细节"而出现的"诗歌思维延长的一根触须"，这"实在是凝聚矛盾复杂的现代个人经验，探索感觉思维的自由与约束，实现诗歌情境的具体性与丰富性的一种有效艺术手段"，[①] 并在微观空间中演绎着中国式的现代性体验。

三　"静观"：内外部空间的经验桥梁

翻开沈浩波大学毕业前的旧作《福莱轩咖啡馆·点燃火焰的姑娘》[②]，款款的浪漫蓝调跃然纸间："你当然可以坐下／一杯温酒，几盏暖茶／总有人知道你倦了／便有音乐如梦抖落你满身的霜花。"仿佛抒情者的面前永远端坐着一位保持倾听姿态的挚友："你眼看着姑娘春葱似的指尖／你说小姐咖啡真浅／你眼看着晶莹的冰块落入汤勺／你眼看着姑娘将它温柔地点着。"咖啡成为与温暖相伴的词汇，在黑暗的世道间点燃一片孕育希望的热火。我们注意到，置身咖啡馆空间的诗人采取了"静观"的姿态，他收纳并采集着各色情感讯息，拍摄咖啡馆中的诸多图像随之加以组合，从而拼合出一幅幅现代场景。在一年后的作品《从咖啡馆二楼往下看》中，沈浩波化身为一个相对封闭空间内的隐秘观察者，将咖啡馆的内场景娓娓道来：

> 在咖啡馆的二楼
> 伊沙、于坚、黎明鹏
> 正在边喝咖啡边谈诗
> 他们已经从民间立场

---

① 王光明：《现代汉诗的百年演变》，河北教育出版社 2003 年版，第 633—636 页。

② 本诗作于 1999 年，其场景位于北京师范大学东门，是诗人求学期间经常光顾的一家咖啡馆。

谈到了某个具体的诗人

和他的乌托邦女友

诗人侯马显然对

这样的爱情没有兴趣

他的目光游移不定

已经越过我的发梢

落在我身后的屏风上

而我是第五个人

坐在侯马的对面

旁边就是

正打着手势发言的伊沙

我一边听着

一边透过玻璃窗往下看

姑娘们正从对面的商场走出来

她们穿得很少

我看着她们

我晃动着大腿

这首诗从语言风格上映射出诗人某种"期待已久"的转换,如同翟永明在《咖啡馆之歌》中试验的"细微而平淡"的叙说风格一样,生活现场的叙事性成分一方面记录并印证了消费场所对当代诗人所起到的聚合效应;更为重要的是,诗人以"静观"的观察方式,将日常生活的偶然性引入诗歌文本的生产流程,并以略显调侃的幽默语调加以吐露。

　　继续来看欧阳江河的《咖啡馆》,每一段诗文的首句都明示出时间的现场感:"这时一个人走进咖啡馆","这时另一个人走进咖啡馆",或者是一群人、一个人的离去抑或返身,等等。他"把动作固定在普通的场景之中……事境被量化和具体化了,强人时代的各种动态特征被静态化了"。① 通过解剖定格之后的动作，我们可以触摸到诗人的"静观"思维。在咖啡馆的"此在"视野之中，诗人将诸多不同层次的时间统合一体，以时间片段的方式闪回着对历史事件和商业社会的印象碎片。相较而言，沈浩波的诗歌显然没有如此复杂的时间层次感，他仅仅将诗歌发生的可能性完全交还给咖啡馆的时间与空间，交还给抒情主体身处的现实语境。对玻璃窗外的风景，抒情主体如同置身真实的消费现场一般，没有任何选择的权利，他只能被动地接受玻璃窗外的人情事故，并与自身的当下状态建立偶然的联系。沈浩波将这种联系定格在"诗人的闲聊"与"逛街的姑娘"之间，两个看似没有关联的事件，通过玻璃窗得以缔结因缘。或许诗人稍显戏谑地反讽了当代诗歌在商业社会中的尴尬处境，或许这仅仅就是抒情主体在他所处的座位看到的实景。透过"玻璃窗"这一现代之墙，他找到了内部消费空间与外部公共空间取消遮蔽而相互抵达的奇妙途径，"玻璃窗"也从日常语象上升为重要的诗学意象。

　　张曙光曾写有一首《在酒吧》，与沈浩波诗中抒情主体的观察视角也颇为一致：

> 除了诗歌我们还能谈论什么
> 除了生存，死亡，女人和性，除了
> 明亮而柔韧的形式，我们还能谈论什么
> 革命是对舌头的放纵。早春的夜晚
> 我，几个朋友，烟雾和谈话——
> 我注视着那个摇滚歌星的面孔
> 车辆从外面坚硬的柏油路上驶过

---

① 敬文东：《分析性在当代诗歌的效用与局限——以欧阳江河为例》，载《扬子江诗刊》2005 年第 5 期。

　　　　杯子在我们手中，没有奇迹发生

抒情主体所处的现场环境与沈浩波诗歌主人公的经历几乎吻合，在情感空间的建构中，"歌手"与"车辆"两个内部与外部的景象被处于"静观"状态的"我"的视线纠结一起，从而实现了意义的联结。由此可见，我们所言及的"静观"，一方面可以点明抒情主体在现代经济环境中的消费习俗与文化礼仪；另一方面，它凸显着主体对当下生活场景的敏锐捕捉力。"杯子在我们手中，没有奇迹发生"的结句，正反映出诗人进行创作时所追求的"现场意识"。"坐下来观察"——这一行为本身便使诗人与时代的主流速度拉开了一定的距离，他能够发现更多与时代"同速"之人所无法捕获的瞬间，并从认知角度感性地标示出自己所处的心灵位置。通过缔结内部空间与外部空间的联系，抒情者与隐秘而新奇的经验建立机缘，为文本异质经验的表达保留了可能。如同福柯所认为的那样："我们正处于一个同时性（simultaneity）和并置性（juxtaposition）的时代，我们所经历和感觉的世界更可能是一个点与点之间互相联系，团与团之间互相缠绕的网络，而更少是一个传统意义上经由时间长期演化而成的物质存在。"①

　　总之，文学沉淀着人类关于消费社会的种种体验，而诗人则以其灵性之笔发出关于城市的隐喻，构筑起欲望迷宫中心的心灵之塔，为时代书写着备忘录。咖啡馆和酒吧、舞场等现代消费符号所赋予诗人的意义不仅是感觉的独特与心灵的震撼，在摩登空间里，诗人以其鲜明的主体意识融入消费语境，并将主体对现代性踪迹的追寻寄托在意义空间的一次次重建之中，使这些消费意

―――――――――
　　① ［法］米歇尔·福柯：《不同空间的正文与上下文》，见包亚明主编《后现代性与地理学的政治》，上海教育出版社 2001 年版，第 20 页。

象聚合成为内化主题意义并承载诗人心理特征、感情特征以及价值意义的情感空间，从而升华出诗人的空间意识。在某一个瞬间，他们会定格成为这片空间的意义圆心。

第二节　加速度的"情境"：现代交通技术与新视听空间的形成

按照文化精神的内涵，现代性精神包含人们通常所熟悉的理性、启蒙思想，李欧梵则从时间意识出发，认为它的基本含义在于"现在是对于将来的一种开创，历史因为可以展示将来而具有了新的意义"。① 民国初年的西风东渐，使中国经历了前所未有的开创性变化，其标志便是现代时间观念的形成，以及一代人对国家风貌的想象。在这样的想象中，作为凝聚着文化冲突与心理震荡的焦点之物，汽车、火车等交通工具改变了千百年来传统人文场域建立起的速度感。它使人们的流动更为频繁，同时造就了现代社会在空间、速度以及主体形态上的变革，这直接影响到文学艺术的再现技艺。据史料记载，20 世纪初的上海已经有了汽车。1901 年，匈牙利人李恩时（译音）踏上了上海的土地，随同抵沪的还有他的两辆汽车，这是上海也是中国最早输入的汽车。随着中国城市化进程的铺展，这一数量也在逐年增加，1903年只有 5 辆，1908 年则增加到 119 辆，20 年代已突破千辆大关，1947 年更是达到了近万辆。② 李欧梵这样描述道："30 年代的上海早已是一个现代都会（虽然还需要被进一步现代化），一个电车、巴士、汽车和人力车的都市。20 世纪早期，城里还有马车

---

① ［美］李欧梵讲演词：《晚清文化、文学与现代性》，大学学术讲演录丛书编委会主编《中国大学学术讲演录》，广西师范大学出版社 2002 年版，第 251 页。

② 徐敏：《汽车与中国现代文学及电影中的空间生产》，载朱大可、张闳主编《21 世纪中国文化地图》（2005 年卷），上海大学出版社 2006 年版，第 184 页。

……到 30 年代，马车迅速消失了。"① 马车被机械所取代，或许意味着古典的天涯观念与伤逝情结的消退。作为空间属性诡异的城市符号，汽车扮演起流动的公共风景，同时还充当着封闭的私密空间。与张爱玲以及新感觉派小说家相比较，现代诗人似乎对发生在汽车内部的私密"故事"不甚热衷，汽车加诸他们身体的印象，仿佛始终是瞬间展开而短暂持续的震惊片段。这样的"瞬间"，指的是汽车符号（火车亦同）往往在诗句中一闪而过，留下的则是一片充满诗人主观情绪的视听空间。他们对汽车意象（或者类似具有新奇速度感的交通符号）的描述，首先在速度与听觉的正态与反向情感两端展开。

一　视听空间：嘈杂与和谐的双声共鸣

现代诗人郭沫若曾向宗白华讲述过自己在日本的经历，他和田汉从博德乘火车前往二日市、太宰府，诗人叹道："飞！飞！一切青翠的生命灿烂的光波在我们眼前飞舞。飞！飞！飞！我的'自我'融化在这个磅礴雄浑的 Rhythm 中去了！我同火车全体，大自然全体，完全合而为一了！"② 从这些话语中，我们可以支离出诗人自身的审美现代性追求与机械大文明的契合，这是"近代人底脑筋"（郭沫若语）与"工业文明"融会出的新感觉形式。与汽车相比，火车这种交通工具更容易构成宏大历史叙事的物质象征基础，穿透原野的巨大声势，正是机械力量对传统静态田园文化的碾压。在诗人看来，它与自我同体，横扫着如风景画般的文化版图。诗行中的每一句话意义方向都极为一致，这便是御速而行的目的地——融合时代与民族愿景的现代都市。按照

---

① ［美］李欧梵：《上海摩登》，北京大学出版社 2001 年版，第 44 页。
② 郭沫若：《郭沫若全集》（文学编）第 15 卷，人民文学出版社 1989 年版，第 121 页。

未来主义者马利内蒂等人的理解，机器必将重绘欧洲文化版图，而火车或汽车则成为摆脱历史制约最有力的形象："我们要歌颂手握方向盘的人类，他用理想的操纵杆指挥地球沿着正确的轨道运行。"① 受其思想浸润的郭沫若便发出这样的慨问："哦哦，摩托车的明灯！/你二十世纪底亚坡罗！/你也改乘了摩托车吗"（《日出》）。明灯的机械之光就是太阳神的圣光，机械因此被披上一层神性的外衣。诗人迷恋交通工具所蕴涵的"动的文明"，尤其是其速度感。如未来主义者一样，"像汽车的疾驰，铁工厂的机械的骚音，火车站的鸣响，飞行机的推进机，铁桥的辉亮，战斗舰的黑烟等，才是他们艺术的题材。"② 于是，"世界获得了一种新的美——速度之美"③。汽车、火车等交通工具为新诗开创了从科学汲取灵感和想象的途径，科学被神圣化之后，其所呈现的也并非只是客观实证精神，同时还包含了强烈的现代国家富强观念。因此，车辆的声音既可以"如村妇般/连咒带骂地滚过"（艾青《马赛》），"听那怪兽般的汽车，/在长街短道上肆意地驰跑"（冯至《北游》）；也可以"象从遥远的山林传来的/百鸟的歌声……"（艾青《北京的早晨》1980）。无论是嘈杂的噪音还是和谐的乐声，汽车的引擎声本身自然没有变化，它只与诗人的历史使命感相关。绿原在1985年作有《现代中国，仲夏夜之梦》一诗，"一辆辆'丰田'，一辆辆'奔驰'，一辆辆'福特'，一辆辆'雪铁龙'"被"我独自驾着一辆国产'火箭'牌轻便摩托，/一档，二档，三档，一下子超过了/所有的先行者，飞驰在二十一世纪的国际高速公路上"。这里的能指与所指

---

　　① ［意］马利内蒂：《未来主义的创立宣言》，见柳鸣九编《未来主义　超现实主义　魔幻现实主义》，中国社会科学出版社1987年版，第47页。

　　② 许幸之：《什么是未来主义?》，载《文学百题》，生活书店1935年版。

　　③ ［意］马利内蒂：《未来主义的创立宣言》，见柳鸣九编《未来主义　超现实主义　魔幻现实主义》，中国社会科学出版社1987年版，第46页。

一目了然，日德美法四国的现代化速度，最终将被"国产"的高速度所超越。与其说是为了在高速公路上体验国际化的飞驰，倒不如认为是"赶英超美"的理念再现。正如邵燕祥早在34年前写下的《中国的道路呼唤着汽车》中的豪情："我们要用中国自己的汽车走路，/我们要把中国架上汽车，/开足马力，掌握方向盘，/一日千里，一日千里地飞奔……"两首诗都借汽车的速度伟力构筑强国之梦，可谓异曲同工。

蒲风在1934年写下《秀珍》一诗，普遍认为它充满着"中国诗歌会"派典型的对城市剥削阶级"吃人"制度的鞭挞。开篇写道："秀珍，干吗你离开了家？/家里不比上海好吗？/——汽车正在你家门前跑，/飞机不也整天在天空里过？""家"之所以"好"，在于它的稳定与相对较轻的压迫，但诗歌后两句却颇有些意味，汽车与飞机被诗人看作极具现代化正向价值的符号。换言之，有了汽车与飞机，城市文明就铺到了那里。由此，这首诗不仅表现出诗人的阶级关怀意识，它还潜藏着写作者自身在观念上对城市交通符号的强烈认同。作为现代人爱恋的对象，汽车的速度本身成为诗人快感的来源，他们的欲望也在对速度的正视中得到弥补。此外，郭沫若在将这些交通符号看作明灯的同时，却也会感到"街上跑着的汽车、电车、黄包车、货车，怎么也好象是一些灵柩"。[①] 归根结底，因为他们关注的并不是单向的、指向民族国家富强意识的速度观念，还包容着对大众的普世关怀，也就是由"谁"来享受现代化高速度的问题。所以，诗人才将视野深入内部，观察到汽车作为私密空间的呈现——汽车上的人，虽然这种呈现方式依然停留在观念表层。殷夫曾这样写道："摩托的响声嘲弄着工女，/汽油的烟味刺人鼻管，/这是从

---

① 郭沫若：《创造十年》，见《郭沫若全集》（文学编）第12卷，人民文学出版社1992年版，第89页。

赛马场归来的富翁，/玻璃窗中漏处博徒的高谈"（《都市的黄昏》），或者是"汽车上的太太乐得发抖/勾情调人又得及时上手。/电车上载着一切感情，/轮子只压碎了许多人心"（《春天的街头》）。这与郭沫若在《上海的清晨》中描述的"坐汽车的富儿们在中道驱驰，/伸手求食的乞儿们在路旁徒倚"的情态如出一辙。都市的嘈杂感被汽车带到城市各个角落，唯一体验不到嘈杂的却是汽车上的享乐者。"我也想用暴力命令汽车停住/打开老爷们那些阔气的胸膛/好象打开什么收藏赃物的大箱子/检查一下——/那些心肺的形状和颜色。"（郑思《秩序——向北方的诗人们写的一篇报告》）正如殷夫要建立起红色的"笑"一样，现代诗人无法预见到汽车这些交通符号本身的负面作用（比如生态污染与人性对立等话题），他们更关心的是现代化便利性的分配制度，即谁拥有享受它的权力。郑振铎的《在电车上》将这种观念作了更为形象化的呈现，诗人笔下的三等车拥挤不堪，而隔着玻璃的头等车却只坐着三个人："愚蠢的人类呀，/你们为什么不把这扇门打破了，/大家坐得舒服些？"对于交通工具，现代诗人一方面将它看作进步的象征物，同时还将其视作有钱人（阶级层面的）横行的工具，由此方对其产生批判。这样的批判本身，仍然潜伏着诗人对现代化不自觉的艳羡，机械科技的力量对诗人造成的正向感冲击始终难以磨灭。

　　现代诗人对汽车视听空间的营造，在兴起之初多与他们的现代国家梦想相融，由意象到情感意涵的转化较为直接。随着诗人逐渐适应，或者说习惯在工业化意象群中生存之后，他们对交通意象的情感投射便逐步发生着"由直接向间接"的意涵转化与分化。单纯由速度或声音引发的心绪（嘈杂抑或和谐）不仅指向神性的国家理想和下层关怀，它同样指向抒情者在习惯日趋浮华、声色犬马的周遭环境之后所流露出的现代意绪，或者说"现代人"的情感，如朱湘的《十四行意体》第三十六首所写：

哼着，电车来了，好像是埋怨
兜了一天的圈子还不休息；
它走过去，好像是哄在锅底
一灶光明的火，炒菜，煮晚饭。
汽车好像是舞女滑过地板，
身披着光泽；透明的，在车里
安坐有行旅，富庶或是游戏，
照了他们的话，车开驶，停站。
火车，在夜里，呼声特别的高——
玄秘，朦胧的时候，虽是奔走
于刻板的轨道，也觉得上劲
好像是打哈欠，偶尔叫一叫，
轮船，蹲伏在水面，伸出舌头
向了高飞的月亮，向了众星。

朱湘以对人生万象凝视的姿态写下这组十四行诗，文本呈现给读者的典型意象便是几组交通工具，诗人对其做了拟人化的处理。"电车"一天的"生活"便是现代人一日奔忙的缩影；"汽车"仿若一道清晰可辨的弧线，在眼前拉开一道瞬间建立的却似曾相识的印象；"火车"如同夜里行走的旅人，时而"叫一叫"以消除困意与疲乏；"轮船"的样子颇似青蛙捕虫，无奈机械的身躯只能徒具姿态，却无法真正觅得星辰。看似关联松散的外在表象，却被一种现代意绪统摄于中，这便是抒情主体内心的落寞和他对生命的喟叹。在充满矛盾的人生中抵达抒情者的内在焦虑，并通过意象对其合理化的呈现，正是《石门集》的重要形式特征。只不过，以都市交通意象作为情感投射点，在朱湘笔下并不多见。

在当代文学领域，交通意象依然积聚了知识分子对其生活世界和思想世界（同时也是他们的个体空间与外部空间）的所有观念。不过，诗人的个体精神时空不再单纯地与意识形态的价值体系苛求一致，即便与国家意识牵连，其情感内涵也发生了明显的变化。无论是"红色的蒸汽机头"（陈东东《跨世纪》），还是"一列蒸汽机车驶离装饰过的现实"（欧阳江河《关于市场经济的虚构笔记》），陈旧的交通意象仿佛依稀保留着我们与那个时代的联系，它们在现实中的退隐，又使我们对历史记忆的可信性产生怀疑。雨田写有一首《国家的阴影·黑暗里奔跑着一辆破旧的卡车》，同诗人所倡导的要充当"历史见证人"的使命精神一致，"奔跑在黑暗里的那辆破旧的卡车"这个意象正是其思维和情感状态在文学上的对应物。诗人将卡车喻为历史的见证者："它只介于新中国与旧社会之间"，"卡车奔跑的声音和其它/杂乱的声音混合在一起　那巨大的声音里/没有任何暖意"。显然，卡车的意义不仅是一具空壳，其冰冷的声音仿佛是在隐喻政治先行的红色年代。它既是黑暗、破旧的历史过去时态的影像，也是这个新的"动荡不安时代"的见证。诗人的生命意识在文本末尾充分流露："我的平常生活/并不经典　就像奔跑在黑暗里的那辆破旧的卡车一样/既不绝望　也不乐观存在着　整天不知为什么奔跑。"虽然全诗围绕着"在黑暗中奔跑的卡车"展开充满暗示性的陈述，不过，诗人自身对国家强力的感受、对城市生存的无奈感依然明晰可见。由此我们看到，由现代交通意象所主导的视听空间，其诗学意涵正在逐步走向间接化，其意义所指也更为复杂多变。

二　器物发达与人性压抑：悖论式的反比

香港诗人犁青在《香港漫游·乘地铁　过隧道》中由衷感叹着地铁跨海隧道（从尖沙咀到港岛跨越维多利亚湾的线路）

的新奇，"优雅清凉的地铁车厢"和"明亮清洁的海底隧道"以及全自动的售票方式，使作为抒情主体的"他"开始"思索发展生产和精神文明的辨证关系/他开始不敢随地吐痰和吸烟"。颇有趣味的是，诗人极尽渲染着他的技术崇拜心理，甚至夸张至因器物发达而改变陋习的层面（这颇有些本末倒置的意味）。面对着集合现代速度科技的新兴交通符号，诗人往往比民众更能敏锐地捕捉到"提速"的快感。同时，这种快感也如昙花一现般难以为继，因为任何现代速度内部都蕴涵着权力的运作，这样的"权力"加诸诗人身体之上，便会在他们心灵间产生层层的压迫感。于坚将这种"反感"坦然直陈，他的《便条集·149》写道：

> 我害怕汽车
>
> 我恨透了汽车
>
> 它强迫我闻强迫我听
>
> 它强迫我给它让路
>
> 它忽然在我身后大叫
>
> 把我吓得跳起来
>
> 它飞驰而去
>
> 把污水和灰尘泼到我身上
>
> 它赶走了老虎
>
> 像恶霸一样耀武扬威
>
> 它是真正的铁血宰相
>
> 我无法用革命来对付它
>
> 我无法造反
>
> 这是来自我身体的反感
>
> 一个热爱步行的人的反感
>
> 从呼吸道肺叶和耳膜产生的仇恨

从被铁和玻璃刺伤的眼睛

产生的仇恨　与思想和主义无关

我不能用语言去表达我的愤怒

我不能告诉这个满怀憧憬的城市

我是一个仇恨汽车的诗人！

我不想成为人民公敌

我只有憋住呼吸

继续步行

作为"反感"契机的"汽车"，象征着某种超越性的东西，它所引领的速度成为现代人无法规避的权力。这就是说，主人公由于遇到带有超越性的力量，才引起认识主体脱离赋予它的现实（包括自身在内）。在这里，"赋予它的现实"就是汽车社会的野蛮规则，而"认识主体的脱离"则来源于"我身体的反感"。诗人不再对汽车这样的现代符号带有任何技术上的崇拜，他只想从常规的汽车世界中逃脱出来，拒绝被其对象化，然而他唯一能够选择的便是主动降速之后的"步行"（而且是憋住呼吸的步行）。如同巴黎的漫游者用皮带牵着海龟在路上散步，以此来反抗交通工具等物质的快速循环、抵御速度的暴力一般，诗人对步行的热爱着实属于现代社会的英雄行为。它的价值在于：诗人发掘出作为单一个体的都市人所能反抗城市的、最为自主和有效的方式，虽然其间充满着悖论似的调侃与无奈。"现代化的目的是为人生的，是为人性更人性地栖居在世界上。但这个基本的目的离我们到手的一切似乎越来越远。悖论，越现代化我们就离人性越远。"①器物制度与人性在距离上的反比，使我们不得不重新思考人的主体性问题。现代诗人穆时英早就提出过人遭现代都市"压扁"的

---

① 于坚：《拒绝隐喻》，云南人民出版社 2004 年版，第 207 页。

命题，台湾诗人张默也在《飞吧！摩托车》中用每行仅一字的"无/重/量/的/飞/翔"强调着同质的都市经验。"飞翔"的人类在享受速度的同时，也在牺牲着思想的"重量"。布希亚（Jean Baudrillard）说过："驾驶是一种惊人的健忘形式。"汽车扫荡了封闭小镇式社会的种种限制，加速了身体的真实运动，然而人的自由思想却被这种速度冲碎了，这自然引起诗人的警觉。

于坚的步行举动，对抗的是汽车对身体施加的外在暴力，而王敏的《换一种方式到南京》则指向交通工具施加在人身上的"内在暴力"，并对这样的思想暴力进行着反拨。诗人从成都坐火车到南京，列车要经停西安，"我没有到过西安/我很想在火车上/看一看西安的古城墙"，但是一觉醒来，乘务员告诉"我"半夜时已经路过西安了，于是"我"感到"我的身体/躺着穿过了西安/我变成了一个兵马俑/爬起来的时候/首先想到的是/我的盔甲"。诗歌末篇写道："也许，在公元/2001年的冬天/我应该换一种方式/走路，到南京/让一匹骏马/从身边/飞驰而过。"诗人乘坐火车，已然丧失了郭沫若们欣赏移动风景的心境，虽然挡风玻璃外的风景不断流动，但它的"播放"速度和画面却是无法选择的。速度施加给人一种习焉不察的话语暴力，乘客只能被动地接受它，而丧失了主动观察的权利。所以，诗人的身体借助火车通过了西安，而思想却无法捕捉到任何关于西安的现实印象，只能寄托于另一种方式——走路。可见，从"乘车"到"步行"，文学家对行进方法的选择，彰显出其思维方式的新质。于坚曾说："我们正在以落后过时为理由毁灭大地这个与生俱来的永恒者，同时造就着一个敌视生命的永恒。……一种流行于现代美学中的观念正在影响着人们，通过现代艺术对复制品的肯定，昔日创造者们的永恒世界已经成了神话。"[1] 走下车辆，用

---

① 于坚：《拒绝隐喻》，云南人民出版社2004年版，第208页。

脚步丈量大地，或许是唤醒都市人麻木的最后处方，也是人类重新接近"大地"这个"永恒"经验的唯一良策，它成为城市文人抒情视角转变的鲜活体现。

意识到器物发达对人性所造成的压抑之后，诗人们开始实践着种种诸如"步行"的尝试。更进一步说，透过器物的庞大压力，他们切实感触到自身与世界的关系发生了变异。现代诗人穆旦在《城市的舞》中便已将"车辆"、"噪音"和"巨厦"比喻为囚室，它们对人类看似善意的"邀请"，实则是诗人对"人与城市"主客体颠倒和混乱的无情反讽。"汽车像光亮的甲虫/在危险的兴奋中飞跑/人群向四面散去/空隙结束了寻找。"（顾城《机器在城市里做巢》）年轻的诗人以纯真的城市触感，描摹着一幅看似童话、实则可怖的画面。机器取代了人，占领了街道，在城市里筑巢繁衍，而人只能被其驱使、四散而逃。又如谭延桐写的："机器就是我们这个时代的演员"，而"在机器的眼中，/我们也是毫无生气的机器啊"（《一个机器坏了》）。机器的脚步和引擎的叫喊逐步取代了人自身，将人异化成无血骨的机器。"时间在钢铁里是有形的"（康城《模具》），而锻造钢铁的人却渐而无形，甚至丧失存在的深度。这都表明：没有"人的现代化"而只有"物的现代化"，这种前途依然充满未知的险情。

在寻求解脱的过程中，诗人们时常会构筑起一片充斥着寂寞与孤独的情感空间，以揭示物质发达与精神冷漠的普遍矛盾。如同现代诗人废名写出的"汽车寂寞/大街寂寞/人类寂寞"（《街头》）一般，汽车与大街的寂寞，其实都是人类内在寂寞的外延。很多当代诗人在面对汽车意象时，都与前文所举朱湘在《十四行意体》中的处理手法类似：让意象符号本身充当诗歌的抒情主体，将个体生命依附在交通符号之上进行抒情。在欧阳昱的《公共汽车之歌》里，具有生命的"公共汽车"便喋喋不休地发出"为什么我没有起点和终点"，"为什么我们互相之间都无所谓", "为什么谁也不和我说话", "为什么我老在一条道上跑", "为什么我不会思想不会动情"等疑问, 而所有的疑问也汇聚于一个看似简单的答案——"因为我是环城公共汽车"。仔细品味便不难看出, 公共汽车所环绕的城市行程, 再现了城市人周而复始的单调生活: 冷漠而僵化, 平板而整饬, 缺乏希望亦不会绝望。机械规律的生活本相既属于公共汽车, 更属于乘坐它的都市人。这一意象深刻地穿透了都市的所有现实, 它踏出的生活越是与我们重合, 我们便离自身的"机器化"越近。赵丽华也有一首《汽车眼里的路》, 同样将生命意识赋予机械。诗歌这样展开: "我"乘坐的汽车有了嘴巴, 并且"能说出简单的、机械的话", "更重要的是它比我看到了更多的路", 诗行随之由"汽车"的眼睛所能观察到的视野铺开, 它甚至能看到"一条路在微笑/一条路在哭泣/一条路因为爱上另一条路/而失重/而交合/而飞起来"。在意义无踪的行旅中, 作为寂寞的主体——无论是车还是人, 都无法从稳定、客观、可证实的理性知识角度来思考城市抑或人性。诗人无意将个体的寂寞升华至哲思层面, 她仅仅依靠、攀附着汽车的视线, 将寂寞铺撒在充满感性与幻觉的、变形变意的道路之上。寂寞由此生发出奇妙的诗学魔力, 成为诗人自身禀性的标志。

三　临时性的内部空间: 寻找心灵的支点

　　作为一种当代社会的核心物品 (鲍德里亚语)[①], 汽车奔涌在城市的街道上, 成为相异空间的连接者, 同时它的内部也形成相对封闭的独立空间。对充当私家车的小轿车而言, 它以家庭私密情感空间的延伸 (或者说换位) 为标志; 对充当空间联络线

---

　　① ［法］让·鲍德里亚:《物体系》, 林志明译, 上海人民出版社 2001 年版, 第 75 页。

的公共交通工具（比如大型公交车和地铁）来说，它将广泛的社会关系与乘客相隔离，同时按照一定的规则与秩序在临时空间内建立起一个人数相对稳定，而人际关系却随时组合、拆解，再组合、再拆解的不稳定空间，构成一个特殊的小社会，从而成为现代中国诗歌对交通工具内部空间观照、表现的重点（奇特的是诗人反而很少关注轿车空间中的情感运作）。既然公共交通工具可以构成"一个相对封闭的微型权力运作空间，表现着当代人个体及其与社会关系的一个截面"①，那么，诗人情感空间的营造，就自然而然地围绕空间内的某种社会关系而展开。如我们所知，社会关系是人与人之间的关系，选择什么样的人作为被"看"的主体，自可指明诗人自身的抒情位置和心灵支点。

现代诗人常任侠写有抒情长诗《列车》，他描述了奔驰的火车中充纳的人生万象，微缩着机械文明操纵下的现代人类世界。整列火车几乎装着具有不同生存心态的人，这些人被票价分出了差异："一等二等只有少数人的舒适，/三等你再动摇也得向着同一方向走，/四等只有这样一条长长的路，/走尽了黑暗才有光明的日子。"借列车之力，诗人揭示出一个浓缩了的等级社会，但他并没有因为贫富悬殊而对未来失去希望，只有到达"这列车前进的终点"，才会"有衣服有睡眠有饮食"。当然，诗人仅仅相信有希望的存在，至于解决方案，在他头脑中仍然是悬而未决的。相较而言，生活在当代的伊沙有一首《又写到公共汽车》，触及的也是常任侠似的贫富问题："在这脑满肠肥的城市里/竟然还有比我更穷的人/整个夏天/我曾在拥挤的公共汽车上/给三位下岗的女工让座。"诗人抓拍的仅仅是生活中一件稀松平常的小事，文本结尾却升华出意味，"我"知道："一个真正的

---

① 徐敏：《汽车与中国现代文学及电影中的空间生产》，载朱大可、张闳主编《21世纪中国文化地图》（2005年卷），上海大学出版社2006年版，第182页。

富人/可从来不会让我/因为他们/从来不坐公共汽车。"抒情者以调侃的口气，对"富人"作出缺席的讽刺。在相似的公共空间内，两位诗人均批判了金钱造就的等级制度，但二人在情绪上的差异却泾渭分明。前者以阶级批判的眼光俯视人群，而后者则在强大的商业时代压力面前，积攒了越来越丰富的思辨特征。诗人更多地通过语词走入现实的内部，与时代作着充满智性的周旋，以融合自身体验的方式铸造日常生活中的诗美。由此可见，写作者对公共交通工具内部空间的情感表达，很容易产生差异性意义明显的诗歌文本。用福柯的术语来形容，汽车是一种异位（heterotopias），是一种包含并共存着多种异质性空间力量的流动的基地（site）。①

　　生存在现代社会，区分这些所谓种种"异质性空间力量"并非易事，特别是在公共汽车、火车、地铁这样人员流动频繁的空间，没有哪一股力量是一成不变、稳定存在的。"一列火车/我走遍所有的车厢/找不到一个/我认识的人"（岩鹰《在一列火车上》），抒情主体以带有荒诞意味的行为，揭示着他无意识中期望的、对"震惊"体验的重新遇合。他意识到在这样的空间内部，惟有不断在陌生人中寻找"熟人"，才能随时确立自己与陌生人群的差异性，从而避免被火车的速度所规训。在公共交通工具中，每一位刚上车的人都会"急切地从人群中/伸出手臂，紧紧抓住摇晃的吊环/将心中的重量交给驶入黑暗的地铁"（叶匡政《北京地铁》）。如同臧棣在同名诗歌里所设计的，"他"只有追随车站的人流，与匆匆而过的乘客建立视觉联络，方能熟悉一张张与己无关的陌生面孔，"学会/紧挨着陌生的人，保持/恰当的镇定"。诗人拟现出时代主流速度对个体的塑造力，从一个

---

　　① ［法］米歇尔·福柯：《不同空间的正文与上下文》，见包亚明主编《后现代性与地理学的政治》，上海教育出版社 2001 年版，第 22、19 页。

侧面揭示出精神主体的清醒存在。

在《公共汽车上的风景》中，张曙光看到的风景都是心灵的"植物标本"。诗人深知自己所搭乘的公共汽车"在一个/少年人的眼中，不过是一个/移动的风景，或风景的碎片/但眼下是我们存在的全部世界/或一个载体，把我们推向/遥远而陌生的意义，一切/都在迅速地失去，或到来"。这样一个活动房屋式的、"交替转换着布景"式的舞台，使所有人看到的都是"熟悉事物的重新排列（或解构）"。除非乘车的人自己主动与景物建立心灵上的联结，不然，他就无法观看到任何多于其他乘客的画面。工具本身无法释放感情，也不会挽留多情的诗人，要突破"遥远而陌生的意义"，在冷漠的钢铁空间里拣拾起都市生活的亲和力与温暖感，唯一的支架依然是诗人的心灵。罗振亚曾援引西渡的话，认为90年代诗歌中的现实"并不是先于写作而存在的现实，而是在写作中被发明出来的"[1]，"而发明的动力即是想象，它拓展了诗歌审美的资源，丰富了它的可能性"。[2] 沈浩波对公车上的小女孩儿"一把好乳"的联想正是基于这种想象，而黄灿然由在地铁里看到十六七岁的少女"跟小男友亲嘴、拥抱"，从而想象她的小男友将长大，结婚，甚至"她要给他生几个孩子"（《在地铁里》），同样是罗文所指的"在写作中发明的现实"。在临时性生成的内部空间里，诗人惟有成为语词的"发明家"，方可抵御交通工具内部空间压迫下的"思想暴力"，超越它所强加的窗景和审美速度。从另一个层面讲，由内部空间建立起的"缓慢"的时间性，在一定程度上涤除了诸多来自城市外部空间的思想规束，它便于诗人找到联系既往与未来的经验焦

---

① 西渡：《历史意识和90年代诗歌》，载《诗探索》1998年第2期。

② 罗振亚：《九十年代先锋诗歌的"叙事诗学"》，载《文学评论》2003年第2期。

点，以重新构筑话语的平衡。

第三节　混凝土的"错觉"：街道、广场等建筑的地缘空间书写

建筑空间是理解现代乃至后现代社会的醒目坐标，它们会在不同身世、不同记忆、不同诠释视点的阅读者眼中产生迥异的风景。人类的建筑经验与感受并非"空间与人"单纯的物理结合，而是在生活互动中形成的一个整体、一种气质，它如同城市的语法，同样牵涉着诗歌句法上的结构关联。在这样的情感空间中，无论是迷路般的经历还是模糊的时间感，抑或私密经验的获得，都是诗人对现代城市认知的共同遭遇和普遍经验。因此，由混凝土搭建而成的城市辨意系统，丰润并完善着诗人的现代精神谱系。

一　道路：时间观念的象征系统

对过客而言，街道充当着庞大城市的筋骨与血脉，作为连接点与点的桥梁，它穿插起城市的理性逻辑。而文人则将街道经验转化为思想的"室内"体验，他们从对街头人群的判断中采集诗歌的意象，展开精神漫游或者梦幻模拟，从而形成在动态、流动的现代性生活中保持冷静姿态的诗学视角。张柠说过："文学对自由和人的完整性的追求，一开始就与街道经验发生了根本的冲突。这不是一个抽象的理论问题，而是任何一位试图进入都市的作家一开始就要面临的问题。"[1] 从对"街道"这一意象的态度观之，诗人的审美倾向游移在排斥与投合之间，其中起决定作

---

[1]　张柠：《文化的病症——中国当代经验研究》，上海文艺出版社 2004 年版，第 40 页。

用的则是他们瞬时的心灵状态。"街，疲乏了/静静地躺在城市的怀里/路灯，流淌着/像啤酒一样颜色的光。"吕贵品的《晚风》将城市的街道拟人化，它如下班的人群一样面露倦容，哼唱着一曲节奏缓慢而基调平和的城市歌谣，这种抒情手法正折射出诗人与街道同体的即时心情。相较而言，树才眼中的"街道"多与负面情感相关。在《三环路上》一诗中，诗人写道："三环路上我们巨大的时代正隆隆作响/三环路旁，我们/人类的小矮人，忙着把自己/往城市的每一个角落，搬运……三环路上我们伟大的时代心跳在加速/三环路旁，我们/在每一个路口，夺路而逃/想躲到庇护我们的家门后。"无疑，在机械文明的强音压制下，人类微观个体的渺小深深刺痛了诗人的心。而与"伟大的时代"保持纯洁的距离，寻求"大地的干净"，这仅仅是乌托邦般的梦呓。诗人所能做的，只有把自己的心跳从"伟大的时代心跳"中剥离出来，在慢速度中觅得心灵的寂静。

后朦胧诗时代的中国诗人大都生活在"隆隆作响"的都市时空，其诗学美感的产生依赖于道路、汽车这些代表新时间观念的象征系统，而且没有选择的余地。面对新的时间观念，部分诗人开始将自身的思想速度投射在意象速度之上，试图与之交流相处，这隐现出抒情个体对城市物质文化的包容与消化。由此，他们或许可以实现与"街道"等城市建筑符号淡然、和谐地共存，而不是简单地滑入对其破坏自然、僵化生活的现代性批判上。在苏历铭的《北京东路的夜雨》中："命运是一只逃不过的手，引导我走进北京东路/本来这条街道在生命里毫无关联/因为你的碎花裙子，它会永远地留在我的心里。"此时此刻，北京东路上的"碎花裙子"闯入诗人的视线，正如庞德在《地铁车站》中觅得的瞬时诗维一般。须臾之间，诗人与街道的关系便发生了改变。"街道"不再是地图的立体复现，也不仅仅是高速度的载体，一旦与诗人的生命确立关联，其速度便与诗人展开"追忆"时那一瞬间的脑流速度发生联系，甚至建立起永远的默契。黄灿然在《建设二马路》中这样表达："每隔两个月，我总要穿过/有三株彼此互不理睬的/红棉树的建设二马路，寻访/我朋友的家……朋友从珠江对岸骑车来访，或从外省/乘火车抵达，建设二马路便成为/他们眼里或口中坚固的标志。"这些"互不理睬的红棉树"是诗人眼中的街道"坚固的标志"。作为抒情者的心灵投射，它们附着了诗人的个性化情感，其表意范畴也更为宽广。

　　街道延伸出的一个现代化符号是立交桥，它的出现映射出城市平面交通向立体交通的升级。1983 年，牛汉在《立交桥》中对它的功能特点作出描述："绝不会你倾我轧"，"不必左顾右盼/更不须担惊受怕"。诗人最后写道："这里永远没有停顿/这里永远不会堵塞/这里不允许徘徊/这里横行立即遭殃/这里只能不停地前进。"他抓住立交桥最鲜明的特色，即"通畅"进行言说。客观地说，这本没有多少文本意味的提升，不过看看诗歌的写作年代，我们便不难体会到诗人渴望逃离旧的时间系统，以前进的姿态追赶历史的坚定信念。作为改革开放的巨型物态标志之一，立交桥以其现代化的功能特征受到诗人的重视，并被寄寓了抒情者自身的国家富强意识。同时，这个宏伟的意象符号也被某些诗人赋予"精神强者"的内涵。如"躺着的路/站立起来/逼使站立的人/思索自己"（曲有源《立体交叉桥》），"当我在北京的立体交叉桥上盘桓，/我祝愿你也从平面走向立体——/既然宇宙都是立体的，/我们的生活也应该是立体的"（唐宋元《立体交叉桥，我呼吁》）。立交桥的视觉模态成为新的象征，它指向实现生活意义和人类价值的诸多"可能"。路线的通畅与立体，也契合了国人对精神选择开放与多元的美好期望。

　　街道延伸出的另一个现代化符号是高速公路，它将人们的城市概念浓缩到点与点之间，"这句话不见顿号逗号/只有句号"（李霞《高速公路》）正巧妙点出它的功能性特征。在当代诗人中，周良沛和邵燕祥最早在诗歌中启用了高速公路的意象。周良沛呼应着"中国的汽车需要高速公路"的主题，将速度的提升视作现代化的主要内涵。这种速度崇拜暗合着当代知识分子一贯追求的、由经济现代性引领的强国梦想。但是，在缩短城市与城市通行时间的同时，高速路在某些诗人那里却成为一种融含负面情绪的批判型意象，它们集中指涉着现代性目标的不可把握和无迹可循。"这不是假想的水泥路面/奔跑的将是速度加快的愿望"，"我们被加油站超载/把时速提高的光速/让不远的地方到达世界末日"（余丛《汽车上了高速》）；"有时破折号省略号/突然从天而降/每片目光都被惨字染红"，"毕竟到处/豪华轿车热恋高速公路/二十世纪末中国的纯情/世人一见倾心"（李霞《高速公路》）。世界被挟持在高速公路之上，奔向我们一无所知的终点，这正隐喻出现代性的目标实则是模糊不明的。此外，在高速公路上，乘客的时间感受会慢于客观、正常的时间流速。这时，抒情主体的心理时间仿若被拉长一般，其感受力也不断增强。姜涛的《京津高速公路上的陈述与转述》便以令人炫目的隐喻以及转喻手法，将抒情者在高速路上所获得的杂乱场景进行多重变形，构造出与时间对话的新图式。臧棣的《北太平庄立交桥》也以守夜人的姿态，在漫长的心理时间中拆解着城市的寓言。借助大量的智性元素和高密度的知识信息，诗人对"夜晚的事境"进行了戏谑性的调侃，彰显出信息的密度与思想的深度。

二 广场：裂变的庙堂情结

西方语汇中的广场（plaza 或 square）是指几条道路相交而成的空地，进而成为露天集市的场所。它既是由多条街道汇聚的街区，也可以被看作是一个发散点。在这里，人们仿佛摆脱了街道的控制，可以自由决定停留的时间。然而，这种"摆脱"又是不彻底的，因为广场这一街区依然带有商业性，好比在今天的西方城市中，大广场与大市场可以看作等同之义，它是街道商业功能的延续。当现代诗人面对"广场"这一城市功能区时，他们首先感受到的是其作为街道聚集点的人流吸引效应，艾青的《广场》便将它带给现代人的视觉震撼直接点明："广场是富有生命的——/它常像海洋一样，/为每个白日而兴波；/它以向它挤紧而来的/和由它那里分散出去的人群，/和网织着的繁密的电线，/散发着永远不能中止的力量；/又用电气和煤气/与人群的呼吸与血液，/与融融的火，生之不灭的火，/它激动着，兴奋着，呼吸着，/在这大都会的中心。"广场如同一双永不闭合的眼睛，为城市的快节奏做着见证，并承载了大量的人文信息。

挪威建筑理论家诺伯格·舒尔兹认为广场是城市空间结构中最重要的元素："从古到今，广场向来都是城市的心脏，只有来到了城市的主要广场才算真正抵达城市。"① 和西方城市相比，把广场作为城市的中心，在中国大致出现在 1949 年后。特别是新中国成立十周年的天安门广场改造工程使其一跃成为世界第一大广场，可供 50 万人民群众（实际百万人齐聚广场的场面并不少见）进行集体活动。郭沫若为此作出《颂北京》，辞藻气象非凡，诗篇气势恢弘。在这样的政治型广场上，人群的聚集孕育着政治的宏力，如孙文波在《那天晚上》中所描绘的画面："他们挥舞旗帜，吼出的口号仿佛/把广场举到了天空中。我就像在空中/欢度整个夜晚。我的确是在欢度——像进入了游乐园。"此时，广场凝聚成为国人的精神圣地，它以巨大的空间尺度树立起政治与权力的威严，而其实用价值却被人们忽视了。这一意象所代表的精神向度，也由"五四"时期多重声音的交相辉映转化成

---

① 参见克里斯汀·诺伯格·舒尔兹（Christian Norberg Schulz）《存在、空间、建筑》（四），《建筑师》1986 年第 26 期。

对一种强音的受洗膜拜，陶醉其间的酒神精神与欲飞状态，实则并非知识分子的理想空间。"在世俗的要求里，广场是群众宣泄激情和交换信息的场所，而在知识分子眼中，广场却成了他们布道最合适的地点。当知识分子在本世纪初被抛出了传统仕途以后，知识分子一直在寻找着这一个可以取代庙堂的场所，现在他们与其说是找到了，毋宁说是自己营造了一个符合他们理想的广场。"①陈思和选定"广场"这一意象，将知识分子的庙堂情结实体化，即公共事实之上的思想之巅。即使这些知识分子无法在现实生活中找到可以取代庙堂的"广场"，他们也会通过诗歌情感空间的营造，为自己的思想觅得一个理想的承载物。"我说这世界是一个广场/这正是人们聚集的地方/我们把今天写在墙壁上/我们的话是公开的思想。"（林庚《广场》）如果忽视这首诗的写作年代（1948年），那么，它纵然出现在20世纪70年代末的西单民主墙上，我们也不会感到惊讶。"五四"一代和"文化大革命"后一代诗人面临相同的处境，社会遗留的文化空白呼唤着知识分子来填充。"朦胧诗"一代诗人的出现，正应和了传统文人的布道传统和英雄情结，他们将广场视为表达公开思想的最佳地点，或者将其看作可以抒写个性观点的白色墙壁；而后朦胧诗人对前代的诗学超越，更可理解为广场情结的自我转化。在20世纪八九十年代之交，知识分子广场中的庙堂空间开始向公共空间沉降。

欧阳江河曾说："对我们这一代诗人的写作来说，1989年并非从头开始，但似乎比从头开始还要困难。一个主要的结果是，我们已经写出的和正在写的作品之间产生了一种深刻的中断。"②这一"深刻的中断"带来的尖锐疼痛使诗人陷入历史虚无感和

---

① 陈思和：《陈思和自选集》，广西师范大学出版社1997年版，第231页。

② 欧阳江河：《89后国内诗歌写作：本土气质、中年特征和知识分子身份》，原载《今天》1993年第3期，第178页。

时间的焦虑感中，欧阳江河本人便以《傍晚穿过广场》记录了这种焦虑。"我不知道一个过去年代的广场/从何而始，从何而终。"作为记忆时代所有声响的圣词，"广场"这一语象仿佛成为时间意义稳定的载体。抒情者把"穿过"的行走过程转化为对历史的震颤经验，他穿越的正是漫长的历史记忆和喋喋不休的政治说辞。诗人随后将其间蕴涵的分裂因素明陈："从来没有一种力量/能把两个不同的世界长久地黏在一起。/一个反复张贴的脑袋最终将被撕去。"这让我们想起同期台湾诗人简政珍和林燿德分别创作的《铜像》，其意境营造和情感表达与欧阳江河颇为相似。两篇文本都强调了"铜像"刚刚被树立时的权威和不可置疑，它全景检视着每一个人的存在，象征着蒋氏时代的威权统治。时过境迁，它竟然成为阻碍交通的"多余物"而遭到拆除。在让位于城市功能现代化的需要中，我们可以窥见"铜像"话语功能的衰退，它的倒塌带走一代人的历史记忆，这同欧阳江河"穿过广场"的感受如出一辙。"脑袋"的撕去既是诗人意识形态幻觉中对历史片段的追忆，又意味着诗人对自身思考模式的反省。绝对性的崇拜、信仰消失之后，知识分子需要一个新的平台来抒发其使命意识、平衡修辞与现实的话语关系。

先锋诗歌在八九十年代之交出现的历史转变，与中国当代城市社会的商业化转型关联密切。"从八十年代到九十年代/像滑梯那么快/像短裙那么短/裸露的部分/已经把欲望的旗帜涨满"（秦巴子《九十年代》）。英雄主义的精神承担瞬间便被消费主义的欲望竞逐所冲淡，如陈大为所说："最应该用来为1989年断代的重要因素，是消费时代的来临。"① 它直接影响了诗歌与诗人

---

① 陈大为：《裂变与断代思维——中国大陆当代诗史的版图焦虑》，谢冕、孙玉石、洪子诚主编：《新诗评论》2006年第2辑，北京大学出版社2006年版，第64页。

的生存处境，知识分子的庙堂情结已然在欧阳江河穿过的"广场"中裂变了。一方面，消费时代成为诗人与日常消费体验和公共经验保持亲近"幻觉"的发生地；另一方面，对广场这个时代的"圣词"，诗人依然无法全然释怀，这在杨克的创作中尤为明显：

> 在我的记忆里，"广场"
> 从来是政治集会的地方
> 露天的开阔地，万众狂欢
> 臃肿的集体，满眼标语和旗帜，口号着火
> 上演喜剧或悲剧，有时变成闹剧
> 夹在其中的一个人，是盲目的
> 就像一片叶子，在大风里
> 跟着整座森林喧哗，激动乃至颤抖
>
> 而潮热多雨的广州，经济植物被疯长
> 这个曾经貌似庄严的词
> 所命名的只不过是一间挺大的商厦
> 多层建筑。九点六万平米
> 二十世纪末，蠢动萌发
> 事物的本质在急剧变化
> 进入广场的都是些慵散平和的人
> 没大出息的人，像我一样
> 生活惬意或者囊中羞涩
> 但他（她）的到来不是被动的
> 渴望与欲念朝着具体的指向
> 他们眼睛盯着的全是实在的东西
> 那怕挑选一枚发夹，也注意细节

这是杨克《天河城广场》中的头两段诗句。从诗人的叙述中，我们不难发现，传统"广场"那种平面化的建筑形式已被一个不断向上延伸的商业化建筑所取代，它的词义也在细小的叙事中被地产商置换为商品概念的组成部分。① 与欧阳江河穿过的平面化的、政治化的广场相比，杨克的"广场"情结包含着面对商业化气息的坦然与镇定。"广场"的空间告别了开阔与单调，行走其间的人们也不再感到孤立和脆弱，因为它的含义早已将"貌似庄严"的集体主义形态换喻了，"事物的本质"也在与"商业的玉臂"（黄灿然语）之亲密接触中不断遭变动摇。抒情者对欲望的细节化透视最终取代了对政治的宏观膜拜，于是，广场逐步成为一个意义宽松的空间，诗人的自我意识也与新的都市经验达到统一。在历史与现实之间，诗人延长了思想自省的维度，"广场"所指的回旋余地也随之扩大，并迅速消解着"意识形态幻觉"与当代现实和精神生活中普遍存在的对抗因素：

> 在二楼的天贸南方商场
> 一位女友送过我一件有金属扣子的青年装
> 毛料。挺括。比西装更高贵
> 假若脖子再加上一条围巾
> 就成了五四时候的革命青年
> 这是今天的广场
> 与过去和遥远北方的唯一联系

---

① "广场"一词在现代汉语中的意义具有历时性的变动轨迹。在现代中国的历史上，像著名的天安门广场一样，它几乎是政治的象征。从20世纪90年代开始，借助地产商人的商业包装策略，"广场"被转换成为某种大型商业性建筑集合体的代称。这一时期也广泛存在着为高层建筑冠以"广场"之名的现象。

还是在《天河城广场》中，抒情者接受了女友送他的一件毛料青年装，他想到如果再加一条围巾，就仿佛再现出一个站立于广场之上奔走呼号的五四青年形象。透过这条作为革命象征物的围巾，诗人的文化记忆（或者说难以消逝的文化暴力）释放形成乌托邦似的幻梦，其间充满公共经验与"圣词"记忆之间的意义联络。在与现实建立不对等的时间联系之后，一种拼贴而成的荒诞感衍生而出。

杨克笔下的"广场"充满了寓意性，它是现实中的，也是记忆里的。诗人通过不断唤醒的文化记忆，将作为现代都市形式之一的商业广场空间与传统意义上的、与之相对抗的政治广场空间进行了意义重组，从而赋予广场新的神圣性。自 20 世纪 90 年代以来，新诗的城市抒写作为一个在过渡中形成的"审美文化的群体结构"，已经逐渐成为知识分子在物质空间中让精神存在合理"发声"的有效形式。在这里，"每一种形式自身都表现为双重性存在，即精神的和社会的存在"①。从社会存在言之，广场走下政治的庙堂，接受商业化的洗礼；由精神存在观之，诗人在释放文化创伤之后，步入向个体回归的诗学。

三 居室：个体独语的私密空间

虽然"四处漂泊"被海德格尔看作人类诗意的生活乐章，但他更坚定地认为"定居是人类存在的基本特征"，因此"建筑的本质是让人类安居下来"。② 本雅明便高调地为居住空间添加意义，认为其"代表了普通人的全部世界"，在确立私人环境的室内，"他组合了时空中遥远的事物。他的客厅是世界剧院中的

---

① 包亚明主编：《现代性与空间生产》，上海教育出版社 2003 年版，第 79 页。

② ［美］卡斯腾·哈里斯：《建筑的伦理功能》，申嘉、陈朝晖译，华夏出版社 2001 年版，第 150、162 页。

一个包厢"。① 对诗人而言，居住空间分割了他们对街道上行人的记忆与感觉，使他们摆脱了主流审美速度的侵占和控制。居室空间孕育着实景的生活，也为保留诗人自我的经验潜埋胚芽，它是一种"个人化"的、与隐私牵涉甚广的空间符号。在这里，诗人可以安静地整理思路，重新组织起在街道上迷失的个人化经验。现代诗人朱湘早在《十四行意体》中便憧憬着："一间房，不嫌它小，只要好安居；/四时有洁净的衣服；被褥要暖。"改革开放之初，一些诗人也不约而同地为他们的私人空间唱响赞歌。王辽生在《新居》中开始歌颂他九平米的房子"盛满了夜的温馨，/也盛满了日的清丽"。同样的情感也出现在匡满的《我歌唱在十二层楼》中，曾经颠沛流离、四海为家的抒情者们为第一次拥有专属空间而喜悦，因而情不自禁地吐露诗情。社会空间分配政策的调整使私人占有居住空间成为可能，这也为诗人提供了基本的生存保证。不过，这还只是属于现代化物质层面自我更新的要求，与现代性人格的塑造尚无直接联系。

当代诗人车前子直言："我想找一所新房/理由越多越好：不愿意/在一所老房子里活着/我宁愿/死在一所新的房子里/哪怕很小"（《日常生活》，1986）。在新世纪的诗歌作品中，我们依然可以看到抒情者对个体私密空间之重要性的言说与强调："重要的是我们拥有一套房子/居住在自己的房子里生活/有一张床可以做爱/有一扇窗可以听雨/有一间客厅可以大声争吵/争吵到天亮也没有人来管/吵到我们都累了！亲爱的/我们抱在一起痛痛快快地和好"（吴跃斌《与一套房子为敌》，2005）。从情感指向上看，当前的抒情者们对私人空间的愿景表达已经演绎出新的意味，他们不仅追求个体的容身之所，同时将拥有独立精神空间的

---

① ［德］本雅明：《发达资本主义时代的抒情诗人》，张旭东等译，三联书店1989年版，第187页。

愿望亲切而明白地吐露出来。以口语组织的种种对居室的"渴望"，因为贴近了生存实态而更显真实，同时映射出诗人人格特征的现代性变化。房屋空间关系的意义重心已不再是家庭或家族的血缘联系，它演绎成为个体与他者（邻居、小区居民、城市异己大众）的存在网络。确立自我的空间，正是标明自己在"他者"之中的心理独立性，即所谓新时代的"离群索居"。

由哲学角度言之，建筑对人的价值在于它为人提供了一个身体与思想"存在的空间"（Existential Space），或者说是一个"存在的立足点"（Existential Foot hold）。如果将居室作为文学生成的重要发源地，那么可以看出，当集体记忆向个体转移权利的同时，诗歌中的居室场景在不同写作者笔下也呈现出不同的、局部的真实。在《小房间》中，杨克写道："小房间是一只魔盒/镜中消失的生命/呈现//许多隐蔽的思想。""小房间"可以帮助人们摆脱街道上的虚伪经验，进而捕捉到自我的独特思想。众所周知，魔术意味着经验的幻觉与不真实，而"人们定义中真正的房子"却是"天空这座巨大的玻璃屋"。通过反讽式的暗喻，诗人实现了将真实与虚妄置换的效果。他不留情面地走向时代的乖谬本质，以"密室"的意象营造，向幽暗却真实的个体经验探出触角。再看于坚的《零档案》、伊蕾的《独身女人的卧室·土耳其浴室》、丁当的《房子》……诗人们似乎在各自诉说着密室镜像中的"自我"，而不同文本的片断又构成一个相对封闭的大语义循环，带有集体的同质。丁当在《房子》（1984）里写道："你躲在房子里/你躲在城市里/你躲在冬天里/你躲在自己的黄皮肤里/你躲在吃得饱穿得暖的地方/你在没有时间的地方/你在不是地方的地方/你就在命里注定的地方。"那么隐匿起来的城市人又在做些什么呢——"拿一张很大的白纸/拿一盒彩色铅笔/画一座房子/画一个女人/画三个孩子/画一桌酒菜/画几个朋友/画上温暖的颜色/画上幸福的颜色/画上高高兴兴/画上心平气和/然后挂在墙上/然后看了又看/然后想了又想/然后上床睡觉。"显而易见,诗歌的情绪主线环绕着孤独,作为现代都市人最基本的情感,离群索居的不仅仅是肉身,更是渴望被温暖的精神。当温情需要靠绘画式的空想得以建立的时候,一种有肉身之"我"却无精神之"我"的孤独便弥散开来。"开门/握手/请坐/上茶/这个/这个/那个/那个/握手/再见/关门"(祁国《客厅》2002)。这首诗采用首尾对称式的布局,以"客厅"作为讽刺,拟现出人与人之间空洞、乏味的关系。进入都市语境,人与人之间交流不畅的尴尬愈显突出,与其寻找现实的交流对象,反而不如遁入隐秘的居室空间,单纯和自我的心灵发生情感碰撞来得真实。所有居室之外的人群都成为绝对意义上的"局外人",而主体之"我"则在居室里愈发局囿。

如果说丁当和祁国的诗意在抒写现代人的孤独,那么宋烈毅则试图以荒诞的方式对孤独进行反拨。看他的《百页窗:一个人的私生活》:"我一个人在百页窗后面手淫着/我想象着　绝望着　一丝不挂着/我的精液无力地流淌着　我的房间空着/就像一只喝光了的易拉罐　我叫喊着/我对着所有的墙壁喊叫着　没有一个声音/回答我"。居室空间成为一扇虚掩的门,阻隔着"我"与世界的精神联络,房间到处投射出"我"镜像式的生活之影,那是为孤独者营造的乌托邦。但同时,房间又是真实的,它使"我"与"沙丁鱼"似的人流拉开了距离,使"我"感受到自身的存在并为重新构造自我提供了可能。所以,房间既是虚点,亦是真实。20世纪90年代的诗学是走向个人化的诗学,作为城市寓言之一的居住空间,如何才能成为诗歌生命凭以成形并衍生的依靠,如何才能从冷硬的混凝土中转生出温热的生命感,这需要诗人在抒发"无端之哀戚"的"暗室"(李金发语)里感悟自己内在的生命流动,发掘"孤独"本身所具有的创造性意涵。从这个角度出发,作为个人化符号的"暗室",同样可以成为一种静态的观察视角。看欧阳江河《星期日的钥匙》、王小妮《虚妄的传记·之三》、臧棣《教工宿舍内》等诸多文本，我们均可感受到由"室内"牵涉出的意义活力：抒情主体的视线在四壁间不断折射，他的情感亦不断强化乃至增殖。

总之，由混凝土所营造的精神"空间"，始终无法使诗人感受到纯然的真实，所以，它的存在状态永远牵涉着诸多复杂而矛盾的体验。如我们所知，"高度"崇拜始终渗透在中国这个"从稻田中拔地而起"的国家里。在辛笛的《北京抒情》中，"高层建筑赛似积木，/又象是岛屿星罗棋布/在'四合院'灰色的尘海里，/已经一座座腾空而起，/有如擎天的群柱"。"四合院"为高层建筑所取代，而它所对应的文化内涵却被诗人主动地"忽视"了。高楼大厦本起源于人类为了节约用地的经济需要，此时却凝聚了国人种种指向天空（国家富强意识）的期待。面对这些由摩登主义符码交织而成的物态符号，无论是消费场所、交通工具还是居室空间，诗人总是饱含激情地予以接纳，但迅速又会感受到"人"的尊严在物态文化面前的沦丧之痛。其现代性体验既是混杂丛生的（比如诗人对任何物态文化都持有"投合"与"远离"双重姿态），又是在"未完成"中潜行的。王小妮的《深夜的高楼大厦里都有什么》将"高楼大厦"说成"自封的当代英雄"，它甚至"像个壮丁，像个傻子"，而"我"只能借助药物闭上眼睛，进而体会到"这一生能做一个人已经无限美好。"抒情者意识到，建筑的高度不等同于思想的高度，"我"试图拒绝"当代英雄"们的光亮，却必须要吃"闭眼睛的药"。诗人的痛切感在于：面对物态文化的登陆与扩张，现实中并无良方调理，都市人因无计可施而无路可逃，难以真正地返回自我，这是一种悖论式的人生体验。但对诗歌整体来说，现实主流速度与个体心灵速度所形成的"悖论"，正是诗歌诗意产生的重要契机。今天，诗人的职责便是道出各自"微不足道"的现代性体验，作为"语词的亡灵"游荡于城市的迷宫之中。臧棣说："有时，幽灵就是心灵/使内部得到锻炼"（《教工宿舍内》）。幽灵由心灵转化而来，却比心灵更为清醒，它在空间的语词中构思着时代的意志，为呈现消费时代的独特情感不遗余力。对城市抒写而言，都市的意象符号担当着"幽灵"的使命，它来源于现实图像又非对其单纯临摹，作为在刹那间呈现理智和感情的转喻性寓言，它是通向诗人内在情感时空的钥匙，其本身就是物态化、知觉化了的语言。

第 四 章

消费时代的审美主题

与传统文化模式相比，现代城市文化的显著特征便是它与"消费"的联系，以及由此引发的物质文明想象。在文学领域，从现代文学之初便出现了以"消费"为内在节点的审美形式。如果深入消费时代的文本，我们可以发现，传统美学所期待的哲理与沉思、英雄与救赎等蕴涵深邃与悲壮气息的古典主题已不再拥有绝对的话语优势，诗人更倾向于切合消费时代的文化语境，选择一种由欲望所驱使、以狂欢为表现的写作方式。因此，诗人对审美对象的加工、对审美主题的营造便打上了鲜明的消费文化印记，而物欲、身体和孤独这三个内部逻辑紧密的主题则浮出地表，成为诸多抒情者投射情感的审美聚焦。在内部逻辑上，物欲主题集中收纳了那些被本雅明称作"超现实面貌"的物质符号，作为一个稳定的、包含美丑两极审美取向的主题模式，它紧扣消费文化的物质可感性特征，同时又与诗歌不断"及物"的要求两相应和。诗人对"物"展开主动的追求与呈现，为社会物质文明的想象提供了合理的抒情方式。而当"物欲"即将滑入失范的边缘，使人与物的关系发生倒置之时，诗人又首当其冲地站在"异化"的视点对其展开批判。其中，作为一个被观念化了的社会文本，"身体"不再是简单的审美对象，它已经成为深化物欲主题、印证异化命运最直接的承担者。从诗人身陷物质时代的那一刻开始，他首先承受的便是经由身体引发的全新体验，每一个身体都对应着不可复制的、拥有独立经验的灵魂。此外，"物欲"对精神主体性的诱惑以及"身体"在道德堤坝前失控的现实，都促使诗人转而选择孤独的主题。孤独既是异化造成的结果，同时还充当着反异化的武器。诗人洞悉了城市城堡的坚固和不可进入，他们只能以甘于寂寞的英雄气质突破城市人的迷梦，在机械复制的时代艰难存留自我的形象拓片。他们返回内心世界，以理性的"孤独"和亲近之物建立联络，以面向未来的姿态追寻知识和信仰，为孤独与寂寞渲染出形而上的意味。值得注意的是，在世纪之交特别是 21 世纪以来，享乐主义的原则保障了人们追求欲望的合法性，诗歌写作与消费文化语境之间呈现出难以割舍的共谋姿态。对诗人而言，一方是注重内在精神提升的诗歌内现场，另一方是充满诱惑之力的物质外现场，如何在两者的夹缝之间寻求平衡，用诗歌语言表达个体意识、彰显时代精神、沉淀文学经验，成为缪斯抛给每个诗人的命题。当重新面对这几组审美主题时，诗人消解了长久蕴涵其中的对抗性因素，他们期望在物质文化的大背景中，通过对"物欲"的主动亲和、对"身体"在场感的描述和对"孤独"的戏剧化想象，激活那些潜藏于一个个"主题"背后的美学资源，使个体的精神主体性得以澄明，并将消费语境中对"诗人何为"的思索推向深入。这是大多数诗人普遍持有的姿态，更是诗人应有的责任承担。

第一节　物欲主题："玉臂"里的超验境界

新诗诞生之初，"第一次"进入现代化角色的诗人便已将视线投入现实生活。在现代国家富强意识的督导下，他们不约而同地对"物质"展开主动的追求与呈现，为社会物质文明的想象提供了合理的抒情样式，也为有关物质"欲望"的抒写探索出多重的运思模式。20 世纪末叶，意识形态文化倒塌之后，消费社会占据主导的现实使带有专制与禁欲色彩的理想型观念力量逐步消解。在对物欲进行正向肯定与负面批判的言说基础上，诗人以反英雄的姿态进入超验的境界，在开放的物质文化观念中，理解现代主体不可言说的时尚触觉，并把握其中的快感、孤独与焦虑情绪。他们将个体锁定在"物"的周围，使"物"汇聚人的意志，成为人类灵魂的重要支点。

一　拥抱商业的玉臂：物欲现代性的觉醒

都市小说评论者喜好将禾金的《造型动力学》作为典型范本，作家不厌其烦地罗列了大量物质符号，将对都市物象的喜爱与崇拜态度坦露其中，这正是城市物质主义心理的典型写照。而研究诗歌城市抒写的学者多会注意到郁琪的《夜的舞会》，诗行间物象的密集排列使人感受到兴奋、迷惘与躁动："散乱的天蓝，朱，黑，惨绿，媚黄的衣饰幻成的几何形体，/若万花镜的拥聚惊散在眼的网膜上。"风流倜傥与妖媚娇丽的情感天使生长在新的时尚体系和消费风气之中："并剪样的威斯忌，/有膨胀性的 Allegro 三拍子 G 调，/飘动地有大飞船感觉的夜的舞会哪。"物象的密集排列成为一种修辞手段，动的旋律与香的迷韵、色的绚丽交织丛生，蕴涵着诗人对都市物质文明的占有欲。他们试图在短篇幅中尽可能地、以意象平行罗列的方式表达出对"物"的拥抱姿态。在郭沫若的咏叹中，《女神》为我们呈现出诗人对机械"物欲"的乌托邦想象，相似的机械情结也出现在艾青、戴望舒、殷夫等诗学追求殊异的抒情者身上。对于中国新诗来说，机械之"物"的意象是陌生而新奇的，而商业交换关系之中的"拜物"情调也逐渐开始滋长。陈江帆的《都会的版图》写道："现在，我们有崭新的百货店了，/而帐幔筑成无数的尖端。/蛋女低低地坐着，——/电气和时果的反射物。"都会"无厌性"的版图扩张仿佛是浮士德博士最后经历的美的场景，其物欲的侵略性在诗人看来是"美"的表现。他把大都市散发出的物质气息当作崇拜的对象，以欲望的聚集实现了对城市和诗歌的双向进入。更为重要的是，新诗对日常生活中物质元素具体而微的细致表现，正是借鉴自西方文明的"中国现代性"之重要方面，对物质新奇感和丰富性的艳羡，属于王德威所论及的"被压抑的"、与都市消费文化相联系、注重欲望满足的现代性支脉。诗歌既充当了它的范例和佐证，同时也在物质文明的压强下为自身找到了合理的生长路径。强烈物质欲望的张扬使诗歌写作呈现出超秩序、超规范的可能，欲望也从人们的心灵暗角浮至表层，成为现代性过程的参与者。在这种欲望化抒情以及由此呈现而出的个人意绪中，新诗的现代审美经验逐渐丰润而具体了。

城市的物质文明使现代中国诗人的世界性想象有了切实的依据，他们的审美取向不再凌空蹈虚，而有了具体的物之投射。透过物质产品追求精神经验，消费的目的便不单是占有物质，获得感受并通过诗歌化作具有象征意味的形式，这才是审美的旨归。他们将生活"在场"的证据沉淀为具有文学性的异质经验，从而形成现代的诗歌话语。不过，在"启蒙"的宏大叙事面前，一方面，现代诗人对物欲的诗化探索始终没有呈现出合法性，这种"欲望的现代性"在长时间内受到了压抑；另一方面，却"不断从中国现代文学的制度的控制之下'漏'出来，变成一种不可忽视的文学要素"。[①] 特别是新时期以来，部分诗人尝试在私人话语和国家现代性的主流话语之间寻找有效的途径，以重新确立个体的位置感。借助都市的消费文化环境，他们开始注重物质欲望的表达，在日常生活中发现乐趣与美感。例如车前子的《日常生活》和吴跃斌的《与一套房子为敌》，抒情主体都清楚而大胆地表达出对拥有私人居所的渴望。这样的物质性要求纯粹

---

① 张颐武：《新新中国的形象》，山东文艺出版社 2005 年版，第 126 页。

属于人性的最低欲望，尚与奢华享受无关。而陈人杰的《梦想》则更为物质化："我有一个梦想/拥有私家车/有车族/世界多广阔"。由此可见，物质欲望的快感表达，在20世纪90年代的消费语境中突然释放。在形式上，诗人已经接受了（无论是被动还是主动）物质社会的时代背景，严力的《不得不热爱北京》写道："想起人民币上的画面/这些画面的价值观念/想起自行车上谈恋爱/更想起如今的商业炒作和/傍大款/股票和彩券的人生游戏/我的背景越来越丰富多彩//这正是我有血有肉的背景啊/前景是我的骨头我的理性/离开或者没有离开/我都在为北京制造我这个/因暂时的历史而拉开了距离的产品。"抒情主体的血肉难以脱离"物质"的包围，诗人对这一无法规避的历史现实进行了清醒认定，将物质社会作为他们这代人难以割舍的精神背景，其文本也清晰地流露出写作者的自审意识。在西渡《阜成门的春天》中，这样的"自审"又颇有些无奈的意味："二环路上，桃花匆匆谢去/雨后的阜成门亮出/奥帕丽斯亮泽的肌肤/商业的青春女神！高空的建设者/梦见希望工程：共添一块砖/燃亮白领们的一生。""桃花"的离去与商业女神的登场，宣告了浪漫主义和启蒙使命的黯然隐退，也预示着一种更为"及物"的欲望话语即将获得合法的身份，难以阻挡。此时，单纯对"物欲"施加粗暴的鞭挞和阻碍，显然就行不通了。与其逆向而行，不如尝试与之和解。看杨克的《1992年的广州交响乐之夜》："物质的光辉和美/在城市的前胸和脊背昼夜燃烧"。诗人首先肯定了物质文化，然后方认为交响乐的音符"比美更美"。虽然诗行里始终演绎着超越物质的精神"终极"幻想，不过诗人能够将物质社会作为"美"的基点，仍然值得注目。物欲与青春、梦想温情地融为一体，变得不再恐怖，它的合法性直接关涉到抒情主体的心灵自由。

　　鲍德里亚认为现代物质社会的特征是"富裕的人们不再像

过去那样受到人的包围，而是受到物的包围"①，物质文明成为汇合或释放所有感受力的渊薮。物欲的现代性指代着人与物的关系，实则关涉到人如何通过消费"物"来释放并运用现代感受力的问题。在论及"感受力的现代性"时，耿占春指出："诗歌话语所具有的感受性并不带有直接的感官满足，它指向对其他经验层面的联系，没有话语在不同的经验层面所建构的关联，就没有从诗歌话语中得到快乐的可能。"② 无论是现代诗人还是当代诗人，他们对物质表现出亲昵的姿态，或许旨在揭示隐藏于诸多物象体验之间的微妙隐喻联系。物象是视觉审美的终点，却是诗意现场的起点。"看来我也应该把脸颊凑近你商业的玉臂。/我第一次投入你怀抱时，年轻的心也曾狂跳。/现在我把一枝绿玉兰插在你后院的花盆里/纪念不能开花的少女，和已经凋谢的青春。"（黄灿然《广州》）抒情者"把脸颊"凑近"商业的玉臂"，在现实经验的层面上印证了"物欲"本身所具有的合理性，诗人也导演着一场游动在欲望之海中的灵魂旅行。走进《在商品中散步》一诗，杨克如此写道：

> 无数活动的人形
> 在光洁均匀的物体表面奔跑
> 脚的风暴　大时代的背景音乐
> 我心境光明　浑身散发吉祥
> 感官在享受中舒张
> 以纯银的触觉抚摸城市的高度

---

① ［法］鲍德里亚：《消费社会》，刘成富、全志钢译，南京大学出版社 2000年版，第 2 页。
② 耿占春：《失去象征的世界》，北京大学出版社 2008 年版，第 347 页。

现代伊甸园　拜物的

神殿　我愿望的安慰之所

聆听福音　感谢生活的赐予

我的道路是必由的道路

我由此返回物质回到人类的根

从另一个意义上重新进入人生

怀着虔诚和敬畏　祈祷

为新世纪加冕

黄金的雨水中　灵魂再度受洗

在文学与商业日益呈现出共谋姿态的今天，杨克堪称将消费文化"消费"得最好的诗人，他拥有诗意熔炼市场化与世俗化审美取向的能力。对"商业玫瑰"的虔诚拜物以及"灵魂"被"黄金雨水"的"再度施洗"，体现着诗人的现代玄学。艾略特赏识玄学派诗人，缘于他们拥有联结"物"与"灵"两重世界的特质：既能仔细聆听物质的福音，又能坚守温柔的人性。杨克也是这样的诗人，栖身于不以人类意志为转移的消费社会，诗人只有主动融入世俗欲望并吸收其经验快感，才能将意义导入消费逻辑之外的经验层面，为诗意表达找到"合适的鞋子"，并不断印证着"生命本身也是一种消费"的信条。

尽管消费时代为诗人写作提供了诸多增长点，我们也应看到，肇源于消费文化内部的娱乐性、商业性等美感原则，始终对文艺的高雅性、精英性乃至深度模式采取拒绝的姿态，它所引领的无深度快感体验和物质欲望的肆意膨胀，也为诗歌发展牵涉出诸多的问题。春树写过一首《京伦饭店和凯宾斯基》："从二年前起/我就想住京伦饭店/后来/我又看上了凯宾斯基/那好像是个五星级宾馆/我第一次看到它那个可爱的模样/当时就惊了/发誓有朝一日发达了/非住不可/……/对了，我可以叫所有八〇后的诗人都他妈的过来/住/先睡觉/后讨论诗歌/不知道可行不可行。"这个范本的典型意义在于：对物质欲望的轻松心态消耗了言说者自身的心灵关怀，这里或许有对前现代享乐主义的纵向承受以及对西方后现代主义的横向移接，但消除平面模式之后，"物欲"成为经验的终点，它无法通过诗歌进入灵魂的深处，其感受力的快感便也成为一次性的语言快感，瞬间释放然后踪迹难寻，难以形成指向未来的尺度。

二　对人性"异化"的揭示与批判

都市文明是一种以物质催生精神的文明范式，物质的欲望最容易激发起人们的占有欲，从而形成异化之"丑"的胎盘。从黑格尔到恩格斯，人类哲学史早已揭示："卑劣的贪欲是文明时代从它存在的第一日起直至今日的动力。"① 这既是人的本质属性与社会属性的二律背反，也是文学的诗化思维与社会化思维之间极为深刻的二律背反。如何将被物质欲望浸泡的"人群"拯救出来，亦成为新诗一个稳定的精神向度。有些现代诗人选择将人的动物本性加以放大，要么是"游闲的尸，/淫嚣的肉"（郭沫若《上海印象》），或者是"对于二十世纪人/我有走进野兽群的感觉"，"散步于挤满了/广告画的/食品店和拍卖行的人欲横流的街/好象步入/被物质文明侵入的/野蛮非洲/黑暗的森林"（李白凤《街》）。这些诗人将"粗暴、浮躁、贪婪"等贬义词语赋值在"物欲"之上，拟现出都市人在其面前的道德错位和心理失衡。当代诗人海默也曾形象地以"狂躁的狮子"为喻表达愤怒，与前代诗人形成精神上的互文："中国城市　一头突然醒来的狮子/懵里懵懂　张牙舞爪/没有方向地怒吼着//中国城市

---

① ［德］恩格斯：《家庭、私有制和国家的起源》，见《马克思恩格斯选集》第四卷，人民出版社 1972 年版，第 173 页。

挥舞着欲望的旗帜/狰狞地倾斜着向上生长"（《哪一座城市值得我们歌唱》）。可见，对物欲所导致的人之掠夺欲、占有欲以及贪婪之心（即人作为生物的生存本性）的关注与呈现，成为现代中国诗歌城市抒写的重要着眼点。它既与不同时段城市消费文化的发展状貌相关，呈现出带有殊异性的时间段落特征；同时也始终被赋予相对稳定的审美指向。即使进入 21 世纪，我们也依然能够看到"钢铁在街上漂/我们在钢铁上漂"（杨克《在物质的洪水中努力接近诗歌》）这样的诗句。站在冰冷的物质面前，抒情者仿佛丧失了生存的重量，变得手足无措，这正是"人"与"物"关系的倒置，也是诗人批判"物欲"时惯于采用的言说方式。这些批判话语，唤醒了我们对现代经典文本的印象记忆。那时，"贪婪在高空进行"（袁可嘉《上海》），而"野狼似的卷风滚滚而来"（唐湜《骚动的城》）。

对物欲的批判，似乎更容易与道德价值相勾连，但这样也多少影响了诗歌本体的诗美呈现机制。对物质欲望的投合归根结底是人类自然性的流露，任何道德批判，如果没有进入人性分析的深度，那么它就只能作为社会学文本而缺乏诗歌的真义。在九叶诗人那里，他们将现代主义的传统文化内涵同中国历史语境相结合，并清晰地看到："现代派"诗人在面对物欲压力时，选择隐遁至自身心灵的做法未尝不是一种解决方案，但却无法以入世的姿态直面现实。因此，在文明忧思与政治讽喻的夹缝中，九叶派诗人作出集体的选择：深入人的本性，直击人类被"异化"的群体命运。在辛笛笔下，物欲成为人类精神主体性的谋杀者："我们到/街上去，到街上去……/到街上去，这回旋着热流/却见不着阳光的沟渠，人们/像发酵的污水，从每一扇门里/每一个家宅的港口，冒着蒸汽/淌出，泛滥在宽阔而狭窄的/马路上。"（《饕餮的海》）拥挤的人潮被"物化"成泛滥流淌的"污水"，宽阔的马路变窄之后，一个个蝼蚁般的生命被卷走、冻僵进而失

踪、昏厥。这样奇妙的视觉变形，显然是《荒原》播下的草种，
而诗歌的结尾意味繁丰，诗人以一个"但是"的转折终止了全
篇的批判基调。作为"都市的花朵"，上海再次成为"积聚其智
慧和劳力"的"天堂"，"这似乎又回到启蒙运动的思想遗产：
把都市当作建立于理性、进步等乐观主义预设基础上的产物"。①
和《春天的街头》时期的殷夫与《巴黎》、《马赛》时期的艾青
一样，辛笛艳羡物质的塑造力，却又为它洒下的祸水忧心忡忡，
从而形成复杂矛盾的心态。可见，都市是天堂与地狱的复合体，
物质符号对人的塑造力实际与"物"无关，那是人类自己的选
择，是主动被塑造的奇特命运。在杜运燮的《追物价的人》中，
奥登似的反讽与自嘲随处可见。相较之下，穆旦则集中思考着品
牌逻辑对人造成的强大控制力，仿佛现代人只有通过表达消费兴
趣和购买欲望，才能使其差异性的个体存在得到区分："我会微
笑着在文明的世界里游览，/戴着遮阳光的墨镜，在雪天/穿一件
轻羊毛衫围着火炉，/用巴黎香水，培植着暖房的花朵。"（《蛇
的诱惑》）这是以享受为标准、以商品的品质为标志的生活。诗
人深刻意识到：品牌成为计量标准而使人们主动走进它的逻辑控
制，他们的生活愿望与价值判断被品牌所同一，而智慧的果实则
被撒旦式的生活所碾碎。因此，疲倦的灵魂已经无法抵御"第
二次的蛇的出现"。"使我们生长的/是写字间或服装上的努力，
是一步挨一步的名义和头衔，/想着一条大街的思想，或者它灿
烂整齐的空洞。"（《城市的舞》）品质消费形成的体制内目标对
人自身造成了压抑，这是"物"的压抑，更是消费文化中"关
系"对人的压抑。在这个"异化"的社会中，人与商品的关系
发生错位，被消费的物品反而可以消费人的存在。于是我们看

---

① 张松建：《诗想都市中国：美学策略与文化政治的再思》，原载《东亚现代
中文文学国际学报》香港号，岭南大学出版社与明报出版社 2006 年版。

到，物欲在膨胀中滑向失范，它挤压着那些茫然无措的都市个体。

　　穆旦将物质欲望看作一种可以操纵人心灵的精神逻辑，从而将隐匿其中的"异化"关系挖掘出来。不过，他的批判进入了灵魂的深度模式，却无法提供解决物灵矛盾的合理预案，诗人也陷入了无法求解的困惑。1976年，暮年的穆旦在《沉没》一诗中写道："身体一天天坠入物质的深渊，/首先生活的引诱，血液的欲望，/给空洞的青春描绘五色的理想。"心境灰暗的抒情者敏感地意识到：寄托思想的身体已经处于"失控"的边缘，物质僭越思想之后，人逐渐丧失了对身体的支配力，陷入思想的晚景老境。尽管如此，一个年轻的、反抗的灵魂依然存在着："呵，耳目口鼻，都沉没在物质中，/我能投出什么信息到它窗外？/什么天空能把我拯救出'现在'？"在身体被拖拽的被动过程中，诗人一步步见证了物质时代的变迁，却依然无法求得答案，也无法为实现理想设计合理的路径，这惟有留给后人求解。在新时期，有些诗人尝试强化诗歌的救赎功能，以此寄托人文关怀。作为对先贤遗留问题的回应，严力有一首《浪漫曲》写道："浪漫啊浪漫/只有你才能通过诗歌的法律/把物欲的奴隶从塑料的二十世纪中解救出来。"显然，抒情者的理想主义愿望和消费社会的实际走向是背离的。诗人并没有沿袭前人的纯粹批判思路，把"物欲"定格为反道德的言说对象，而是以"浪漫"的精神和"诗歌"的方式，将其诗化成为富含深厚消费文化背景的意象资源，探讨其多元的存在形态。这就化解了前辈诗人单纯纠缠于物欲的痛苦和迷惘，拓展了诗歌言说的宽度与广度。更多诗人开始调整心态，与"物欲"展开新回合的交锋。

　　立于当代诗人的审美基点，生活现场是真实而无法回避的，他们眼中的城市是"一只老虎的胃，可以吞食任何东西"（孙文波《在傍晚落日的红色光辉中》）。其间"物质的高潮滚滚而来，/精神的痉挛源源不断，/两次高潮之间，些许的冷淡呵，/谁也看不见"（朱文《小戴》）。"两次高潮之间"的中间地带，无疑是留给诗人的，他们的使命便是将这些"看不见"的、被人群疏远的碎片拼接起来，抽取一点物质，赋予一点精神，调成一杯都市的鸡尾酒。从具体的操作层面来看，部分诗人选择自我疏离的方式，有意地将主体与时代语境拉开距离，从而获得全知似的观察角度。于坚的《在诗人的范围以外对一个雨点一生的观察》便选取了咖啡馆里的"静观"视角，小雨点"在滑近地面的一瞬"抢到了"一根晾衣裳的铁丝"，于是"改变了一贯的方向/横着走/开始吸收较小的同胞/渐渐膨胀/囤积成一个/透明的小包袱/绑在背脊上/攀附着/滑动着/收集着/它比以前肥大/也更重/它似乎正在成为异类"。诗人要凸现的正是"物"之拥挤对人类精神的挤压与消解，雨点膨胀而无踪的一生，隐喻了人类被物欲所异化的命运迷程。我们看到，抒情主体与物欲拉开距离，并将其巧妙地揉捏成"雨点"这个意象，他没有进入实际之"物"，却把"物"看得更为透彻。在叶匡政的《午夜的商务旅行》中，物欲奇异地显示了它岑寂、无聊的一面："欲望，也把这样的面具/戴在了我的脸上/一种屈服？群山寂静/恍惚，似乎空无一物/除了这几小片模糊的光芒，犹如幻影//在这些人胸中蠕动/没有地狱，没有天堂/没有尘埃来去/黎明远得像一只野兔，迷失在/他们对财富无穷的梦想中。"诗人悄悄行进至欲望人群的背后，既目睹了欢欣的场面，同时也预感到即将由欲望导致的悲剧结局。叔本华在《意志和表象的世界》中揭示过悲剧的三种级度，诗人预言的悲剧既非恶人所致，也与命运的偶然性无关，他直接指向了"物欲"过度膨胀逼使人们相互造成的绵亘之伤。在伤痕的血色中，受虐者同时又是施虐者，没有绝对澄明的道德偶像，也没有本质意义上的文化英雄。因为诗人自身也是"人群"的一员，他看到"人群"却又在"人群"之中，文本处处散发着冷静的忧惧感。陈东东的《费劲的鸟儿在物质上空》进一步转向物欲自我瓦解的特质："费劲的鸟儿在物质上空／牵引上海带雨的夜"，代表"自然／自由"的鸟儿与物质文明形成悖论式的观念联络。随着文本的深入，一切物质都进入缓慢的退化流程："铸铁雕花的大门紧闭"，"机器船没入雨雾"，"街巷又合拢于石头"。这些物质文明的符号在雨中被解构，而诗人则以回拨历史时针的方式实现了"自我"与"物质"的分离，从而使本雅明言及的"超现实的面貌"得到逆时针式的呈现。诸多文本启示我们：在一部分诗人的抒情系统中，存有大量关于物欲"瓦解"的想象，其虚幻的梦境营造固然无法使他们真正解脱，却也能使其在分离"自我"与"角色"之后，保持一分难能可贵的清醒。

三　以"物"为镜：现代主体意识的确立

按照韦伯（Weber）的理论，现代化是一个合理化的过程，社会的客观化或"物化"都是现代化的必然结果。对于"后发展"的中国，世纪之交的当务之急似乎不是反省社会合理主义的恶果，而是尽快建立将欲望"合理化"的合法途径。作为中性词的"欲望"，本身就无所谓美丑。况且，在充满消费主义味道的时代，对物欲的投合不再是节俭抑或享乐这样简单的美丑对立，诗人的态度开始变得中和而暧昧。看秦巴子的《九十年代》，欲望之旗已经飘满时代的版图："从八十年代到九十年代／像滑梯那么快／像短裙那么短／裸露的部分／已经把欲望的旗帜涨满"。杨晓民也写道："在记忆中的上海：一个美人，我们竟穷追不舍。"（《大上海》）"追逐"成为人们唯一的行为特质，这似乎又使我们感受到辛笛、穆旦等诗人面对物质文明时所持有的那种复杂态度。只不过，这时的"物"已经失去了国家主义的意识支撑；它们蔓延在个体生活之中，为标注个体存在提供了想象的抒情样式。诗人亦不再坚守负向的价值视角，也不再单纯关注物欲对人本能状态和精神结构的修改与扭曲。仿佛新人类对城市物质代码的亲近是天然的，对这种经验现实唯有接受，无法割舍。在《让我接受平庸的生活》中，蓝蓝写道："让我接受平庸的生活/接受并爱上它肮脏的街道/它每日的平淡和争吵/让我弯腰时撞见/墙根下的几棵青草/让我领略无奈叹息的美妙。"诗人的精神意向对物质文化彻底敞开，其自我意识的倾注焦点也完全转向物化对象及其现实，并希望由此触碰到生存的可感性。因此，我们便不难理解杨克为什么会"想像点钞机翻动大额钞票的声响/这个年代最美妙动听的音乐"（《广州》）。在诗人的意识之中，都市的生存首先便是欲望化的人之生存，对欲望的本真认同便是对世俗化表层生活的体认。诗人随后写道："无数人就这样消失/一场暴雨被土地吸收"。其间的"物欲"不再不知所终，毕竟，它有了"土地"这个世俗现实作为承载。

借助商品形态的物质中介，诗人随时可以检视自己所拥有的感受意识。"在当代社会，所有我们希望能够表达自己感受力的地方，都有一种物质化的替代方式。"① 这种物化的"感受方式"，充当着诗人冲破日常话语的判断标尺。进入李建春的《百货大楼》，物质过度、嚣张并肆无忌惮地铺排开来："买下所有能买的东西！T恤衫，/精品屋，今年时髦的花伞，买香水/送给女朋友。她脸颊上/长一颗痣，那个从上海来的？/梦露的样子。他在阴影里笑，/嘴巴歪着，口水掉进音乐里。/你加入牛仔的角逐，Lee牌，或者/Billy牌，Texwood，苹果牌。"诗中商品意象的集中呈现，彰显着诗人面对消费时代所表现出的坦然自若。同时，这些意象群落也成为他可以调集的、标示主体性存在的重要

---

① ［英］迈克·费瑟斯通：《消费文化与后现代主义》，刘精明译，译林出版社2000年版，第331页。

资源。如果说物质异化了人的精神存在，使人类陷于消费关系的逻辑网络而迷失自身，那么这样对"物"的大规模陈列，亦可从侧面折射出正向的价值光芒。翻开周薇写于新世纪的《卖身契之现代体》，诗人如流水账般追述了她的物象街景视界："正午，艳阳高照我走过一个又一个的行人和道路/并且 永远羡慕/那个想亲吻猫的音乐家//迎面开过一辆车 又经过/一个香水味很浓的男人/他看看太阳 又低头看我/'叭'对着我的心脏打枪/倒下的却是一个叼烟的女人。"在移动的凝视中，诗人扮演了游魂的角色，其所记录的一系列转瞬即逝的、无深度的图像具备了完美的"现时性"特质。在对物态形象的消化与克服中，她仅仅通过与现代生活的视觉联系便体验到自我与现实的距离感，从而拟现出其主体存在的轮廓。翟永明的《对着镜子深呼吸》和《情迷高跟鞋》则细腻而夸张地诗化了女性对"各类新鲜产品"以及"高跟鞋"的物质迷恋，这些时尚元素的作用者都是女性不断"自恋"的身体。如果置身于狭小的现代生活空间，那么，人类（特别是女性）的"想象性疆域"就是他们自身。抒情者们对物欲的追求，成为人类生存历史和生活法则的影像记忆，以及为未来留存经验的精神卷标。对诗人而言，他们更关心与日常生活相关的"此岸"世界，而其消费商品的方式与品味，正通过"物"被消费的实践，回溯到主体的审美取向之中，进而标榜出主体精神位置的独特性。为了不被"物"所消费，诗人反而曲折地利用了"及物"的行为，获得区分意义的结构途径。

物质繁华的年代必然有属于这个时代的文化英雄，仅仅占有物质而丧失精神，向来不是英雄的作为。生存在日益扩大的城市与加速度的时间概念当中，任何英雄都会在下一秒钟淹没于行人掀起的扬尘。在世纪之交的中国，"形而上的充满激情的理想主义和未来主义，被一种形而下的实用理性原则和现世主义所取代"。① 对物质的每一分热爱并不具备持久性，它们在瞬间而生，旋即而死。"没有一种为瞬间而生的液体。/时间就是短的。/十分钟以后我可能什么也不需要了。"（王小妮《喝点什么呢》）日常物质表面散发出的诗意很快就被物质本身所消解，诗人无法抵达意义的深度模式，她唯一能够做的，便是珍视每一次瞬间的生活感念、每一寸琐碎的生活片段，通过消费日常生活素材来发散诗情。在路也的《两个女子谈论法国香水》中，"香水"这个代表物欲享乐的意象出人意料地成为想象力的来源："我和佘小杰坐在下午的书房里/认真地谈论起一瓶法国香水/就像谈论一宗核武器/这偶然得到的礼品/对于习惯海鸥洗发膏和力士香皂的人/竟如火星一般遥远"。透过"香水"这个物象，诗人建立起世俗化的诗意情境。她以对"远离香水的自己"进行反讽（"粗糙的女人"），触发人类面对诱惑时的敏锐思考，其场面和语言不乏幽默。作为欲望符号的"香水"及其建构的情思空间，正引发出詹明信所认为的"一系列永恒的当下片段"②，它为参与实时的诗意构成贡献着力量。

　　总之，诗人关于物质欲望的主题营造，一方面，源于人类从来无法摆脱的、迷恋于物质享乐的自然欲念。今天，在感性经验泛滥的物质风尚面前，人类关于幸福的理性话语显得孤立无援，建立在当下意识之上的、获得消费性满足的快乐，成为物欲失范时代的生存法则。另一方面，一部分抒情者始终坚持独立的主体精神，他们体察到由"物欲"所导致的精神空虚，试图在现世主义和理想主义原则之间觅得平衡。在与"物"的衔接中，诗人尽量谋求精神与文化价值的双重提升，参与并见证着当代诗歌

　　① 周宪：《中国当代审美文化研究》，北京大学出版社 1997 年版，第 301—302 页。

　　② ［英］迈克·费瑟斯通：《消费文化与后现代主义》，刘精明译，译林出版社 2000 年版，第 83 页。

的世俗文化转向。此外，在诸多物欲症候群中，充当文化波普的物态符号与人类肉身也关涉紧密。在某些时候，"身体"也会进入"物化"的组织方式并参与人类"异化"的构成，进而成为被物欲"异化"的承担者。在下一节中，我们将对这一诗学主题继续展开探讨与分析。

第二节 身体主题："肉身"中的城市隐喻

从诗人面对城市的那一刻开始，他首先承受的便是经由身体引发的全新经验。源自身体的对城市的种种欲望，大部分还会返回身体本身并最终得到实现。对都市中的诗人而言，只有采用以"躯体"进行"感知"的抒情形式，才能将都会"迷云"之中的官能之乐、抵御"物化"的批判意识以及反理性压制的文化姿态尽然展示。在现代都市中，每一个身体都指向一个不可复制的、拥有独立经验的灵魂。作为消费社会的权利语言和符号资本，诗歌中的"身体"可以形成一系列指向"异化"的时代隐喻，我们对诗歌中"文学身体学"的理解也应当被诠释为"肉体紧紧拉住灵魂的衣角"。[①] 身体可以帮助我们感知城市，并找回对文学"身体化"的观念认知，为都市漂泊的灵魂觅得停靠的港湾。

一 以"肉身"的钥匙开启都市之门

20 世纪 30 年代，在戴望舒等文人编辑的《新文艺》上曾登载过一篇署名"迷云"的《现代人的娱乐姿态》，作者对都市的描述由身体抒写展开："一双白藕似的透明而纤美的脚畔，丰满

---

① 谢有顺：《文学身体学》，见汪民安主编《身体的文化政治学》，河南大学出版社 2004 年版，第 212 页。

而肉感的肩膀和背部，比盛开时的花还要浓艳的半开底胸上的一对乳峰，他们的一切欢迎着祝福着一般全身如铁甲车的刚强而有压力的男性的肉体。"① 奔放的情感与震颤的肉欲混融一体，沉醉其中的都市男女不断获得酒神似的巅峰体验，这正是诗人鸥外鸥所说的"官能的文明"②，也是子铨在《都市的夜》中所渲染的肉欲气息。在现代诗人的创作中，邵洵美引领的"颓加荡"式的诗歌最为切近这种"文明"的特征。他热衷于对陷入情欲缠绕的"身体"进行直白的描述，以耽于享受的姿态标示其个体存在。像其所推崇的英国诗人西蒙斯似的，在刹那的肉体享乐和永恒的心灵守望中，他毫不犹豫地选择了前者，然而其诗句又比西蒙斯更具有诱惑力。如《牡丹》一诗应用了"潮湿的肉，透红的皮"的意象，其狂纵妖艳甚至露骨到视觉都难以承受的程度。我们注意到，诗人描述的感官欲望总是径直指向"红唇"、"舌尖"、"乳壕"、"肚脐"、"蛇腰"这些性感部位，这种对"身体"的开放式抒写，使之在文化系统中长期受到压抑和排挤的地位得以修正。抒情主体对欲念的钟情，在一定程度上解放了"身体"，使它暂时摆脱了宏大意义和文化理念所造成的各种束缚。因此，邵洵美、章克标、滕固、汪铭竹等诗人突出的"肉欲"和"性征"（女性的），"一方面回避了五四'大我'思想的侵蚀，另一方面又是它拟构'生活的现代性'的一种方式"。③ 抒情者对"性"的开放姿态和对"身体"的大胆描写，从某种程度上丰富了现代文学的思想史建构。在接近"都市"这一话语资源时，诗人往往选择"身体"充当城市最可感、最真实的媒介，他们以华丽的享乐姿态寻求即时的快感与慰藉。也

---

①　原载 1930 年 2 月 15 日《新文艺》第 1 卷第 6 期。

② 　鸥外鸥：《股份 ISM·恋爱思潮》，原载《恋爱随笔》，上海良友图书公司1935 年版。

③ 　摘自姚玳玫《想像女性》，中国社会科学出版社 2004 年版，第 298 页。

正是在都市欲海的反复作业中，"身体"被赋予更多本能冲动的内涵，蛰伏着享乐主义的世俗倾向。这样的精神背景，促使一部分写作者转向对官能欲望的极度抒发，并使身体自身分裂出"肉体"这个主题。肉体当然是身体，但它在语义上又不单纯属于生理词汇，而是附加了都市心理和性别文化的要素，它既是欲望的主体，同时又是欲望的对象，具有双重消费的性质。在深受启蒙思想和阶级意识影响的诗人看来，沉迷官能叙事而导致的灵魂异化是城市最为严重的病症之一。金钱与性，正是他们构筑批判话语的关键基点。

胡也频在《肉的气息》中写道："何以在灵魂之中，/无论是如何美丽，/清洁和光明，/总带点肉的气息？"这气息使都市笼罩在阴影之中，使诗人踟蹰彷徨在都市的暗夜，以此逃避来自身体欲望的诱惑。在滕刚的《紫外线舞》中，诗人以女性的身体形象地演绎着人性的物化："快三拍子，脚，疾如奔兔/在日球之轨上，弓着腰/扑朔着一对白乳，旋舞。/音乐如暴风雨/奏着金、木、皮革底 Maion……"他的《都市底牧歌》中摩登女郎的高跟鞋是"羊蹄之鞋"，在"情欲的灯火"和"撒旦的天幕"中模糊成一个个"圣画上走下的家畜"而成为"人兽"。女性形象的"兽化"，正彰显出诗人头脑中深刻的批判意识：肉身化的纵欲削弱了人在道德层面上的存在感，"滥交"既非人的正常生理需求，也非出自动物繁衍后代的生存需要，它只能化作"女人股间的臭"（吴汶《七月的疯狂》），或者由阴唇而生的"摄人魂魄的鲜花"（孙大雨《自己的写照》），这是诗人在意识形态层面对城市人精神的疯狂诅咒。同时，我们也看到，无论是享受肉欲还是为肉欲所困，"肉体"都成为诗人进入城市不可忽视的重要通道。换言之，诗人呈现的各种肉体散落在城市角落之中，不断滋生着一个个隐喻。透过这些文本，我们可以发现，诗人要描述时代现实，往往需要通过"身体"这个中介物，它被拟化为城市的代码，隐喻出一幕人群寻求即时快感、迷失于官能文明的悲剧。

以肉欲的疯狂指代城市人的精神状态，这是新诗一个较为稳定的抒情模式。时至今日，这样的文本依然层出不穷。当代诗人邓成彬在组诗《丰乳时代的城市》里这样写道："丰乳时代的城市/广告十分拥挤/女人们忙忙碌碌/用钞票施肥　时间灌溉/精心培育自己的果实//一对对优良的玉乳/愈来愈茁壮/越来越鲜艳/极具观赏的意义/一天天　占据和充斥着/我们的视野。"抒情者使用了大量反讽语句，其矛头直指城市陷于"身体化"审美的客观事实。不过，"乳房"这个女性性征在与城市建立隐喻联系的同时，依然带有男性审美视阈的强烈印记。在城市中，被消费的并不是"乳房"本身，而是男性与女性之间的身体联系，甚至是身体与商业物品的交换关系。再看朱文的《小戴》一诗："美丽的躯壳带来一种幸运的生活，/别墅、汽车和精美的食物/与财富作爱，与地位调情，/并在心里把幸运理解成唯一的幸福。"身体退化为"物"，降格成具有交换价值的"商品"，人们单凭其躯壳便可驾驭"幸运"的生活，而灵魂与精神的"在场"则愈发显得尴尬，甚至有些不合时宜了。

值得注意的是，大部分诗人选用"身体"表达批判意绪时，多择取女性的身体符码，对时代的塑造往往与对女性的想象密不可分，女性的性特征和城市的罪恶形成悄然的换喻关系。丰乳与股间的气息或许可以将人们引导至时代风景的光怪陆离，不过，它却回避了"男性"这一欲望的重要精神载体，也削弱了男性应负有的道德压力和价值承担。当然，也有部分诗人选用男性的身体意象，使其与城市形成互喻联络。如裴作兵便专注于运用男性"生殖器"的意象，以此作为描述"上海"这座客居之城的主要符号。他笔下的上海是"一个端着生殖器的囚徒"（《上海的囚徒》），充满了原罪。对囚徒来说，欲望自然无从发泄，它

（上海）只有通过一次次的意淫实现对虚无欲望的崇拜。即使欲望得到满足，其代价也是巨大的："我满足了，像一个发胖的女皇，阉割了/所有禁不起诱惑的生殖器/然后，将这些生锈的机器全部流放。"（《冷叙述：一场现实生活的性幻想短句》）要进入诱惑的大门，现代人需要签订同意被"阉割"的契约方可获得施舍，在坚挺（情欲的畸形发展）与疲软（快感消退后的精神迷茫）之间，生殖器如同冰凌一般刺入城市，清醒而冷静地穿透时代的种种假象，而诗人则冷静地站在隔膜的城市之外。由此可见，诸多诗人批判"身体"，实则是在批判时代的种种不良症状。在视觉印象之外，与精神相联系的肉身往往更容易旋启时代之门，它引领我们步入一个更为深邃的内部现实。某些时候，"身体"就是时代的代名词，它激活了我们对所居之地的关注与解读。

二　都市"自我具象"的见证与确立

1947 年，穆旦写下《我歌颂肉体》一诗。沿用"肉体"而不是"身体"，缘自诗人认为"肉体"具有亲切的精神可感性，它比"身体"更为贴近心灵，诗人写道：

> 我歌颂肉体：因为它是岩石
> 在我们的不肯定中肯定的岛屿。
>
> 我歌颂那被压迫的，和被蹂躏的，
> 有些人的吝啬和有些人的浪费：
> 那和神一样高，和蛆一样低的肉体。
>
> 我们从来没有触到它，
> 我们畏惧它而且给它封以一种律条，

但，原是自由的和那远山的花一样，丰富如同蕴藏
　　的煤一样，把平凡的轮廓露在外面，
它原是一颗种子而不是我们的奴隶。

性别是我们给它的僵死的诅咒，
我们幻化了它的实体而后伤害它，
我们感到了和外面的不可知的联系，
　　和一片大陆，却又把它隔离。

诗人把对"肉身"的认知提升至哲学层面，对其作出深入的阐释。作为一个时刻被都市符号所排斥并向往自然原野的诗人，将自我化作"岩石"般的肉体，正成为抒情者在都市语场中唯一可以自主掌握的东西。然而，我们缘于对"肉体"的无知而恐惧它，甚至对它进行歪曲和幽禁，这是因为"我们还没有把它的生命认为我们的生命，还没/有把它的发展纳入我们的历史，/因为它的秘密远在我们所有的语言之外"。在诗人看来，肉体是我们唯一已经得到的稳定之物，它不应该受到任何思想的钳制。这首写于1947年的诗仿若旧约的先知书一般，引发后来者展开思考，而当代诗人则成为化解这"僵死的诅咒"的传薪者和布道人。

　　在当代女性诗人那里，"身体"成为她们以个体方式阅读"城市"这个"文本"并解释其意义的行为主体。以身体进入或者远离城市的过程，都可以转化成为对自我性别与命运的注视、追踪之旅。重新翻开伊蕾写于20年前的《独身女人的卧室》，如果说顾影自怜的女主角是在进行着欲望叙事的初步尝试，那么这类尝试的基点应当是反都市的。"城市生活的整一化以及机械复制对人的感觉、记忆和下意识的侵占和控制，人为了保持住一点点自我的经验内容，不得不日益从'公共'场所缩回到室内，

把'外部世界'还原为'内部世界'……人的灵魂只有在这片由自己布置起来、带着自己的印记和气息的空间才能得到安宁，并保持住一个自我的形象。"① 本雅明的"室内"空间正如伍尔芙所说的"一间自己的屋"一样，在女性诗歌中，"卧室"成为女诗人惯用的意象符号。她们经历了由家庭空间步入社会空间，再返回私人空间、与产生城市男子气概的场所主动疏离的精神历程，对自我身体迷恋式的阅读姿态，见证的是抒情主体对带有独立、私密经验的"肉感"现场之真实捕捉，以及主体性别意识不断确立的回归之路，这正从积极姿态回应了穆旦所说的那种对自身的"畏惧"。乔以钢指出："从女性解放的角度来看，现代化大都市的崛起，为女性提供了更多涉足公共领域的机遇和现代性体验。事实上，'现代性'作为当代思想文化叙述之一种，一定程度上是被女作家的物质和想象的'在场'意义清晰地标示出来的。"② 城市固然为女性带来了更多的生存问题，但同时也为她们建立私密的性别经验空间提供了种种可能。

在消费时代的诗歌文本中，身体与物质的联系更为密切。一方面，由它所引发的批判之音依然不绝；另一方面，消费社会对身体的塑造力日益增强，它已成为都市人无法规避的现代风景。于是，一些诗人突破理性教化的精神藩篱，他们主动迎合身体"被塑造"的现实，将其视为"自我存在"的经验对照和视觉证据。翟永明在《对着镜子深呼吸》中便写道："每天清晨　在她们化完妆后/在她们双眼敞开/每一天的霏霏细雨时/她们的双眉肯定厌倦了/各类新鲜产品//就对着镜子深呼吸"。在另一首诗《情迷高跟鞋》中，女诗人这样描述："马路上　我们走过的/每

① 张旭东：《本雅明的世界》，载《批评的踪迹》，三联书店2003年版，第51页。

② 乔以钢：《中国当代女性文学的文化探析》，北京大学出版社2006年版，第84页。

一个女人　昂首/去习惯　躯干的注目/因为/他们情迷高跟鞋。"
化妆品和高跟鞋都是消费社会对女性施加的"软刑具",抒情者
竟然主动与之亲和,并以自恋的方式描摹专属自我的身体形象,
这正与上文所言及的、诗人主动参与被"消费"的实践形成互
证。如同"卧室"中的私人空间一样,女性回到自我"身体"
的空间中,通过塑造带有殊异性的个体之美,显扬其独立的精神
个性。

　　"在当代社会,身体越来越成为现代人自我认同的核心,即
一个人是通过自己的身体感觉来确立自我意识与自我身份。"①
既然身体被"被塑造"的命运难以免却,那么,它必然要遭受
多方面的"变形"和"加工",这是女性不得不正视的生存现
实。今天,消费社会已经为"身体"设计出种种"理想"的规
划,整容术便是这个时代的魔术产业。通过描写《眉毛》,路也
点染出其存在的重大意义:"眉毛在我们这个时代/多么重要,
它是女人脸上的注册商标/……/能以生死存亡的力量/推动爱情
或者命运。"既谈不上性征也尚不具备器官意味的眉毛,实在是
人类庞大身躯中的小兵小卒,可它竟能主宰自然的蜕变,既
"加速了月牙儿的凋零",又"催促着柳叶的老去"。取材自然的
月牙眉和柳叶眉反过来主宰了自然的蜕变,并且催生其他器官一
起受难于"美容店里的刑具"。诗人发微见著地警示女性:在男
性审美视阈占据主导地位的视觉消费时代,"自恋"或许会落入
某种预设的文化圈套之中。再看欧阳江河的诗句:"……美容
院/能从她的美貌中去掉不断成长的美。/但是剩下的依然在成
长,衰老不过是/美在变得更美时颤栗了。"(《电梯中》)美容院

---

　　① 陶东风:《镜城突围:消费时代的视觉文化与身体焦虑》,载朱大可、张闳
主编《21世纪中国文化地图》第三卷,广西师范大学出版社2005年版,第78
页。

的功能毋庸讳言，然而以"造美"为生的它却在"去掉不断成长的美"，使"身体"逐步丧失个性。诗人以悖论的方式搭建起诗维框架，批驳了消费文化施加在身体之上的霸权，并印证出"自我形象"在消费语境中的逐渐褪色。作为原始生命力的见证，"衰老"这一悲剧式的、不可逆转的特质使其成为可以与"物化"相对抗的力量，并与城市的物质力展开角逐。总之，无论批判抑或投合，见证并确立起"自我"在消费语境中的具象，这才是诗人对"身体"进行审美的旨归。维护身体的主体完整性，其实正是为了保障人类精神人格的完整，使个体不至于漩入时代整体的加速度而丧失自我。

三　城市丛林中的肉体诗学

　　1987年，伊蕾以一篇带有浓厚身体自恋意味的《独身女人卧室》引起诗坛震动，相较之下，尹丽川则从精神上的性呼喊、性渴求彻底游移到性的行为层面，甚至是细微的做爱细节，她也毫不放过。《为什么不再舒服一些》便把一次次的做爱与"按摩、写诗、洗头或洗脚"这些日常事物相勾连，舒适的造爱成为诗人追求的目标，这也正代表了"下半身"诗人的群体选择。其主将沈浩波对这一抒情群落的艺术追求有如下阐释："所谓下半身写作，指的是一种坚决的形而下状态……是诗歌写作的贴肉状态，"[①] 它追求"肉体的在场感"，而从被理性压制的"身体"中解放而来的"肉体"则意味着要以"我们"的原初体验证明自我的意义在场，亦即前文分析的对"自我形象"的呈现。这一抒情群落强调："下半身"写作的首要立场便是"对于诗歌写作中上半身因素的清除"，因为"知识、文化、传统、诗意、抒

---

　　① 沈浩波：《下半身写作及反对上半身》，载《下半身》创刊号，2000年7月。

情、哲理、思考、承担、使命、大师、经典、余味深长、回味无穷……这些属于上半身的词汇与艺术无关，这些文人词典里的东西与具备当下性的先锋诗歌无关"。① 南人有一首《中国啊，我的鞭子丢了》，单从诗题便可感受到，诗人对梁小斌的《中国，我的钥匙丢了》采取了戏仿的手法，带有消解神圣的意味。富有趣味的是，"丢了钥匙"的历史喟叹被改写成"丢了鞭子"，而"饭后去款台结帐/我发现/他们的鞭子都被泡在老周的酒里"。可见，蕴含其间的"生殖崇拜"已不再与国家观念相勾连，而是直接作用于"壮阳"的身体滋补之中。嬉戏取代了严肃，一幅诙谐的生活影像跃然而出。

在"下半身"诗人注重的官能叙事中，他们更关心通过肉体建立起与日常生活存在的敏感关联，以及促成戏谑式叙事的意义可能。看沈浩波的《一把好乳》："嗨，我说女人/别看你的女儿/现在一脸天真无邪/长大之后/肯定也是/一把好乳。"抒情主体的观察点处于封闭的公共汽车空间内，诗人以从容的语言陈述着看似"必然实现"的预言。在他笔下，"行为的诗学"建立在城市生活的庸常之中，其文本虽然缺乏那种能够沉淀为经典的意义重量，却也充分表达着抒情者瞬间的现场快感。这种快感由视觉的肉体经验而生，最终依然回归到对肉体的既有经验，从而避免了指向所谓的道德、理性等宏大命题。杨黎写有一首《在百盛……》，其抒写语境与沈诗基本相同："一个女儿对她母亲说/我没有戴胸罩/一件白色 T 恤/紧包着她丰满的乳房/以及突出的两点/这太像我年轻的时候了/母亲想……"诗人一贯坚持的"冷叙述"风格在文本结尾出现："在百盛广场/一对母女正穿过/阳光下面。"可见，同样是对现场经验的捕捉，杨黎更注重

---

① 沈浩波：《下半身写作及反对上半身》，载《下半身》创刊号，2000 年 7月。

语言状态的零度呈现；与之相比，沈浩波则惯于使用带有痞子语气的语言调侃，其风格更容易与处在即兴状态的"肉体"展开意义联络，同时，诗歌中词语的暴力性和叙事性因素亦得到了强化。在对"犯罪感"的快意追逐中，抒情主体用荷尔蒙符号的流动证明了自我的意义在场。

　　毫无疑问，"下半身"写作的出现带有浓郁的城市文化精神色彩。荷兰汉学家柯雷便认为以沈浩波等为代表的"下半身"写作（the Lower Body group）不只是生殖器官的同义再现和色情描述，对它的评价也不应止步于"性"之中。"下半身"写作群体还"反映了中国大城市中的'黑暗'面影，抒发了与传统生活意识形态产生真空的城市'年轻一代'的心境，这种写作显示了通过意义运作而达到的'生活的可变性'，其反讽式的快乐经验与未来无关，它在本已缺乏快乐感的中国大城市中矛盾成长着。"① 在柯雷的脑海中，他或许更为看重"下半身"写作对城市经验的反向挖掘，以及它和城市中的性欲、毒品消费、摇滚音乐等朋克文化之间的联系，以此证明"毛泽东主义的革命激情消失之后"中国诗歌视点的"下移"。按照他的理解，沈浩波难得的长诗《淋病将至》正可证明这种视点变化。因"淋雨"而生病被诗人"简化"为"淋着淋着/就淋成淋病了"，他游戏式地利用了汉语的多义性，随时为我们召唤着另外一个关于"淋病"的意义想象，同时没有给读者任何涉及这种"意义"转换的提示。在文本中，城市物质风暴对下层民众的洗礼，仿佛都与和纵欲有关的"淋病"实现着同喻：前者是精神的，后者是肉体的，而一切"被操纵的力量"都施加在无辜的"人"身上。柯雷在分析这首诗时，不厌其烦地追忆了诗中列举的诸多地名之

---

① Van Crevel, Maghiel, 2008, *Chinese Poetry in Times of Mind*, *Mayhem and Money* (Leiden etc: Brill), p. 309.

具体位置，这显然与他个人在北京的经历有关，并且他认为这首诗代表了"下半身"写作的一种姿态："'文本成为城市丛林的一部分'激活了我们对城市这个'上下文'的理解。"① 城市成为可以被身体解读的上下文，这在尹丽川的《深圳：街景》一诗中更为明显："女孩们的月经//总是迟迟不来/避孕药吃多了/乳房像冬瓜垂到地上/屁股却飞到高空/翘的高度决定了前程/经过十年的遗精/五年的手淫生涯/少年们躲进青春，冒着虚汗/再也没什么事干。"性的符号构成街道的主体风景，城市的物质外观和内部精神也日益变得"肉身化"。一切关于城市的欲念、不安都被"下半身"所蕴涵的"冲动，原创，力量，激情"（李师江语）演绎而出。这应当是一个生命个体最有力量的部位，也是一个城市最虚弱的精神器官。

在评价"下半身"诗人时，谢有顺以一种"新的美学原则，以及一种新的精神和话语的方式正在年轻一代中悄然崛起"② 的历史论调强化了他们对"民间资源"的开掘和对"民间话语"的坚守。不过，更多的论调集中指向他们肆无忌惮地推崇肉体快感所产生的负面效应上。肉体的激情固然可以唤醒身体的冷漠，为精神存在留存明证，但瞬间的、爆发式的技术呈现，大都难以保持足够的诗意强度，人类精神的主体性也容易在性交的暴政中消弭，过剩的荷尔蒙会使"整个身体都成了力比多关注的对象，成了可以享受的东西，成了快乐的工具"。③ 一旦肉体本身也成为一种权利时，它同样可怕。如朵渔所说：由于"身体成为不折不扣的工具，从对抗一种道德专制中建立起另一种道德专

---

① Van Crevel, Maghiel, 2008, *Chinese Poetry in Times of Mind, Mayhem and Money*, Leiden etc: Brill, p. 320.

② 谢有顺：《1999 中国新诗年鉴·序》，广州出版社 2000 年版。

③ ［美］马尔库塞：《爱欲与文明》，黄勇等译，上海译文出版社 1987 年版，第 147 页。

制"，"在'下半身'伟大论调的掩护下，很多身体死了"①。他清醒地意识到"下半身"写作不是单纯的"身体写作"，而对那些代表原始、野蛮的本质力量的生命状态之抒写，也未必就能与表现"人性"的目标走向一致。诗歌的贴肉状态如果丧失了金斯伯格式的带有侵略性的生命力流露，便很容易滑入"无伦理"的意义放逐之中，失去对现实痛感的召唤力。

　　梅洛·庞蒂曾论断："世界的问题，可以从身体的问题开始。"他还说过："我们的经验……靠我们的肉体存在于这个世界上，靠我们的整个自我存在于真理之中。"② 这意味着我们应该取消一切顾虑，直面自己的身体进行在场的写作，以肉体的快感见证生命的现实性。从形式上分析，"下半身"写作群体钟情于对快感经验和日常生活的捕捉与渲染，带有浓厚的反理性色彩。不过，部分诗人过于宣扬"身体"的在场状态，肆无忌惮地推崇肉体快感，也容易使千篇一律的快感表达成为机械复制时代的艺术作品。这些文本更像是城市消费文化中一个个被复制的客体，在经验的复制与粘贴中逐渐远离诗歌应有的尊严。事实上，由消费语境所引导的城市文化以身体作为活跃的中心，肉体化的诗歌最适合表现这种消费时代的典型面貌。对"身体"进行审美的关键，正在于开掘其意义的最大可能性，这是对理性观念强大的学院技术化写作的反拨（这在齐美尔看来也是反城市化的一种表现）。即便强调它与日常生活的可感关联，也应以"关涉灵魂和身体的双重性质"③ 实现其民间姿态。

　　柯雷认为"下半身"写作的出现既是中国的城市文学现象，

---

　　① 朵渔：《没有差别的身体》，载《意义把我们弄烦了》，人民文学出版社2004年版，第108页。

　　② ［法］梅洛·庞蒂：《看得见与看不见的》，见 David Michael Levin《倾听着的自我》，孙晶等译，陕西人民教育出版社1997年版，第148页。

　　③ 谢有顺：《1999中国诗歌年鉴·序》，广州出版社2000年版。

同时也是中国诗歌"世界性"的表现，这种诗学思维当属"世界文学"的重要成分。在彼岸的台湾，诗坛也渐渐以"性"（sexuality）传递着某种象征观念，诗人尝试以后现代的文化新感性挑战理性主义"生产"的意义。同"下半身"的美学取向类近，台湾"新世代"诗人同样不再把性器官视为禁忌。借助诗歌的力量，他们把"身体"看作具有书写策略的工具，将矛头指向权利意志和文化积淀，并对其进行反抗与颠覆。感官愉悦的纯粹性表达成为诗人的审美取向，"性"也不再指向单纯的生殖、繁衍之意，诸如手淫、同性恋、家人恋、动物恋等畸恋模式也获得宽容平等的对待，从态势上看，这与"下半身"诗群的出场背景颇有几分相似。新世代诗人陈克华有《"肛交"之必要》一诗，颠覆意义便颇为明显："子宫与大肠是相同的房间/只隔一层温热的墙/我们在爱欲的花朵开放间舞踊/肢体柔热地舒卷并感觉/自己是全新的品种。"以肉体的败德反抗道德，其中的另类情欲凝聚成正向的力量，以边缘话语对抗着主流话语的权力渗透。在大陆诗人简单笔下，《变态者》也以"易性癖"的姿态应和了陈克华向来倡导的话语策略。"易性癖"在夜晚之中错位疯狂，仿佛可以从"理性岩浆"中获得暂时的解脱。其物欲与原欲的畸形表达，既有波德莱尔式的批判风范，同时也是摆脱知识文化传统之后的肉身优游。其中，快感和技巧是推动力，内在生命意识的召唤才是其精神旨归，它有助于帮助诗歌操作者克服消费主体和身体主体的双重宰制，使之建立诗性主体应有的权利与尊严。

第三节　孤独主题："城堡"外的当代英雄

　　孤独是人类普遍存在的与排斥、隔绝相关的心理体验和情绪状态，作为一种自我意识，其重要表征是主体（个体生命）

与客体对象相疏离而导致的精神空虚感。在中国传统诗文中，孤独主题向来为诗人吟咏不衰，无论是伤情别离，还是羁旅之思、忧患之词，其所指都是对生活幻灭不安和精神飘零难归的感怀。而从存在主义观念出发的现代意味上的"孤独"是个体生命存在的方式与见证，同时也凝聚着艺术家内在的生命力量，从而成为他们探询自我价值与本质的有力手段。现代都市社会的紧张、压力以及畸形的欲念竞逐造成人与人之间的生疏与隔膜，在以物质化为特征的城市经验面前，人不仅被强行取消了和自然经验交流的可能，更重要的是被剥夺了人群之中的精神归属感。"人的异化"所导致的直接问题，便是精神主体因寂寞和虚无所形成的生命漂泊感，而诗人对"孤独"主题的开掘，正可宣泄这种感受。因此，新诗"孤独"主题的出现是现代城市文明发展的必然，它成为抒情主体皈依心灵的独特审美向度。同时，"孤独"还以一种解放的力量，充当着诗人寻觅纷繁意义的情感焦点，并促进了抒情者独立精神和个性体验的生成，这就与诗歌写作不断追求"个人化"的审美欲求两相契合。

一　城市：无法进入的现代"城堡"

城市文明引入的物欲崇拜和商业气息改写了中国社会的人际关系，在利己主义主导的人际交往中，"他人即地狱"似的严酷现实为诗人带来了前所未有的孤独感，他们发出"嚣躁里的生疏的寂寞哟"（宗植《初到都市》）这样的喟叹。对都市平民而言，孤独感的诞生与城市物质文化符号关联甚密，刘大白便以《汽船中的亲疏》第一次写到发生在交通工具空间中的人际关系。"汽船"将地理目的地相同的人群聚合在有限的空间中，然而人与人之间心灵的隔阂却是无限的，诗人借此预言属于现代人的孤独即将出现。20 世纪 30 年代，废名写下《街头》、《理发店》、《北平街上》等诗，其中多以交通意象或建筑意象搭建孤独的场景。在《街头》一诗中，"寂寞"情绪的承担者是汽车、邮筒等现代之物，由物质符号所散发出的孤寂气息，映射出诗人游离于城市人群的瞬间失落感。孙大雨也曾以"寂寞又骇人的建筑的重山"（《自己的写照》）吐露了深陷钢铁时代却无法脱身的无奈，其间的失落情绪难以逃遁。再看林庚的《沪之雨夜》，文本背景只有汽车驶过的声音和被雨水打湿了的柏油马路，身处人群拥挤的现代都市，敏感的知识分子听到的竟是"孟姜女寻夫到长城"的幽怨古曲。如孙玉石先生所说："现代都市生活中人与人之间关系的冷漠，都市发展造成的物质发达而精神匮乏引起一部分专注于精神世界的敏感的知识分子内心的孤独与寂寞。"[1] 林庚的短诗正凝聚了这种孤独体验。

九叶诗人陈敬容写有一首《夜客》："听表声嘀嗒，暂作火车吧，/我枕下有长长的旅程，/长长的孤独。/请进来，深夜的幽客，/你也许是一只猫，一个甲虫，/每夜来叩我寂寞的门。"作者将"火车"这一现代意象附加在"孤独"的意义平台，既符合"意象的现代生活化"，又使主观感受得到间接而具体的转化和呈现。由此，诗人的孤独从古典隐逸传统中走出，并浸染了更多现代的气息。商业社会使人与人的心灵距离渐行渐远，而现代化也使人在"物"面前变得力不从心，甚至心惊肉跳。敏感的现代主体逐渐被城市的速度旋转至街道的边缘，哪怕他们选择进入夜总会、酒吧间、电影院，以释放玩世不恭的情感来排遣孤独，恐怕也是徒劳的。因为在人与人缔结而成的消费关系中，被"消费方式"左右的抒情主体永远无法脱离"关系"的操纵，他只能不断地遭遇"人群"的刺激，进而陷入内在的孤独世界，这正是现代人"情绪之现代性"的表现。

---

① 孙玉石：《中国现代主义诗潮史论》，北京大学出版社 1999 年版，第 141 页。

　　在与城市的对话中，诗人们时常感到无法得到回应的痛苦，翻开辛笛的《寂寞所自来》，城市成了"垃圾的五色海"，而抒情者的"呼喊落在虚空的沙漠里／你像是打了自己一记空拳"。人因为被强行扯进同一的消费关系而丧失了交流的基本可能。再看"荒塞的凄凉和闹市的寂寞／同样沉重，而你就喘息地缩小"（陈敬容《寄雾城友人》），"城市太寂寞，／寂寞得使外乡人不愿等待下去"（杭约赫《火烧的城》），"走进城就走进沙漠，／空虚比喧哗更响"（袁可嘉《进城》），抒情者都将笔锋集中在人与城的命运对峙上。对他们而言，城市成为具有坚固群体意识的厚重城堡，它自我封闭的特征带给试图脱离它的人以极强的吞噬性，使深入其中的人无法摆脱。"我们之间存在着半透明的什么／存在而无法触摸／无言吞蚀了一切"（郑敏《尺八》）。个体的孤寂并不可怕，而人与人关系的失位才是都市内在的凄凉。在现代人严酷的生存状态面前，"人失去了一切支撑点，一切理性的知识和信仰都崩溃了，所熟悉的亲近之物也移向飘渺的远方；留下的只是处于绝对的孤独之中的自我"。① 穆旦的《蛇的诱惑》正写出了这个"自我"从虚伪的"亲切"中脱茧而出的全过程："无数年青的先生／和小姐，在玻璃的夹道里，／穿来，穿去，带着陌生的亲切，／和亲切中永远的隔离。寂寞，／锁住每个人。生命树被剑守住了，／人们渐渐离开它，绕着圈子走。"由"亲切"导演出的"寂寞"场景，可谓都市施加在人心灵之上的纸枷锁。在抛离庸凡的生命之后，抒情者无法通过与苍白人群的经验交流，获得印证自我存在的任何信息，因为这个物质存在本身便是浮躁不安的。于是，恐惧丧失主体意识的抒情者开始惊呼："我是活着吗？我活着吗？我活着／为什么？"类似现代诗人何其芳

---

　　① ［德］施太格缪勒：《当代哲学主流》，王炳文、燕宏远、张金言等译，商务印书馆1986年版，第183页。

发出的"我现在到底在哪儿"①的呼号，诗人承担起针对普遍意义的重大命题，以"孤独"拉开了与"孤单"的意义距离，由浅层的情感再现爬升到强烈的心灵考问。弗罗姆说："他从自身中离异出来，他不能体验自身是自身的核心，他不是自己行动的主导者。"②被都市撕裂开的人找不到他人，因此迷失了自我，"我活着"的自我反诘成为存在主义的精神呐喊，一种形成于都市的现代主体意识也在悲壮的氛围中得以确立。在卡夫卡的异化现实中，总有一个永远无法进入城堡的局外人，而敏感的现代诗人便如同卡夫卡似的，时刻感受到主体人格被日益"疏远"的现实处境。一些诗人尝试从心灵考问走向智慧内省，将由现实引发的孤寂牵引至生命本性的深处，陈敬容的《黄昏，我在你的边上》正是这样的文本。诗人设计了漫游者与流浪者的形象，令其展开交锋式的对话，其实质却是抒情主体裂变之后的两个内在"自我"的主动交流。在主体的精神漫游中，诗人巧妙地化解了来源于外部世界的话语压力。内部对话的方式标明了诗人对自身所处位置的清醒，她亦从心灵考问走向智慧内省，将由现实引发的孤寂牵引至生命本性的深处。

二　"英雄"气质的滋生与蔓延

现代派诗人无论是像何其芳、卞之琳那样选择"古城"、"荒街"意象吐露"荒原人"的痛苦，还是戴望舒以"寂寞的夜行人"（《单恋者》）姿态不断回环复沓着精神的形单影只，他们的抒情意绪大都指向"生之迷惘"的冷漠与哀愁，其内向性的自我言说，氤氲着因颓唐而感伤的"倦游"气息。在陌生的、

①　何其芳：《〈燕泥集〉后话》，《何其芳文集》第 2 卷，人民文学出版社 1982年版，第 60 页。

②　〔美〕弗罗姆：《健全理智的社会》，纽约出版社 1955 年版，第 120 页。

与前文化结构断裂的时空中，社会主流价值观与伦理观的巨变使诗人的"本我"与"自我"发生冲撞，抒情主体因感到拘谨而备显不安。其"孤独"意识的流露，与其说是对新都市经验的逃避，不如说是向潜藏在诗人生命深层的中国传统文化模式的主动投合，或者是禅宗道学，抑或是晚唐五代的诗词章句。诸多现代派诗人选择这样一种独特的、化解茫然心绪的方式，表现个体对古典文化的归属感，然而其中却也鲜见波德莱尔那种积极"入世"的抒情姿态。他们的孤独来自与"人群"的隔绝体验，但对这些"不自觉"经验的处理，并没有使他们再次返回到"人群"之中，获得更为深邃的诗意情思。看林庚的《空心的城》："空城的寂寞／我寂寞的守着／夜的心／乃有高月当头／街旁黑影与灰暗的——／冷落的电影院／映着低级兴趣的／喜新厌故的悲剧／市场的交易渐完结了／不如村野的荒凉／想起田舍之犬与骡。"走入诗人的视阈范畴，新兴的文明模式充满了道不尽的苦楚。抒情者与现代经验保持着审慎的距离，他宁可选择"田舍之犬与骡"的虚境，进入传统文人隐逸的精神田园，以此逃离物质世界的侵扰。当然，"逃离"本身便意味着虚妄，因此抒情者肉身的苦痛方才如影随形。既然逃遁已然无效，那么，这些不安的灵魂试图正视现代孤独的体验，并对其进行形而上的意义拆解："我在热闹中更感受到孤独，／在无人处却并不寂寞。"（金克木《肖像》）在这里，"孤独"与"寂寞"生发出哲学的韵味，它能使抒情主体醉心其中，正是由其本身所潜藏的动能决定的。亦即说，由孤独体验而生发的认识命运、把握自我主体性的存在观念，开始在诗人心中萌生。从此，"孤独"便不仅仅是负向心灵状态的代名词了。

　　描述停留在"迷失"经验中的孤独与寂寞并不是诗人的使命，作为身处人群之中却又必须与之保持距离的特殊群体，"孤独"是诗人建立波德莱尔似抒情模式的一种必要手段。从"迷

失自我"的现象游移到它的本质，在孤独中追寻自我，拼接被
都市分离而出的碎片，方才是现代孤独主题的最终指向。本雅明
也曾指出："波德莱尔喜欢孤独，但他喜欢的是稠人广座中的孤
独。"① 与其说波德莱尔喜欢的是孤独，毋宁说他喜欢可以创造
神话的孤独的城市背景。惟有借助于此，诗人方才有能力切中孤
独的精神实质。它不再是生命运动中需要逃避的情绪感觉，而是
艺术家从生命深处获取灵感的一种力量，这在九叶诗人那里尤为
明显。凭借对现实的关注与投入，他们的自我观照多为先驱式的
寂寞和孤独，而非现代派诗人那种群体性的文化失落。"你们只
吸取我的表面，／剩下冷寂的心灵深处／让四方飘落的花叶腐
烂。／你们也扰乱我的表面，／我的生命来自黑暗的底层，／那里
我才与无边的宇宙相联"（杜运燮《井》）。敏感的智者将"孤
独"看作开启人生内宇宙的钥匙，孤独体验使"我"成为具有
个体本质的人，这正是避免都市人交流意识枯竭的重要手段。穆
旦写有一首长诗《隐现》，也将对自我的精神抚慰上升到对全人
类的群体关怀："……我们站在这个荒凉的世界上，／我们是廿
世纪的众生骚动在它的黑暗里，／我们有机器和制度却没有文明／
我们有复杂的感情却无处归依／我们有很多的声音而没有真理／我
们来自一个良心却各自藏起。"凭借超然于表象的概括力，诗人
将生长在城市世界的"荒凉"情绪涂上一层哲理之色，以群体
的姿态"迎接"着全人类的孤独："在我们黑暗的孤独里有一线
微光／这一线微光使我们留恋黑暗。"世界的"偏见"与"狭
窄"，固然使我们感受到不能"看见"的痛苦。不过，仅存一点
希望的星光，诗人便会敞开自己的心扉，以"留恋黑暗"的方
式展开哈姆雷特式的反击。对于孤独，诗人毫无惧色，即使城市

---

① ［德］本雅明：《发达资本主义时代的抒情诗人》，张旭东等译，三联书店
1989 年版，第 68 页。

物质符号将心灵压抑得老迈，诗人仍然乐观地写道："一年又一年，使人生底过客/感到自己的心比街心更老。/只除了有时候，在雷电的闪射下/我见它对我发出抗议的大笑。"（《城市的街心》）穆旦意识到：人的本质生存不是身体的而是心灵的生存。孤独已不是生命运动需要逃避的一种情绪感觉，它恰恰是艺术家获得生命底蕴的力量支撑。在它面前，无论是消极地逃避抑或是极端地反抗，都不如独立承担更具有当代的"英雄"气质。

郑敏在分析里尔克晚年诗作《杜依诺哀歌》时认为："寂寞会使诗人突然面对赤裸的世界，惊讶地发现每一件平凡的事物忽然都充满了异常的意义，寂寞打开心灵深处的眼睛，一些平日视而不见的东西好像放射出神秘的光，和诗人的生命对话。"[1] 受这一生命意识的启示，郑敏写出了属于她自己的《寂寞》，诗人时时意识到自己"单独的对着世界"，不明不白地被推到"一群陌生的人里"，她盼望着人们"联合在一起"，尽管现实依旧是"我永远是寂寞的"。在她的诗歌中，孤独的苦楚被更为庄严的情绪所取代："我想起有人自火的疼痛里，/求得'虔诚'的最后的安息，/我也将在'寂寞'的咬噬里，/寻得生命最'严肃'的意义。/因为它，人们才无论/在冬季风雪的狂暴里，/在发怒的波浪上，/都不息地挣扎着。"这正是袁可嘉所说的"现代知识分子令人痛苦的自觉性"[2]，其间蕴涵着为了摆脱孤独而不断求索的人文精神。郑敏认识到："只有寂寞是存在着的不存在/或者，不存在的真正存在"，"假如你翻开那寂寞的巨石/你窥见永远存在的不存在"（《成熟的寂寞》）。孤独的人生体验却催生出诗人对寂寞之美的睿智领悟，她始终保持着虔诚的探询姿态，

----

① 郑敏：《诗和生命》，《诗歌与哲学是近邻：结构—解构诗论》，北京大学出版社1999年版，第419页。

② 袁可嘉：《西方现代派诗与九叶诗人》，载《文艺研究》1983年第4期。

以"滚滚的生命河流"似的奔放情感,将本属个人经验层面的、本体论意义上的"孤独"升华为穆旦那种价值论意义上的、对人类整体精神的关注。其探索启示我们:决定诗歌能否成为经典的标准不在于技法的玄妙或是词句的华丽,而在于其间是否存有一个独立的精神英雄,他从被尘浊沉埋的生命群落中抽身而出,演绎着"特立独行、甘于寂寞、秉持独立判断及道德良知"(萨义德语)的英雄精神,为时代留存坚奥之美。

80年代以降,物质和商业社会强大的繁殖力消解着人类的个体世界,它对人类主体精神的压抑更为明显,郑敏依然对此保持了警觉的态度,并更加注重透过形象进行解析:"在游艺室里/悬着各种面具/孩子们进来/扮演着各种角色/有的割去自己的头/有的换去自己的心/喧嚣、诅咒、狂笑/形形色色的欲望之魔在舞蹈/惟独找不到英雄的面谱/他被遗忘在墙壁上"(《沉重的抒情诗·游艺室》)。这首发表于1989年的诗带有强烈的对都市生活的感性印象,在消费语境的游戏规则中,惟独没有英雄的位置。他被欲望的舞蹈旋转出来,在喧嚣和躁动的背景下默默坚守着英雄的孤独,如野草般既令人绝望,又催发着希望。当代诗人梁晓明的《城市笔记》写道:"匆忙的人群,繁殖的人群/到处关闭的门里面/我和蜜蜂一起酿蜜,清理枯叶/我期望冬天把它们吹走/可是春天却还在孩子们手中。"被欲望人群所拒绝的抒情者能够看到一个存在着的、与孩子们寓意相同的"春天",对常人无法企及的超然物外之境,诗人怀有欣慰之情。凭借知性的督导,这种清醒的自我存在意识以及浸含希望、面向未来的时间观念,固然无法指向西方现代诗人心目中代表完美意识的上帝,却也不乏形而上意义的终极价值关怀。它不仅可以消解由"孤独"所催生的负面情绪,而且可以充当诗歌审美的对象,成为意义的生发点。

三　孤独体验：由"悟解"到"玩味"

当代城市诗人张小波坐在"街这边的个体户饭店里默默地注视"，看到"雨中的大街偶尔走过潇洒的男性和水壶一样勒在他腰间的女友"时，他忽然叫着"我的心对着胸壁狠命喊道/把门打开/把门/打开吧"（《静观：雨的街》）。焦灼的城市梦与内心的落寞同时涌入躁动的灵魂，仿佛诗人永远进入不了城市之门，享受不了城市的速度，因而产生叶延滨似的"我是谁？——是公用电话簿上一串号码？/是工资袋里几张有价纸片"（《现实主义都市》）似的疑问。都市人失去精神栖息的岸，在"那么多滚烫的欲望"面前，诗人只能看到"那些紧贴在一起又无比疏远的心，/名字就叫——荒凉"（杨子《荒凉》）。在当代诗歌中，这样的例证俯拾皆是，从诗人所表现出的孤独内涵上看，他们承续了现代诗人开创的思想主题，将个体在"人群"中丧失主体性，进而丧失交流支配权的命轮继续推转。"我是谁"的疑问不仅属于某一个抒情个体，同时也是消费时代为所有人提出的群体课题。可能须臾之间，我们已经滑入"异化"的深渊，无法从他人那里验证自我，而这个"自我"也因交流的不畅而愈显闭塞，陷入自我本质的消解之中。

与现代诗人相比，当代诗人在把握"孤独"主题时尤其注意到对它的"悟解"。"悟"正是对引发"孤独"原因的充分把握，而"解"则包含两层意味。一是穆旦、郑敏似的对自我存在的观照与解析，从而进入价值层面的终极关怀；另一种意涵与此相关，却带有更多"玩味"的色彩。作为一个严肃的主题，"孤独"可以指向那些关涉人类存在的宏大命题，但也容易丧失和日常生活现场的对接感，显示出某些"不及物"的症候。况且，自我的英雄情结与孤独的道德承担总会因为蕴涵太多既定的框式，从而激发诗人对它的超越意识。台湾诗人林燿德写过一首

《50 年代》，在诗中，他挑战了台湾"现代派"诗人过度书写"孤独"的抒情模式，写出了各种各样缺笔少画的"孤独"，"把表现层次的语码过度转移为'语码不足'"①，从而构成对"前行代"潜在既定常规的调侃与解构。"孤独"成为"次世代"解构"前行代"的试验田，这样相对极端的呈现方式在大陆诗人中并不多见，但从诗学思维上，却又与诸多"超越"、"PASS"之类的动词合辙。今天，在诸多诗人看来，追问孤独之因、探索解决之法已然显得过气，为了求得诗意，人应该甘于成为"孤独个体"。不过，仅仅从物质环境的感性经验中抽身而出，单纯和自身发生联系，显然又容易丧失与生活现场的诗意对接。于是，当代诗人将"孤独"理解为现代人精神世界中不可或缺也无法摒除的正常元素，并试图与之和谐相处。

　　看雷平阳的《一头羊的孤单》，诗人勾勒出"一头羊站在静谧的、充满弧线的山上"这一场景。内在抒情者认为"整整一座山上只有一头羊"的原因是"因为有一点孤单/必须安放在这座山上/必须让这座山趋于圆满"。出现在山坡上的羊，本身便是一个再普通不过的语象，诗人借此隐喻出孤独感实属平常，不必对其加以否定或苛责，它只是参与现代人文化心理建构的平常之物。如果说雷平阳肯定了"孤独"的普遍性和日常性，那么徐江则挖掘出它的多样性和丰富性。从他的《孤独》一诗可以看出，"孤独"被抒情者定义为"一个诗人在边地/料峭的坚守"，"才女"在同性与同行中的尴尬、故友对家和母亲的怀恋以及工作中难以化解的困局，总之，它"无处不在"而异常丰富。那么，属于作者的孤独又从何缘起呢？诗人写道："我敲/下一组拼音/想象自己/走在亮蓝下/无人的街/一个大气泡包着我/往前/蹦跳着/那就是/徐江的孤独"。诗人解构了"孤独"在形

---

① 张汉良：《都市诗言谈——台湾的例子》，见台湾《当代》1988 年第 32 期。

而上层面的价值，使其沾染上生活的烟火气息。诗歌的结尾尤其值得思量："它真的/让我自己很享受/并一再地/在世相前/轻佻的/飘起来"。抒情者以"孤独"作为独善其身的利器，同时尽可能地探询其多重的意义表现，拓展了它的话语疆域。

除了把"孤独"还原为人生普遍的生存方式外，一部分诗人更为注重站在虚构的边沿营造，抑或把玩"孤独"带给精神主体的"震惊"感，而不是对经验作简单直叙或价值判断。欧阳江河的《星期日的钥匙》便虚拟了一个意义场景："现在是星期日。所有房间/全都秘密地敞开。我扔掉钥匙。/走进任何一间房屋都用不着敲门。/世界如此拥挤，屋里却空无一人。"诗句的意义似乎游荡于既往与未来之间，无法定格所指，如同拥有"钥匙"却无法进入"自己的家"一般，人迹亦无从寻觅。不过，我们依然可以从字里行间感受到求索者的"玩味"态度，"孤独"在这里得到间接的、创造性的呈现。肖铁的《孤独者》则营造了如此的氛围：本来繁华的城市却空无一人，成为"丧失听觉的丛林"。当抒情者"突然间回头"的时候："如果整个城市突然爆发出/海潮般的对你的嘲笑/你会不会被那股低俗的声浪/一下子/击倒发疯……"城市的瞬间爆发与之前的无声丛林形成显著的听觉对比，其隐喻共同指向"孤独者"的心灵。实际上，诗人所虚拟的场景反而是最真实的时代写照，"低俗的声浪"重复累加生成强大的话语暴力，真切地在我们耳边萦绕不休，而孤独者所领会的"无声之境"反倒成为日常经验之外的净土。由此可见，中国诗人心中的"孤独"从来都指向对自我、对存在的观照与领会，但从陈述方式上看，自20世纪90年代开始，他们大都已走出对隔绝体验的臧否，也不再留恋于对孤独体验的自恋，转而选择对其进行"玩味"，甚至采取后现代的"戏拟"策略，使自我的精神窘境也能散发出独特的戏剧魅力。

　　翻开《蝙蝠侠》一诗，吕约正以戏剧化的想象虚拟出"我坐在塑料充气沙发里/等候 batman 蝙蝠侠"这一光怪陆离的游戏场景。女诗人将孤独的自我置于"想象的极端化"处境之中，使主人公面临具有荒诞性的场面，并以"荒诞"将"孤独"的潜在动力挖掘出来。"孤独"由物质压力而生，而诗人巧妙地利用了物质、影像等感性资源，依据生活为"孤独"建立起具体的"想象性疆域"，在荒谬中确立自我与世界的瞬时联系，为我们呈现出一个动态的主体。再看阿吾的《孤独的时候》，倍感无趣的抒情者试图通过电视节目打发时间，却愈发觉得寂寞，于是主动给他的朋友以及"一位多年前的女友"打电话，然而对方口若悬河的"海聊"反而使"我的孤独/变得更加古怪"。诗人抓住日常生活中经常闪现却无从追溯的心理感受，对其结果作了"极端化"的夸张想象："今天/我孤独的时候/就往街上走/哪里人多就去哪里/……/本以为这样可以分散我的注意力/哪里知道/它更加强烈地唤起/我的无助/和孤/独"。主人公将自我放逐至闹市，这一行为本身便具有荒诞性，而其失败的结局又为"荒诞"涂抹上一层悲剧的色彩，并由"孤"与"独"在结尾的分行错置得以具象化地表达。相较之下，非亚的《深夜的灯光如此苍白》戏剧化成分更浓。失眠的抒情者眼前"不断涌动"着"电脑，窗帘，书籍，钢笔，电线，日历和电话机"等日常事物，"我"渴望和世界交流，但拨出去的号码却无人接听，于是"我，从悬崖/掉/了/下/去/没有人听见/灵魂在午夜的大声尖叫"。掉落的过程由四个单字相继呈现，从视觉上为读者建立起对于"高度"的某种认知。文本中的"孤独"由物质压力催生而来，诗人则通过荒诞的幻境让灵魂发出"尖叫"，以坠落的方式摆脱"物"的束缚，而这种超验性的自我救赎依然无人回应。

　　在臧棣笔下，抒情者对"孤独"的戏剧化想象带有更多

"神秘"的意味，他的《在楼梯上》写道："我坐在十五层的一级楼梯上／感到整座大楼就像黑夜的一个鸟巢／像是有巨大的翅膀摩挲我的困倦／在那里，没有任何阴影能够存活／幽灵和我挤靠在一起，呼吸着寂静和往事。""幽灵"是诗人喜爱的意象，虽然是利奥塔所说的无法呈现之物，但它依然成为诗人充分把握自己并且冷静审视外在对象的途径。它可以飞进"本我"的思想殿阁，导引灵魂收获神秘的超验性感受。苏历铭在《黑暗之中的蝙蝠》中进一步复现了这种体验："黑夜之中，我坦然飞翔／鬼一样地出游，不再让任何人遭遇惊吓／……／不是坟墓中的鬼火／我只期待黑夜里自由的飞翔。"由抒情者化身而成的"蝙蝠"，实际和思想的"幽灵"作用一致，它们超脱出"物"的世界，飞翔在现实难以呈现的心理愿望之间。或许，在时代造就的梦幻之中，孤独的人看到的更多。

　　无论是选择与"孤独"和谐相处，还是发掘其丰富的戏剧表现力，中国诗人的"孤独"抒写始终力求彰显主体的精神存在。有些时候，为了进一步拓展存在意识，诗人会选择将它视为获取新奇经验的来源，对其以往被忽视或遮蔽的正向价值进行揭示与肯定，娜夜的《酒吧之歌》正是这样的作品："她是她弹断的那根琴弦／我是自己诗歌里不能发表的一句话／／暮秋的黄昏／抽象画酒吧／两个女人　静静地　坐着"，这与博尔赫斯《星期六》里的场景极其相似："在那肃穆的客厅里，／你我的孤寂就像两个瞎子相互寻觅。"居室的方寸之间环绕着令人匪夷所思又彻骨冷淡的孤独，物质空间面对面的两个人，却变成心灵上的"瞎子"，失去交流的能力。为此，娜夜寻觅着解决的方案，她将"寂寞"转化成为心灵的语言，两个人或许只有以"交换寂寞"这一近乎荒诞的方式，才能觅得无法被现代化所"现代"的一丝温情。正如弗洛姆所说："人是孤独的，他与世界是分离的；人无法忍受这种分离，他被迫寻找与他人的关系，并与他人结为一体。"① 既然自己的孤独已经无法产生意义，那么交换而来的孤独或许能够成为新鲜的精神质素，使自己重新获得活力。诗人从一个侧面印证了孤独本身的丰富性，它不单是词汇意义所统摄的冰冷。也许，自我的孤独恰恰可以成为他人视阈中的新鲜体验，它促使主体不断寻求与人和世界进行对话的机会。非亚也写道："我出去散步，独自一人/去会见一棵树/（很多树）/我并不觉得，我/是孤独的"。抒情者心境澄明，向世界敞开心胸，虽然远离了公众注视而不为人知，但他正"犹如草丛中的野兽，潜伏着/等待一个新的开始"（《野兽》）。"孤独"并不可怕，它为诗人提供了精神内省进而再次接纳世界的机遇，从而表现出一种正向的创造力，并成为当代诗人想象力的重要来源。在霓虹闪烁的楼宇时空，抒情者"灭了所有的灯"，甘心遁入孤独情境，体验日常生活难觅的宁静（王小妮《深夜的高楼大厦里都有什么》）。而朵渔则把"孤独"对精神修炼者的重要价值坦然直陈："出门，独自走进/黄昏的光里。光阴刺眼/一格一格的人群/皆与我无关。安静/也只是丛书般的安静/我在自己的城市流亡已久"（《咖啡馆送走友人后独自走进黄昏的光里》）。这正契合了阿多尼斯的名言："孤独，也是我向光明攀登的一道阶梯。"

　　总之，在感受到"物欲"对精神自由的诱惑以及"身体"在都市中失控的现实之后，返回内心寻求理性的支架是都市人普遍选取的姿态，也是诗人应有的责任承担。在物质符号无法回避的今天，当代意义上的"孤独"是一种观察世界的视角，作为抗拒被"同化"命运的精神武器，它蕴涵着诗人的意识先知。台湾诗人纪弦早就说过："我之所以必须保持我的孤独，是因为让我寂寞一些是好的。"（《飞蛾》）走进孤独、创造寂寞，成为

---

① 〔美〕埃·弗洛姆：《为自己的人》，孙依依译，三联书店1992年版，第102—103页。

抒情个体与超验性感受缔结关联的前提，亦是个体存在走向自觉的标志。此外，处于文学操作层面的"孤独"，必须与现实之"物"发生联系，对诗人而言，便是以注重感性的审美态度在人群之中发现并享受"狂欢"。"狂欢"与"孤独"的并存既是悖论，又是使"孤独"发散多元意义的必要条件。现代中国诗人抒写孤独，正是为了恢复与"可接触的存在"之间的完整联系。他们遵从着波德莱尔的忠告："不懂得与众人分享自己孤独的人，也不会懂得在忙碌的众人中保持自己的独立。"（波德莱尔《众人》）由此，他们方能理清纷乱的都会情绪，告别精神的凌空蹈虚，最终觅得属于自我的温暖领地。

第 五 章

城市抒写的诗美呈现

前文我们着重梳理了现代中国诗歌城市抒写的历史脉络，归纳了诗人城市诗学视角逐步确立的过程及其典型表现，并以几组重要的城市意象为中心分析了诗人现代诗情的生成机制和审美主题。从都市文化与新诗的关系考量，这种研究方法集中于对文本所蕴含的城市精神和现代情绪的再现，属于诗歌作品的外部研究范畴。实际上，既然诗歌与城市是双生的"互塑"关系，那么，"城市中的文本"也就如"文本中的城市"一样成为一种"内在的必然"。也就是说，在包含语言节奏、形式技巧等诗美特征的文本内部现场，我们依然可以感受到城市文化对其所产生的影响。诚然，如果要对城市抒写的整体性审美特征进行归纳，还存在时间和空间上的难度，我们尚难以通过某一个或几个概观式的论断对这一问题作出明确定论。不过，现代城市形态的日益发展，使诗人群体逐步确立起与城市文化关涉密切的审美眼光，这自然会影响到诗歌内在美感的生成机制，并在某些方面形成"未交流的一致"而进入我们的考察视野。城市为诗人提供了通往新生活的捷径，使诗人描绘的对象更为丰富，"……这种对于运动、空间和变化的反映，促成了艺术的新结构和传统形式的错位"。① 贝尔的

---

① ［美］丹尼尔·贝尔：《资本主义文化矛盾》，赵一凡等译，三联书店1989年版，第95页。

这番话，正揭示出都市文化对文学艺术的内在塑造力。城市抒写不仅应该拥有自己的主导意象和典型主题，而且也应该具备与这些主题恰如其分的搭配方式，即都市文化因子作用下的意象组合、语感特征，以及由诗形变化所带来的现代诗美之传达机制，这是本章所要重点探讨的问题。

第一节　现代诗美："律动"的节奏跳跃

鲁迅在评论苏联诗人勃洛克时曾称赞他为"现代都会诗人的第一人"，在鲁迅看来，勃洛克的诗作之所以能与"都会"一词的话语重量均衡，正在于他"是在用空想，即诗底幻想的眼，照见都会中的日常生活，将那朦胧的印象，加以象征化，将精气吹入所描写的事象里，使它苏生；也就是在庸俗的生活、尘嚣的市街中，发现诗歌的要素，所以勃洛克所擅长者，是在取卑俗、热闹、杂沓的材料，造成一篇神秘的、写实的诗歌。"[1] 在他发出的中国"没有都会诗人"的感叹之外，我们亦可管窥到城市抒写所应具有的一些审美特质，这正是将平凡意象"象征化"与"神秘化"。"现代派"诗人施蛰存在介绍美国诗人桑德堡的都市诗时，也特意指出《现代》中的诗"纯然是现代的诗，它们是现代人在现代生活中所感受到的现代的情绪用现代的词藻排列成的现代的诗形"[2]。他为城市抒写订立了最初的形式原则，即强调对日常生活敏锐捕捉的现场效应，以及艺术上的开放精神和创新态度。这体现出现代诗人在都市文化品位的熏陶下，试图通过文本的形式实验，对繁复、多元、快速而新鲜的都市生活作

---

[1]　鲁迅：《〈十二个〉后记》，《鲁迅全集》第7卷，人民文学出版社1981年版。

[2]　施蛰存：《又关于本刊的诗》，《现代》第4卷第1期，1933年11月1日。

出呼应。在第一章论述现代诗歌的城市抒写时，我们曾经简要论及现代诗形与都市文化交融而生的诗美特质。在本节中，我们将进入诗歌文本的内部现实，继续深化这一探讨。

一　意象：现代经验的意义载体

新诗的语体建构与都市意象的谱系生成关系密切，如咖啡馆、酒吧、舞厅等消费空间意象，汽车、火车、飞机等交通工具意象，以及街道、广场、居室等建筑空间意象……这些新意十足的意象群落一改传统人文物象指向自然田园的虚空、悠远之境，而是在集中、有限甚至使诗人感受到压抑的都市空间内，不断地在他们眼前加以复现。对抒情者来说，这种"强化"可以认为是被动而不可拒绝的，他们也由此获得更为丰富的、可供选择的原材料。这为诗人在都市语境中建立起表意体系，进而对语料进行淘洗、对形式进行实验提供了充裕的素材。借助新诗的意义生成机制，都市意象的文本性特征首先得到了强化。

有的学者指出："意象的都市化，它是现代诗歌意象自觉接受外来影响，不同于传统意象而具备的最显著的现代性特征。"[①]金克木在论述20世纪30年代一类集中抒写城市的诗歌时也认为，在诗的表现上，都市意象群组"废弃了旧有的词面，代替从来未见过的新奇字眼。"[②] 高楼、街道、机车、咖啡馆、夜明表、年红（霓虹灯）这类异邦城市文明的物态符号，成为现代诗人寻求"现实/现场"感的直接意象资源。他们将意象纳入文本，使之成为表意符号并获得文本性特征，这对现代诗人而言也是"心之转换"的过程。在郭沫若等新诗先驱笔下，都市意象

---

① 王泽龙：《中国现代诗歌意象论》，中国社会科学出版社2008年版，第224页。

② 金克木：《论中国新诗的途径》，载《新诗》第4期，1937年1月10日。

多为简劲传神的、功能意义非常明确的现代化物质符号。它们的喻义往往直接牵涉其所蕴含的速度、高度等文明特征，浸润着新诗人的国家富强观念。不过，这也容易使意象定格为凝固的象征体，造成表意联系的单调与刻板，进而阻碍诗句整体的行动力发挥。于是，更多诗人试图寻找城市中具有独特兴发感受的语象，使其附着了质的具体性，这正是"对日常语言有组织的暴力行为"[①]（雅各布森语），"物象"也切实地转化为诗人的"心象"。或者是"游闲的尸"与"淫嚣的肉"（郭沫若《上海印象》），以拟喻的反修辞逻辑揭示现代人在欲望面前的精神荒芜；或者是"柔软的绸质的天"与"坚硬而粗糙的/矿质的广场"（艾青《广场》），以奇妙的触觉感受联络"天"与"广场"。修饰语与被修饰物之间的逻辑联系充满新奇，其意义却不稳定，这正拟现出都市的动感特征和现代人个性化的观物体验。

　　走进戴望舒、卞之琳等"现代派"诗人的创作，我们可以发现，一些典型的城市意象和传统人文精神两相结合，产生了诸多"荒街"、"古城"之类，暗含抒情主体自身"古典化"审美追求的现代意象符号。这体现出诗人在异质的新材料面前，并没有坠入简单的"推倒重来"，他们注重新奇意象与古典意境的浑然天成，以实现个人化抒情为旨归。"旧的古典的应用是无可反对的，在它给予我们一个新情绪的时候"。[②]于是，我们便能看到煤烟升腾成为"桃色的云"（施蛰存《桃色的云》）；看到徐迟在《都会的满月》中将"月亮"这个古典意象与西洋的"罗马字母和数字符号"融会而生的"新情绪"。对新异符号进行个人化象征的"远取譬"手法，在与传统诗学观物视角的"近取

---

① 〔捷〕扬·穆卡洛夫斯基：《标准语言与诗歌语言》，竺稼译，赵毅衡编选：《符号学》，百花文艺出版社 2004 年版，第 17 页。

② 王文彬、金石主编：《戴望舒全集·散文卷》，中国青年出版社 1999 年版，第 128 页。

譬"结合之后，正激活了意象的表意潜能。这样一来，新诗诞生初期诗人仅将都市意象作为描述性的材料，使它陷入简单化的弊病便得到了改善。抒情者将物质表象消融于精神现场，并在这一过程中显现出微妙的个体审美差异，这就丰富了新诗在抒写城市时其诗美的表达方式和传播机制。

在《论中国新诗的途径》一文中，金克木指出城市抒写的语体特质："用急促的节拍来表示都市的狂乱不安，用纤维难以捉摸的联系（外形上便是奇特用法的形容词和动词和组句式样）来表现都市中神经衰弱者的敏锐的感觉。"① 诗人纷纷以叠加大量都市意象的方式，拟造与都市速度互喻的节奏效果，从而形成动态感颇强的意象节奏。看郭沫若的《罪恶》："虫声，鸟声，人声，电车声，气筒声，万声合奏，/成一种宇宙的音乐。/塔影，树影，屋影，江影，岛影，烟筒影，/虫影，鸡影，禽影，兽影，人影，非人影，/万影憧憧。"蒙太奇的剪接，跳跃的画面并连，将思想寓于形象之中，数个具体可感的形象密不透风地嵌合在一起，营造出支离破碎的空间感，并以诗歌的内世界（意象节奏）互喻着其外世界（都会的节奏）。可见，繁复的、跳跃式的意象运用成为诗人表达微妙情绪、营造复杂感觉的有力手段。在郭沫若那里，通过意象叠加实现的乃是物象积累之后的诗形之变，它使读者产生视觉的跳跃感，并与都市画面的强流动性形成共鸣。在诸多现代派诗人那里，这样的"跳跃"多集中在意义层面，氤氲着超现实的神秘感。《都会的满月》便使"宇宙之夜"、"高楼之钟"、"都市之人"三个意象同陈，在一个运动的时空中形成连续的跳跃效果，并通过"月亮"整合在一起。除了"月亮"这个第一自然物是稳定的，其他的都会意象意义生命都是短暂、游移乃至跳跃的。叠加而成的意象群仿佛永远无

---

① 金克木：《论中国新诗的途径》，载《新诗》第 4 期，1937 年 1 月 10 日。

法呈现出统一的视觉效果，但它们却在意义节奏层面通过能指与所指的游移不定，达到对"异化之都市感"的有效再现。意象结构也在看似无关联的跳跃中抵达暗示的最大化，并不断向抒情者的情感深处掘进。

考量现代诗歌与城市关系的研究者往往不会忽视《银鱼》这一"有意味"的篇目，诗歌里全都是"银鱼"的意象，以及由这一意象特征所引起的感觉与联想：女浴场、柔白的床巾、初恋的少女……这些意象在诗歌中没有经过任何连接词的修饰，就是如此干净、简单地摆放在诗句之中。全诗也仅仅由这几个意象堆砌而成，读者似乎把握不到任何关于作者本人的情思，因为抒情主体对"自我"的陈述已为具体的情境所取代。作者施蛰存说："若有见过银鱼的人，读了我底诗，因而感觉有相同的意象者，他就算是懂了我这首诗，也就是：我底诗完成了他的功效。"① 诗人所谈及的是以散文眼光读诗的艺术问题，但其间也蕴涵着他对现代感觉方式和诗美传达方式的多样化运思。在超越生活逻辑中介、建立跳跃性诗学的象征体系中，意象的表现愈发明显了。《银鱼》中的意象正以群组的方式演绎出整体化的表意效果，看似散漫无章的细节构成了有序的整体，并被统一的情绪组织起来，如庞德说的"意象不是一种图象式的重现，而是一种在瞬间呈现出的理智与感情的复杂经验，是一种各种不同观念的联合"。② 作为暗示力强大的情智符号，都会意象不再单纯地停留于对机械物象的反映与描绘，它逐渐成为自在自为的意义载体，并参与着诗歌"间离化"效果的营造。

邵洵美叙述过这样一个事实："机械文明的发达，商业竞争的

---

① 施蛰存：《海水立波》，《新诗》第 2 卷第 2 期，1937 年 6 月 1 日。

② ［美］韦勒克、沃伦：《文学理论》，三联书店 1984 年版，刘象愚等译，第202 页。

热烈：新诗人到了城市里，于是钢骨的建筑，柏油路，马达，地道车，飞机，电线等便塞满了诗的字汇。"① 不过，当这些素材已经广泛进入诗歌而成为日常化的普遍材料，不能带给抒情者足够的震惊体验之时，仅仅靠密集的意象叠加来言说世界就显得局促了，它需要通过新的变形变意、在意义的间离中构造诗意。正如柯勒律治所说的，诗的目的就是"给日常事物以新奇的美丽，通过唤起人对习惯的麻木性的注意，引导他去观察眼前世界的"。② "间离"可以使意象焕发新的活力，其运思方式之一是直接打破意象的固定能指，在自由的隐喻挪移间实现间离化的效果。"一个红的笑"（殷夫《一个红的笑》）、"粉红的记忆"（李金发《夜之歌》）便赋予色彩以革命力或者欲念力，达到单一意象的意义间离。还有一种方式如同施蛰存的"银鱼"那样，通过多个意象的组合摹拟出整体化的间离效果。缘此机制，我们分析废名的《街头》一诗：

> 行到街头乃有汽车驰过，
> 乃有邮筒寂寞。
> 邮筒 PO
> 乃记不起汽车号码 X
> 乃有阿拉伯数字寂寞，
> 汽车寂寞，
> 大街寂寞，
> 人类寂寞。

不难看出，这个情境中的诗人与叙述者是合一的。"邮筒"、"数

---

① 邵洵美：《洵美文存》，陈子善编，辽宁教育出版社 2006 年版，第 96 页。
② 刘若端编选：《十九世纪英国诗人论诗》，人民文学出版社 1984 年版，第 62—63 页。

字"、"汽车"、"大街"的拟人效应消解了读者对其原有的观念预判，人们会自然地产生思索：究竟在什么层面上，这些意象才可以获得与"人类"这一"寂寞"主体并置的资格。按照常理，"汽车"与"邮筒"很难与"寂寞"发生联系，而诗人搭建起反常识的意味关联，将两个中心意象统摄在"街头"的对视之中——它们看到的对方都是寂寞的，一种陌生化的冷峻效果便油然而生。可以说，废名已经突破了对汽车之类物象的功能化认识。奚密在论述这首诗时认为"诗中的寂寞可以被阐释为一种衍生的感觉，它来自诗人对现代科技（汽车是一种其速度令他感到难以理解的怪物）那种难以言表的疏离；来自汽车消逝的速度和街头邮筒（诗人？）无助的静止之间的对比；最后，来自突然意识到的现代生活的内在悖谬——人类进步（就便利和物质的舒适而言）和丧失（就关联和相通而言）的同时共存"。①那么，"汽车"和"邮筒"两个意象隐喻出"提高身体移动速度"和"加快感情传递速度"的功能，并且共同指向了反方向的悖论，从而在"有"的直观表象中凸显出"无"的意境化玄思。可见，现代诗人为都市意象营造间离效果，乃是为了通过散居于诗行的意象群落，勾勒出一条相对完整的情感主线，以期准确而有效地表现自我。

废名将看似殊异的意象并陈，意在演绎孤独，以外物之表象隐现内心的复杂情绪，而九叶诗人则较少像现代派诗人那样重释传统诗学，他们更注重在介入现实生活之后，建立充满感性强度与理性高度的意象。由此窥探他们的城市文本，繁复的意象叠加与组合很少出现，相反地，一些质地凝定、蕴涵理性深度的象征

---

① 奚密：《诗的新向度：从传统到现代的转化》，唐晓渡译，见贺照田主编"学术思想评论"第十辑《在历史的缠绕中解读知识与思想》，吉林人民出版社2003年版，第391—392页。

模态在文本中大量涌现。穆旦的诗便多次应用到"八小时"这个时间意符，作为多个文本的核心意象，它形成了稳定的象征模态。如《线上》、《我想要走》等诗，意喻均指向死气沉沉、刻板僵硬的日常生活。受艾略特的"客观对应物"诗学影响，即使九叶诗人加强了意象的密度，它们之间的意义联结也往往缺乏直接逻辑。在陌生化的新鲜语感中，由意象群组实现的依然是间离效果，唐湜的《骚动的城》便是这样的文本："拥过去/一阵风扫灭了城市的浮光/野狼似的卷风滚滚而来/店铺的门窗——嗅寻着黄金的/城市的鼻子随着闭上了"。"野狼与卷风"、"门窗与鼻子"正是以"远距离事件侵入到日常的意识中"① 的复现，貌似毫不相干的喻象如艾略特"黄昏如上了麻醉的病人"（《情歌》）似的罗列，达到比喻的间离，而联络各种意象的精神线索便是城市的欲望洪流。他在《论意象》一文中进而指出："象征的森林正是意象的相互呼唤，相互应和，组成了全体的音响。"② 这种"呼唤"更为隐蔽，更为知性，它使意象与意境达成统一。

　　综合来看，作为"诗歌独特的叙事方式"（郑敏语）和诗人体验事物的具体形式，意象是诗歌生命的基本结构内核和功能单位。现代诗人注重发掘都市意象，并将它们视作营造现代诗美的重要原材料，注重暗示效应的拟造，"说到底，是一大群诗人对诗的感觉和运用的方向有了变化，是一种方法或一种气质。"③ 这种方法或气质，既与欧美意象诗学和以艾略特、奥登为代表的现代诗学关联密切，是西风东渐的文化交融；同时还有机浑成了中国传统诗学意境化的审美旨趣，实现着古今对话。通过意象的组合与意义的运作，新诗的艺术结构与传统形式逐步拉开距离，

---

① ［英］安东尼·吉登斯：《现代性与自我认同》，赵旭东等译，三联书店1998 年版，第 29 页。

② 唐湜：《新意度集》，三联书店 1990 年版。

③ 蓝棣之：《现代诗的情感与形式》，华夏出版社 1994 年版，第 211 页。

带有现代都市人生活气息的情感空间得以建立。

二　语言节奏：内在化的现代意绪

为了获得具有表现力的语言节奏，诗人需要预判潜在读者的群体阅读习惯，透过语音层面分析字与词持续的时长，在时的延伸与力的压强中形成有意味的节奏，使其文本想象和情感表达借助诗歌的"音乐性"得以拟现，从而达成以诗歌再现"城市"这一对象的"表现性"目标。现代诗人孙大雨的《自己的写照》堪称一个典型诗例，为了用纽约城的风光衬托现代人的复杂观念，他有意识移接了艾略特"荒原"的精神背景，将人海的拥挤与车潮的喧嚣、精神的空虚与肉体的荒淫，甚至民族血泪史等内容都纳入诗行。朱光潜说的"音顿"与闻一多定义的"音尺"，被孙大雨统称为"音节"（后来被他称为音组）。他精心组合着这一新诗的节奏单元，追求音组的均齐，不再刻意坚守韵律。徐志摩说它是新诗第一个十年"最精心结构的诗作"，正是称赞它每行四音组的均齐方式，这也充分拟合了诗人的诗情预期。诗歌首句是"森严的/秩序，/紊乱的/浮嚣。"包含"四顿"，而其余诗行则遵循了这一节奏布局。从整体形式上看，诗人正是用每行四顿的节奏模拟都市"秩序"之森严。而"紊乱的浮嚣"则通过意义的"跨行"得以实现，每一行的顿歇都结束于一个新的意象，并在下一行由这个意象继续展开意义联结，然后又遇到新的意象，如此周而复始，正为读者进行意义联想预留了足够的时间与空间。如同诗人自己所说："就像长江大河，停不下来，节奏很快，有很大的冲劲，每行四个音组，意思未完，又跳到第二行了，这样的形式对于表现大都市的脉搏是适宜的。"[1] 在进一步探索新诗节奏后，

----

① 蓝棣之：《若干重要诗集创作与评价上的理论问题》，载《中国现代文学研究丛刊》2002 年第 2 期。

孙大雨又阐述道："在新诗里则根据文字和语言发展到今天的实际情况，不应当再有等音计数主义，而应当讲究能廛鲜明节奏感的、在活的语言里所找到的、可以利用来形成音组的音节。"[1] 他在纽约城中选取的诸多物象无论是喧闹的车流还是拥挤的人群，其本身便具有动态的节奏感，诗人完全依照表意的需要，通过建立和谐的"音组"与都市秩序形成同构，将错杂的意义幻觉纳入其中，这正体现出纷乱的都市内在节奏与僵化的法理秩序反讽式的对立。正如沃尔夫冈·凯塞尔在《语言的艺术作品》中对节奏之"功效"的论述："在不妨碍节奏产生的所有特殊作用的情况之下，节奏自身同时也是达到目的的手段。它帮助创造那种富于表现力的对象性，那种意义的加强，正如我们还要粗率地说，这正是诗的语言的主要功能。"[2]

　　诗人对城市的价值判断，可以通过语言节奏表现出来，而节奏在诗歌中又是抒情主体情绪的呈现方式，情绪的外现直接和作为情绪思维的物质外壳——语言有着极为密切的关系。语言化的声韵节奏所蕴涵的，是抒情者对现代日常生活的敏锐把握和对都市人内在情绪的文本性铺露，它应该具备与生活节奏的对接感。袁可嘉曾说："现代诗人极端重视日常语言及说话节奏的应用，目的显在二者内蓄的丰富，只有变化多，弹性大，新鲜，生动的文字与节奏才能适当地，有效地，表达现代诗人感觉的奇异敏锐，思想的急遽变化……"[3] 张宗植便在《初到都市》一诗中写下他的真实体验："嚣骚，嚣骚，嚣骚，／嚣骚里的生疏的寂寞

---

　　① 孙大雨：《诗歌的格律》，《孙大雨诗文集》，河北教育出版社1996年版，第92页。

　　② ［瑞士］沃尔夫冈·凯塞尔：《语言的艺术作品》，陈铨译，上海译文出版社1984年版，第172页。

　　③ 袁可嘉：《新诗现代化——新传统的寻求》，天津《大公报·星期文艺》，1947年3月30日。

哟。"对"嚣骚"的重复性强化，使读者可以清晰感受到抒情主体对都市世界的拒斥，他们甚至有可能捕捉到抒情者的瞬间失语感，感觉到他的思维中断。在形式上，"嚣骚"的修饰意义逐步强化；而在语言节奏上，它的语气逐渐弱化。同样是与都会的"初见"，郭沫若的语言则更具有短促的弹性："紫罗兰的，/圆锥。/乳白色的，/雾帏。/黄黄地，/青青地，/地球大大地，/呼吸着朝气。/火车/高笑/向……向……/向……向……/向着黄……/向着黄……向着黄金的太阳/飞……飞……飞……/飞跑，/飞跑，/飞跑。/好！好！好！……"这首《新生》明显受了立体派诗歌的影响，诗人念诵着立体派诗人韦伯的《瞬间》，听着车轮鞳鞳的进行曲，将世界定格在飞跑般的流徙创化之中。短促和快速的节奏与诗人的百感交集相映成章，凝定成诗句中的憧憬与乐观之情。从表象上看，文本以短促、动态的节奏呈现出火车不断奔向目的地（即现代都市）的"进行时"状态；同时，它还与抒情主体所持有的欢欣、跃动的心情形成合鸣。这既是诗人自身的审美现代性追求与机械速度体验的契合，也是其诗歌"内在律"的典型表现。这样的词句，也只有在郭沫若心中"压不平的活动之欲"（闻一多语）那里，在文化、观念、日常词条都处于大变化的时代才具有存在的空间。

　　现代诗歌中像《新生》一样充满"飞奔"之意象的作品并不少见，写作者往往通过调整语言的节奏，延续或者保持意象的动感事态。郭沫若便曾直言不讳地表达过对"飞"之状态的喜爱。除他以外，我们还能看到"电火在铜器上没命的飞——飞——飞奔"（孙大雨《纽约城》），诗句在语象和语音上同时拉长距离，从而增强了情绪宣泄的力度。卞之琳也在《春城》中写有"黄毛风搅弄大香炉/一炉千年的陈灰/飞，飞，飞，飞，飞，……"一种不断显扬的、具有主体内在心灵性的节奏深蕴其中，它既是诗的，也是诗人的。轻佻般的五个"飞"，与千年陈灰的厚重积淀形成对比，古老的中华文明在一瞬间坍塌而出的文化碎片，透过语词的联动散落八方。同时，这首诗已经显露出由现代派诗人开始进行的、对日常口语淘洗之后的语言运用。在文本中，读者时常可以寻得一个内化了的抒情者，他仿佛在与一个倾听者辩驳着什么，要么是拉家常似的娓娓陈述，要么是反诘自问甚至开怀狂笑，使读者感到"平居"生活中的"不平"。废名的《理发店》、《街头》等诗也以口语的说话姿态，诗意再现了都市人常态的心理与精神。与传统诗歌相比，现代诗歌在一定程度上消除了典型意象与特定心理的对应关系，诗人们意在通过口语融会都市新精神，以"个人化的象征"联络外在世界与内在心灵，从而抵达情感的真实。

　　在口语式的都市人格呈现中，戴望舒的《我的记忆》可谓典型之作，其间遍布着日常生活的意象：燃着的烟卷，绘着百合花的笔杆，破旧的粉盒，颓垣的木莓，喝了一半的酒瓶，撕碎的往日的诗稿，压干的花片，凄暗的灯，平静的水……它们形象地印证出抒情者的记忆"到处生存着，像我在这世界一样"。并且，为了恰切地描绘出这个"老朋友"的形象，诗人采用的都是现代人的日常口语："它的拜访是没有一定的，/在任何时间，在任何地点，/时常当我已上床，朦胧地想谁了，/或是选一个大清早，/人们会说它没有礼貌，/但是我们是老朋友。"自我凭吊式的私语呈现，来源于现代都市赋予诗人的精神脆弱与文学敏感。大量口语化虚词的运用，使文本呈现出抒情散文般的温暖气息，仿佛真的有这样一位"老朋友"在与抒情者耳语。戴望舒认为，都市生活的寓言正在于"微细的生活消磨了所有的激情"，对机械时代继续进行昂扬呼号显然不太适宜，而精神主体的浪漫情绪也无从发泄，于是他主张"新的诗应该有新的情绪和表现这情绪的形式"。[①] 这便是把口语

①　戴望舒：《诗论》，《现代》第 2 卷第 1 期。

的表达形式与现代诗人"大处茫然，小处敏感"（卞之琳语）的思维特性结合在一起，将诗的韵味由"字"的抑扬顿挫转移到"情绪"的波澜起伏上来，使外在的语言文字与情绪化的心灵经验形成互文。

读戴望舒的诗，便能感到由口语的字句节奏所衍生的、舒卷自如的语吻化情绪节奏。在九叶派诗人看来，日常语言已成为诗歌主流的存在形态。袁可嘉将"始终是以口语为主"① 归纳为20世纪20年代新诗现代化的结果，郑敏则认为现代主义的英美诗歌"文字上脱离对纯文字美的追求，更多的吸收城市日常生活的口语，避免直接写抽象思维"。② 而汉字外在音响效果的有限性，也使九叶诗人们更为追求新诗格律的"内在化"（郑敏语）。其实，进入诗歌内部现场的口语，其指向依然是在语言的普遍中窥觅诗意的奇险，在似曾熟悉的语吻中挖掘现代人的复杂心绪，同时不断追求间接化的表达效果。正如辛笛的《寂寞所自来》一诗，日常口语式的叙述情调貌似无所指向，也缺乏核心的主体意象，但个体在"城市的腐臭和死亡"中抵达形而上层面的"寂寞"与"孤独"，正是通过口语式的"絮叨"姿态得以实现的。日常口语营造出的诸多貌似无序的意义片段实则指向同一逻辑，它们在相对闭合的语言空间中形成对日常生活的集中隐喻，带有浓厚的知性特征。可以说，现代诗人正是在从语言节奏抵达精神节奏的"内在化"过程中，逐步完成了对都市以及都市人普遍精神的模拟与呈现。而蕴含在日常口语中的平易与亲切、诙谐与反讽等诸多情感要素，也进一步拓展了现代诗歌的语感空间，使诗人有机会触碰到超语义的语感之美。

---

① 袁可嘉：《新诗现代化——新传统的寻求》，天津《大公报·星期文艺》，1947年3月30日。

② 郑敏：《英美诗歌戏剧研究》，北京师范大学出版社1982年版，第105页。

三　诗行：空间化的形式布局

如前文所论述的，广义的诗歌形式泛指语言形式，而如何在词与词的语言连缀中建立并传递审美信息，是诗歌意义产生的关键。一方面，词与词之间可以通过修饰与被修饰语的组合，实现间接化的陌生效果，如"年轻的老人"和"美丽的夭亡"，"肉味的檀色"与"苍老的号啕"等复合"观念联络的奇特"（苏雪林语）的词组。这些组合要么是在反喻式的悖论中营造意义的对比，要么是在通感的跳跃中获得感觉的并联，达到"颜色，芳香与声音相呼应"（波德莱尔《契合》）。另一方面，在音顿、意顿之外还有更长的诗歌时间单位，也就是诗行以及由诗行组接而成的段落。行与行之间可以通过意象群组的跳跃或整体视觉形式的变化，演绎由"行"所建立的形式节奏，从而对都市空间和现代意绪进行互喻式的动态呈现。看殷夫的《无题的》一诗，这是诗人较早表现都市生活的文本，他将抒情主体设置为城市之中的漫游者。诗歌的前三个段落分别以视觉（青天、小鸟、煤烟），听觉（摩托车、女人、电车、胡琴、乞儿呻吟）和嗅觉（篱笆旁边、臭味冲天）三组感官印象，联络拼接成一个客观而统一的"上海在溃烂"的整体形象。徐迟也在《七色之白昼》里写"我"在昼眠时所产生的七种颜色，这颜色又变幻成"七个颜容的胴体的女郎"。每节诗都触及"七色"，但节与节之间的意义关联却不那么明晰，留给读者的只是感觉的飘忽、迷离与跳跃，这真的成为在雾里旋转的梦幻记录。诗人没有像殷夫那样正面呈现主体与都市相勾连的情感流向，但他所叙述的每件事物都隐含着难以名状的都市感，每一种事物实质上都象征着都市生存的一种状态或一个意蕴。它们的杂呈综合非常形象而深刻地揭示出现代大都会文明的畸形、怪诞和病态，体现着诗人对城市白昼令人炫目的排斥与拒绝。

　　此外，有一些诗人借鉴艾略特"在高雅本文里植入俚俗谣曲"[1] 的手法，不只将意象、诗行处理得支离零碎，而且有意中断甚至拼贴语境。杭约赫《复活的土地》正使用了长短错落的句式和繁复密集的意象群组，将都市音响"喇叭和尖厉的铜笛的和鸣"之"怪声"演奏出来，诗行随之进入奇妙的歌谣声中："那厢的花儿朵朵开/你偏偏的不去采/这厢的花儿含苞放/你对对的飞过来"。拼贴而成的抒情谣曲从视觉形式进而从精神层面上建立起都市的"非诗"（噪音）与"诗"（歌谣的音乐性）的语境并置。姜涛也曾沿此思路论述过穆旦的《五月》及袁水拍的《城中小调》，认为这两首诗都杂糅了现代诗物象的并列剪切与古典歌谣的曲调体式，王佐良曾言及的"两个精神世界，两个时代"也出现在"这种猝然的对照上"。[2] 无论是这种诗境的对照呈现，还是行与行之间貌似不稳定的意义联结，它们总能对应着诗人某种特定的现代情绪。而且，琐碎的细节和错置的语境并没有损害他们对城市空间的意义表达。相反地，它映射出城市文化语境对抒情者诗维运思的多重渗透和影响。

　　除了意义的直接跳跃外，一些现代诗人还试图通过视觉效果明显的诗形变化，借此传递都市意绪。从《纽约城》开始，孙大雨就如惠特曼似的，以词汇和语法结构相同的短句平行排列形象，以期达到回环叠的张力效果。前文已论及的《自己的写照》正实现了语言节奏和诗形节奏的统一。特别是在诗形上，每行的字数基本一致，在视觉上为读者勾勒出一座由"语词"组成的大厦，所有繁芜的意义细节和迥异的情感片段都被压制在大厦貌似稳定的形体之中，

---

　　[1]　张松建对此曾有专门的论述（见张松建《诗想都市中国：美学策略与文化政治的再思》，原载《东亚现代中文文学国际学报》香港号，岭南大学出版社与明报出版社 2006 年版）。

　　[2]　王佐良：《穆旦的由来与归宿》，载杜运燮、袁可嘉、周与良编《一个民族已经起来》，江苏人民出版社 1987 年版，第 3 页。

而"平衡"的视觉结构恰恰反衬出隐含其中的意义"失衡"。这样，由诸多素材联络着的各种意象，便不得不在长度规整的诗行间错置杂陈，反喻的效果跃然纸上。吴奔星的《都市是死海》也采用了这种"平衡"结构："老太爷是巨蟒，/贵妇人是五花蛇，/妓女是蚂蝗，/少爷是微生物，/小姐是细菌，/卫士、听差是寄生虫，/老妈、丫头是霉苔。"包括题目在内，全诗通篇都以整齐的判断句组，暗喻礼义道德之森严和它实质上的虚伪糜烂。再看艾青的《巴黎》："公共汽车，电车，地道车充当/响亮的字母，/柏油街，轨道，行人路是明快的句子，/轮子＋轮子＋轮子是跳动的读点/汽笛＋汽笛＋汽笛是惊叹号！"在每一行中，意象都组接出繁缛的视觉效果，暗合着都市情调的纷杂；而每一行的建行方式又在对称中抬升出整体化的视觉效果。这样每行三组的都市意象铺排下去，仿佛可以喻化生成无限长的文句，这与阿波利奈尔的图像诗构思颇为相通。除了上述在视觉的平衡中营造意义的不平衡外，对诗行的视觉形态动"大手术"的诗人也不在少数，实验观念颇强的徐迟尤精于此：

　　　我，日益扩大了。

　　我的风景。！
　　倒立在你虹色彩圈 IRIS 的上
　　茌是倒过来的茌。
　　……
　　于是，在梦中，在翌日，
　　我在恋爱中翻着筋斗。
　　我我我世茌茌我。
　　我，已日益扩大了。

这首《我及其它》首次将汉字进行了直观化的技术处理，"我"这一字符被排列成不同的方向自由翻滚，其字号的不断变化也从视觉上应和了不断扩大的、身为宇宙主人的"我"之现代主体诉求。诗人通过图像化的方式调动起汉字的形与意，其无所拘束的实验精神正与现代都市人的蓬勃朝气相契合。在诗集《二十岁人》中他还使用了"555555555"或者"????"之类奇特的句式，表现香烟雾气袅袅上升的形态，这便为阿拉伯数字甚至是标点符号赋予了"具体诗"一般的表意功能，可见诗人的实验精神之强。连朱湘这样一向讲求整饬之美的诗人，也曾写下《雨》这样的诗篇。为了表现现代都市意识和感觉的不规则流动，他以其"形式美"的语体实验，采用了增加诗行空白以及不规则的分行形式，从视觉上传达给人们这样一个信息：错综的都会难以被尽然捕捉，现代都市人心态的彷徨、游移可以直接借助图像化的方式表现出来，使现实得到更为形象地反映。这些现代诗人意识到：和图画相比，诗歌可以更形象地反映现实。由此，他们对文本进行有意识地断裂分行，将各种片段和材料组接，使行与行之间形成相互的作用力，既拟现出生活的杂乱无章与情绪的纷繁复杂，也契合了诗人在凸现"抒情自我"的过程中骤断又续的内在心理脉动，亦可导引读者不断接近诗歌的精神内核。

在城市抒写中，诸多诗人将诗歌文本与图像艺术相结合，拓新了抒写城市的方式，还有一部分诗人选择将诗行进行"复制"，以实现对意义的强化。郭沫若在《日出》一诗的各段都采用了同构的开篇句式："哦哦，环天都是火云！""哦哦，摩托车的前灯！""哦哦，光的雄劲！""哦哦，明与暗，同是一样的浮云。"殷夫也在《我们的诗》中以"引擎万岁"、"光明万岁"、"前进万岁"作为各段末行。两位诗人都在每一段中安插了形式和结构相仿的主题句，这些句子的意义指向基本一致。因而，主题句每出现一次，意义的持续时间都会被延长，而意义本身则得到强化。除了主题句的形式，诗人还可以通过"行"的复制直接干预文本节奏。路易士曾在《都市的魔术》里描述过一系列异常可怖的景物："骚音和速率，/骚音和速率，/立体，立体，立体，恐怖和立体，/蛆样的人群，蛆样的人群，/炭气和传染病的制造所。"诗行的重复使意义不断地自我增殖，如同意象的叠加一样，达到一唱三叹的强化效果。在这种重复中，首尾呼应也是很多诗人惯用的布局方式，如"我从梦中醒了！/Disillusion的悲哀哟"（郭沫若《上海印象》）。首尾两句便锁住了满目的"骷髅与灵柩"，使悲哀的情调无法逃逸。"北京城，垃圾堆上放风筝"（卞之琳《春城》）以现实般冷峻的结尾将全诗一直娓娓道来的故都春梦恍然摇醒。"为什么？为什么？然而我们已跳进这城市的回旋的舞"（穆旦《城市的舞》），抒情者的思想经历了一场旅行，却仍然无法摆脱"钢筋铁骨的神"所设置的"高速度的昏眩"，一切疑问只能湮没在都市人的怀乡病中。再看施蛰存的《沙利文》："我说，沙利文是很热的，/连它底刨冰的雪花上的/那个少女的大黑眼，/在我不知道的时候以前，/都使我的Fancy Suudaes 融化了。/我说，沙利文是很热的。"这是一幅夏日上海冷饮店的景象，热的感觉与少女的大黑眼睛，在热的情绪中融为一体。末句对前文的重复，则在视觉上使诗歌展现出首尾呼应的整体美，既加强了诗歌的节奏，也进一步凸显了文本的主题。同时，尾句与首句在形成对应的同时，还会与它之前的诗歌语境形成暂时的意义中断，通过这种诗行布局，文本的诗质便有可能得到进一步的阐释与澄明。

　　综上所述，西方城市文明在与中国现代诗歌发生碰撞之后，其自身的文化传播效应自然会影响到新诗基本观念的生成和表达方式的构建。更重要的是，作为一种新兴的话语方式，它为新诗提供了在多力竞逐的文化场中，通过模仿、融合、升华进而雕琢自身的难载机遇。诸多现代诗人抒写都市，排遣都市人的生存意识，确立并拓展了自身的象征系统和精神空间；同时，诗人对都市空间、运动和变化的反映，也为新诗语体的生成与建构起到了"塑形"的作用。新诗由此逐步建立起一种与现代都市风貌、速度、节奏相对应的语体结构，其文本性和都市化的结合，正是中国新诗现代性的一个重要特质。

第二节　当代诗美："瞬间"的诗意展开

在现代文学 30 年中，诗人的城市想象多与民族解放等重大的历史命题相关，无论是"现代派"诗人还是"九叶派"诗人，他们都无法规避这一话语压力。新中国成立后，十七年文学乃至"文化大革命"文学所强化的城市主题，又多与以工业化为主导的城市外在"功能"之美相联结。在诗歌中，城市工业意象的所指达到了均衡的同一——共同指向现代国家梦想，而抒情者个体的声音则日渐式微。可以言明却无法尽吐的压力，使诗人大都隐匿了对城市意象进行深层挖掘的愿望，他们如同加工车间似的，将各种结构、经验方式迥异的城市资料按照当时的美学通则同构，继而实现同喻，这或许限制了其对城市经验丰富性的表达。进入新时期之后，诗人得以继续先驱们的城市命题，与城市内在经验展开新一轮的磨合。一方面，他们继承了新诗开辟的一系列诸如机械力情结、欲望化审美以及漫游者眼光等城市母题和物观经验；另一方面，伴随着意识形态以及经济、文化的变迁，诗人们开始在技术层面对意象的捕捉方式和呈现模式进行实验，并探索出多种超越日常表意经验之外的独特抒情技巧，从而强化了城市文学的文本性特征。唐晓渡在谈"朦胧诗"时所说的"心的变换"或者"向内转"①，亦可作为朦胧诗以来诸多诗人

---

① 《唐晓渡诗学论集》，中国社会科学出版社 2001 年版，第 61 页。

与世界进行对话的新途径。这不仅是一个在现实面前"转过身去"的简单动作，而且是作为"话语"的冒险实践。被城市文化浸染显著的当代诗歌，其诗美既包含着与现代诗歌城市抒写相一致的对应性特征，同时它也步入意义愈发丰富、内外部结合更为严密的"磁场与魔方"之中，演绎出新的特质。

一　意象的"事态"化

在朦胧诗人那里，城市意象的结构特点依然是传统经验的复现，它们承载了过于宏大的形而上内涵，与现实生活产生难以对接的"非现场感"，无法触及改革开放所带给城市人的心理新震荡。笔者认为，直到20世纪80年代中期上海"城市人"诗群的登场，都市意象方才重新被激活进而参与诗美构成。面对都市现场，诗人从器物层面上的视觉"震惊"游移到心理"震惊"，在惊魂与安魂中融化诗歌的审美现实，对刹那的经验完成描述。他们将意象作为具有诱发力的期待结构，对其连接方式进行了重组，仿如一片片"湿黑的树枝上的花瓣"（庞德《地铁车站》）形成观念的奇妙联络。这样在悖反与无序中寻找生活的哲学，也使城市抒写复苏了原创性的品质。宋琳说过："一首诗就是诗人生命过程中的一个瞬间的展开。"① 如同本雅明说的"一瞬间契合于诗中的永远的告别"似的，他对城市意象的采集和表现，也依照"瞬间"的现场经验自由随意地展开。这样一种"随意"的姿态，或可从现代派诗人的意象"蒙太奇"那里觅得端倪。诗歌要依照潜意识流动散发诗意，其自由姿态便"使意象带有更多未被意识加工、修饰与改造过的原始性、也即纯客观性"。② 于是，"窗子"成为宋琳笔下"高处凿成方形的洞"（《人群》），

---

① 《诗刊》1986年第11期，第30页。
② 吴晓：《意象符号与情感空间》，中国社会科学出版社1990年版，第231页。

"皮手套从手上退出／带走我的一部分体温"（《在上海的第七个冬天》）。凭借纯客观的感觉，抒情者将直接经验与诗意融合一体，从而生发出美感。不过，"城市诗"一代的知觉核虽然归于街道、高楼、消费时代这些日常经验，但他们更容易走向意绪的茫然与感觉的晕眩，正与现代诗人的都市"不适"形成对应式的呈现。与后辈诗人相比，他们尚未找到与城市相处的恰当姿态，以及最适合的言说城市、揭示真实的方法。

当代城市生活的缤纷繁复，使大量城市语汇进入诗化语汇系统，这自然为诗人提供了更多可用的语言材料。骆英的《都市流浪集》便将信息时代的景象入诗，诸如网站、酒吧、AA 制、虚拟婚姻、摇头丸、数码相机等，这些意象与都市人的生存状态会产生某些"灵动"的对应。《数码相机》中"你／会被一再删去／像泥／被简单地抹平／／你／会被一再虚拟／像雪／落地后再无痕迹"。再如《生存得像短信》："生存得像短信／廉价得无所谓成本"。习焉不察的科技意象悄无声息地改变了我们的命运，而我们的形象和言语不再具有重量，我们的处境也"被阅读得无足轻重"，这正是陌生人社会的拟现。路也的《一分钟》以 201 电话卡里还有一分钟通话时间作为假设，开始探讨究竟多重要的话题才值得在这短暂的时间内与对方分享，这不由得使我们联想起穆旦惯用的"八小时"意象。"一分钟"与"八小时"，同样都是在戏讽刻板规制的生活，但它们的不同在于，"八小时"指明的是城市现行的生活体制，诗情建立在城市生活实体之内，而当代诗人已经无所谓体制，"一分钟"带来的仅仅是一个具有幽默意味的可能。在瞬间印象面前，她仅靠直觉进入冥想的境界，早已游离于城市规定之外。

大多数现代诗人眼中的城市是一个整体的、可以赋形并作出美丑善恶定义的。相比之下，当代诗人的城市经验更多的是诸如"一分钟"似的、一个个微小意象的聚集。你当然无法从每一分的"琐碎"中看到整个城市，但却能从中窥见一位性格鲜明的精神主体，而且每个主体在城市中感受到的辛酸与热情都是完整的。张小波《在蚂蚁和蜥蜴上空》便用城市的碎片切割着诗意，在与暂居过的城市进行告别的苍凉气氛中，诗人罗列出"打字机与跳蚤"、"出逃的贵族和荒野的狗"、"火车与树木"、"蚂蚁和蜥蜴"等一系列看似对表现主题毫无意义的意象，其间传达的却是精神原乡的失落情怀。以梦幻的手法对图像进行剪切与拼接，在现代诗人特别是杭约赫、杜运燮那里已屡见不鲜，通过散逸物象营造统一的城市人意绪，这样的技法同样为当代诗人所承续。于是，一座座"格尔尼卡"式的城市绵延不断地诞生了。

20 世纪 80 年代后期的先锋派诗人提出了"诗歌以语言为目的，诗到语言为止"①的口号，他们取消了将语言作为营造意象的手段，不再把语言本体的自足性奉若圭臬。针对朦胧诗以来将意象崇高化、所指陷入单一的意义危机，他们力图使"意象"与"具体化的感觉"建立距离，"象外之意"亦被取消了特定的喻指关系。我们看于坚的《我生活在人群中》："穿着一双皮鞋/我生活在人群中/有时欢天喜地/有时沉默忧伤/我的房间很小/我的朋友很多……我生活在人群中/穿普通的衣裳/吃普通的米饭/爱着每一个日子/无论它阴雨绵绵/无论它阳光灿烂"。人群中的"我"是一个小写的"我"，在娓娓叙述中，没有任何一个耀眼诡秘的意象存在，也没有所谓的核心意象。他的《作品 51 号》写道："去年我常常照镜子看手表擦皮鞋买新衬衣/我读《青年心理》读一角一张的小报/弹吉他跳伦巴唱流行歌听课等等都干过了"。通过一个"叙述者"的描述，我们看到了城市俗常个体的本真生活。同时，诗文中的每个物态意象被单独取出之后，都难以形成独立的、明确的喻指，每一个意象都因抒情者情感的疏

---

① 韩东:《自传与诗见》,《诗歌报》1988 年 7 月 6 日。

淡而流露冷态。整体观之，诗歌所描述的事件晋级成为一个整体的、由事态所组成的意象，如罗振亚曾论述的："他们（指第三代诗，笔者加）不再注重语词意识，转而重视语句意识，所以词意象逐渐向句意象（心理意象转向行为动作结）转化了。"①于坚的一系列"事件"组诗，都以"停电"、"铺路"、"装修"等表现动作状态的词组为副题，全诗也围绕这些事态化的意象展开诗意结构，印证着罗文指出的"从意象到事态的抒情策略转移"。这些事态标题犹如一扇敞开的大门，将我们由物态意象组成的"词"世界带入以事态片段编织而成的"句"世界。多彩的城市意象化生为一个个段落式的生活情节，诗歌的叙事成分和戏剧化因子得以滋长。安琪在《轮回碑》中更是将无数个事态意象进行堆砌，甚至取消了标点，其抒情主体的语言仿佛从癫狂者口中吐出。文字还原为无数声音片段的组合和缺乏明确意义的能指延续，后现代的复调之音使人振聋发聩。这种抒情策略的转移，一方面是诗人对汉语表意系统进行的革新与实验，属于语体范畴的技术操作；同时，苏醒的城市文化也以无孔不入的强大穿透力影响到诗人的凡俗生命。事态意象参与诗美构成，必然要求取自民间的、不需形而上淘洗便可直接使用的日常生活素材，这使得现代抒情个体的城市经验既要拥有整体上的凡俗特征，又要具备个体的复杂与独特性，正所谓"凡俗之中的诗意"。

二　与生活同步的语感

　　朦胧诗的修辞习惯与编码方式仿佛超越在现实经验之上，精英情结承载了过重的话语压力之后，反倒破坏了诗歌与现实的对接。由 20 世纪 80 年代中后期开始直至 90 年代，大批诗人重新

---

　　① 罗振亚：《朦胧诗后先锋诗歌研究》，中国社会科学出版社 2005 年版，第58—59 页。

开始思考诗歌与现实的关系，并认为"诗歌的语言也就是生活的语言"。① 生活叙事成分的介入，似乎成为诗歌自身发展的新动能。对城市生活而言，针对它的表达既可以由词的组接实现，也可以通过一个个小事件组成的句关系展露，以事态意象取代物态意象曾经占有的主导地位。事态句组的活跃，直接增强了诗歌的叙述性，诗人的写作与生活就此形成互文。在成员多散居在消费城市的"他们"诗派那里，核心成员韩东和于坚均喜好采撷都市的凡俗事态片段入诗，特别是于坚，他的诗以"在结构现代城市社区形态史和心理史上表现的材料意识与情节性的叙述特征"最为显著，"具有与机智空灵相反的从容与大度，并含有特殊的小说因素"。② 在《远方的朋友》、《尚义街六号》、《罗家生》等早期作品中，于坚在都市生活经验里发现了语言的运动和它自身的能动魅力，90 年代完成的《○档案》和"事件"系列更是以语言作为表现体制的工具，形成一种"生活流"的事态语象。《尚义街六号》便如叙家常一样地展览了他与朋友们的日常生活：聚会、抽烟、聊天、排队上厕所、谈女人、用衬衣当抹布擦手上的果汁……文本中没有夸饰与隐喻，完全呈现出生活素材的本原面貌，溢满朴素的诗意。在《作品 52 号》中，诗人絮叨地讲出一个都市职员简单而琐碎的日常生活："很多年　屁股上拴串钥匙　裤袋里装枚图章/很多年　记着市内的公共厕所　把钟拨到 7 点/很多年　在街口吃一碗一角二的冬菜面/很多年　一个人靠着栏杆　认得不少上海货/很多年　在广场遇到某某　说声'来玩'/很多年　从 18 号门前经过　门上挂着一把黑锁/很多年　参加同事的婚礼　吃糖嚼花生……"一个都市小

----

① 孙文波：《我理解的九十年代：个人写作、叙事及其他》，载王家新、孙文波编《中国诗歌九十年代备忘录》，人民文学出版社 2000 年版，第 19—20 页。

② 燎原：《东方智慧的"口语诗"冲和》，《星星》1998 年第 3 期。

人物的生活细节被原生态地、通过平面琐碎的散文风格和生活流中的"冷铺叙"展开，这样的技法，正可使读者触碰到日常原色生活中的语感脉动。其诗性叙事凸显出诗人切入生活的瞬间角度，并带有与生活平滑的对接感，叙述性的强化则成为诗人完成虚构事件的活力来源，而零度的姿态又昭示出他们的审美策略。

无论是民间化的叙述还是学院化的叙述，诗人们都在为摆脱世俗角色之后的经验主体勾画着理想形象，以叙述作为处理想象和意识的有力机制，从而使复杂的想象在经验结构上达到精确与平衡。这一策略也成为90年代至今诗歌现场的关键词汇之一，并从不同诗人的心灵品质中派生。我们随意翻开90年代的诗文本，叙述的场景俯拾皆是：韩东的精练和节约，伊沙的轻松和幽默，侯马的文雅和细致，宋晓贤的执着与节奏感……他们都将生活现实与社会情绪转化成为体辨自己生存状况的文献。尤其是徐江的《戴安娜之秋》、《有一次，去新街口》、《看球纪》等诗作，均以旁观者的身份在叙事中挖掘都市经验，让非理性的肉体和灵魂一起出场，其叙事场景具有浓厚的时空感和画面感，这也映射出世纪之交城市图像文化对诗歌体裁的强势渗透。从诗歌形式的角度观之，这样的诗性叙事将日常生活语言纳入诗歌语言，呈现出生长在城市文化之中的现代口语特征。蕴涵在日常口语中的平易与亲切、诙谐与反讽等诸多要素，也进一步丰富了当代诗歌的语感空间。

以口语的语感承载诗歌抒写的叙述性脉动，并不是当代诗人的专利，早在20世纪30年代，徐訏的《日记》一诗便写出："我是早已衰老，/天天打算柴米油盐酒醋姜，/在饥饿时候图一个饱，/饱了以后就没有花样。//'阿司百灵；金鸡纳霜；/白菜一斤，粗布一丈；/八个铜子豆腐；两毛钱白糖？'—我的日记早变成了流水帐！"这果真是"流水帐"，记录的都是曾经难以入诗的庸常生活。诗的"真实"仿佛透过一个被生活磨平的中年人之口，絮絮叨叨地倾泻而出，宏大神圣的价值理念已然被生活现实挤压至九霄云外。其语调间深蕴的对恢复"日常生活合法性"的诉求，也是诸多现代文学实践者所倡导的重要原则。戴望舒便提倡深入个体生活的内在情绪进行探险，以口语化的语感信息传达孤独的现代人意绪。艾青也提出过以口语写新诗的主张，寻求语言的散文美。九叶诗人袁可嘉在40年代末期受艾略特"客观化诗学"的影响，针对浪漫主义的激情流露，开始强调"节制"热情之后的思想深潜，认为诗的语言是创造最大量意识活动的工具，是象征的，其意义多取决于全诗的结构和上下文的次序并随时接受意象、节奏、语气等因素的修正和补充，含象征性、行动性。① 因此，他十分注重对"日常语言及会话节奏"的运用，以此表达都市人的思想现状，将语言从神圣的庙街拉入"非诗"的日常现场。穆旦在谈到自己创作时也说"用了'非诗意的'辞句写成诗"②，这同口语诗的倾向非常接近。不过，从一定意义上说，即便使用了散文式的口语，大部分现代诗人也依然无法摆脱"抒情"的强力控制。戴望舒退缩至内心世界，其口语自然萦绕着寂寞个体的丝丝愁绪；而九叶诗人强调介入现实的初衷，便已带有主体承载时代话语的神圣与庄严，无法保持零度姿态而与抒情划开距离。当代诗歌则不同，在城市消费语境下，精英认同的丧失危机成为八九十年代诗歌口语化倾向所蕴涵的重要社会根源。口语表达系统隐含着对书面语言（精英文化意识）的反动，同时也是诗人谋求回归民众的一种方式，其美学基础是都市凡俗性的审美追求。而都市"此在"生存的荒诞与矛盾，则是构成其诗意的主要来源。韩东说："'诗到语言为止'中的'语言'，不是指某种与诗人无关的语法、单词和

---

① 袁可嘉：《谈戏剧主义》，天津《大公报·星期文艺》1948年6月8日。
② 穆旦：《蛇的诱惑》，珠海出版社1997年版，第229页。

行文特点。真正好的语言就是那种内在世界与语言的高度合一。"① 抒情者采用"诉说式"的口语，便可获得认知世界的有效手段，充分拓展其生命的内在意义。通过口语而完成的叙述，也以其一次性、现时性和不可替代性迎合了城市生活的"非诗意"以及"瞬间化"的情感特点。城市生活的凡俗与真实，使它更容易借助口语化的叙述得到呈现，任何贯注强烈抒情的虚拟阐释，都只会拖拽甚至妨碍对其现场感的表达。

于坚要建立的是能够"拒绝隐喻"或"回到隐喻之前"的，具有"流动的语感"的新语言，即回到诗歌作为日常生命形式的本真，能与同时代人进行最熟悉、最亲密交谈的话语形式，都市日常生活的口语正与他的要求相吻合。对生长在商业化时代的诗人来说，口语句式既是他们的叙事策略，同时也已影响到其文本整体结构的构成。于坚的《作品67号》便以口语化的语言，描绘了一位悉心追求个人日常生命价值的"新型"自我形象，其诗学主题便是：要获得真正的自我就必须承认普通的日常生命。在《作品100号》中："你和大家友好相处相敬如宾/没有谁会给你一刀/一切都很好一生都已安排/早餐牛奶面包手纸在浴室里/风景在窗帘后面喝茶可以减肥/现在是北京时间七点整下面报告新闻"。如日常谈话闲聊一般，真实的市民生活图卷逐层展开。诗人在都市空间中漫不经心地游走，以貌似零度的冷漠重新布置、切割着众生相，以口语的组接将都市空间制成可听的标本。再看陈傻子《一个爱和不爱的电话》：有个姑娘打电话给"我"诉说爱情的痛苦，于是"我说/他不爱你/你也不要爱他/这不就完了吗//她说/她的心还是放不下/有时候那个人对她还挺好的//我说/对你好和爱你并不是一码事/我是拿人我懂/。有时

---

① 万夏、潇潇主编：《后朦胧诗全集》（下册），四川教育出版社1993年版，第239页。

候是抹不开面子//……//她问我/那我怎么办呢//我说/你随便爱哪一个/也比爱他要好/世界上的男人多着呢……"在霰弹般的结构中，充斥着随时脱口而出的白话俗语，似乎没有任何斧凿的痕迹。阅读这样的文本，仿佛是在观看一份聊天记录，或是倾听一次性的语音文本。口语词条的平顺组接，也使诗歌内部现场实现了"戏剧化"的情境。

在"回归语言"的过程中，得到强化的"口语"表现出诗人对"回归生活"的渴望，以及他们在共时的时间结构中对主体"存在感"的瞬间领悟。进入21世纪，运用并改造口语以增强诗歌语言的叙述性，依然是多数诗人在城市生活中寻觅诗意的首要途径。唐欣的《北京组诗》便发挥其一贯的对日常视觉素材的捕捉力，文本通篇采用漫谈式的口语，联络着诸多现实与历史杂糅而生的印象片段。同时，诗人对"零度"的情感姿态进行了调整，他采用大量"抒情"的语言，并与叙事性成分实现珠联璧合。此外，需要指出的是，当代诗人在最大限度地逼近生活本真的同时，某些"口水式"白话的泛滥，仍然需要引起我们的警觉。诗歌语言毕竟不能照搬生活语库，它应该是从粗粝的日常口语中提炼出的、具有表现力的文学语言，是文字化的灵魂。如果落入口语的快意放纵与无深度的意义"陷阱"，便会在取消形式的过程中，再次受控于新的话语暴力，沦落为形式神话的囚徒。

三　凡俗中的"荒诞"

如本章第一节所述，徐迟、穆旦、杭约赫等现代诗人均善于将古典意境与现代都市生活现实加以拼贴，在互文式的文本失衡中达到意义的互渗与融合。对当代诗人而言，这种"拼贴"意识可以保证诗歌永远都成为"他者"的"未完成"文本。由于新诗自身已成长出足够的话语长度，这些诗人便"幸运"地具备了与先贤对话的机会，伊沙的《告慰田间先生》便是一篇非常富有智趣的文本。儿子玩电子游戏（很可能是"80后"一代熟知的电视游戏"魂斗罗"）遭遇难关，他请求父母帮他一起进行游戏，消灭"敌人"，而诗人这时却巧妙地将田间先生的诗歌嫁接在儿子的呼唤声后："他的呼唤/穿过客厅门廊抵达我的书房/像是动员：父亲/假使我们不去打仗/敌人用刺刀，杀死了我们/还要用手指着我们骨头说/'看，/这是奴隶！'"诗人将自《结结巴巴》以来一直营造的那种"语词的愉悦"进行了相似的呈现。先贤的诗篇被嫁接至当代文本，而历史则在被挪移的轻喜剧中，逐渐失去了由知识权利所指涉出的崇高意识。在"车过黄河"似的戏仿中，后现代的荒诞感降临于真实，使人无法辨别真伪。几近相同的处理方式还存在于刘春的《正午时分》中："我在人群中拥挤着候车"时看到"一个人高马大的洋妞"到处闲转，仿佛"雨中的一匹母马"，这时一个陌生人突然以布罗茨基的口气对"我"耳语——"它在我们中间寻找旗手"。宏大意义的寻觅过程被一个娱乐化的场景置换之后，"旗手"这一象征的所指便失去了逻辑主线。在偶然与随意的场景中，意义仿佛面临着产生就要须臾消解的命运，正如格式所写："我把那个坛子/拿回家/妻子说/你怎么知道/我要腌咸菜"（《田纳西州》）。这个坛子雕刻着德里达的谶语，真与假的概念并不是一个绝对的价值观念，而是一种虚构符号，它们与所指称的实物也处于游离变动的关系之中。现实生活的内在元素正是在不断地碰撞中，瞬间孕育出新鲜而缺乏稳定感的意义，这种意义的生成既不可预料，也难以维系。

对先贤诗句的拼贴运用，造就了一个个全新的话语场，并在杂糅的历史片段中进入了陌生、新奇的现实，这正反衬出诗人对城市诗意荒芜感的冷静认知。于是，这些不安的灵魂开始秉持"言说"的姿态，以清醒的头脑坠入凡俗琐事之间，将多种事件拼贴并置一处，对虚妄进行不可言说的捕捉。王小龙的《心还是那一颗》写道：

> 从那时到现在
> 世界上发生了很多事情
> 在穆斯林地区，在公用厨房
> 在火车要开还没开的时候
> 人们已经吵得不耐烦了
> 再说一个三流演员都在当总统
> 你想会有什么好事
> 走在街上疑心自己也是一出戏里的角色
> 男孩子瓦文萨突然长大了
> 保姆就得换上制服
> 马岛终于在早餐时变成了茶点
> 撒切尔这时才想起了丈夫
> 电线杆子和精神病人打了起来
> 妈妈下车发现雨伞没了
> 而我结婚了
> 总之，这些都让人纳闷。

"那时"是什么时候，读者不得而知。一个个突兀的事件连接，缺乏任何外在背景与内在逻辑，直到诗歌最后我们方才发现，"我结婚了"才是诗人所要表达的主题。这件貌似偶然发生的事件使"我"像群众演员一样，为城市生活这幕含混而复杂的戏剧增加了注脚。包括"我结婚"在内的所有模糊琐杂、交接叠合而成的事件，形成开放包容的意义统一体，在杂乱中爆发出令人难以抗拒的张力。老巢的《空着》也将伊拉克战争、短信、沙尘暴、工地与民工、车站、政府换届等光怪陆离的城市事件纳入文本，以拔渔竿似的顶真修辞作为叙事方式："排石（肠结石）需要手术／手术需要手／手在手中左右为难／左神头右鬼脸／门上的桃符穿着古装。"意象切换的速度之快，点染出诗人游戏人生的生活心态。即便有焦灼不安，也大可不必当真，因为这就是生存的本相，我们对它没有选择接受与否的权力。再看丁当的《星期天》："咖啡喂掉面包／领带系住西服／……／一双皮鞋一个小巷一个老婆一蹬腿就是一辈子／一个星期天一堆大便一泡尿一个荒诞的念头烟消云散。"充斥于这个"星期天"的意象群组稀松平常，仿佛它们个个都在为"非诗化"的日常生活做着解释。"一个荒诞的念头"或许是对某种超常规生活方式的奇思妙想，它在一瞬间便被主体"掐灭"的命运，也是生活之中再正常不过的常规事件。对于生活，诗人无意作出批判，在浪漫激情消融之后，存在于诗行间的只有诗人对"存在即是合理"的皈依，以及近乎零度的叙事视角。

在很多诗人看来，对生活琐象的拼贴如艾略特言及的"客观对应物"一般，隐匿着他们的个性与激情。不过，绝对零度只是一种姿态，透过诗人对形式的实验，我们依然可以在某些时刻穿越文本的形态外衣而深入其内部，寻觅到消隐于"零度叙事"中的主体踪迹。刘春的《晚报新闻》便以每个版面的内容大意结构全篇；艾若在《诗人的出路》中则以招聘启事的体例，构造了三则启事和一则诗人的应征通告；谢湘南的《一起工伤事故的调查报告》在诗行中真实插入了一个调查报告……这些无单独意义的"媒介／文本"形式被整体移植或者插入，使汉语的词汇和语法组合出语言积木似的狂欢姿态（"积木"正永远处在话语立场不同的主体对它不断地搭建与拆解之间）。从这些文本可以看出，处于"隐身"状态的精神主体仍然保持着对现实的观照温度。为现实"赋形"，本身就意味着抒情者对时代不舍的依恋，而"形式"正是为实现抒情效果而服务的。如果站在宏观角度考量其实验性的艺术姿态，那么，这种艺术选择从纵向上延续了由现代诗人开创的对诗形体式的实验，并将臆淫与自娱的现场快乐感充入其中。这又在横向上与台湾诗坛轰轰烈烈的形式实验形成参照，与林燿德、罗青等诗人实现了在共时华文诗歌空间中的文本对话。他们通过不断尝试各种"有意味的形式"，增强了诗歌的视觉表现力和意义新奇感。

在形式构造上，堆砌是一种方案，而抽离则蕴涵更"危险"、更需要技术性的胆识。我们看安琪的《手机》，她将诗歌的信息压缩至一条短信的容量："喂，谁呀/哎，我身边有个电话你打这个号码吧/010—69262546。"貌似普通的事件，正是现代人枯燥刻板生活的写照，诗人将它从生活现场中抽离出来随之放大，使其成为生活的一个"原型"。对此，祁国做的尝试更为大胆。在他那里，荒诞意味的获得不需要依靠语词的变形与幻象的摹造。他如亡命徒一般"疯狂地"抽离了所有可以引起生活诗化的、修饰性的词汇，仅仅呈现由单纯语词排列而成的骨架，《打电话》正是这样的文本：

> 喂　您好　是啊
> 是我　还行　不忙
> 什么　噢　知道了
> 没问题　小意思　还凑合
> 当然　然而　反正
> 听不清　大点声　听到了
> 真的吗　哈哈哈　有意思
> 嘘　小声点　其实
> 还有　不过　即使
> 哎　烦　没劲
> 累人　倒霉　够呛

　　哼　活该　妈的

　　不要紧　哪里　没关系

　　好说嗯　　是的

　　假设　肯定　一定

　　嘿　胡扯　扯蛋

　　不行　拉倒　开玩笑

　　啧　对了　高见

　　可是　但是　如果

　　难讲　万一　再说

　　挂了　等等　最后

　　好　没说的　还有

　　不早说　有你的　随便

　　看看　就这样　再见

这首诗没有任何可以唤起视觉意义的意象，简单的生活口语堆积成为一个整体的事态。诗人抽离了所有的具象，而将意义的原型结构呈现出来，缩短了读者等待意义的时间。他在半截子的诙谐曲中，描摹出人生的共相，其散点式的图景就是我们生活的常态。留给读者的任务，便是依靠想象去填补语词间的空白。他的《客厅》一诗也如出一辙："开门/握手/请坐/上茶/这个/这个/那个/那个/握手/再见/关门"。通过几个简单的动作，诗人把常态的生活压缩成一个对称的图式，以荒诞的方式塑造出日常生活的庸常一面，从另一个意义上达到了荒诞美学所要求的"反常"，其批判意识也借助语言自身得以"隐秘"地实现。他和远村等人所崇尚的"荒诞"化诗歌写作，意在呈现一种看世界的全新角度和方法，如里尔克所说的，诗不徒是情感，而是经验，这经验的本质不在微言大义。诗人的理想就是在300层的大楼里只放一粒芝麻（《自白》），在超常规的时空比照中，将严肃的人生游戏化。"开厨房的灯/亮了厕所/关卧室的灯/亮了微波"（《开关》），日常生活如同按错开关一样，随时可能处于偏离的状态，对生存产生的乖谬感正蕴涵其中。在缺乏耐心的时代，祁国竟然还写出了取消标点、由无数个名词堆积而成的《晚上·零》，从视觉上呈现出一条线索：它们都是"生活的虚无本质：零"。类似的名词堆砌还出现在黄灿然的《货柜码头》里，为了猜想集装箱里都有什么，他罗列了几乎所有的日用品，形成名词的风暴。这纯粹是诗人为了制造气氛而为，尤其是如他所倡导的——制造沉闷，这文本便成为只适合一次性阅读的行为艺术。不过，在刻意隐藏主体、拟现"人与存在"之分离感的同时，诗人会不会将荒诞的诗意呈现引入极端，使意义弥散到无边无际，却仍值得他们小心把握。在加缪看来，对生活荒诞性的描绘本身不是目的，作为一个开始，荒诞将伴随我们生命始终："生活着，就是使荒诞生活着。而要使荒诞生活着，首先就要正视它。"[①] 荒诞不再代表着精神的绝望与阴暗，它成为诗人内在的心理驱动力，使他们以"拒绝平庸"的反抗姿态恢复了生命的尊严，并在日常城市的诗美结构中沉淀出凝重的精神价值。

昆德拉说过：诗歌的使命不是用一种出人意料的思想来迷惑我们，而是使生存的某一瞬间成为永恒，并且值得成为难以承受的思念之痛（《不朽》）。任何形式的创新和实验，思想的扬弃与升华，目标都是为了捕捉定格在这"唯一"瞬间的意义永恒。今天，城市的当下现场仍然是这种"永恒"之美的源发之地。大众群体多元的生活状态触发了诗人的诗情，使他们注重挖掘隐含在日常生活之中的事态化文本，将其作为整体性的诗歌意象进行诗意沉潜和智性加工，并以口语的方式动态呈现出城市的现代

----

① ［法］加缪：《西西弗的神话》，杜小真译，陕西师范大学出版社2003年版，第9页。

脉搏，实现戏剧化的效果。这既是诗人在美学探踪过程中的必经阶段，同时也是中国进入城市时代的内在要求。诗歌拟化了城市，而城市同样需要诗歌，正如庞德在《休·赛尔温·莫伯利》一诗中所写的：

> 这个时代需要一个形象
> 来表现它加速变化的怪相，
> 需要的是适合于现代的舞台，
> 而不是雅典式的优美模样；
>
> 不，肯定不是内向的
> 模糊不清的遐思梦想；
> 相比起来，一堆谎言
> 要比经典的诠释更强。

结　语

　　20 世纪以来，世界文学的中心日益迁移到大都会，城市生活充满了诗情画意、妙不可言的主题。如果以"城市"为切入点，我们可以发现，在新诗的成长轨迹中，确实存在着与城市文化诸多不可忽略甚至关涉紧密的联系。城市文化充当着诗歌重要的话语资源，它使得新诗有着不同于古典诗的全新境遇。如果说传统诗歌的抒情主体始终徘徊于庙堂理想和田园幻梦之间的话，那么，都市文明引领的新锐生活形态，使他们可以在物质的符码中自由穿梭，以对"物"的投合或疏离印证其自我存在，表露其审美品位。并且，这些抒情主体第一次要面对诸多纷繁复杂的选择：传统乡土桃源的乌托邦与现代都会色彩迷乱的异托邦，现代"人群"的同化之力与孤独"自我"的离群索居……在透过抒情主体彰显现代意绪之时，诗人们需要一种便于穿透既往与未来体验、传统精神与现代空间的形象，或者说以这样一种形象作为投射主体精神的立足点与视角。正如同波德莱尔笔下的"漫游者"似的，一系列城乡边缘人、疯子、夜行者或梦幻者都共同指向了一个大写的、身在城市之中却不安于城市速度的边缘人。这一形象使抒情主体领会到自己拥有在"人群"面前重申"自由"的能力，从而便于他们建立起脉络式的精神谱系。

　　整体观之，中国诗人对城市的抒写经历了从显层的外在物质形态观照到隐层的深层心理感知，即由"地理"到"心理"的精神流变过程。在城市抒写的原初阶段，物质符号"将我们的

感觉和身体拓展到新的维度"①（詹姆逊语），诗人惊羡于都市巨
人般的伟力膨胀，以崇拜和期待的心情迷恋着它的光辉。随之，
物态城市所掩抑的负面因素，特别是它对心灵的压制和对身体的
操控，使诗人开始偏向于对都市人生存意义的理性探询。城市抒
写的精神主体也表现出将都会经验"心理化"的群体特征，这
是现代性"心理状态"和"感觉系统"②（structure of feelings）
的诗学拟现，亦如帕克所说：城市正是这样"一种心理态度，
是各种礼俗和传统构成的整体"。③

　　此外，作为具有文学意味的结构体，城市文化参与了新诗语言、
意象、节奏等本质要素形成的全过程。人文背景的变换使传统诗学
的语言链条为现代都市符码所置换，诗歌的语汇系统更加丰富。城
市意象的组合和运动，也充实、完善了现代诗歌的象征意境。由宏
观角度审视，现代中国诗歌的城市抒写无论是在整体上，还是在各
个时段中所展现出的特点都与新诗自身的发展变化合辙同步：现代
派诗人始终没有放弃中国传统诗歌的美学追求，而城市抒写正以
"荒街"、"古城"的意象空间营造将这种追求作了实体化、意象化
的呈现。九叶诗人注重抒情主体与时代的联系，强化诗歌的现实性
功能，其城市抒写所蕴涵的对异化人性之批判、对个体孤独的哲思，
都具有极强的现实特色，其反讽和象征的语言姿态，契合了抒情群
落具有代表性的诗美特质。在当代，朦胧诗所承担的"英雄"、"人
性"等启蒙主题可以透过城市抒写中"城市梦"的方式化梦为真，
而"后朦胧诗"对先贤的拆解和对日常生活审美的深入，又可以在

---

　　①　［美］弗雷德里克·詹姆逊：《文化转向》，胡亚敏译，中国社会科学出版社
2000 年版，第 10 页。

　　②　［德］本雅明：《发达资本主义时代的抒情诗人》，张旭东译，三联书店
1989 年版，第 146 页。

·　③　［美］R. E. 帕克、E. N. 伯吉斯、R. D. 麦肯齐：《城市社会学》，宋俊岭、
吴建华、王登斌译，华夏出版社 1987 年版，第 1 页。

于坚、欧阳江河、杨克以及沈浩波等诗学姿态不同的诗人笔下，在他们城市抒写的语言态度中觅得踪迹。有一种看法认为，在新诗的百年发展中，由"现代派"到"九叶派"，由"朦胧诗"到"后朦胧诗"代表着它的两次发展高潮。从这一论断推衍，作为新诗重要表现手段之一的城市抒写自身，也与新诗的发展轨迹基本吻合，这既和主流意识形态、文化形态的导向紧密相连，也与诗歌内部的艺术规律休戚相关。"城市抒写"始终伴随着新诗的成长而成长，并成为新诗发展的晴雨表。

随着21世纪的到来，社会同质性的消解使政治、经济、文化三者之间呈现出清晰的分裂状态，难以相互阐释与支持。在消费主义的物质浪潮中，诸多城市抒写的操作者秉持一种通俗实用的、迎合感性现代性的审美倾向，强调个体的感官经验和欲望的合理性，从非理性的层面进入都市主题。不过，在具体操作中，有些诗人也过于沉溺于对物质主义的迷恋。诚然，他们可以通过消费的方式与过程，曲折标示主体的精神特质；但是，极端的物质主义终究会导致人类对民族生活和文化精华的遗忘，从而造成审美经验的局限与匮乏。还有一些抒情者的心灵本质处于"在"与"不在"游离而成的非自觉状态，并未与城市订立长久之约。他们的城市抒写大多停留在都市外在或者局部描述的层面，经验式、符号化的弱点使他们的文本缺乏深度，难以展示"城与人"无限的丰富性与悖论性。在日常生活审美风靡的今天，呆板僵化的道德框架和审美品格崩溃了，新的多元化空间抒写成为可能。一些抒情者有意识地进行了技术层面的文本实验，以"解构"的方式诠释历史与生活。我们看到，诗人在消解"深度"的同时，也非常容易滑入审美的泛化。日常生活实在和文本影像之间的差别消失之后，诗歌的"经验中介"作用反而陷入了尴尬。同样，对技巧的过分沉迷也使他们长久处于非理性的无根状态，空有语言快感和形式新意，却因强调"体验的当下性"而耽于内心情感的潮汐，忽视了生存的历史根基。在丧失历史与未来的维度之后，难以形成对超验命题的观照，这同样是当代诗歌存在的普遍问题。多数诗歌在"时间就是现在"的城市世俗宗教信条面前，都很难形成指向未来的尺度，进而沉淀出相对稳定的艺术主题。城市抒写的目的是发现新奇，但问题是，这样的"新奇"应该具有对历史的回溯力和向未来的前瞻性。波德莱尔《恶之花》中的最后一首诗是《旅行》，它告诉我们漫游者的目的就是寻找新奇："到前所未有的深度中去发现新的东西。"作为意象幻觉的激发点，"新奇"不单是调整、改写此在生活的表达方式，它还要具备更高的、关涉人类文明的精神，亦即我们始终强调的：城市抒写要形成稳定的文学和文化象征，唯一方法只有紧紧抓住表现"人性"这一主线，由此方才有可能在晚生现代性文化的经验杂糅中，告别人文精神的羸弱不足，担负起知识分子应有的精神使命。

　　当今，几乎所有诗人的写作都要受惠于他所在的城市，他们作为诗人的角色早已超越了柏拉图强调的对"神谕"的传达者，而是更多地充当着"时间"这一历史概念的见证人。荷尔德林似的圣歌吟咏者固然光华不再，不过，作为当代的旗手，他们的城市抒写依然应该指涉着具有终极意义的神性价值。诗人在多元文化之中进行价值抉择，打通从庸常生活到精神圣殿的意义求索之路，本身便负载着自古典时期以来缪斯赋予诗人的使命意识，同样也遭际着西绪福斯似的精神困苦，如卡林尼斯库（Matei Calinescu）在论述波德莱尔时曾提到的："现代性不再是一种给定的状况，认为无论好歹现代人都别无选择而只能变得现代的观点也不再有效。相反，变得现代是一种选择，而且是一种英勇的选择，因为现代性的道路充满艰险。"[①] 亦如当代诗人杨克的《在

----

① ［美］马泰·卡林内斯库：《现代性的五副面孔》，顾爱彬、李瑞华译，商务印书馆 2002 年版，第 57 页。

物质的洪水中努力接近诗歌》一样，抒情者被广告、钢铁、噪音等物质的"洪水"围困，却因感受到"诗歌"这一"人类灵魂女祭司"的眷顾与抚慰，从而复归心境的平和。诗题中的"努力"本身，隐含着都市人在这一探询过程中必须经历的种种磨难；同时，它又清晰揭示出诗人对这一时代的审美主题进行消化与思索之后所形成的担当精神和超越意识。这种执着的审美理想守望，或许就是未来诗歌发展的支撑点和生长点。

城市的历史就是人类自身的历史，因为城市实质就是人类的化身，它从低级到高级的发展过程，与人类自身智慧的增长密不可分。斯宾格勒说过："从前，即使是一个小村庄，也是世界的一部分，而现在，世界都市则已吸尽了整个文化的内容。"① 毕竟，在全球都市化无可规避的今天，"所有感性认识的源泉好像都从城市开始，以城市结束，如果有什么东西超出了这个范围，就好像也超出了生活"。② 都市化的事实导致"现代性"的概念指向更为开放的文化存在，它仿佛削弱了"历史终结"的目的论立场，而更像带有过程性的状态描述。进入 90 年代以来，现代中国诗歌的城市抒写逐步融入了世界文学的宏观格局，特别是新世纪以降更是表现出"走在世界"而非"走向世界"的特色。因此，需要特意言明的是，现代中国诗歌的城市抒写既是西方城市诗学与东方传统文化交流互汇的艺术结晶，是"他方"的艺术思维与母体文化交融的结果，同时始终还是世界城市文学的重要一环。今天，我们的诗文本中出现的大量纷乱杂沓的现代景观，以及对诗歌中宏大叙事和贵族姿态进行解构的尝试，在 80 年代台湾的"后现代"诗潮中早已鸣响过号音。彼岸诗人的艺

---

① ［德］斯宾格勒：《西方的没落》，陈晓林译，黑龙江教育出版社 1988 年版，第 30 页。

② Raymond Williams, The Country and the City（New York, Oxford University Press, 1973）, pp. 234 – 235.

术探索，已为大陆诗歌的城市抒写提供了经验参照，并在步入 21 世纪之后与之一同走向对"文化霸权"的颠覆和对日常经验的呈现。它们在"未谋"中承担了相似的语词压力，共同进行着开放和多元的语义实验。

　　总之，诗歌是文化心理的艺术化凝结，是人类情感的符号化呈现，它由特定时空内的群体共同完成，具有普遍性的世界视野。现代中国诗歌城市抒写所秉持的美丑对立的外部态度，由外在物质符码进入人类文化心理的内部视角，对人类灵魂异化的批判力度和对合理生存姿态的探询关怀，都是西方乃至世界诗歌城市抒写所关注的基本命题。在表现诗歌艺术的形式美学以及都市文化的深层内蕴上，它们交相辉映并殊途同归。

附　　录

城市风情的斑驳投影：中国古代诗歌的城市抒写

诗歌与城市的联系可以追溯到古代文学兴起之初，从早期的《诗经》乃至汉乐府、大赋，进而到唐诗、宋词，其间都留下城市生活的斑驳投影。伴随着古代城市的发展，城市诗歌所表现出的情境也愈发充实：建筑风光、世态万象以及民俗风情皆可入诗。相对于正史纪传和方志条目，诗歌可以更多地涵载城市的社会、经济、民俗实态，作为诗人心理空间在城市中的投射，它蕴涵着抒情者的城市观念和文学理想。在小说兴起之前，这一作用更为明显。这些以城市生活为主要题材、以市民形象为主要描写对象的城市文本，在两千年的文学流脉中，不断展现着摇曳多姿的魅力，并彰显其文学价值。

一　城市抒写的历史透视

以文学记录、反映城市的变迁，在凝结早期历史文化形态和发展史的《诗经》中已露端倪。《大雅·绵》就比较详细地描述了古公亶父率周人至岐下建城的过程，其表现内容与《大雅·文王有声》描述武王营建镐京城是一致的，这正反映出中国早期城邦文化向古代城市文化的过渡。在楚辞中，无论是《九歌》的国家祭祀形式还是《离骚》的城邦"美政"主题，乃至《九歌·哀郢》中对城邦倾圮"狐死必首丘"的悲怜，都标示着楚辞与早期城市文化的关联。

汉代是封建社会城市发展的第一个高潮期①，汉乐府中的《长安道》、《洛阳道》等便分别以两座商业发达的都城为背景。至魏晋南北朝时期，北方的战乱和王朝的南移使中国的城市布局出现重大变动，建康、扬州、江陵等江淮流域新兴城市渐成规模。伴随着城市规模的不断拓展和城市生活的日益丰富，描写宫殿华伟与典制之美的汉赋，特别是京都赋登上舞台，成为汉代城市文明的缩影。班固的《两都赋》可谓扛鼎之作，它以"西都宾"和"东都主人"相互夸耀辩难结构全篇，描摹西都的形胜巨丽，铺叙东都的礼乐制度之美，表达作者尊礼崇仪而讽喻奢华的思想。《两都赋》的语体创新正在于它摆脱了《子虚》、《上林》那种单纯以田猎、山川为主体的意象营造，而第一次把铺叙京都观念作为表现重点，奠定了"京都赋"的基本体式。最早从谋篇立意角度摹拟《两都赋》的是张衡的《二京赋》，除描绘田猎、宫室外，他还把商贾游侠、辩士以及街市、百戏等市井万象纳入赋中，展开一幅都市生活全图，堪称汉大赋之绝响。《昭明文选》收录了大量有关"京都"的赋，除班、张二人作品外，还可见左思的《蜀都赋》、《吴都赋》和《魏都赋》等。《文选》分赋十五类，"京都赋"列其首，《文苑英华》、《历代赋汇》等也有"京都"或"都邑"一类。这类作品虽然旨在歌颂抑或讽喻，其间不乏浮华夸饰之辞，但当时的城市状貌亦可悉数呈现。

中国古代城市发展的第二个高潮期出现在唐代，隋唐时期是

---

① 秦汉至明清（前期）是中国封建社会城市充分发展的时期，城市人口比重在世界上长期处于领先地位。在这二千年的历史中，中国城市发展总的特点是波浪式推进。与这个时期整个封建社会发展状况相对应，城市发展在汉唐宋明时期出现了四次高潮（戴均良：《中国城市发展史》，黑龙江人民出版社1992年版，第10页）。

中国古代城市建设的大发展时期。柳诒徵在《中国文化史》一书中说："隋都长安，以洛阳为东都。唐室因之，以长安为西京，洛阳为东京。两京城坊之壮丽，轶于前世……"① 都城的大规模建设以及区域中心的涌现，在推进地理空间的同时，也愈发显著地占据了人们的心灵空间，这也在文学中有所反映。初唐后期，出现了卢照邻的《长安古意》、王勃的《临高台》等一批京城诗。其中骆宾王的《帝京篇》这样描述京都的气度："三条九陌丽城隈，万户千门平旦开。复道斜通鳷鹊观，交衢直指凤凰台。"这篇"当时以为绝唱"② 的作品代表了京城诗的基本风貌：大量运用都市事象，淋漓尽致地夸饰都市的繁荣以及种种盛景，其抒写着眼点乃是帝都的雄伟、王侯贵族的生活、住宅以及交往，其旨趣则明显地指向政治讽劝。③ 如美国学者宇文所安所论，这一类京城诗的抒写传统直接来源于汉代的京都赋，同时受到初唐时期盛行一时的宫廷诗的影响④，因而可以看作是京都赋和宫廷诗两种趣味的兼容与发展。它与封建城市最本质的性质——政治性都市相联系，而其讽谏之词，又延续了京都赋的思想维度。和几乎同时兴起的边塞诗相比，京城诗与边塞诗的内涵甚至有某些交融，仅以王勃为例，《送杜少府之任蜀川》本是送别，却无临歧洒泪的离情，而"反诸宏博"，由长安遥想蜀川，由内海而及天涯，其独标高格的气度与《临高台》叠合而观，昂扬之气是共通的，这是其宏大帝都意识的反映。

京都赋与京城诗所依托的是作为政治中心的京城，它所体现的是区域文化对文学所产生的影响。而隋唐之前的北方与南方的

① 柳诒徵：《中国文化史》，上海古籍出版社2001年版，第503页。

② 陈熙晋：《骆临海集笺注》，上海古籍出版社1985年版，第382页。

③ 谢遂联：《唐代都市诗的演变及其文化意义》，《唐都学刊》2006年第22卷第2期。

④ ［美］宇文所安：《初唐诗》，贾晋华译，三联书店2004年版。

文化中心——洛阳与金陵，作为古代知识分子的怀思对象，在唐诗中也多有表现。东都洛阳曾为天子理事之地，但天宝后期它的政治地位骤降。戴伟华曾以阶段性的划分，归纳围绕古都洛阳的诗作特点：第一，"河洛荣光遍，云烟喜气通"（张九龄《奉和圣制登封礼毕洛城酺宴》），前期唱和诗以歌颂为基调；第二，"洛中多君子，可以恣欢言"（白居易《中隐》），中期唱和诗的闲适情怀；第三，"岁代殊相远，贤愚旋不分"（曹松《吊北邙》），和邙山相关的生命悲叹；第四，"孤舟从此去，客思一何长"（储光羲《洛中送人还江东》），往来频繁而生的别情离绪。① 作为六朝古都的金陵，围绕其兴衰风残展开的感思怀古，尤以李白、刘禹锡为代表。李白 25 岁出蜀漫游，在游历金陵时留下大量怀古诗，其名篇如《登金陵凤凰台》。中间二联，上写六朝衰亡，下写金陵形胜，在追慕风华与凭吊故都的互衬中，表露着对现实政治的忧思。刘禹锡《石头城》云："山围故国周遭在，潮打空城寂寞回。淮水东边旧时月，夜深还过女墙来。"在现实物象上铺开历史空间，在繁华风流不再的兴衰感叹中怀乡忧国，这与中晚唐杜牧《泊秦淮》，许浑《金陵怀古》，李商隐《南朝》、《咏史》，韦庄《台城》等诗作的风格一脉相承，京畿或古都成为诗人开展情思所依托的载体。此外，张九龄在荆州，张说在岳州，元稹在越州的诗作也都有其所依托的城市。"唐代还有一重要现象，就是重要官员被贬往的地方，成为地方大员，因其个人的诗才、个性魅力和曾有的声望，形成区域创作的中心，而这一中心是以主要城市为依托的。"② 这正是唐代诗歌城市抒写的基本品貌。

在宋代以前，城市的管理实行的是坊市制度，民居的"坊

---

① 摘自戴伟华《地域文化与唐代诗歌》，中华书局 2006 年版，第 160 页。

② 戴伟华：《地域文化与唐代诗歌》，中华书局 2006 年版，第 91 页。

里”和店肆云集的“市”是互相封闭的。至真宗时期，新型的坊市合一的城市格局开始推广，商业经济得到前所未有的发展，流动人口逐步增加，消费文化与市民阶层逐渐形成，古代城市发展的第三个高潮期随之而来。雕版印刷和刻书业的兴盛，也促进了文学的传播。在这样的背景下，北宋柳永专门取材于城市生活的“都市风情词”流入市坊民间。词人多表现与歌儿舞女缠绵缱绻的旖旎场景，正可谓：“幸有意中人，堪寻访。且恁偎红翠，风流事，平生畅。”（《鹤冲天》）汴京风光，也频频现于词中，如《透碧霄》对帝京“壮丽熙盛”的复现，《满朝欢》对京城春日“风光烂漫”的铺叙等。柳永的许多名篇都描绘到他曾造访过的苏杭、扬州、金陵等江南城市，如《瑞鹧鸪》、《木兰花慢》、《望海潮》、《临江仙》等，虽不乏干谒投献之意，却也从一个侧面拟现出城市的商业背景，以及浸润其中的艳情享乐之风。由柳永开始，都市风情词在徽宗年间步入鼎盛，并随着王朝南迁而渐衰。此外，南宋陆游与范成大的诗歌也有相当内容反映都市生活，特别是其“涉商诗”的创作，文本与史料价值兼具，篇幅所限，不再举隅。

　　在宋元的基础上形成的明代城市，是古代社会城市发展的终曲。商品经济的进一步发展和资本主义萌芽在晚明的出现，促进了通俗文学（主要是通俗小说）的成熟。“现代意义上的城市生活直到宋代中期以后才出现”①，而在明清两代达到鼎盛。作为传统的由士人阶层所垄断的文体，明代诗歌吸纳了更多的市井平民作者参与。王世懋便说：“今世五尺之童，才扢声律，便能薄弃晚唐，自传初盛，有称大历以下，色便赧然。”② 除却夸饰之

---

　　① 杨万里：《宋词与宋代的城市生活》，华东师范大学出版社 2006 年版，第 14 页。

　　② （明）王世懋：《艺圃撷余》，（清）何文焕辑：《历代诗话》（下），中华书局 1981 年版，第 779 页。

辞，也足见诗文普及的状貌。其间商人、妓女、医卜皆可成为诗歌的重要作者，特别是"商人及商人之子为诗人在明代已非个别现象"①，才子唐寅正是出身商贾。他们加入诗歌创作的团体，在一定程度上涤除了某些市井气息，但就其诗歌对城市生活的反映而言，与更便于记载、传播的小说相比，则逊色不少。这一时期的诗歌文本既没有育成集中取材、反映都市生活的代表诗人，也未能在文本质素上有所拓新，它体现更多的是史料价值，尤其是对"市"的描述。中国古代城市"市"的功能是逐步发展并在宋代步入完善，在明清达到极致的。汉朝京都赋便记述了长安城的"九市开场"，中唐诗人王建《夜看扬州市》中"夜市千灯照碧云"也证明了"中国古代城市最早的夜市出现在唐代的中晚期"之史家命题，② 可见诗歌对古代城市学珍贵的史料价值。在衔接古代与近代都市文明的清代，这种史料性更为突出。清人陆世楷《广州》一诗有云："澜市喧阗番帽集，濠居婉转妓衣连。满城第宅动藩踞，横海帆樯异国传。"喧闹噪嚷的水陆集市与异国的"番帽"云集，正说明当时的广州已受到国际化开放潮流的浸润。同样题旨还有胡玠的《轮舟感怀八首》中有句云："千里津门瞬息回，瞳瞳日影舵楼开。"反映当时的天津已是中外交通海运的大港。晚清官员施补华，曾作有《上海》一诗云："估客连檣至，夷奴入市哗。金缯通外国，天地眩中华。"作者不能接受外轮"连檣"抵港、外商"入市"嘈华的现实，却也从另一侧面映射出上海作为新兴国际化都市的雏形，这正是诗歌之于城市的史料价值，它充当了城市的眼睛，并铭刻着城市的变迁。

---

①　方志远：《明代城市与市民文学》，中华书局 2004 年版，第 248 页。

②　伊永文：《行走在宋代的城市》，中华书局 2005 年版，第 14 页。

二　城市情境的视线交集

综上所论，古代诗歌与城市文化的关系贯穿了古代文学发展的始终，且其状貌是错综复杂的，我们无法就此简单得出古代诗歌具有某种线性的都市传统这样的结论（事实上这也是一桩庞大的工程）。通览古代诗歌中的城市抒写，依然可以感受到的是诗人以其身心步入城市之后，对城市情境采撷、勾勒乃至描绘的一些共性视线交集。

（一）在殿宇飞檐间抒发盛世情怀

有的学者指出："东方古代城市结构是一种典型的权力结构（以北京、西安、沈阳为代表）。"[1] 这些城市以宫殿和广场作为轴心，向四周作棋盘式的延伸。而文学最易捕捉到的视觉城市符号，也往往集中在这些标志性的宫廷建筑上。《诗经》中的《斯干》、《灵台》、《閟宫》等诗篇，都从某一角度展现出中国早期的宫殿艺术。在汉代，宫廷作为都城建筑的核心地位进一步确立。汉长安城的宫廷几乎占了全城的二分之一，其华阙崇殿之巨丽，掖庭椒房之尊贵，都是空前的。《西都赋》便极尽华丽地描写昭阳殿的豪华丰腴，诗人以化阙崇殿的壮丽之美表达其"怀旧之蓄念"与"思古之幽情"。在汉赋中，此类作品还有王延寿的《鲁灵光殿赋》，他对殿内精美绝伦的雕刻、绘画栩栩如生的描绘，也为他赢得了"辞赋英杰"的美誉。值得注意的是，这些"雍容揄扬、润色鸿业"的京都宫殿大赋多出现在"海内清平，朝廷无事"（《两都赋序》），"时天下承平日久，自王侯以

---

[1]　张柠：《文化的病症——中国当代经验研究》，上海文艺出版社 2004 年版，第 2 页。

下莫不逾侈"（《后汉书·张衡传》）的海宇乂安之时，其逞辞大赋的形式映衬着国力的高涨。班固正是在帝国威势的感召下，将自身儒家传统的讽谏心态与大一统的政治现实相结合，以崇尚"丽雅"的文风实现"宣上德"的政教目的，从而流露出进取向上之感。可见，描摹建筑，实则是在"以都显德"的过程中表达大国豪情，一旦国势衰微，这些建筑也首当其冲地成为感时伤国的对象，正如唐代特别是晚唐怀古诗中的断墙残垣一般。从《王风·黍离》开始，残宫意象就已融注在诗人对人生空漠的感慨和对繁华难恃的叹息中，他们将盛世不在的感愤转化为内心"百岁如流，富贵冷灰"[①]的悲凄空寂之感。

（二）　在市井坊巷里体悟世态万相

城市文明是人类定居生活的智慧结晶，诗歌中所呈现出的建筑之美，也是对人类主体性的肯定与褒扬。在古代诗歌的城市情境中，对居于城市主体的"城市人"的描述不胜枚举。汉赋中除了记录贵族饮宴游猎外，还记录了更多的平民生活。《西都赋》便描绘了西汉长安城中社会各阶层的生活氛围："都人士女，殊异乎五方。游士拟于公侯，列肆侈于姬姜。乡曲豪举，游侠之雄，节慕原、尝，名亚春、陵。连交合众，骋骛乎其中。"这里出现了散漫游士、商人、英俊豪强、游侠首领多种人物。其中"乡曲豪举"和"游侠之雄"即游侠，这是长安城中的特殊群体。与司马迁推崇侠客之义不同，班固对不合皇朝礼法的游侠行为持批判的态度，因为"以武犯禁"的游侠精神显然与巩固政权的需求和重文轻武的政策相悖，这正映射出"士"阶层对"道义"原则理解的精神流变。张衡在《二京赋》中也对"游

---

① （唐）司空图：《二十四诗品》，见《历代诗话》，中华书局1981年版，第43页。

侠"群体作了集中描写，借助宏大的篇制，《二京赋》中对各种世俗场景的描绘更加细致，如都市商贾、侠士、辩士的活动以及杂技艺人表演等，作者以大量笔墨描写"角抵百戏"的演出情况，从而以东汉文人反对虚滥的求实文风，突破了赋体专注于描写帝王生活的题材狭隘。

　　在传统城市观念中，文人似乎更关心城市的政治性指向，而柳永的"恋都情结"却与以往文人那种"心恋魏阙"的心态不同。词人更关注市民生活的当下性，注重捕捉世态万相，这大概与宋代"朝野多欢"的劝乐导向和社会欣逸嬉游的风气相吻合。大都市的繁盛使长期生活在市井之间的柳永沉酣于"玉城金阶舞舜干"的承平安乐中，城市既激发了词人对艳情享乐的言说欲求，又成为他对仕途不畅进行宣泄和化解的场域。词人"忍把浮名换了浅斟低唱"的浪漫达观，与他多次进行的"投献"行为并不矛盾。始终无法挤入士大夫的主流伦理，这使词人在"秋士易感"的无奈中只得栖息边缘，追求瞬间的情欲享乐，而搁置治国的雄心理想。他逐渐将《鹤冲天》中强烈的失意不平之气转化为在现世及时行乐的闲情逸致，将自我内化于市井狂欢，从而在主流伦理边缘建立起亚文化的意欲表达体式，其文本也在一定程度上促进了古代文学雅俗观念的转换。

（三）在节序风情中享受清平之乐

　　在古代城市里，常常举行一些极具民族特色的活动，如戏剧、节庆、体育等，体现出浓郁的民俗风情和多层次的市民审美情趣。张衡的《东京赋》便对古代民俗"傩戏"的礼节进行了记载，《南都赋》也以生动的笔调描写了汉代的"祓禊"习俗。其中对伎乐舞的细致刻画，从整体上为读者勾勒出一幅幅具体生动的节日风俗画卷，表明"祓禊"这一习俗在汉代京都赋中，已经超越了单纯的礼俗文化本身，而成为城市中一种具有广泛群众性的民间文化活动。

　　古代诗歌中描写最多的民俗活动是节庆之习，特别是元宵节庆。自汉明帝时期确立的放灯习俗，在宋代达到极致。柳永词《迎新春》正铺排了北宋京都元宵佳节的盛况："嶰管变青律，帝里阳和新布，晴景回轻煦。庆佳节，当三五。列华灯，千门万户。遍九陌，罗绮香风微度。十里然绛树。鳌山耸，喧天箫鼓。"从极尽灯景之盛的描写中可以看到，三五元宵是北宋最重要的民俗节日，无论是贵族还是平民都如鱼游春水一般享受着喜乐气氛，沉浸在集体狂欢中。范成大《上元纪吴中节物俳谐体三十二韵》记载了莲花灯、桥灯、犬灯等多种灯的形貌以及灯市上的各种习俗，如鼓乐以滑稽取笑、长灯上题诗句、划旱船等，以全景画的方式勾勒出宋代民间娱乐的风俗。正如南宋官员刘昌诗《上元词》所云："紫禁烟光一万重，五门金碧射晴空。"东京上元狂欢之盛况，国家纵民行乐之风俗，在宋代达到极致。"情往似赠，兴来如答"①，这种情动于衷、不吐不快的心理状态成为诱发诗人灵思的直接动因。

　　在宋代文学中，大量市民体育风俗也得到记载，王珪在《宫词》中所录"内人稀见水秋千，争擘珠帘帐殿前"正是出现在北宋中后期的娱乐健身活动"水秋千"；宋徽宗亲赋的诗句"戏掷水球争远近，流星一点耀波光"描写的是打水球之盛况；梅尧臣的《晚泊观斗鸡》如《杨公笔录》所载"世人以斗鸡为雄"，写城市斗鸡之盛；再如柳永词《抛球乐》写踏春之俗，《破阵乐》写竞龙舟；陆游《春晚感亭》以"寒食梁州十万家，秋千蹴鞠尚豪华"描述蹴鞠运动之普及。正是在宋代丰富多姿的城市生活画卷中，城市之"市"的功能特别是娱乐性得到了

---

　　①　（梁）刘勰：《文心雕龙·物色》，陆侃如、牟世金注：《文心雕龙译注》（下），齐鲁书社1982年版，第348页。

充分的展现与发扬。

三　城市抒写的文化意义

　　首先，以城市为载体和抒情对象的古代诗歌与城市文化有着千丝万缕的联系，它是古代城市文化的记录者。城市是凝固的，但垣壁间蕴涵着古人的城市建设理想。从班固的《西都赋》中提到汉长安城"披三条之广路，立十二之通门"到张衡《西京赋》写其城郭之制为"旁开三门，参涂夷庭，方轨十二"可以看出，这种城市规划直接成为后世城市布局的蓝本。"其宫室也，体象乎天地，经纬乎阴阳。据坤灵之正位，仿太虚之圆方"（《西都赋》），写长安城形似北斗，宫阙以天象谋设，正体现"象天设都"、"天人合一"的古代城市理念，也体现出作为政权符号的宫城在古代城市中居于核心地位的政治伦理属性。同时，前文所归纳的种种城市情境，也体现出城市多样性的文化综合力。诗歌可以为今人还原出古代城市文化的风貌，以及其嬗变背后所隐含的政治环境异动、地域经济发展和时代风尚的线性变迁，从而标明人类与城市历史的共生关系。

　　文学中城市形态的演变是现实城市演变历史的折射，同时也是文学家关于城市的观念化历史。古代诗歌的城市抒写一方面记载了城市文化的变迁，另一方面又是诗人心理在城市的投影，有着自身的独立性。诗人对城市的情感姿态体现出他们对于自身生存的由衷感怀，在其心灵空间与城市物质空间的交织中，他们的城市文化观念逐步获得确立。曹道衡先生曾指出："封建社会中建都之地，往往就是人文荟萃之地，一般也就是学术和文艺的中心。"① 历史上有许多次文学风气的转变，都是在京城形成规模，并向各地辐射的。京

---

　　① 　曹道衡：《南朝文学与北朝文学研究》，江苏古籍出版社1998年版，第144页。

都成为城市诗歌创作最集中的地点，除了它对文人的汇集效应（如科场考试）外，还在于它提供给诗人最为丰沛的理论资源，从而成为诗歌的策源地并成为其着力表现的意象符号。在班固的京都意识里，礼乐文明要比品物繁盛更重要。京都赋的讽喻之效，正是"诗言志"这一审美机制的体现，这种"志"是诗人以城市为背景对社会与伦理价值的精神怀抱。初唐的宫廷诗歌和应制诗不乏对皇恩和殿阁的礼赞，如骆宾王《帝京篇》、虞世南《凌晨早朝》、张九龄《登乐游原春望抒怀》等，但在应制之外，依然流露着诗人的真挚情思，可谓以"制"言"志"。骆宾王的《帝京篇》、卢照邻的《长安古意》二首长篇歌行与《玉台新咏》等南朝诗集内容并无清浊之异，但其帝都的阔大意象、旭日方升的朝气却具有初生乳虎般的唐人气魄。他们以心中骏爽的风骨之气，变齐、梁以来的软玉温香为刚健昂扬，充满兴寄之志。李白被赐金放还后，还作出"长安不见使人愁"（《登金陵凤凰台》）的诗句，诗人眼中的长安既是曾经使他风光无限的都市，亦是承载士子梦想的政治舞台，更是大唐王朝的物化形态，正所谓"生作长安草，胜为边地花"（卿云《长安言怀寄沈彬侍郎》），城市建制的宏阔与文化精英的政治憧憬达成同构。至中晚唐，诗人在表现城市生活时又流露出由政治性向世俗性的演进趋势，这直接影响到唐之后的诗歌抒写。中晚唐以后，"时代精神已不在马上，而在闺房；不在世间，而在心境"。[1] 城市生活的锦簇绮靡在"花间派"的韦庄和温庭筠词中大量出现，并在宋代柳永等诗人的笔下达到色相饱和，正所谓"诗缘情而绮靡"。[2] 他们以城市的商业娱乐因素为中心展开文学想象，在刻红剪翠中浅斟低唱。如柳永慢词《抛球乐》描绘了汴京市民探春游乐之景，勾勒出市民阶

---

① 李泽厚：《美的历程》，广西师范大学出版社2001年版，第207页。

② （晋）陆机：《文赋》，周伟民、萧华荣注：《〈文赋〉〈诗品〉注释》，中州古籍出版社1985年版，第20页。

层及时行乐的社会心态，他们对生活的欲望化需求，昭示着新的都市市民意识开始形成。所谓"诗言志，词主情"正反映出诗人对"载道"传统的某种疏离，以及对城市世俗之趣的倾心，这也是诗人城市心理的流露。

另外，值得注意的是，虽然历经兴废，但封建城市发展的整体趋势依然是向前的，特别是资本主义萌芽的出现，更使封建城市到达了最后一个繁荣期。但是，宋代之后的城市诗歌所表现的内容，并没有出现更多体现都市生活的社会物象，而集中于以故国都城作为情感依托，感叹国运盛衰与都市兴废。如："向钟陵纷纷事，衣冠古今，风物随时。台空江自流，凤至人不至。"（元汤式《中吕·普天乐·金陵怀古》）"岂知盛满多仇忌，可惜繁华如梦寐。"（明李梦阳《汉京篇》）"凄凉回首处，旧日园陵，花老棠梨结，池畔留裙，坡边遗袜，旧事有谁能说。"（清张纲孙《喜迁莺·长安吊古》）城市诗歌没有随着城市经济的发展走向更大的辉煌，而是日渐萎缩，这大概与儒道两家田园牧歌式的社会理想有关。深受中国传统哲学浸染的诗人来到城垣封闭的文化环境中时，他们一方面希望在都城中实现"入世"情结，获得政治发展的机会；但另一方面，他们时刻怀有"出世"情思，在隐逸自然或纵情山水中排遣对现实的不适应感，这使中国诗人很难真正地与所居城市达成相濡以沫的默契。而且，历代统治者推行"重农抑商"的政策传统，使城市发展摆脱不了农业经济的控制，也便决定了中国古代文学只能是"农业文化型态的文学"。① 就诗歌文体本身而言，这一讲求"诗缘情"的文体"贵情思而轻事实"②，而以客观社会物象作为描写重点之后，诗

---

① 胡晓明：《传统诗歌与农业社会》，载《文学遗产》1987年第2期。

② （明）李东阳：《怀麓堂诗话》，《李东阳集》第2卷，岳麓书社1985年版，第535页。原文为："此诗之所以贵情思，而轻事实也。"

歌本应具有的含蓄空灵的文体神韵便难以凸显。这一对客观物象
呈现的功能，在唐宋以后似乎更适宜由小说、戏曲承担。缘此，
虽然中国古代诗歌的城市抒写在有限的空间内绽放出夺目的文本
姿采，踏出独具艺术魅力的足音，但鲁迅先生作出的"我们有
馆阁诗人，山林诗人，花月诗人……没有都会诗人"① 的论断却
也不乏公允。在欧风美雨的强势刷洗中，僵化的传统在崭新的文
明面前轰然倒塌，一个全新的国家形态和城市生态必然使诗歌发
生同质的改变。在拯救人对城市的复杂体验中，诗歌会以全新的
形式和语言使"语词间的城市"显露光芒，达到新的视界融合。

---

① 《鲁迅全集·集外集拾遗》，人民文学出版社 1982 年版，第 299 页。

参 考 文 献

作品类

徐迟：《二十岁人》，上海时代图书公司1936年版。

阿垅等：《白色花》，人民文学出版社1981年版。

辛笛等：《九叶集》，江苏人民出版社1981年版。

谢冕、杨匡汉编：《中国新诗萃（20世纪初叶—40年代）》，人民文学出版社1988年版。

谢冕、杨匡汉编：《中国新诗萃（50—80年代）》，人民文学出版社1985年版。

诗刊社编：《1949—1979诗选》，人民文学出版社1980年版。

诗刊社编：《诗选》（1981—1989年），人民文学出版社相应各年版。

《青年诗选　1977—1980》，中国青年出版社1981年版。

《青年诗选　1981—1982》，中国青年出版社1983年版。

《青年诗选　1983—1984》，中国青年出版社1985年版。

《青年诗选　1985—1986》，中国青年出版社1988年版。

《青年诗选　1987—1988》，中国青年出版社1990年版。

《青年诗选　1989—1990》，中国青年出版社1992年版。

老木选：《新诗潮诗集》，北京大学五四文学社1985年版。

唐晓渡等编选：《中国当代实验诗选》，春风文艺出版社1987年版。

宋琳、张小波、孙晓刚、李彬勇：《城市人》，学林出版社

1987 年版。

徐敬亚主编：《中国现代主义诗群大观　1986—1988》，同济大学出版社 1988 年版。

万夏、潇潇编选：《后朦胧诗全集》，四川教育出版社 1993 年版。

阎月君、周宏坤编选：《后朦胧诗选》，春风文艺出版社 1994 年版。

陈旭光主编：《快餐馆里的冷风景》，北京大学出版社 1994 年版。

《罗门短诗选》，中国社会科学出版社 1995 年版。

《罗门长诗选》，中国社会科学出版社 1995 年版。

李方编选：《穆旦诗全集》，中国文学出版社 1996 年版。

程光炜主编：《岁月的遗照》，社会科学文献出版社 1998 年版。

臧棣、西渡编：《1978—1998 北大诗选》，中国文学出版社 1998 年版。

王禄松、文晓村编：《两岸女性诗歌三十家》，诗艺文出版社 1999 年版。

小海、杨克编：《他们——〈他们〉十年诗歌选》，漓江出版社 1999 年版。

杨克等编：《90 年代实力诗人诗选》，漓江出版社 1999 年版。

唐晓渡编：《先锋诗歌》，北京师范大学出版社 1999 年版。

吴思敬编：《主潮诗歌》，北京师范大学出版社 1999 年版。

叶匡政：《城市书》，花城出版社 1999 年版。

周良沛编：《中国新诗库》，长江文艺出版社 2000 年版。

《于坚的诗》，人民文学出版社 2000 年版。

《王家新的诗》，人民文学出版社 2000 年版。

黄礼孩编：《'70 后诗人诗选》，海风出版社 2001 年版。

张新颖编：《中国新诗　1916—2000》，复旦大学出版社 2001 年版。

马铃薯兄弟编：《中国网络诗典》，江苏文艺出版社 2002 年版。

谭五昌编：《中国新诗白皮书（1999—2002）》，昆仑出版社 2004 年版。

安琪、远村、黄礼孩编：《中间代诗全集》，海峡文艺出版社 2004 年版。

杨克：《陌生的十字路口》，人民文学出版社 2004 年版。

杨克等主编：《1998 中国新诗年鉴》，花城出版社 1999 年版。

杨克等主编：《1999 中国新诗年鉴》，广州出版社 2000 年版。

杨克等主编：《2000 中国新诗年鉴》，广州出版社 2001 年版。

杨克等主编：《2002—2003 中国新诗年鉴》，天津社会科学出版社 2004 年版。

杨克等主编：《2004—2005 中国新诗年鉴》，海风出版社 2006 年版。

李少君主编：《21 世纪诗歌精选：草根诗歌特辑》，长江文艺出版社 2006 年版。

黄礼孩主编：《异乡人——广东外省青年诗选》，花城出版社 2007 年版。

参考的民刊主要有《城市诗人》、《诗歌现场》、《现代汉诗》、《诗江湖》、《下半身》、《第三说》、《诗文本》、《诗歌与人》、《流放地》、《标准》、《诗参考》等。

专著类

袁可嘉:《论新诗现代化》,三联书店 1988 年版。

袁可嘉:《现代主义文学研究》,中国社会科学出版社 1989 年版。

古继堂:《台湾新诗发展史》,人民文学出版社 1989 年版。

吴晓:《意象符号与情感空间》,中国社会科学出版社 1990 年版。

朱大可:《燃烧的迷津》,学林出版社 1991 年版。

叶维廉:《中国诗学》,三联书店 1992 年版。

洪子诚、刘登翰:《中国当代新诗史》,人民文学出版社 1993 年版。

吴思敬编:《磁场与魔方:新潮诗论卷》,北京师范大学出版社 1993 年版。

王光明:《艰难的指向》,时代文艺出版社 1993 年版。

陈仲义:《诗的哗变》,鹭江出版社 1994 年版。

蓝棣之:《现代诗的情感与形式》,华夏出版社 1994 年版。

罗门:《罗门论文集》,中国社会科学出版社 1995 年版。

刘登翰、朱双一:《彼岸的缪司——台湾诗歌论》,百花洲文艺出版社 1996 年版。

张清华:《中国当代先锋文学思潮论》,江苏文艺出版社 1997 年版。

陈仲义:《台湾诗歌艺术六十种——从投射到拼贴》,漓江出版社 1997 年版。

王一川:《中国形象诗学》,三联书店 1998 年版。

王泽龙:《中国现代主义诗潮论》,华中师范大学出版社 1998 年版。

陈大为:《存在的断层扫描——罗门都市诗论》,台北文史哲出版社 1998 年版。

孙玉石：《中国现代主义诗潮史论》，北京大学出版社 1999 年版。

刘士杰：《走向边缘的诗神》，山西教育出版社 1999 年版。

孙文波等编：《语言：形式的命名》，人民文学出版社 1999 年版。

刘登翰主编：《香港文学史》，人民文学出版社 1999 年版。

龙泉明：《中国新诗流变论》，人民文学出版社 1999 年版。

王家新等编：《中国诗歌：九十年代备忘录》，人民文学出版社 2000 年版。

於可训：《当代诗学》，湖南人民出版社 2000 年版。

陈仲义：《扇形的展开》，浙江文艺出版社 2000 年版。

吕进主编：《文化转型与中国新诗》，重庆出版社 2000 年版。

唐晓渡：《唐晓渡诗学论集》，中国社会科学出版社 2001 年版。

欧阳江河：《站在虚构这边》，三联书店 2001 年版。

王柯：《诗歌文体学导论——诗的原理和诗的创造》，北方文艺出版社 2001 年版。

臧棣、肖开愚、孙文波编：《激情与责任——中国诗歌评论》，人民文学出版社 2002 年版。

罗振亚：《中国现代主义诗歌史论》，社会科学文献出版社 2002 年版。

王光明：《文学批评的两地视野》，北京大学出版社 2002 年版。

王光明：《现代汉诗的百年演变》，河北人民出版社 2003 年版。

程光炜：《中国当代诗歌史》，中国人民大学出版社 2003

年版。

孟樊：《台湾后现代诗的理论与实践》，扬智文化 2003 年版。

张新：《新诗与文化散论》，吉林文史出版社 2004 年版。

张桃洲：《现代汉语的诗性空间——新诗话语研究》，北京大学出版社 2005 年版。

罗振亚：《朦胧诗后先锋诗歌研究》，中国社会科学出版社 2005 年版。

汪剑钊：《二十世纪中国的现代主义诗歌》，文化艺术出版社 2006 年版。

张林杰：《都市环境中的 20 世纪 30 年代诗歌》，中国社会科学出版社 2007 年版。

王家新：《为凤凰寻找栖所》，北京大学出版社 2008 年版。

王泽龙：《中国现代诗歌意象论》，中国社会科学出版社 2008 年版。

谭桂林：《本土语境与西方资源——现代中西诗学研究》，人民文学出版社 2008 年版。

敬文东：《诗歌在解构的日子里》，北京大学出版社 2008 年版。

王岳川、尚水编：《后现代主义文化与美学》，北京大学出版社 1992 年版。

金丝燕：《文化接受与文化过滤》，中国人民大学出版社 1994 年版。

吴福辉：《都市漩流中的海派小说》，湖南教育出版社 1995 年版。

金耀基：《从传统到现代》，中国人民大学出版社 1999 年版。

李洁非：《城市像框》，山西教育出版社 1999 年版。

王晓明主编：《在新意识形态的笼罩下——90 年代的文化和文学分析》，江苏人民出版社 2000 年版。

李今：《海派小说与现代都市文化》，安徽教育出版社 2000 年版。

张新颖：《20 世纪上半期中国文学的现代意识》，三联书店 2001 年版。

王岳川：《中国镜像：90 年代文化研究》，中央编译出版社 2001 年版。

包亚明、王宏图、朱生坚：《上海酒吧》，江苏人民出版社 2001 年版。

高秀芹：《文学的中国城乡》，陕西人民教育出版社 2002 年版。

陈晓明主编：《现代性与中国当代文学转型》，云南人民出版社 2003 年版。

蒋述卓、王斌、张康庄、黄莺：《城市的想象与呈现》，中国社会科学出版社 2003 年版。

张洁宇：《荒原上的丁香——20 世纪 30 年代北平"前线诗人"诗歌研究》，中国人民大学出版社 2003 年版。

姚玳玫：《想像女性》，中国社会科学出版社 2004 年版。

包亚明：《游荡者的权力——消费社会与都市文化研究》，中国人民大学出版社 2004 年版。

李俊国：《中国现代都市小说研究》，中国社会科学出版社 2004 年版。

张柠：《文化的病症——中国当代经验研究》，上海文艺出版社 2004 年版。

叶中强：《从想像到现场——都市文化的社会生态研究》，学林出版社 2005 年版。

朱大可、张闳主编：《21 世纪中国文化地图》（第三卷），广西师范大学出版社 2005 年版。

程光炜主编：《都市文化与中国现代文学》，人民文学出版社 2005 年版。

王宏图：《都市叙事与欲望抒写》，广西师范大学出版社 2005 年版。

乔以钢：《中国当代女性文学的文化探析》，北京大学出版社 2006 年版。

孙逊、杨剑龙编：《都市、帝国与先知》，三联书店 2006 年版。

许纪霖主编：《帝国、都市与现代性》，江苏人民出版社 2006 年版。

杨东平：《城市季风》，新星出版社 2006 年版。

陶东风、徐艳蕊：《当代中国的文化批评》，北京大学出版社 2006 年版。

陈晓兰：《文学中的巴黎与上海——以左拉和茅盾为例》，广西师范大学出版社 2006 年版。

罗岗：《想象城市的方式》，江苏人民出版社 2006 年版。

熊家良：《现代中国的小城文化与小城文学》，中国社会科学出版社 2007 年版。

杨宏海主编：《全球化语境下的当代都市文学》，社会科学文献出版社 2007 年版。

杨宏海主编：《打工文学备忘录》，社会科学文献出版社 2007 年版。

刘永丽：《被书写的现代——20 世纪中国文学中的上海》，中国社会科学出版社 2008 年版。

聂伟：《文学都市与影像民间——1990 年代以来都市叙事研究》，广西师范大学出版社 2008 年版。

［美］韦勒克、沃伦：《文学理论》，刘象愚等译，三联书店

1984 年版。

［美］苏珊·朗格：《情感与形式》，中国社会科学出版社 1986 年版。

［美］丹尼尔·贝尔：《资本主义文化矛盾》，赵一凡等译，三联书店 1989 年版。

［德］瓦尔特·本雅明：《发达资本主义时代的抒情诗人》，张旭东等译，三联书店 1989 年版。

［英］马尔科姆·布雷德伯里：《现代主义》，中国社会科学院外国文学研究所译，上海外语教育出版社 1992 年版。

［英］T. S. 艾略特：《艾略特文学论文集》，百花洲文艺出版社 1994 年版。

［美］詹姆逊：《后现代主义与文化理论》，北京大学出版社 1997 年版。

［德］瓦尔特·本雅明：《经验与贫乏》，王炳钧等译，百花文艺出版社 1999 年版。

［法］让·鲍德里亚：《消费社会》，刘成富、全志钢译，南京大学出版社 2000 年版。

［英］迈克·费瑟斯通：《消费文化与后现代主义》，刘精明译，译林出版社 2000 年版。

［美］李欧梵：《现代性的追求》，三联书店 2000 年版。

［美］李欧梵：《未完成的现代性》，北京大学出版社 2005 年版。

［美］李欧梵：《上海摩登——一种新都市文化在中国 1930—1945》，北京大学出版社 2005 年版。

［美］王德威：《如此繁华》，上海书店出版社 2006 年版。

英文专著类

Baker, Barbara, ed. *Shanghai : Electric and Lurid City.* New

York: Oxford University Press, 1998.

Esherick, Joseph W. , ed. , *Remaking the Chinese City: Modernity and National Identity*, 1900 – 1950. Honolulu, University of Hawaii Press, 2000.

Dubey, Madhu. *Signs and Cities: Black Literary Postmodernism*. Chicago: The University of Chicago Press, 2003.

Blanchard, Marc Eli. *In Search of the City: Engels, Baudelaire, Rimbaud*. Saratoga, FL: Anna Libri, 1985.

Bremer, Sidney H. *Urban Intersections: Meetings of Life and Literature in United States Cities*. Urbana: University of Illinois Press, 1992.

Caws, Mary Ann, ed. *City Images: Perspectives from Literature, Philosophy, and Film*. New York: Gordon & Breach, 1991.

Jaye, Michael C. and Ann Chalmers Watts, eds. *Literature and the Urban Experience: Essays on the City in Literature*. New Brunswick, NJ: Rutgers University Press, 1972.

Johnston, John H. *The Poet and the City: A Study in Urban Perspectives*. Athens: University of Georgia Press, 1984.

Lehan, Richard. *The City in Literature: An Intellectual and Cultural History*. Berkeley/Los Angeles/London: University of California Press, 1998.

Lehan, Richard. *Urban Signs and Urban Literature: Literary Form and Historical Process*. *New Literary History*, Vol. 18, No. 1, Studies in Historical Change (Autumn, 1986), 99 – 113.

Lynch, Kevin. *The Image of the City*. Cambridge, MA: MIT Press, 1960.

Pike, Burton. *The Image of the City in Modern Literature*. Princeton, NJ: Princeton University Press, 1981.

Rotella, Carlo. *October Cities: The Redevelopment of Urban Literature*. London: University of California Press, 1998.

Sharpe, William. *Unreal Cities: Urban Figuration in Wordsworth, Baudelaire, Whitman, Eliot, and Williams*. Baltimore: John Hopkins Univerity Press, 1990.

Sharpe, William and Leonard Wallock, eds. *Visions of the Modern City: Essays in History, Art, Literature*. Baltimore: John Hopkins University Press, 1987.

Thum, Reinhard H. *The City: Baudelaire, Rimbaud, Verhaeren*. New York: Peter Lang, 1994.

Timms, Edward and David Kelley, eds. *Unreal City: Urban Experience in Modern European Literature and Art*. Manchester: Manchester University Press, 1985.

Williams, Raymond. *The Country and the City*. New York: Oxford University Press, 1973.

Wirth-Nesher, Hana. *City Codes: Reading the Modern Urban Novel*. New York: Cambridge University Press, 1996.

Zhang, Yingjin. *The City in Modern Chinese Literature & Film*. Stanford, California: Stanford University Press, 1996.

Van Crevel, Maghiel. *Chinese Poetry in Times of Mind, Mayhem and Money*. Leiden: Brill, 2008.

后　记

2009年6月，我的博士论文《现代中国诗歌的城市抒写》通过了答辩，这部书稿就是在该论文基础上修订而成的。

从2000年至今，我已在南开求学九年，工作也三年有余，可以说与母校、与我所研习的专业结下了凝重的感情。我要向历史悠久、文化厚重的母校表达敬意，并把这份感激献给所有的老师。记得在我这级研究生的开学典礼上，时任南开大学常务副校长、文学院院长的陈洪教授发言致辞，讲解做学问要努力达到的"三个层次"，语重心长的教诲我们青年学人应正确处理的"四种关系"，这为我们理解学术并严肃对待学术打下了坚实的根基。

感谢我的硕士生导师乔以钢教授，是她在学术规范、研究方法等诸多方面给予我指导，并以其开放性的学术眼光，鼓励我们多与海外学界进行交流，多与当下的文学现场实现对话，以拓宽知识视野，培养人文情怀。她的学术风范与人格精神，深深教育和影响着我。

感谢我的博士生导师罗振亚教授，是他一手将我领入新诗研究的大门，并不断地教导我的学业，督促我的成长。在博士论文写作过程中，老师非常关注我的写作进度，及时对已经完成的章节予以指导和修改，给出最直接而切实的意见。在日常的学习中，老师更是耳提面命、诲人不倦。可以说，我学业上的每一点进步，都浸透着老师的心血，而他身上那种对于学术的崇敬心和使命感，对学院化研究之历史意识与人文精神的坚守，早已成为我们心目中的学者典范。感谢师母杨丽霞老师，她对我们的关心与照顾，使我们时刻感受到长辈的关爱与家庭的温暖。在求学之路上能够遇到老师和师母，是我们的幸运。更为幸运的是，我获得留校任教的机会，可以继续在导师以及文学院诸位前辈身边学习，我唯有珍惜这一切。

感谢李瑞山、张铁荣、耿传明、李新宇、李锡龙、李润霞等本专业的老师，他们在百忙之中时常赐教，为我论文的开题与答辩提供了详尽而具体的指导。在论文评审的过程中，魏建教授、吕周聚教授、方长安教授、张林杰教授和刘保昌研究员认真审阅了我的文章，对某些论点给予较高的学术评价；对于论文中的不足，也严肃而中肯地予以指出，这为我修改书稿提供了重要的理论参照。

罗振亚老师有这样的观点：在学术泡沫化的时代，有时论文比专著的含金量更高。因此，我在照顾各章节之间逻辑关系的同时，也力图将每一节都写成相对独立的论文。其中的部分章节，已经在下列刊物发表：

1. 《论都市视野中的女性诗歌》（第四章第二节），《文艺争鸣》2007 年第 12 期。

2. 《中国古代城市诗歌综论》（附录），《河北师范大学学报》2008 年第 3 期。

3. 《都市文化视角下的新时期诗歌析论》（第一章第二节压缩版），《天津社会科学》2008 年第 6 期。

4. 《混凝土的"错觉"：建筑意象与当代诗人的情感空间》（第三章第三节），《文学与文化》第 10 辑，南开大学出版社 2009 年版。

5. 《新诗现代精神主体的独立意识》（绪论），《坚守与繁荣》，中央文献出版社 2010 年版。

6.《论新诗中的交通意象空间》（第三章第二节），《南方文坛》2010 年第 1 期，《人大复印资料》2010 年第 4 期全文转载。

7.《论中国新诗中的"漫游者"视角》（第二章第二节），《诗探索》2010 年第 1 辑。

8.《荒原上的诗意追求：中国现代诗歌的城市抒写》（第一章第一节），《渤海大学学报》2010 年第 3 期。

9.《现代中国诗歌"城市抒写"的审美特质》（绪论），《内蒙古社会科学》2010 年第 3 期。

10.《消费时代的诗歌精神》（第四章压缩版），《艺术广角》2010 年第 6 期。

11.《物质时代的诗歌审美》（第四章第一节），《文艺评论的责任与标准》，中央文献出版社 2010 年版。

12.《当代诗歌的都市文化观照》（第一章第二节），《南京理工大学学报》（社会科学版）2011 年第 4 期。

13.《城市文本的诗美呈现——以 1980 年代以来的诗歌为中心》（第五章第二节），《诗歌月刊》2011 年第 9 期。

14.《都会中的缪斯：当代台湾诗歌的城市抒写》（第一章第三节），《世界华文文学论坛》2011 年第 3 期。

15.《论中国新诗中的"梦幻者"视角》（第二章第三节），《云南社会科学》2011 年第 6 期。

16.《20 世纪中国新诗中的城市抒写》（绪论），《中州学刊》2012 年第 2 期。

17.《中国当代都市诗学的意象考察》（第三章第三节），《西安交通大学学报》（社会科学版）2012 年第 3 期。

18.《"城堡"外的英雄：论新诗中的"孤独"主题》（第四章第三节），《天津大学学报》（社会科学版）2012 年第 3 期。

19.《新诗中的"城"与"乡"》（第二章第一节），《人文中国学报》（香港浸会大学）总第 18 期。

　　这些文字能够得以发表，还要感谢诸位编辑老师的肯定与帮助。本论著所涉及研究内容的时间跨度较大，涉猎文本较多，限于本人的学力，如有不足和疏漏之处，恳请方家和读者给予指教。

　　最后，感谢父母的抚育和教养，愿你们身体健康。感谢同门学友的陪伴与支持，愿我们时常相聚。

卢　桢

2012 年 9 月于天津

Contents